Marieke Lucas Rijneveld

Mein kleines Prachttier

Roman

Aus dem Niederländischen von
Helga van Beuninger

Suhrkamp

Die niederländische Originalausgabe erschien unter dem Titel *Mijn lieve gunsteling* 2020 bei Atlas Contact, Amsterdam.

Diese Publikation wurde ermöglicht dank der Förderung durch die Dutch Foundation for Literature.

Nederlands letterenfonds
dutch foundation
for literature

Die Übersetzerin dankt dem Deutschen Übersetzerfonds für die großzügige Förderung.

Klimaneutral
Druckprodukt
ClimatePartner.com/14438-2110-1001

Erste Auflage 2023
suhrkamp taschenbuch 5316

Umschlaggestaltung: Anzinger und Rasp, München
Umschlagabbildung: NirutiStock/iStock by Getty Images
Druck und Bindung: CPI books GmbH, Leck
Printed in Germany
ISBN 978-3-518-47316-0

www.suhrkamp.de

Mein kleines Prachttier

Für dich

So erkenne mich denn,
wisse, wer ich bin,
und tu es!

Psalm 139

Sommer 2005

I

Mein Augenstern, ich sag es dir besser gleich: Ich hätte dich in jenem verbohrten Hochsommer wie ein Geschwür mit dem Hufmesser aus der Klauenlederhaut schneiden müssen, ich hätte Raum beim Zwischenklauenspalt schaffen müssen, damit Mist und Dreck herausfallen und niemand dich infizieren kann, vielleicht hätte ich dich mit dem Winkelschleifer nur etwas abtragen und nachfeilen müssen, mit etwas Sägemehl säubern und trocken reiben. Wie um Himmels willen konnte ich bloß die Warnung vergessen, die ich während meiner Tierarztausbildung zum Thema Klauenbeschneiden und Erkrankungen des Kronrands, Klauenseuche, Mortellaro-Krankheit, auch Stinkfuß genannt, zu hören bekam, wie einem bis zum Gehtnichtmehr eingebläut wurde, man müsse aufpassen, dass man nicht ins Leben schneidet, *verletze nie das Leben*, hieß es ständig, aber ach, meine Schwäche, meine Lahmheit! Du lagst in jenem störrischen Sommer wie ein Kalb in Steißlage im Kreißsaal meines vergifteten Verlangens, ich war der Handlanger des Wahnsinns, wusste nicht, wie ich dich *nicht* hätte wollen können, dich, die himmlische Auserkorene, und je öfter ich zwischen den dampfenden Leibern der Blaarkoppen hockte und deine zwingende Anwesenheit unweit von mir im Gras spürte, das frisch gemäht war und umrahmt von Gänsekresse, wo du unter dem Birnbaum stundenlang über den Hals deiner schneeweißen Gitarre gebeugt ein Stück von den Cranberries übtest, umso inständiger hoffte ich auf eine Labmagenverlagerung oder die Entfernung einer Gewebewucherung, damit ich länger in deiner Nähe bleiben und hören könnte, wie du wieder von vorn anfingst, wenn du eine falsche Saite angeschlagen oder mit deiner perlenden, engelsgleichen Stimme nach einer hohen Note gestrebt hattest, und dann warst du einen Moment lang still, und ich stellte mir vor, wie du dir mit roten Wangen eine Locke aus dem Gesicht pustest, eine Locke, die immer wieder zurückfiel, und ach, du hast so schön gepustet, wie ein Kind auf eine verwelkte Löwenzahnblüte, du hast von Panzern, Bomben, Gewehren, von Krieg gesungen, und bei allem, was ich tat, dachte ich an dich, ja, ich dachte an dich, wenn ich einen bis zur Schulter reichenden durchsichtig-orangen Handschuh anzog, ihn mit Veterinärgleitmittel besprenkelte, mit VetGel, und bei einer Doppelzweckkuh in die Scheide glitt, oder wenn ich meine Hand um die Beine eines glitschigen, noch in den Fruchthüllen steckenden Kalbes legte, im Rhythmus der Wehen sanft daran zog und mit der anderen Hand beruhigend über die feuchte Flanke der Mutterkuh rieb, wenn ich leise mit ihr sprach und manchmal ein paar Beckett-Sätze hersagte, die ich hier nicht wiederholen werde, keiner ist dafür empfänglich außer dir und den Blaarkoppen, und jedes Mal verlangte ich heftiger danach, dass du um mich herumschlendern mögest, wenn ich meinen grünen Tierarztkittel anzog, die Knöpfe zudrückte und mich an die Arbeit machte, dann hoffte ich, du würdest mir so zulächeln, wie du es bei den drahtigen Knechten so entzückend tatst, die sich während der Mittagspause am Küchentisch hinter ihrer Mauer aus aufgestapelten, dick mit Butter und

Jagdwurst belegten Stullen versteckten, aber sie trauten sich nicht an dich heran, du warst die Art von Tier, für das sie nicht ausgebildet waren, du hattest keine vier Mägen, sondern nur einen, der unersättlich war, und ich kannte dich schon von klein auf, ich kannte dich durch und durch, auch wenn du zu jung warst, um von mir begehrt zu werden, und gleichzeitig zu beschwingt und ungeduldig für noch mehr Betütteltwerden und Väterlichkeit, und an deiner Haltung erkannte ich, dass du dich aus der elterlichen Gewalt lösen wolltest, von dem Bauernhof, auf dem du aufwuchst und der den Namen De Hulst trug, benannt nach W. G. van de Hulst, dem einzigen Schriftsteller, den dein Pa kannte und dessen gesamtes Werk er verschlungen und dir an guten Tagen vorgelesen hatte, woraufhin du träumtest, du wärst ein Zuckerbrötchen, dass jeder Appetit auf dich bekäme und von dir abbeißen wolle, dass du deinen zuckersüßen Körper fortwährend gegen den König beschützen müsstest, gegen die Süßmäuler, gegen Ameisen, und vielleicht hätte ich diesen Traum ernst nehmen müssen, überlege ich mir jetzt, da ich dies schreibe, obwohl ich nie vorhatte, es aufzuschreiben, ich achtete vor allem auf deine Haltung anstatt auf den Traum, darauf, wie du im Begriff warst, dich zu lösen, nicht nur vom Bauernhof, sondern auch von den Ställen, Asbest steckte in den Dächern, die dein Pa zu sanieren sich weigerte, denn Gott entschied, ob man Krebs bekam oder nicht, das lag nicht an ein paar alten Wellblechplatten, und auch von Ihm warst du im Begriff dich zu befreien, du wolltest Gott entkommen und hattest gleichzeitig Angst vor Seinem Zorn, vor Seinem Letzten Gericht, und du flüstertest manchmal im Bett aus Gesang einhundertachtzehn: *O, erlöse mich von meinem bangen*

Schmerz. Doch am allerliebsten wolltest du dich von deinem Pa befreien, der sanft, aber doch sehr streng war, der Launen und Macken hatte, von dem du dich abwenden und den du trotzdem weiter hätscheln wolltest, genauso wie Bullebak, den widerspenstigen Stier, du konntest ihn nur streicheln, wenn er gerade gefressen oder nachdem er eine Kuh besprungen hatte, und ihr lieht ihn manchmal an andere Bauern aus, für jedes Mal gab es Deckgeld, das in ein Marmeladenglas auf dem Kaminsims in der Küche kam, und von dem Geld fuhrt ihr in Urlaub, ja, Bullebak sprang eure Ferien in Zeeland zusammen, und bei allem, was ihr dort von eurem Pa bekamt, angefangen bei Sandwichspread bis hin zu Donald-Duck-Heften, sagte er: *Bedankt euch bei Bullebak*. Und ich hörte dein Sich-Lösen vor allem an dem mürrischen und trotzigen Ton in deiner Stimme, wenn dein Pa den Reißverschluss an deinem Overall zuziehen wollte, nicht aus Vorsorge gegen den frischen Morgennebel, sondern um dich schnell noch mal berühren zu dürfen, sein Kind, das seinen rauen Händen voller Furchen und Schwielen immer mehr entwuchs, und dann blickte ich rasch auf meine eigenen Hände, die groß und stark genug waren, deine fest zu umschließen, ich hatte früher schon Kinderhände gehalten, obwohl das anders war, die hielten mich fest, und jetzt wollte ich dich halten, meine Finger mit deinen verflechten, deinem Mittelfinger, an dem ein Plastikring mit einem Marienkäfer steckte, den du von dem Kieferorthopäden bekommen hattest, als du erfuhrst, dass du eine Außenspange brauchtest, und, schwer getroffen von dieser grässlichen Nachricht, dir ein Geschenk aus der Schreckschachtel aussuchen durftest und dich für den etwas zu weiten Ring entschiedst; ich würde mit meinem

Daumen noch stundenlang über deine Handfläche kreisen, wie ein Wiederkäuer mit Drehkrankheit. Und ich hörte während der Kaffeepause nur mit halbem Ohr den Geschichten deines Pas zu, der eine Kombination aus dem jungen Mick Jagger und Rutger Hauer war, wenn er voller Leidenschaft über sein Vieh sprach, über die Trockenheit der Äcker und am Deich, dass es eine dürftige Ernte würde, wenn die Doldenblütler zu schlaff waren, um für eine Vase auf dem Tisch gepflückt zu werden, ich nickte halbherzig, nirgendwo hier auf dem Bauernhof war eine Blumenvase zu entdecken, und wer keine Grünpflanzen oder Blumen ins Haus brachte, litt öfter unter trostlosen Erntegedanken, sogar wenn es eine gute und fruchtbare Saison war, und ich nickte wieder, als er erzählte, dass Kühe eintöniges Futter lieben, dass es Gewohnheitstiere sind, genau wie er selbst, und dass er ihnen manchmal klassische Musik vorspielte, Chopin oder Vivaldi, und dass die Milch dann abends sahniger schmeckte, ich verzog mein Gesicht im richtigen Moment zu einem Lächeln, aber am liebsten hätte ich nur alles über dich erfahren, ich wollte über dich sprechen, wie wir über die Rinder sprachen, ihre Stierigkeit und ihre Launenhaftigkeit, und ich schaute zum Rasenplatz, wo du mit deinem Bruder Trampolin sprangst, wo ihr spieltet, wer als Erster den Himmel berühren kann, wer als Erster Christus kitzeln kann, du wolltest Ihn zu Tode kitzeln, und später würdest du erzählen, dass sie früher bei den Römern den Kitzeltod einsetzten, um jemanden zu foltern, dass sie den Betreffenden festbanden und eine Ziege ausgiebig an den Fußsohlen lecken ließen, und während du auf dem Trampolin sprangst, immer höher und höher, tanzten und leuchteten deine blonden Haare wie Getreidehalme um dein zartes Gesicht, ich sah, wie schnell du des Spiels überdrüssig wurdest und dann über die schimmernden Salatköpfe im Gemüsegarten und die Porreepflanzen in die Ferne starrtest, hungrig nach einem Leben, das hinter The Village für dich bereitlag, du wolltest weg von hier, wie die meisten Mädchen und Jungen in deinem Alter irgendwann von zu Hause wegwollten, einige wurden Soldaten und gingen in die Armee, um später wieder mit Heimweh nach der Tarnfarbe von The Village hierher zurückzukehren, aber du warst dir sicher, dass du nie unter Melancholie leiden würdest, alles, was du besaßt, befand sich in deinem Kopf, und ich konnte damals noch nicht wissen, dass es dir an einem Zuhause mangelte, auch wenn du euren Hof De Hulst bis in die letzte Holzfaser liebtest, und allein schon die Vorstellung, dass du von hier fortgehen würdest, dass du über den Prikkebeensedijk davonradeln würdest, in Schlangenlinien die losen Pflastersteine umfahrend, und dass du deinen Pa im Stich lassen würdest, allein schon diese Vorstellung bewirkte, dass du dich seufzend umdrehtest, um das Spiel auf dem Trampolin fortzusetzen, ja, du warst schlecht im Abschiednehmen, *so bad*, würdest du später sagen, und das hatte ich ziemlich schnell raus, als ich sah, wie du samstags morgens mit einem Flunsch herumstandst, wenn die Jungstiere zum Schlachten abgeholt wurden, dann hast du sie die ganze Zeit geknuddelt und hinter den Ohren gekrabbelt und ihnen unverständliche Worte zugeflüstert, erst da sah ich, wie sehr du den Verlust mit dir herumschlepptest, ich wollte ihn am liebsten mit Entzündungshemmern ausmerzen oder, noch besser, die Lücke selbst füllen, obwohl wir nie etwas zueinander sagten, auch wenn du in jenen Jahren, in denen ich auf den Hof kam, mehrmals zusahst, wie ich eine Kuh besamte oder untersuchte, dann brachtest du einen Eimer warmes Wasser und ein Stück grüner Seife auf einem Schälchen, damit ich mir die blut- und dungverschmierten Hände waschen konnte, und reichtest mir ein altes kariertes Geschirrtuch, aber es kam kein Wort über deine schön geformten Lippen, die ich am liebsten befühlt hätte, wie ich es bei Tieren mit Blauzungenkrankheit tat, du littst nicht an der Blauzungenkrankheit, du warst kerngesund und ganz bezaubernd, und ich wusste schon damals, dass ich der erste Mann in deinem Leben werden würde, der dich sah, wie du gern gesehen werden wolltest, als vierzehnjährige Erwachsene, alle Vierzehnjährigen sehnen sich danach, für älter gehalten zu werden, als sie sind, du aber wolltest es nicht nur, du benahmst dich auch so, und trotzdem sah ich unter den anmutigen und fast erwachsenen Bewegungen noch die Kindlichkeit verborgen, und dann liebte ich dich am meisten, so sehr, dass mir manchmal schlagartig schwindlig wurde, als hätte ich mich zu lange in Penicillinschwaden aufgehalten, diese Kindlichkeit fiel am stärksten auf, wenn du über den Hof geflattert bist und Selbstgespräche geführt hast, wenn du wie ein kleines Mädchen gekreischt hast, weil dein Pa dich und deinen Bruder an sonnigen Tagen mit dem Wasserschlauch bespritzte, oder wenn du mit deinen Freundinnen gickelnd vorbeigingst, die gebräunten Beine in zu großen Langschäftern, und ihr so tatet, als stünde euch die Welt offen, so wie die Wespen sich an den aufgeplatzten Birnen unter dem Baum am saftigen Fruchtfleisch gütlich tun, ihr wart diese Wespen, ihr wart stark und unverwüstlich, aber ich sah auch, wie du mit der Zwielichtzone zwischen Mädchen und Frau rangst, damit, zu jemandem zu werden, der vielleicht niemals im Vordergrund glänzen würde, mit dem Verlust, der dir wie ein Nebelschleier um die schmalen Schultern hing, und ich beobachtete dich, wie du ganz allein zwischen dem hohen Gras und dem Raps über den Deich hinter dem Hof schlendertest, wenn die Jungstiere fort waren und die Iglus still und verlassen dastanden, die du später, im Regenanzug, mit dem Hochdruckreiniger Millimeter für Millimeter sauberspritzen würdest, womit du die Existenz der kleinen Stiere aus deinem Kopf zu löschen glaubtest, und dann war ich mir sicher, dass du dort am Deich weintest, das wusste ich einfach, und zu Beginn der Sommerferien begann ich dich erst richtig zu beobachten, als du, um präzise zu sein, vierzehn Jahre, zwei Monate und siebzehn Tage alt warst und auf dem Rücken im Heu lagst, über deinem Kopf ein Buch von Roald Dahl, *Danny oder Die Fasanenjagd*, und ich eine Mistgabel lange und sorgfältig unter dem Wasserhahn seitlich am Stall abspülte, ich wusste, dass du dich für den Moment sicher fühltest, dass du dich in einer Welt wähntest, in der man dich verstand, in der du auf ewig verweilen wolltest, ich hörte dich von Zeit zu Zeit lachen, und du bliebst dort so lange liegen, dass das Heu plattgedrückt wurde und dein Abdruck noch sichtbar war, als du schon längst wieder weg warst und ich meine Hand auf die getrockneten Grashalme legte, die noch ein wenig nachglühten, ich wünschte mir, dass du dich immer so fühltest, ehrlich wahr, aber alles änderte sich, als du einmal, am siebten Juli, um präzise zu sein, mit mir zu reden begannst, es war am selben Tag, an dem ich zum ersten Mal mit dem Bleistift Striche im Zählerkasten machte, um im Blick zu behalten, wie viele Nächte es noch dauerte, bis ich euch für die wöchentliche Kuhkontrolle wieder besuchen würde, und an jenem bewussten Sommertag, als der Wind vorwiegend aus Südost kam, hatte ich unbefangen ein Lied mitgesummt, das im Milchstall im Radio lief, ich summte nie mit, aber dort überkam mich eine Art Leichtigkeit und Klarheit, und ich hatte herrliches Pech an jenem Tag, wodurch ich länger bei euch bleiben konnte, es gab viele lahmende Kühe, viele Kühe mit Kälberflechte oder mit Kalziummangel, und ich hatte dich nicht mal reinkommen hören, plötzlich hörte ich dich aus dem Nichts heraus sagen, dass das nicht dein Lieblingsstück sei, und du lehntest dich an den Kühltank, Lieblingsstücke wären nämlich selten im Radio zu hören, sagtest du, die müsste man schon selbst im CD- oder Plattenladen in der Stadt, drüben, am anderen Ufer des Woedeplas, suchen, aber du fändest das Lied trotzdem schön, weil es so dramatisch sei und weil die Sängerin in dem Videoclip das Lied mit ausgelaufener Wimperntusche in einem schwarzen Austin-Taxi an der Station Warwick Avenue singe und du genau wüsstest, dass sie sich in dem Moment nicht so fühlte, wie der Songtext behauptete, dass die Tränen Fake seien, denn die würden ihre Stimme sonst ersticken, aber das Lied gebe dir trotzdem etwas, wodurch du dich weniger allein fühltest, obwohl du noch nie in einem Taxi gesessen hättest, und leicht errötend sagtest du weiter, dass du manchmal so tätest, als würdest du das Stück spielen und singen, vor einem vollen Saal, mit den wichtigsten Menschen, die du kanntest, in der ersten Reihe, sie würden es toll finden, sogar fantastisch, du würdest künstliche Tränen verwenden, um denselben Effekt zu erzielen, auf Kommando könntest du nicht weinen, es klappe aber, wenn du an die Toten dächtest, aber du könntest nicht singen und gleichzeitig an die Toten denken, nein, unmöglich, nur Fahrradfahren und an die Toten denken schafftest du gut, dann würdest du dich mühelos bis in die Gräber strampeln, während dir die Tränen aus den Augen rannen, und danach hattest du dich achtlos umgedreht, als hätte es nichts zu bedeuten, dass du mit mir gesprochen hattest, als sollte ich daran zweifeln, ob du wirklich etwas gesagt hattest und ich es nicht geträumt hatte, und du glittst mit der Hand über den Milchtank, als wäre es ein Blaarkop-Rücken, ich wollte, ich hätte etwas erwidert, wäre an jenem Nachmittag so beherzt gewesen, etwas zu sagen, aber ich verstummte wie die Sängerin im Radio und lächelte deinen Rücken an, hörte nur noch, wie Gerrit Hiemstra sagte, es würde ein widerborstiger Sommer werden, vor allem im Norden des Landes, und das Wort *widerborstig* sollte erst später bedeutsam werden, als ich mich zu fragen begann, ob in diesem Sommer der Bruch in meinem Leben entstand, ob hier, zwischen den Melkeimern mit dem gelblichen Biestmilchrand, mein wahnsinniges Verlangen, meine wahnsinnige Begierde nach dir erwachten, oder geschah das schon früher, lag der Riss irgendwo in meinen Jugenderinnerungen, in denen ich schließlich, von den Magistraten gezwungen, elenden Mutes würde blättern müssen, jedenfalls suchte ich zu Hause, ohne mich erst umzuziehen, im Internet sofort den Text des Lieds heraus, das ich im Radio gehört hatte, und las gierig die Zeilen von »Warwick Avenue«, ich kopierte den Text in eine Word-Datei und unterstrich die Sätze, wenn ich fand, sie passten zu dem Gefühl, das ich für dich hatte, und danach hörte ich mir die Musik an, mit der ich aufgewachsen war, und unterstrich auch da die Sätze,

Songs von Patti Smith, den Rolling Stones, Frank Zappa, Lou Reed, ja, vor allem Lou Reed, nachdem ich gelesen hatte, dass sein Song »Walk on the Wild Side« eine Weile boykottiert worden war und es sich später auch bei uns so anfühlen würde, ich konnte mir die Stücke nicht anhören, ohne an dich zu denken, daran, wie du die Songs analysieren würdest, während du auf Zehenspitzen auf und ab wipptest, also gab ich dir einen Monat später, als ich wegen einer Färse mit einem verdickten Euterviertel vorbeischaute, was auf eine Sommermastitis hindeutete, und ich dich wieder mit einem Buch im Heu liegen sah, diesmal mit dem ersten Band der Harry-Potter-Reihe, *Harry Potter und der Stein der Weisen*, den du in Gruppe acht mit Windows 95 Buchstabe für Buchstabe abgetippt hattest, nachdem du ihn in der Bücherei ausgeliehen hattest und zu schön fandst, um ihn zurückzubringen, aber auch keine irrsinnig hohe Mahngebühr riskieren wolltest, also, da gab ich dir einen Kondolenzumschlag mit den Songtexten, etwas anderes hatte ich nicht im Haus, die cremefarbenen Umschläge waren für Leute gedacht, die ihr Lieblingstier verloren hatten, nachdem ich es eingeschläfert hatte, meistens legte ich dann das Gedicht »Joy in Death« von Emily Dickinson bei, und ich sagte dir nichts zu den unterstrichenen Sätzen, das könnte ich später noch tun, dachte ich, wenn ich strahlend und stolz in der ersten Reihe säße und klatschte und pfiff und trotzdem etwas von Beckett schreien würde, ich würde mir die Hände an den Mund legen und rufen: *When you're in the shit up to your neck, there's nothing left to do but sing*. Um dann zu denken: Da steht sie, meine feurige Flüchtige, mein kleines Prachttier.

2

Kurt Cobain war tot. Schon seit elf Jahren, aber du hattest das gerade erst vor einer Stunde entdeckt, nachdem du zum ersten Mal »Smells Like Teen Spirit« gehört hattest, und du spieltest das Stück immer wieder auf deinem Discman ab und erklärtest entschieden, der Musiker sei nicht an einer Überdosis Drogen gestorben oder an der Kugel, sondern an einer Überdosis Erfolg, das könne einen auf den Gedanken bringen, man könne fliegen, bis man merke, dass man ja gar keine Flügel habe, und dann stürze man plötzlich ab, wie das bei den Comicfiguren von *Looney Tunes* der Fall sei: Sobald sie feststellen, dass sie in der Luft hängen bleiben, stürzen sie in die Tiefe. Und du fuhrst fort, wenn du je berühmt würdest, wirklich berühmt, dann würdest du dich immer daran erinnern, wo du herkamst, du würdest den Geruch der Grassilage, die Ammoniakausdünstungen, die Kuhscheiße und deine Freundinnen nicht vergessen, ganz bestimmt nicht, aber du wusstest schon damals, dass du etwas Wesentliches verlieren würdest, dass Erfolg dich verändern und zugleich etwas bewahren oder vielleicht sogar noch verschlimmern würde, nämlich die uferlose Leere, die schon jetzt in dir war, obwohl ich diese Symptome übersah, ich, der genau wusste, wann ein Tier krank war oder wann es zu viele Stresshormone bildete, ich sah es nicht, weil ich an deine Widerstandskraft glauben wollte, die du letztendlich so dringend brauchen würdest, ich sah weg, wie ich vor vier Jahren während der Maul- und Klauenseuche auch weggeschaut und zu einem Bauern gesagt hatte, es sei eine kleine Grippe und würde schon wieder vergehen, ich wollte verdammt noch mal nicht, dass der gesamte Viehbestand gekeult würde, denn ich hatte schon einmal gesehen, wie einige Kühe, Schafe und Schweine noch lebend im Kadaverwagen landeten und mit den Klauen an die Wände schlugen, und in derselben Woche hatte ich bei einem Viehbauern reingeschaut, bei dem die Seuche voll zugeschlagen hatte, und als ich in der Mittagspause ins Haus gegangen war, um die Erdnussbutterbrote aus meiner Aktentasche zu holen, obwohl ich wusste, dass ich sie kaum hinunterbekommen würde, und nichtsahnend in die Diele trat, sah ich ihn oben am Treppengeländer hängen, ich sah erst die Sohlen seiner Langschäfter, Mist und Stroh noch im Profil, danach seinen Overall, und erst dann drang das leblose Gesamtbild in mein Bewusstsein, ich hatte die Augen zugekniffen, um mich zu retten und weil ich hoffte, dass ich ihn noch retten könne, dass ich zu dem Moment zurückspulen könne, in dem ich meinen schwarzen Fiat-Bus auf den Hof lenkte, und dass ich auf ihn hätte einreden können, wie Königin Beatrix auf ihr Volk einredete und dabei auffallend oft das Wörtchen *wir* verwendete und wie das wirkte, wie es offensichtlich auch bei dir wirkte, aber da wusste ich noch nicht, wie es war, das Liebste, das man hat, zu verlieren, ich wusste nicht, dass Worte manchmal nichts gegen einen Verlust ausrichten können, und dennoch hätte ich gern den Versuch unternommen, ihn aus der Schlinge zu befreien, ich hätte ihn zumindest an meine Brust drücken können, wie ich das bei den Pansentrinkern tat, bei den kranken Kälbern, um ihnen so in die Augen schauen zu können und zu sehen, wie es um ihre Pansenentwicklung stand, ja, ich würde ihn wie einen Pansentrinker festhalten und ihm vielleicht etwas ins Ohr flüstern, etwas von Leonard Cohen, ich denke, dir würde das gefallen: *First of all nothing will happen and a little later nothing will happen again.* Das überlege ich jetzt und hier, wenngleich ich genau wusste, dass der Viehbauer den Spruch wahrscheinlich nicht verstanden hätte oder nicht hätte verstehen wollen, denn wenn jemand zu tief in seiner eigenen Jauchegrube hockt, riecht er nur den Gestank und steckt fest in der Scheiße, nein, ich würde nichts sagen, würde ihn nur halten, bis die Ohnmacht aus ihm sickerte wie das Blut aus den Kühen, und wir würden uns beide auf die Laderaumkante meines Fiat setzen, wie ich es öfter mit einem Klienten tat, um dort meinen Befund zu besprechen, ich würde eine Zigarette anzünden und sie ihm hinhalten, während seine spröden Lippen meine Finger berührten und ich spürte, wie kräftig er an der Zigarette sog, die erst etwas schmaler und danach wieder praller wurde, als wolle er sich die Lungen mit Hoffnung füllen, mit etwas anderem als dem Todesgeruch der Keulung, und vielleicht würde ich die Tür des Laderaums schließen und mit ihm drinnen im Dunkeln sitzen, sodass wir nichts von den Geräuschen mitbekämen, von den Tieren, die auf dem Spaltenboden zusammenbrachen, und wir würden dort an dem Ort sitzen, an dem ich erst viel später eine Matratze auslegen würde, gefüllt mit Visco- und Kaltschaum, als ich so verdorrt war und besessen von dir, mein Augenstern, und wir würden so lange warten, bis wir hören würden, dass die Frontlader vom Hof führen und es so still würde, dass wir uns beide fragen würden, ob es wirklich geschehen war, ob wir uns das Grauen nicht eingebildet hatten, genauso wie ich nach dem Betrachten eines Kriegsfilms die Vorstellung hatte, ich sei selbst in die Kämpfe geraten und an jeder Straßenecke befände sich ein Soldat, der mich abknallen könne, *pengpeng* hörte ich dann im Kopf, aber er hing dort, und das Schlimmste war, dass die Leute vom Kadaverdienst ihn schließlich vom Geländer losbanden, dass sie mit denselben Händen, mit denen sie den Tieren das Leben nahmen, diesen Viehbauern anfassten und dass ich nichts dagegen tun konnte, ich stand betäubt in der Diele, die schlaffen Brote in der Hand, und ich weiß nicht wie, aber ich habe sie dort im Stehen alle drei hinuntergewürgt, bis auf die Krusten, die ich selten aß und in der Dose liegen ließ, auf deren Deckel ein verblichener Sticker mit zwei sich paarenden Schweinen klebte und darunter die Worte *Makin' Bacon*, um dann zu Hause die Krusten wegzuschmeißen, es war ein kindischer Protest, den ich mir nicht hatte abgewöhnen können, und ich sah zu, wie sie schwarze Agrarfolie über den Viehbauern legten, mit der normalerweise die Maismiete für die Konservierung abgedeckt wurde, neben seinen Armen zwei Sandschläuche, damit die Folie nicht durch den Wind verrutschen konnte, der durch die offenstehenden Gartentüren hereinwehte, als wollten sie sichergehen, dass er tot war und nicht wie manche Tiere noch lebend in den Leichenwagen kam, und von diesem Tag an konnte ich keine Erdnussbutter mehr ertragen, ohne das dunkelblaue Gesicht des Viehbauern vor mir zu sehen, die hervorquellenden Augen, und auch bei dir schaute ich weg, wenngleich ich diesmal nur mich selbst retten wollte, ich wollte in der von dir verursachten Betörung verharren, und gleichzeitig verabscheute ich das, aber ach, die Schwäche meines Fleisches, du warst das Feuer meiner Lenden, wie hätte ich es löschen können, ohne mich selbst zu ersticken? Ich ließ dich endlos darüber reden, dass du in dem Cobain-Song einen Verzweiflungsschrei sahst, dass du seinen Abschiedsbrief im Internet gelesen hattest und er fast zu schön und zu klar für jemanden war, der nicht mehr leben wollte, dass er Sätze durchgestrichen hatte und dabei vergaß, dass man auch durch einen Todeswunsch einen Strich ziehen kann, dass Teen Spirit eine Deodorantmarke in den Vereinigten Staaten war und dass jemand, der ratlos war, oft nichts oder aber zu viel darauf gab, wie er oder sie roch, und wie alles in diesem einen Satz steckte: *I'm worse at what I do best*. Genau in dem Moment bist du erschauert, wobei ich nicht wusste, ob das von dem Songtext kam, von dem plötzlichen Entschwinden des gerade erst entdeckten Musikers aus deinem jungen Leben oder von dem Hasengrauen, das hinter den Ställen heraufzog und uns langsam einhüllte, als stellte sich die kleine Totengräbergruppe aus The Village um uns auf, die auch in ihrer Freizeit schwarz gekleidet war, die Männer konnten sich nicht freinehmen vom Tod, weil der Tod sich niemals von ihnen freinahm, und ich holte die Totengräber manchmal hinzu, wenn jemand sein Lieblingstier unbedingt unter dem Apfelbaum begraben wollte, anstatt es an den Straßenrand zu legen, wo die Rendac es abholen würde, und dann gruben sie so tief, dass sie bis zu den Knöcheln im Grundwasser standen, dort, am Rande des Abgrunds, fröstelte ich, ja, ich fröstelte und kam nicht umhin, an meine eigene Existenz zu denken, an Sterblichkeit, ich hatte gerade das biblische Alter von sieben mal sieben Jahren erreicht und wusste, dass die Zahl neunundvierzig für Vollkommenheit steht, für Befreiung, außerdem mussten die Jünger neunundvierzig Tage warten, bevor der Geist Gottes über ihnen ausgeschüttet wurde, und es war auch eine unheilverkündende Zahl, wie es in Psalm neunundvierzig heißt: *So geht es denen, die auf sich selbst vertrauen, und nach ihnen denen, die sich in großen Worten gefallen. Sie sind in die Unterwelt gesetzt wie Schafe. Es weidet sie der Tod.* Aber ich wollte nicht mich hören, ich wollte nur dich hören, meine himmlische Auserkorene, und ich wusste nicht, in welche Wüste ich mich auf die Dauer begeben würde, doch bei dir war ich quicklebendig, bei dir existierte ich, und es war weniger schrecklich, ich konnte auf einmal lächelnd am Rand einer solchen ausgehobenen Grube stehen, während ich auf die kahl werdenden Schädel der Totengräber blickte, denn wie jung und ungestüm war ich, wie der Apfelbaum, der jedes Jahr wieder neue Blüten bekam, sogar nachdem der Tod unter ihm begraben war, durch dich verzweigte ich mich weiter, ich wuchs! Und du sagtest, du fändest, dass Kurt ein schöner Name sei, dass er wie ein ausländisches Gericht klinge, von dem du kleine Bissen nähmst, damit es länger reiche, damit du es länger genießen könntest, dass du irgendwann einen Freund haben wollest, der so heiße, und da machtest du abrupt ein trauriges Gesicht, als ginge dir gerade etwas auf, etwas Tieferes als das Wissen, dass es nur wenige Jungen gab, die Kurt hießen, um dich danach wieder zu fassen und, an die Stalltür gelehnt, zu erzählen, dass es dir öfter so ging, dass du einen Künstler entdecktest und sich dann herausstellte, dass er tot war: Jones, Hendrix, Joplin, Morrison, Pfaff, Johnson, Harvey. Dass sie sich vielleicht gerade deshalb so gut und unübertroffen in deinem Kopf anhörten, *weil* sie tot waren, als würden sie es kommen sehen und ihre letzte Kraft, ihren letzten Atem in ihre Lieder legen, und niemand könne die Toten übertreffen, und du wüsstest, wovon du sprächst, wir wussten beide, wovon du sprachst, aber wir gaben ihm keinen Namen, genauso wie wir der Dämmerung an jenem Abend keinen Namen gaben, die uns nicht länger umhüllte, sondern in uns kroch und dich immer langsamer sprechen ließ, über *The Twenty-Seven Club*, die Musiker, die mit siebenundzwanzig gestorben waren und dich maßlos interessierten, du hattest davon gelesen, wie Jones in einem Swimmingpool in Hartfield ertrank, wie Hendrix nach zu vielen Schlaftabletten und zu viel Wein an seinem eigenen Erbrochenen erstickte, wie Morrison an einem Herzstillstand starb, Joplin und Pfaff an einer Überdosis Heroin, Johnson, nachdem er in Greenwood vergifteten Whisky getrunken hatte, und der schlimmste Tod, fandst du, war der von Harvey, der während eines Auftritts mit Stone the Crows einen Stromschlag erlitt, als er ein nicht geerdetes Mikrofon berührte, und so war es eigentlich bei allen diesen Musikern: Sie waren nicht länger an die Erde angedockt. Sie gingen an ihrer Sucht nach Ruhm unter, am Drang nach Anerkennung, und du sagtest, dass Anerkennung das Wiegenlied eines Kindes sei, ohne diese Melodie würde es ewig umherirren auf der Suche nach dem richtigen, bestätigenden Blick, und ich sah das Hasengrauen jetzt auch hinter deinen Augen, ich sah, dass du hin und wieder einen hastigen Blick über die Schulter auf den Hof warfst, auf das erleuchtete Vorderhaus, du müsstest gehen, sagtest du, die Dunkelheit und die Hausaufgaben, und du zogst die Schultern hoch und sagtest *also tschüs*, und ich hatte nicht einmal sagen können, dass ich für dich Kurt heißen wollte, nenn mich bitte Kurt.

3

Kurt, sagtest du an einem Tag, der so warm war wie das Innere eines Hornträgers: *Ich muss dir was sagen, ich war an jenem Septembertag in New York dabei.* Ich wusste erst nicht, ob du mich wirklich Kurt genannt hattest oder ob ich mir das einbildete, aber gehen wir mal davon aus, dass du mich wirklich so ansprachst, ohne Umschweife und ernst, ich stand gerade neben den Kälberställen und kniff so fest in den aufgeschnittenen Milchpulversack, dass eine kleine Wolke daraus entwich und ich daraufhin verwundert dachte, dass es in keinem einzigen romantischen Film im Hochsommer schneite, denn der Zuschauer würde sich getäuscht fühlen, er würde sein Geld von der Videothek zurückfordern, der Zuschauer wollte nur realistisch aufblühende Liebe sehen, damit er denken konnte, dass ihm das ebenfalls passieren könnte, und ich wusste schon damals, dass wir außergewöhnlich waren, einzigartig, auch wenn ich das Wort *einzigartig* genauso hässlich fand wie einen gemästeten und hochgezüchteten Stier, und ich erkannte damals nicht, dass auch ich lediglich auf das Skelettwachstum bedacht war, ich nährte mich, indem ich jeden Moment mit dir größer machte, und schuf aus meiner tollkühnen Leidenschaft ein Fleischkalb, das immer hungriger wurde, fast ungestüm, und zugleich verwirrte es mich auch, dass du mich Kurt nanntest, ich meine: Wie lebendig war ich in deinen Gedanken in diesem Moment, würde ich nach einiger Zeit nur zu einem Lied werden, das dir nicht mehr aus dem Kopf ging, würdest du mich stets auf *repeat* setzen wollen, in der eitlen Hoffnung, du würdest etwas Neues finden, wodurch ich weiterhin funkeln konnte und nichts an Glanz verlor, oder glaubtest du etwas zu finden, was dich beruhigen konnte und dich durch diesen wahnwitzigen Sommer führen würde? Vielleicht war ich eine unterstrichene Liedzeile für dich, die du in den Songtexten, die ich dir gegeben hatte, nicht bemerkt oder deren Bedeutung du zumindest nicht verstanden hattest, vielleicht blieb auch ich unbemerkt, doch ich hatte keine Zeit, lange darüber nachzudenken, denn du nanntest mich Kurt und du klangst beklommen, und ich stand mit meinen Stiefeln im Schnee und mit dem Kopf in der brennenden Sonne, zwischen Glückseligkeit und heißer Enttäuschung schwankend, und du sagtest, dass du dabei gewesen warst, dass du dort hingeflogen warst, nachdem das erste Flugzeug sich in die Twin Towers gebohrt hatte, dass du wirklich fliegen konntest, nicht infolge von eingebildetem Ruhm, sondern durch einen kleinen Fehler von Gott, oder vielleicht war es ja auch eine geheime Gabe, du fragtest, was ich dazu sagen würde, wenn du jeden Abend auf der Bettkante stehend für den nächsten Flug üben würdest und der erste fliegende Mensch würdest, dass du an einem Tag wie diesem zum zweiten Mal aufsteigen würdest, diesmal vom Futtersilo aus, schwups über die Äcker hinweg, über die Zuckerrüben und die Kornfelder, über das klare Wasser des Maalstroom, obwohl ich, sagtest du, damit rechnen müsse, dass du nicht zurückkämst, es wäre erst dann etwas Besonderes, wenn du für immer fortfliegen würdest, denn sonst wäre es ja nur ein Kunststück, und Kunststücke würden schnell vergessen, ganz vielleicht aber würdest du ja ein Zugvogel, dann kämst du nur im Sommer zurück und würdest dem Ertrag des Landes zugerechnet, dann wären alle froh, dich zu sehen, ja, das würde dir gefallen, wenn die Leute aus The Village auf dich deuten würden, wenn du aufstiegst, und behaupten, dass sie dich kennen, dass sie aber nicht gewusst hätten, wie du es die ganze Zeit geschafft hattest, deine Flügel zu verbergen, sie würden flüstern, dass du schon immer etwas Besonderes an dir gehabt hättest, aber das, nein, das hätten sie nicht bei dir vermutet, und sie würden weiter zuschauen, wie du über die reformierte Kirche flogst, über der Grundschule eine Runde drehtest, über den Deich in Richtung Süden entschwandst, und alles unter dir würde klein, so klein wie eine Kartoffel, würdest du sagen, oder besser noch: wie eine Erbse. Was ich dazu sagen würde? Und du hast noch einen draufgesetzt, ich *sah*, dass du das tatest, weil deine kleine Zunge gierig über deine Lippen glitt, damit die Worte saftig klangen, und du erzähltest, dass du an jenem tragischen Tag im September dorthin geflogen warst und das Schreien der Menschen unter dir hörtest, die Sirenen, und während du da flogst, wurden die Büropapiere, die aus dem Turm flatterten, zu Friedenstauben, echt wahr, sagtest du, es wurden Friedenstauben, und du sahst, wie manche Menschen sich aus den Fenstern fallen ließen, du hörtest die dumpfen Schläge ihrer aufprallenden Körper, als ob es Milchpulversäcke wären, und dann kam wieder ein Flugzeug angeflogen, das sich in das zweite Gebäude der Twin Towers grub, und wie du manchmal zweifeltest, ob es ein Flugzeug war oder ob du in das Gebäude flogst, erst mit dem Kopf, dem Rumpf und dann mit dem Rest deines Körpers, den Füßen, dass du dachtest, du seist an alldem schuld, und ich sah, wie dir Tränen in die Augen quollen, und dachte, Mensch, du warst damals erst zehn, aber ich ließ dich erzählen, davon, wie du oft fantasiert hast, ein Flugzeug würde auf Hof De Hulst abstürzen und du könntest die Mauern fallen, das Glas klirren hören, und du sahst deinen Pa, ja, du sahst deinen Pa unter der rechten Tragfläche liegen, obwohl sie es auf dich abgesehen hatten, sagtest du, und vielleicht müsstest du dich selbst anzeigen, beherzt sagen: *Ich war es an jenem Tag, ich war das Flugzeug, ich habe New York in Flammen gesetzt, ich habe die Welt zum Weinen gebracht, und jetzt will ich die Welt trösten, indem ich ihr den Täter gebe*. Und es klang wahrhaftig, aber noch überzeugender klang es für mich, wie sehr du an deine eigene Geschichte glaubtest und wie überraschend mühelos du zu der Pracht deiner Flügel umschalten konntest, wie umwerfend schön und stark sie wären, die Federn wasserabstoßend, als du da in der offenen Stalltür standst und die Arme so verdammt bezaubernd bewegtest, ich sah die Muskeln unter deiner Haut bei jeder Bewegung, die du machtest, und ich wollte rufen, dass du nie aufsteigen dürfest, hörst du: nie. Doch stattdessen rührte ich besessen in einem Eimer lauwarmem Wasser, vermischt mit Milchpulver, bis die Klumpen heraus waren, und sagte, bevor du fliegen kannst, musst du erst lernen, wie man landet, ich sah sofort, dass das eine falsche Antwort war, auch belehrend, bah! Dass ich dich enttäuschte und du etwas anderes erhofft hattest, vielleicht sogar, dass ich über deine Flugpläne jubeln würde, dass ich dir die Septemberkatastrophe ausreden würde, und ich hätte mich mit dem stählernen Quirl vor den Kopf schlagen können, denn du ließt deine Flügel lustlos sinken, und ich konnte die Leere, die sich wie ein drittes Flugzeug in deine Brust bohrte, fast riechen, genauso wie ich schon aus der Entfernung den Geruch eines Kalbes erkannte, das Dünnpfiff hatte, weil es sich ein Virus eingefangen hatte, ich war dein Virus, doch das konntest du damals noch nicht wissen, und am liebsten hätte ich deinen bedürftigen nymphenhaften Leib umfangen, denn alles, was du wolltest, war, gesehen zu werden, du wolltest jemand sein, auf den man zeigte, anders als sie es in der Schule taten, du wolltest, dass du nicht so hoch aufsteigen musstest, damit sie staunten, dass es jemanden gab, der wollte, dass du hierbliebst, bitte, bleib hier, weil die Äcker ohne dich aufreißen würden, weil sich der Maalstroom ohne dich mit Blaualgen füllen oder austrocknen würde, und außerdem, viele Zugvögel überlebten die raue Reise nach Süden nicht, sie fielen wie Manna zu Boden, aber das durfte ich nicht sagen, ich musste dir in deinem Gedankengang und deinem schrecklichen Geständnis folgen, ich musste mir dich vorstellen, hoch oben auf dem Futtersilo, lieber Himmel, ich zitterte schon allein bei der Vorstellung! Und ich rührte immer weiter, obwohl die Milch längst klumpenfrei war, und dann sagte ich es, verdammt, ich sagte ganz einfach: *Ich werde dir beim Aufsteigen helfen*. Ich richtete mich auf, als wäre dies ein Film, blieb dann steif stehen mit dem Quirl in der Hand, Milch tropfte auf die Steine, und am liebsten hätte ich dir die Klumpen aus dem Kopf gerührt, doch du machtest wieder eine ausladende Armbewegung, und durch den Schatten schien es, als hättest du tatsächlich Flügel, und so ranntest du plötzlich über den Hof, gickelnd, und riefst: *Ich bin eine Krähe, ein Rabe, ich bin ein Reiher, ich bin der Vogel, den du am meisten fürchtest*. Um schließlich ins Gras zu stürzen und dort totenstill liegen zu bleiben, während du in den blauen Himmel starrtest, und da sagtest du es: *Mit mir stimmt was nicht, ganz und gar nicht.* Um nach wenigen Sekunden aufzuspringen, und ich sah, dass der Vogel aus deiner Seele verschwunden war, ich sah, wie du mit gesenktem Kopf in den Stall gingst, wo du nach dem Mistschieber griffst und im Zickzack über den Spaltenboden fuhrst, um den Dung in die Ritzen zu schieben, und ich wandte den Blick nicht von dir ab, während ich den Kälbchen Milch gab, und was konnte ich mehr tun, als dich zu mir zu locken, ich würde dich retten, liebe Flüchtige, ich würde dich bedingungslos retten, und es muss dieser Moment gewesen sein, der meine Albträume auslöste, in denen du hoch oben auf dem Futtersilo standst, die Totengräber am Boden, sie spähten, eine Hand über den Augen, zu dir hinauf, sagten, du könntest es erst dann sicher wissen, wenn du den Sprung wagtest, und jedes Mal, wenn du kurz davor warst aufzusteigen, wachte ich schweißnass auf und wollte dich anrufen, um mich zu beruhigen, aber ich sollte deine Nummer erst viel später bekommen, wobei du noch sagtest, ich solle dich nicht anrufen, du hasstest es zu telefonieren, du hasstest Klingeltöne, vor allem *Schnappi, das kleine Krokodil*, das fast alle in der Klasse auf ihrem Handy hatten, außerdem fandst du das Beenden eines Gesprächs am schwierigsten, als würden beim Unterbrechen der Verbindung auch tatsächlich die Bluts- oder Freundschaftsbande zerschnitten, du wusstest nicht, wie man sich verabschiedet, und sagtest eben, mit der Leitung sei irgendwas nicht in Ordnung, und: *Hallo, hallo, ich kann dich schlecht hören.* Also nein, Telefonieren mochtest du nicht, ich würde erst viel später deine Nummer bekommen, und während ich ein Fertiggericht aß, bestehend aus Grünkohl, Wurst und Soße, als Camillia und meine beiden Söhne für den ganzen Tag in die Stadt gefahren waren, würde ich so lange die Zahlen auf meinem Handybildschirm anstarren, bis ich deine klare Stimme hören konnte und ich dich doch an der Strippe hatte und nach ein paar Malen wusste, dass du, wenn du rangingst, immer dieselben Worte sagtest: *Dies ist die Voicemail des Vogels. Piep*. Und obwohl ich deine Telefonnummer auswendig kennen würde, schrieb ich sie sicherheitshalber unter die Striche im Zählerkasten, und in jenem Sommer würde ich immer öfter bei euch vorbeikommen, um nach den Färsen zu schauen und mir danach das lokal gebraute Bier schmecken zu lassen, das dein Pa mir am Ende des Arbeitstags einschenkte, wenn der Bodennebel wie eine Schaumkrone auf den Äckern lag, und dann lächelte ich höflich über seine Scherze und Aufschneidereien, über alles, was er über das Klima zu sagen wusste, und er dachte, seine Gesellschaft mache mich so beschwingt, aber das kam nur durch dich, mein Augenstern, langsam trank ich mich in dein kleines beklemmendes, düsteres Leben hinein, am Ende des Abends stellte ich die leeren Bierflaschen in die Scheune neben den Stiefelknecht und spürte nach den zahllosen Flaschen, wie es in mir schäumte und wie närrisch strudelte, dass ich da aber schon genau wusste: Ich liebte dich.

4

Vielleicht war es ja gar nicht merkwürdig, sondern das Normalste von der Welt, dass ich an jenem bullenheißen Vormittag ein Bettengeschäft betrat. Dort kaufte ich die teuerste Matratze, die sie hatten, bestehend aus Visco- und Kaltschaum, und zwei mit Entendaunen gefüllte Kissen, ich schleppte die Matratze zum Laderaum meines Fiats, legte sie rein, breitete einen auseinandergeklappten Schlafsack darüber, den ich von zu Hause mitgenommen hatte, in ihm war der Buchstabe C. eingenäht, von Camillia, und ich sorgte dafür, dass die Seite mit dem Buchstaben an der Tür lag, damit du ihn nie bemerken würdest, und dann dachte ich daran, dass die Frau, die ich hatte, mir zu Füßen lag, und die Frau, die ich wollte, ungreifbar durch meinen verschwitzten Kopf flatterte; ich spähte um mich, ob jemand gesehen hatte, dass ich fast so eifrig wie die Blässhühner an einem Liebesnest baute, um danach zu dir zu fahren mit sowohl frohem als auch angeekeltem Herzen beim Gedanken daran, was ich im Laderaum mit mir herumfuhr, und das alles verschwand erst, als ich dich sah und wusste, es war richtig, was ich tat, du und ich waren unvermeidlich, wir stellten die *bridge* in einem Song dar, wir waren anders als alle und alles um uns herum. Und ich sah zu, wie du dich spielerisch auf die Matratze plumpsen ließt, *James und der Riesenpfirsich* in der Hand, und fragtest, ob ich hier schliefe, also bestätigte ich das scherzend und sagte, dass ich ein

Werwolf sei und an der Ecke des nahegelegenen Parkplatzes stünde, weil ich unter dem Mond schlafen wolle, der in dieser Woche wie ein Abszess am Himmel prangte, später sollte es kein Scherz mehr sein, ich übernachtete immer häufiger an der Ecke, um so schnell wie möglich zu dir zu können, und der Sitz neben mir würde allmählich mit leeren McDonald's-Tüten, Bechern mit eingetrockneter American-Fries-Sauce und unzähligen Sandwichverpackungen und Coladosen von der Tankstelle übersät sein, und natürlich besuchte ich zwischendurch auch noch andere Bauern und Betriebe, aber dort brachte ich meine Arbeit so schnell wie möglich hinter mich, um wieder nach The Village zu fahren, zu dir, und vielleicht war es völlig normal, dass du dich auf den Rücken fallen ließt, das Buch über deinem Gesicht, und deine Füße in meinen Schoß legtest, auf meine schmutzige Stallhose, und dass ich dann deine Zehen, jede für sich, vorsichtig befühlte und die Knöchelchen sanft drückte, sie massierte, wie ich es manchmal beim Kronrand eines Pferdehufs tat, und manchmal zucktest du leicht mit dem Bein, wenn es kitzelte, dann musste ich mich beherrschen, um dir nicht das Buch aus den Händen zu reißen und ins Gras zu pfeffern, um dich dann ungestüm und liebevoll auf den Schoß zu ziehen und meine Nase in deinem noch nassen Schwimmhaar zu vergraben, wo ich unter dem Chlorgeruch dich riechen würde, und ich könnte nicht sagen, woraus dieser Duft bestand, mir wäre bestimmt nur etwas Enttäuschendes eingefallen, du rochst nach dir und nach niemandem sonst, so war es nun mal, und während ich deine Haut zum ersten Mal berührte, die euterweich war, deine Zehen liebkosend durch meine Hände gehen ließ und so tat, als untersuchte ich die Knochenstruktur, an der ich ablesen könnte, ob du ein gesundes Tier warst, erzähltest du, dass du dir den Film *Charlie und die Schokoladenfabrik* von Tim Burton bestimmt zehnmal angeschaut hättest und dass in deinen Augen Willy Wonka immer nur ein Gruseltyp war, ein Vollidiot, denn er überließ die lästigen Kinder ihrem Schicksal, er machte ihnen den Mund wässrig mit der Unmenge Süßigkeiten in der Fabrik und behütete sie nicht vor den Gefahren, die Gier mit sich bringt, du sagtest, dass jedem, der zu gierig war, eigentlich etwas fehle, und dass du die Lieder im Film immer übersprangst, weil dir schlecht davon wurde und du lange Zeit gedacht hattest, auch du würdest mal so eine goldene Eintrittskarte in einer Schokoladentafel finden, dann würden alle verstehen, dass du von hier wegmusstest, aber du fandst nichts, und du erzähltest seufzend, dass Roald Dahl unter anderem mit einer Schachtel HB-Bleistifte, seiner Lieblingsschokolade von Prestat, Billardstöcken und einer Motorsäge begraben worden war und dass auf dem Friedhof in Great Missenden Fußabdrücke vom Großen Freundlichen Riesen zu seinem Grab führten und dass du irgendwann mal dorthin wolltest, um dich auf den kalten Stein zu legen und zu flüstern, dass er dir das Leben gerettet habe, auch wenn du nicht erzähltest, warum, und dass du sagen würdest, du besäßest die Kräfte von Matilda und die Höflichkeit von Charlie und dass dich *Hexen hexen* nächtelang nicht hätte schlafen lassen, als du ihn in Gruppe fünf in der Schule gesehen hattest und der Lehrer gesagt hatte, nur die Kinder, die eine robuste Seele hätten, dürften sich den Film anschauen, und dass du daraufhin die Hand gehoben hattest und herausfandst, dass deine Seele alles andere als robust war, und du hattest mal gehört, dass Roald Dahl mit dem Ende des Films nicht einverstanden war, dass es anders sei als im Buch und Luke von einer Maus in einen Menschen zurückverwandelt werde, und du hörtest, dass Dahl sich bei einigen Kinos mit einem Megafon vor den Eingang gestellt und gerufen hatte: *Don't go there, it's a mousetrap*. Du hättest gewollt, dass er auch am Eingang zu deinem Klassenraum gestanden hätte, dass er gesagt hätte, eine Seele sei erst dann robust, wenn man sie mehrmals verloren hätte, und du wusstest, dass Roald Dahl einmal mit einem Flugzeug abgestürzt war und sich einen Schädelbruch zugezogen hatte, wodurch er so schön schreiben konnte, und du warst dir sicher, dass du auch so etwas durchgemacht hattest, du warst zwar nicht abgestürzt, als du zum ersten Mal flogst, aber du hattest bestimmt einmal etwas an den Kopf bekommen, weshalb du über die Dinge nachdachtest, wie du es eben tatst, und vielleicht kam es ja daher, weil du den Turm der Twin Towers durchbohrt hattest, und du würdest dort am Grab des Schriftstellers gestehen müssen, dass du *Der fantastische Mr. Fox* nie gelesen hattest, weil Füchse nicht so dein Fall waren, die gruben die toten Legehennen aus, die hinten am Deich begraben waren, nein, sagtest du, Füchse hätten keinen Funken Anstand, also wolltest du nichts über sie lesen, und du sprachst immer weiter, während ich dich ansah, mein kleines Prachttier, während ich sah, wie sich die Matratze an deinen Leib schmiegte und groß genug war für uns beide, aber ich traute mich nicht, mich neben dich zu legen, noch nicht, und da nanntest du wieder meinen Namen, während du mit deinen Zehen meinen Schoß knetetest, wie Katzen es machen, wenn sie sich wohlfühlen, du sagtest: *Kurt, ich weiß nicht, aber manchmal denke ich, es wird nie wieder normal*. Du seufztest und schautest wieder auf die Zeilen in deinem

Buch, und ich fragte mich, was nie mehr normal werde, aber ich stellte keine Fragen und wartete, bis du weitersprachst, du sprachst weiter und erzähltest von dem Schwimmbad am Rand von The Village, von den Jungs, die vom hohen Sprungbrett sprangen, um sich selbst, ihren Freunden und vor allem den Mädchen zu imponieren, wie du einmal in Gruppe sechs jemanden unter Wasser geküsst hattest und dass du nicht wusstest, ob du es schön oder eklig fandst, und dass sich letzten Endes herausstellte, dass er dich nur deshalb küsste, weil er sein Geld vergessen hatte, damit du hinterher eine Tüte Haribo-Frösche für ihn kauftest, und du ihn darum Den Frosch nanntest, und ab und an dachtest du noch an diesen Kuss, der nach Chlor geschmeckt hatte und ein bisschen nach Junge, und da fragte ich dich, wovon du fantasieren würdest, wenn du an Den Frosch dachtest, während ich deine Fußknöchel streichelte und den weißen Streifen von deinen Schuhen, wo die Sonne nicht hingekommen war, und ich fand dich blass so viel schöner als gebräunt, als ob du aus Porzellan wärst, so wollte ich dich sehen, als mein Porzellanmädchen, und ich wusste, dass du schon lange nicht mehr last, ich sah, dass deine Wangen rot wurden und aussahen wie mit dem Viehmarkierungsstift gefärbt, mit dem ich Mutterschafe kennzeichnete, nachdem sie geimpft waren, und du schnapptest kurz nach Luft und sagtest dann, dass der Vogel immer Den Frosch töte, er schlucke ihn auf einen Rutsch hinunter, und dass du dann plötzlich zu Dem Frosch *geworden* seist, dass du daran nichts ändern könntest, und dann zogst du deine Füße von meinem Schoß und drehtest dich auf den Bauch und sagtest: *Ich denke am meisten an mich selbst.* Und ich wusste nicht, was das mit Dem Frosch zu tun hatte, nur, dass ich an etwas gerührt hatte, worüber du nicht weiter reden wolltest, und ich konnte nichts dafür, dass ich da mit meiner unbeholfenen Geilheit saß und nicht mehr wusste, ob ich dich hätscheln oder zerreißen wollte, vielleicht beides, lieber Himmel, ja, ich wollte beides, und die schmutzige Stallhose kniff an meinem Geschlecht, und ich wollte deine Fußsohlen berühren, die noch runzlig vom Schwimmbadwasser waren, ich wollte Roald Dahls Zeilen aus deinem Kopf küssen und mit meinen Worten füllen, aber du schienst auf einmal so weit weg, als wärst du nicht länger Teil meiner Herde, und trotzdem war ich in dem Moment außerordentlich zufrieden damit, wie es mit uns lief, und vor allem auch mit dem Kauf der Matratze, mein Auto würde unser Liebesschloss werden, ich würde Poster an die Wand hängen, eines von Nirvana und eines von Königin Beatrix, sie war im letzten April zu Besuch in The Village gewesen, und du durftest Prinz Willem-Alexander eine Blume anstecken, ich schaute aus der Nähe zu, wie du an der Kirche in einer Tour nervös von einem Bein aufs andere hüpftest und Angst hattest, du würdest mit der Nadel seinen Anzugsstoff durchstechen, direkt in seine Brust hinein, dass du den Prinzen von Oranien-Nassau töten würdest, und du hattest ihm mit zitternden Händen, und ohne ein Wort zu sagen, die Blume angesteckt und danach einen prachtvollen Bericht darüber für die Schulzeitung geschrieben, den Camillia nachsehen und mir zu lesen geben sollte, wodurch ich gerührt sah, wie du mit WordArt in Riesenbuchstaben einen Titel gestaltet hattest, bevor ich den nächsten Satz las: *I am almost numb with cold, but the thought that I will soon see Prince Willem-Alexander keeps me warm.* Und ich konnte damals noch nicht wissen, dass es keinen Gedanken gab, der dich warmhalten würde, dass du es zwar denken und schreiben konntest, es aber nicht fühltest, dass du wolltest, dass du den Prinzen umsorgtest und er dich, dass das Umsorgen dich aber nicht ruhiger machen würde, im Gegenteil, es machte dir alle Verlustmöglichkeiten bewusst, die Trauer, die du mit dir trugst, und sobald du jemanden liebtest, verlorst du ja gerade all deine Liebe, und es wurde unerträglich für dich, dann ließt du sie verdorren wie eine Ansteckblume oder versuchtest mit aller Macht, das Verdorren zu verhindern, was genauso sinnlos war, und ich stellte mir an jenem Nachmittag, als du die Matratze einweihtest, vor, die Hände hinter meinem Kopf gefaltet und die Stiefel über die Laderaumkante hängend, wie sich die Königin von dem Poster herunter an mich wenden und feierlich sagen würde, ich dürfe dem Treue- und Verdienstorden beitreten, weil ich nie von deiner Seite weichen würde, mein Augenstern, und dass ich eine Rettungsmedaille bekäme, weil ich dich erlösen würde, ich würde dir zeigen, wie es war, wirklich zu fliegen, und daran dachte ich, während ich auf die Polderlandschaft blickte, auf die Doldenblütler am Wegesrand, und für einen kurzen Moment verspürte ich die gleiche Glückseligkeit wie damals, als ich jünger war, vielleicht in deinem Alter, als ich dachte, ich könne alles sein, und dieses Gefühl hatte ich jetzt auch, aber ich sollte ja gerade alles werden, was ich nicht wollte, ich wollte dich kitten und nicht zerbrechen, aber ich war schon immer ungeschickt gewesen, und plötzlich wurde es dunkel in meinem Kopf, so dunkel war es lange nicht gewesen, und ich sah den Eiter aus dem Mond tropfen und an den Türen meines Fiat herunterrinnen, ich erinnerte mich, wie ich einmal das Boerenbont-Sonntagsservice meiner Mutter hatte fallen lassen, es zerschellte in Scherben auf dem Steinfußboden der Küche, und wie ich daraufhin in der Scheune schlafen musste, zwischen meinen Sünden und den schwülwarmen Leibern der Schweine, und dass ich in jener Nacht herausfand, dass die lieben rosa Tiere nicht imstande waren, zum Himmel hinaufzuschauen, dafür waren ihre Hälse einfach nicht beweglich genug, und ich war mir sicher, dass es dann keinen Gott geben konnte, nein, Gott gab es nicht, und das sagte ich am nächsten Morgen zu meiner Mutter in dem Moment, als sie mich zum Frühstück aus dem Stall rief, und ich sah, wie die Gabel durch meine Worte tiefer in ihren Pfannkuchen verschwand, die sie immer backte, wenn es ihr nicht gelungen war, ihre Bösartigkeit zu verhehlen, es waren Wiedergutmachpfannkuchen, und sie schmeckten immer anders als die normalen Pfannkuchen, sie lagen einem schwerer im Magen, der Teig war wütend gerührt worden, es war zu wenig Milch darin, aber ich sagte ihr das von Gott und so, und daraufhin musste ich über die Wendeltreppe mit nach oben, in ihr Schlafzimmer, das meinem gegenüberlag, wo sie langsam ihre Küchenschürze ablegte und den langen, sittsamen Rock, als hoffte sie, dass sie es sich noch anders überlegen würde, aber sie überlegte es sich nicht anders und setzte sich mit gespreizten Beinen auf die Bettkante und befahl mir, mich auf bloßen Knien wie ein Hund vor sie zu hocken, und ich bellte noch, um sie zu erheitern, um sie zum Lachen zu bringen, *wuffwuff*, sagte ich, sie lachte nicht, sie trug diese komischen langen schwarzen Socken, und ich schmeckte den Puderzucker noch auf meiner Zunge und meinen Lippen, und dann sagte sie mit einer heiseren Stimme, die ich nicht an ihr kannte: *Du darfst erst aufhören, wenn Gott wieder in dir ist.*

5

Liebe himmlische Auserkorene, ich konnte nichts dafür, dieser verdammte Frosch ging mir einfach nicht aus dem Kopf. In Gedanken legte ich ihn auf meinen klappbaren OP-Tisch, um ihn zu sezieren und zu sehen, was du sahst, doch jedes Mal, wenn ich mein Skalpell in sein Bauchfleisch setzen wollte, sprang er hoch und entwischte mir quakend, und ich muss dir ehrlich sagen, dass er sowohl Eifersucht als auch Kampflust in mir entfachte, und ach, ich weiß, wie blöd es von mir war, dass ich dir irgendwann zu folgen begann, wenn du mit dem Rad den Kinderballadeweg entlang zum Schwimmbad fuhrst, Badeanzug, Handtuch und eine Tüte Paprikachips auf dem Gepäckträger, die bei der Ankunft zerbröselt waren, sodass du meintest, dann mehr zu haben, wie ich, vorsichtig hinter dir her fahrend, vor mir sah, dass du dort Den Frosch küssen würdest, und nicht der Kuss war die Hölle, sondern das Wissen, dass es während dieses Austauschs von Speichel keinen Platz für mich gab, dass dein Kopf von jemand anderem ausgefüllt sein würde: Ich wollte dich besitzen, du musstest mir gehören, ganz allein mir. Und manchmal döste ich auf dem Parkplatz beim Schwimmbad kurz weg, erschöpft von diesen anstrengenden Tagen, von diesem Gehetze, und schrak wieder hoch durch den Frosch, der in meinem Traum auf dem Armaturenbrett saß und quakte, dass ich dich niemals besitzen würde, dass es, je mehr ich dich zu besitzen glaubte, umso weniger zutraf, und manchmal warst du schon wieder weg, wenn ich ruckartig aufwachte, dann sah ich dein rotes Gazelle-Rad nicht mehr zwischen den anderen Rädern, doch meist fuhr ich in sicherem Abstand hinter dir her und sah, wie du im Wind flach auf dem Lenker lagst und in Schlängellinien um die weißen Straßenmarkierungen fuhrst, und wenn wir dann gleichzeitig auf dem Hof ankamen, sahst du mich lächelnd an und sagtest *so ein Zufall*, und ich sagte *reiner Zufall*, und ich ließ meinen Blick prüfend über dein Gesicht wandern bis zum Mund, ob deine Lippen röter waren, dicker, ob Schmetterlinge herausgeflogen kämen, und ich konnte dich nicht fragen, ob du Den Frosch gesehen hättest, denn du verschwandst sofort in deinem Zimmer, nachdem du im Stall ein paar Dinge für deinen Pa hattest erledigen müssen, und dann hörte ich The Cranberries aus deinem Fenster, und ich fröstelte, obwohl wir gerade eine Hitzewelle hatten, das lag an dem Satz, der herausgeweht kam: *We must be mistaken.* Nein, dachte ich, wir würden uns nicht irren, und ich wusste nicht, ob du sangst, weil du die Liebe gefunden hattest, oder weil du die Liebe finden wolltest, darüber grübelte ich nach, während ich zwischen den Blaarkoppen übers Land lief und deinem Pa zuzuhören versuchte, der über die vielen Maulwurfshügel klagte, über die Fallen, die wir aufstellen müssten, und einen Moment lang hoffte ich, ich würde selbst in so ein Fangeisen geraten, dass es vorbei wäre, dass ich in die Falle liefe und deinem Pa sagen könnte, dass ich blind gewesen sei, geblendet durch dich, dass ich das Licht aber allmählich wieder sehen würde, doch diese Gedanken verschwanden so schnell, wie sie gekommen waren, denn da kamst du aufs Feld heraus, du trugst zum ersten Mal ein weißes Kleid mit Puffärmeln, und ich schwankte, meine himmlische Auserkorene, ich schwankte zwischen Bewunderung, Anbetung und Eifersucht, und ich sah, dass du dich unbehaglich fühltest, dass du dir nicht sicher warst, ob du in einem Kleid noch du selbst warst, aber ich sah dich durch den Stoff hindurch, darüber machte ich mir keine Sorgen, ich machte mir nur Gedanken darüber, warum und für wen du das tatst, für mich oder für Den Frosch? Und du sagtest fast verlegen, dass das Essen fertig sei, dass die Kartoffeln zwar ein bisschen zu lange gekocht hätten, das Fleisch aber prima sei, und du fragtest, ob ich zum Essen bliebe, dein Bruder würde bei einem Freund essen und es sei mehr als genug da, und du warfst schnell einen Blick zu deinem Pa, und der nickte zum Zeichen des Einverständnisses, und ich hätte jubeln können, aber nickte nur, ich nickte und drehte mich dann prompt von dir weg, und erst später erkannte ich, wie unhöflich das von mir war, wie hochmütig auch, und bevor wir uns zu Tisch setzten, hattest du dein Kleid schon wieder ausgezogen und trugst ein formloses Shirt mit einer weiten Jeans, bei der man von hinten nicht sah, ob du ein Junge oder ein Mädchen warst, und ich dachte, dass du das selbst auch nicht richtig wusstest, denn was meintest du damit, dass du Der Frosch wurdest? Egal, ich würde dir den Unterschied zwischen einem Mädchen und einem Jungen schon beibringen, genauso wie ich die Studierenden, die bei mir ein Praktikum machten, die Anatomie eines Rinds studieren ließ, und ich würde mit einem Zeigestock alles benennen, während du nackt auf der Matratze lagst, ja, du würdest nackt daliegen, und ich würde auf alles zeigen, von der Elle bis zum Steißbein, und ich schüttelte kurz den Kopf über meinem Teller mit dampfenden Kartoffeln, Schnitzel und Brechbohnen, damit du nicht ausgezogen mir gegenüber Platz nahmst, und ich lächelte dich an und fragte dann achtlos, als gäbe es darauf keine Antwort, die mich treffen könnte, mit gerade genug Interesse in der Stimme, denn ich wusste, wie empfänglich du dafür warst, für ehrliches Interesse, ich fragte, ob du schön geschwommen seist, und du nicktest freudig, du erzähltest, wie herrlich es sei, gewichtslos zu sein, unter Wasser zu schwimmen, dass du schneller seist als alle deine Freundinnen, und du sagtest, man sollte beim Brustschwimmen, wenn man die Arme nach vorn bewegte, am besten die Hände zur Hälfte über der Wasseroberfläche halten, dann wäre man am schnellsten, und wieder sagtest du, wie schön es sei, gewichtslos zu sein, und erst später würde ich erkennen, wie viel dieses Wort wirklich wog, als du so stark abmagertest, dass nichts mehr da war zum Festhalten, und ich hörte zwar zu, aber ich sah deine Lippen immer wieder in engem Kontakt mit denen Des Frosches, ich sah deine Zunge um seine kreisen, ich zerdrückte heftig eine Kartoffel unter meiner Gabel und ich sah, dass du etwas verschwiegst, sah es daran, wie du hin und wieder einen verstohlenen Blick zu deinem Pa warfst, der, ohne aufzuschauen, sein Essen in sich hineinschaufelte, als würden wir ihm jeden Moment den Teller wegnehmen, er schien unserem Gespräch nicht zu folgen, man hörte nur, wie der Löffel bei jedem Happen Apfelmus an seine Zähne tickte, und untermalt von diesen Tickgeräuschen erzähltest du von einem neuen Song, den du von Bonnie Tyler entdeckt hattest, aus dem Album *Faster Than the Speed of Night*, er hieß: »Total Eclipse of the Heart«, und begeistert sagtest du, du könntest nicht aufhören, ihn zu spielen, und du fragtest dich, wie sich das anfühle, wenn dein Herz sich verfinstere, dass du das so schön fändst und wahr, ja, es sei wahr, dass es Liebe nur im Dunkeln gebe, und dass auch du manchmal die Vorstellung hättest, du würdest auseinanderfallen, und dann stelltest du dich plötzlich auf deinen Stuhl, wartetest, bis ich meine volle Aufmerksamkeit auf dich gerichtet hatte und die Gabel hinlegte, und da standst du zum ersten Mal auf einem Podium und fühltest dich toll, du fühltest dich unbesiegbar, du fühltest dich als Auserkorene und sangst, klar und funkelnd: *And I need you now tonight, and I need you more than ever, and if you only hold me tight we'll be holding on forever.* Da wusste ich sicher, du warst verliebt, und ich wusste nicht, ob ich vor Freude an die Decke springen sollte oder dir die Hölle heiß machen und dich über deine Schwimmbadabenteuer ausfragen, aber du setztest dich wieder hin und stecktest dir ein Stück Schnitzel in den Mund, du wurdest kurz rot, sodass ich mich wieder fragte, ob das wegen mir war, sag bitte ja, sag ja, oder wegen Dem Frosch, und ich konnte nichts daran ändern, dass ich missgünstig wurde, dass ich nicht an mich halten konnte und erzählte, wie viele Froschleichen ich auf dem Weg hierher gesehen hatte, dass einige durch die Hitze an meinen Reifen kleben blieben und dass ich sie mit dem Plastiknamensschild hatte abkratzen müssen, das an der Brusttasche meines Tierarztkittels klemmte, und ich sah, wie alle Farbe aus deinem Gesicht wich, erst als dein Blick leer wurde und du nur noch lustlos in deinen Bohnen stochertest, brach ich ab und schloss mit dem Satz: *Nicht alle Frösche können gleich hoch springen.* Du sahst mich nicht mehr an, auch nicht nachdem du die Frage gestellt hattest und ich nicht sehen konnte, wie du das meintest, aber du fragtest, nachdem ich dich so verstört hatte, du fragtest: *Kurt, möchtest du mein Zimmer sehen, den Nistplatz des Vogels?* Und ich schaute zu deinem Pa, der sich über den Vanillepudding hergemacht hatte und so tief in sich versunken war, dass er es nicht einmal merkte, vielleicht aber fand er es auch normal, dass wir aufstanden, um unsere Stühle leise zurückzuschieben und nach oben zu gehen, über den Flur zu deinem Zimmer, und dass ich mich da etwas unbequem auf die Schreibtischkante neben das aufgeschlagene Mathematikbuch setzte, doch mein Herz überschlug sich fast beim Anblick des wunderbaren Kinderlustgartens, in den ich geraten war, mit der meerblauen Tapete an den Wänden, den auf deinem Bett als Nachtwächtern aufgereihten Kuscheltieren, den Postern an der Wand aus der *Hitkrant*, einem Exemplar aus deinem Geburtsjahr, das du von dem Verlorenen bekommen hattest, mit Abbildungen von Madonna, Julia Roberts, John Stamos und den De Kreuners, da hing auch ein Gedicht von Frank Eerhart, das auf *Een zee heeft geen zeer, Einer See tut nichts weh* endete, mehrere Fotos, die an den Büchern im Schrank und an deiner Ernie-und-Bert-CD-Sammlung lehnten, und auf keinem einzigen der Fotos warst du du selbst, du hattest auf allen die Pose eingenommen, die vierzehnjährige Mädchen einnehmen, verführerisch, ohne zu wissen, was das bedeutet, sie wollen dich, sagt ihr Blick, aber lieber noch ein bisschen mehr Taschengeld, sie wollen angebetet werden, aber lieber jemanden, der sie vor der Welt in Schutz nimmt, sie wollen ein großartiges Leben und sich zugleich unsichtbar wähnen, und das alles sah ich in dir, aber du warst weiter als deine Freundinnen, die wie Schminkpuppen neben dir standen, du warst anders, du dachtest so tief über die Dinge nach, dass auch ich irgendwann nicht mehr mithalten konnte, du warst unter Wasser, und ich konnte nur schwer zu dir kommen, du warst der Vogel, der später berühmt werden würde, du warst meine Beute, und plötzlich schwindelte mir, und ich murmelte, dass mir nicht gut sei, dass ich gehen müsse, dass es mir leidtue, und ich drehte mich um und polterte die Treppe hinunter, zu meinem Auto, das auf dem Kiesweg parkte, und ich raste mit diesem Gefühl der Übelkeit über den Deich nach Hause, wie damals, als ich von dem Viehbauern kam und dachte, wenn ich schneller führe, würde ich das Bild von seinem erhängten Körper auch eher von meiner Netzhaut bekommen, aber genau wie den Viehbauern bekam ich auch dich einfach nicht weg, und um mich noch mehr zu quälen, spielte ich in meinem Arbeitszimmer das Stück von Bonnie Tyler, und Mann, ich heulte, ja, ich schluchzte wegen dieses schrecklichen, monströsen Verlangens, das ich nach dir hatte, wegen Des Frosches, der jetzt in deinem Kopf lebte, auch wenn ich mir sicher war, das würde nicht lange dauern, mit Dem Frosch würde ich mühelos fertig, ich würde ihn plattfahren, noch bevor er seine Zunge bei dir reinschieben könnte, und es war an dem Abend, dass ich mich zum ersten Mal gehen ließ, mein Augenstern, ich ließ mich gehen und knöpfte hastig meine Hose auf, während ich mir unsanft die Tränen von den Wangen wischte und wusste, dass ich verloren war, mein Fleisch war so schwach! Ich versuchte noch, an die dick geschminkten Augen von Bonnie Tyler zu denken, an ihre heisere Stimme, aber ich sah nur dich vor mir, wie du auf dem Feld standst in deinem weißen Kleid, und ich dachte an uns zusammen auf der Matratze, ganz kurz auch an die

Königin, die wegen meiner Rettungsaktion das Wort an mich richtete und mir einen Orden anheftete, und dann wieder an dich, an dich, an dich!

6

Die Kinokarten brannten wie Willy-Wonka-Schokoladenpapier in meiner Hosentasche. Ich konnte deine freudige Miene bereits vor mir sehen bei der Vorstellung, du kämst mal kurz weg vom platten Land, auch wenn die Karten nicht für den Burton-Film waren, sondern für etwas viel Besseres, für *Es* von Stephen King, gespielt von Tim Curry, ein Klassiker von 1990, als du noch nicht geboren warst, die Serie lief gerade im Kino ein Dorf weiter, das vor allem bekannt ist für die Burg, die dort steht, sowie für einen rechtsgelehrten Schriftsteller, der in einer Bücherkiste entkam, und ich hatte nie den romantischen Aspekt daran erkannt, bis du erzähltest, dass er das tat, um wieder bei seiner Geliebten sein zu können, wie gefährlich und spannend es sei, zu einem Bücherstapel zu werden, und wie klaustrophobisch das Schmachten nach der Liebsten sein könne, auch wenn man natürlich Luftlöcher in die Kiste gemacht habe, *aber trotzdem*, sagtest du, er hat es doch in dem Wissen getan, dass er mausetot hätte ankommen können oder, noch schlimmer: dass er entdeckt würde, denn zu jener Zeit waren die Strafen nicht ohne, und man konnte besser an Liebeskummer sterben als erwischt und auf dem Schafott enthauptet werden. Und du sagtest, dass man im Mittelalter manchmal einen abgehackten Kopf an die Fürstin schickte, zum Zeichen, dass man der Auftraggeberin gehorcht hatte, und dass man sich besser nicht vorstellte, dass das heute noch so wäre, und du sagtest, dass in mehreren Museen behauptet werde, sie besäßen die Originalkiste, in der der rechtsgelehrte Schriftsteller entkommen war, dass man 1958 ein Flugzeug nach ihm benannt habe, welches auf dem Weg nach New York in den Atlantik stürzte, wobei alle Passagiere und die Besatzung ums Leben kamen, und ich wusste, dass du das alles vor dir sahst, dass deine Fantasie grenzenlos war und du dich mit ihr in Angst und Schrecken versetzen konntest, und ich sah ein Foto vor mir, wo du auf dem Rand des Burgwalls saßt, bei einem Kinderfest von Elia, bei dem du als Ritter verkleidet warst, wohingegen alle deine Freundinnen sich als begehrenswerte Freifräuleins kostümiert hatten, und du saßt als Ritter da, und es war das erste Mal, dass ich dich so sah, als schönen Ritterjüngling, und die Eintrittskarten brannten immer heftiger in meiner Hosentasche, als ich deinem Pa an jenem Nachmittag erzählte, dass Camillia nicht in die Vorstellung mitkommen konnte und ob du vielleicht mitwolltest, zumindest wenn du Zeit hattest, und ich sagte zu deinem Pa, dass es dich vielleicht inspirieren würde, das sagte ich zu ihm, während wir auf der Laderaumkante saßen und über die Äcker schauten und feststellten, dass die Kühe in diesem Jahr gut aussahen, ja, großartig, sogar Nummer hundertachtzig verlor allmählich ihre Lahmheit, und ja, die Kälber machten sich, wenig Krankheiten, und ich bot ihm eine Lucky Strike an, um ihn noch mehr zu beruhigen, und da sagte er, während er den Rauch ausstieß, es ginge in Ordnung, solange du vor dem Dunkelwerden wieder daheim wärst, und ich blieb ruhig, doch innerlich wollte ich schreien vor Freude, und ich erzählte es dir später während der Kaffeepause, als du mir eingosst und mir einen rosa

Kuchen anbotst und sagtest, du hättest weder von *Es* noch von Stephen King je gehört, und ich sah dich ungläubig an, wer hatte denn noch nie von Stephen King gehört? Ich legte dir ans Herz, unbedingt etwas von ihm zu lesen, aber jetzt erst mal diese Horrorserie, und ich wusste, dass du mit deiner Zartheit und angesichts der Tatsache, dass du dich schon beim Kinderfilm *Hexen hexen* gruseltest, ganz dicht an mich heranrücken würdest und nächtelang nicht schlafen können und mich zum ersten Mal anrufen und sagen würdest: *Der Vogel hat Angst, der Vogel kann nicht schlafen.* Und du würdest jedes Mal, wenn du in dein Zimmer kamst, erst unters Bett schauen und danach in den Schrank, und beim Duschen würdest du einen Waschlappen über den Abfluss legen, zur Sicherheit, doch da, auf dem Rasenplatz, genoss ich vor allem die Vorstellung, dass wir länger zusammen sein würden, dass wir ausnahmsweise nicht auf dem Hof wären, wo uns Hunderte von Kuhaugen im Blick behielten, und auch weg von deinem Pa, der mal besitzergreifend war und mal nachlässig, und dann fragtest du, ob Der Frosch bei uns sitzen dürfe, der würde nämlich auch hingehen, und ihr wärt einfach nur Freunde, echt, sagtest du so achtlos wie möglich, aber ich hörte die Hoffnung in dieser Achtlosigkeit und sagte, *natürlich kann er das*, und hatte sofort einen sauren Geschmack im Mund, den ich mit ein paar Bissen meines rosa Kuchens wegzukriegen versuchte, die mir trocken in der Kehle stecken blieben, und ich hustete und sagte, ich hätte noch was zu erledigen, ich ging weg von dir, und im Melkstall legte ich meinen Kopf an den kühlen Tank und ballte die Fäuste wegen der Enttäuschung, wegen des Rückschlags, doch ich fasste mich erstaunlich schnell, als mir die Idee kam, zwischen dir und Dem Frosch zu sitzen, und also holte ich dich nach dem Abendessen ab, du wartetest am Straßenrand in deinem weißen Kleid wie ein vom Himmel gestürzter Engel, so schön, dass ich an mich halten musste, um nicht zu hupen, ich hatte auf einmal keine Lust mehr auf den Film und wollte nur noch mit dir auf der Matratze liegen, während wir uns die Stöpsel deines Discmans teilen würden und du mir erklären würdest, warum du dich mit den Menschen so verwandt fühltest, die am zwanzigsten April gestorben waren oder Geburtstag hatten, wie zum Beispiel Steve Mariott und Hitler, und du würdest »All or Nothing« spielen und erzählen, dass, als du geboren wurdest, Marriott starb, nachdem sein Haus in Essex in Flammen aufgegangen war, wahrscheinlich durch eine brennende Zigarette, und dass für dich der schönste Satz in dem Stück war: *For me, for me, for me we're not children.* Und dass du deshalb wahrscheinlich totenstill auf die Welt kamst, wie ein feuchtes Kalb, die Eihaut noch um den Kopf, weil irgendwo anders auf der Welt jemand starb, und dass du manchmal mit Hitler Gespräche führtest und ihn im Geiste zum Tee einludst, um euren Geburtstag zusammen zu feiern, und du würdest der Geselligkeit halber auch Freud einladen, und ich fragte mich, wie um Himmels willen du jetzt auf den kamst, und du würdest Hitler fragen, welche Musik ihm gefiel, welche ihn zum Tanzen animierte, und du würdest keine schwierigen Fragen stellen, das käme erst später bei der Saft-Runde, die auf den zweiten Kaffee folgte, wie es üblich war bei Geburtstagen auf dem platten Land, erst dann würdest du ihn auf seine Gräueltaten ansprechen, würdest ihn fragen: *Adolf, hast du die Juden gehasst oder hast du in erster Linie dich selbst gehasst?* Und du würdest Freud bitten, den Unterschied zwischen Hitler und dir zu benennen; was machte ihn schlecht und was machte dich gut, und ob es möglich war, dass du jemals so wie Hitler werden würdest, und Freud würde dich dann väterlich beruhigen, und du wärst froh, dass er auch auf deinem Geburtstag war, danach schaltetest du zum Totengedenktag um und erzähltest, dass du immer zwei Schweigeminuten einhieltst, egal wo du warst, dass dir die Vorstellung Angst machte, falls du das nicht tätest, würde der Krieg wieder ausbrechen, und du dächtest an die Opfer, aber auch an Hitler, sagtest du, denn selbst im finstersten Menschen hätte es mal Sonnenlicht gegeben, und du würdest wieder bei Steve Marriott enden, dass er einen Hund namens Seamus hatte, einen Deutschen Schäferhund, Pink Floyd hatte mal ein Stück über ihn geschrieben, in dem das Winseln und Bellen des Hundes im Hintergrund permanent zu hören waren, und wenn du dir das Stück anhörtest, musstest du daran denken, wie sehr Seamus sein Herrchen vermisste, und dann wurdest du traurig, untröstlich, und eigentlich warst du an deinem Geburtstag immer bedrückt, weil du groß sein und zugleich nicht älter werden wolltest, denn es war unvermeidlich, dass du immer wieder eine Version deiner selbst verlieren würdest, und du erzähltest, dass sich unsere Zellen alle sieben Jahre erneuern, dass man deswegen jemanden nie durch und durch kennen kann, aber ich wusste, als du dich neben mich setztest und dich anschnalltest und wir wie zwei Erwachsene waren, die mal einen Abend zusammen ausgingen, dass ich dich immer besser kennenlernen würde, im Hässlichen wie im Schönen, und manchmal, wenn ich die Hand auf den Schaltknüppel legte, berührte ich kurz wie im Versehen dein

Knie und sah erst da zum ersten Mal die leichte Wölbung unter deinem Kleid vorn am Oberteil, du würdest dich bald zu einer prachtvollen Frau entwickeln, da war ich mir sicher, und ich fand es wundervoll, dass ich zusehen durfte, wie du heranwuchst, wenngleich ich hoffte, dass das nicht zu schnell gehen würde, ich wollte das Kind weiter sehen, das fröhliche Kind, das du warst und das in seiner Verspieltheit nicht sah, wie es mich erregte, und im Kino setzte ich mich tatsächlich zwischen dich und Den Frosch und drückte immer wieder auf den Knopf unter dem Tischchen, du fandst es toll, dass man da nur draufdrücken musste, und schon trat eine Frau aus der Dunkelheit herbei, um flüsternd zu fragen, was wir wünschten, ich bestellte jedes Mal eine neue Cola für dich, und in deiner Naivität und Ungekünsteltheit sahst du nichts Schlimmes darin, dass ich in den Momenten, in denen du vor Angst oder Schreck schaudertest, den Arm um dich legte und schließlich die Hand auf dein Knie, als wäre es der Schaltknüppel und ich könnte uns in den dritten Gang hochschalten, und ich schob die Hand immer höher, bis mein Handgelenk unter dem Kleid an deinen Slip drückte und du dich versteiftest, aber du machtest nichts, du standst nicht auf, du begannst nicht zu schreien und du riefst Den Frosch nicht zu Hilfe, du ließt meine Hand da liegen, und ich dachte, nein, ich *wollte*, dass es dich danach verlangte, und ich betrachtete es als *Ja*, als ich den Stoff an meinem Handgelenk feucht werden fühlte, und ich wusste, dass ich hiermit den falschen Weg einschlug, dass ich mich im Pferdekopfnebel meiner eigenen Lust verirrte, aber ich konnte nicht anders, ich betete dich an, du kleines Prachttier, du mein Augenstern, und ich sagte mir, dass du dich versteiftest, weil Pennywise the Dancing Clown gerade im Dorf Derry in Maine eintraf, wo er Georgie ermordete, dass du deshalb auf dem Rückweg so still warst und nur noch sagtest, es habe dir gefallen, dass ein Monster nur dann verschwinden könne, wenn es einem gelänge, nicht an seine Existenz zu glauben, dass Monster das nicht ertrügen, und ich hatte Angst, dass ich hier der Clown war, dass ich, wenn du nicht mehr an mich oder an die Existenz unserer Liebe glaubtest, ebenfalls langsam verschwinden würde, und wir erwähnten meine Hand zwischen deinen Beinen nicht, und um dich zu beruhigen, schob ich dich kurz in die Arme Des Frosches, als ich sagte, er sei ein netter Junge, und du sagtest abwesend *ja, ja, schon*, und als du ausstiegst, fasste ich schnell nach deiner Hand, die klebrig vom Popcorn war, und ich erschrak fast darüber, wie fest du meine drücktest, und ich fragte, ob du meine Telefonnummer wolltest, dann könntest du jederzeit anrufen, wenn was wäre, und ich schrieb sie auf die Rückseite eines McDonald's-Flyers, unter die Abbildung eines Double Big Tasty, und du würdest mir noch am selben Abend eine erste Nachricht mit den Worten schicken: *Unter der Blässe des Clowns verbirgt sich einfach ein bedürftiger Mensch*. Ich antwortete nicht, noch nicht, ich wollte, dass du nach mir schmachtest und Den Frosch vergisst, diesen Rotzbengel mit dem hübschen Gesicht, der sich im Kino schmollend neben mir im Sessel lümmelte, weil er nicht neben dir sitzen konnte, der aber ansonsten total uninteressant war und dich nicht verdiente, er würde dich verschlingen wie ein Happy Meal: flüchtig und ohne zu genießen, und er wäre schnell satt und hätte genug von dir, ganz anders als ich. Als der Film aus war, umarmtest du ihn kurz an der Kinotür, fast schüchtern, wie Teenager es tun, wohingegen nur ich dich richtig festhalten konnte, so fest, dass alle deine Sorgen verschwanden, aber du umarmtest ihn und flattertest dann durch den plötzlich einsetzenden Regenguss zum Auto, und dein weißes Kleid war am Oberteil durchsichtig geworden, und du merktest es nicht, mein Herzblatt, und du schwiegst, weil dir zu viel durch das Köpfchen ging, und nach deiner Nachricht lag ich stundenlang im Bett und starrte zur Decke hoch, Camillia neben mir, die mir immer fremder wurde und in der ich dich einfach nicht finden konnte, denn so jemanden wie dich gibt es nur einmal, und ich ließ mich ein paar Tage nicht auf dem Hof blicken, ich ließ dich denken, dass ich nie wieder käme, und als ich dich wieder sah, warst du anders, größer vielleicht, und Der Frosch hatte nach dem Kinobesuch beschlossen, mit deiner besten Freundin Elia zu gehen, dir sei es recht, sagtest du, denn, so zitiertest du aus Korinther dreizehn über die Liebe: *Sie erträgt alles, sie glaubt alles, sie hofft alles, sie duldet alles.* Und das war nicht der Fall zwischen dir und Dem Frosch, und ich wusste, dass du mich erst von da an richtig wahrnahmst, dass du dich häufiger im Stall herumdrücktest, wenn ich eine Kuh mit Euterentzündung versorgte, dann sah ich dich mit einem Eimer Wasser und einem Stück Seife ankommen, und du schautest atemlos zu, wie ich die Seife durch meine starken Hände gleiten ließ, und dann hoffte ich, dass du dich danach sehntest, dieses Stück Seife zu sein, auch wenn die stillen Momente nur kurz waren, denn schon bald fingst du wieder von Stephen King an, du hattest dir das Buch inzwischen in der Bücherei ausgeliehen und wolltest es weglegen und gleichzeitig nicht mehr loslassen, so grauenhaft war alles, und du sagtest, dass du *Es* niemals vergessen würdest, dass du ständig Albträume davon hättest, und du kamst mit, als ich meine Sachen zum Auto brachte, und du wolltest etwas sagen, etwas Liebes vielleicht, aber du trautest dich nicht, und ich blickte mich um, ob jemand uns sähe, nahm dann deine Hand und zog dich mit auf die Laderaumkante, ich nahm dich auf den Schoß, und du ließt es zu, du schlangst die Arme um mich und legtest den Kopf an meine Schulter, und ich glaube nicht, dass sich jemals jemand so an mich geschmiegt hatte, so fest, es war, als ob du so in mir verschwinden wolltest, wie du im Schwimmbad untertauchtest, und ich dachte: Du hast recht, unter dieser Blässe verbirgt sich ein bedürftiger Mensch. Und ich hielt dich fest, lieber Himmel, wie fest ich dich hielt.

7

Es waren höllische Nächte in jenem Sommer. Wie ein Sandhase bewegte ich mich zwischen dir und dem Viehbauern hin und her, und häufig schrak ich schweißbedeckt hoch, um fieberhaft den Nachttisch auf der Suche nach dem Knopf des Radioweckers abzutasten, das grelle Licht würde die schwarzverbrannten Ränder abkratzen, wie ich es bei Brotscheiben tat, die zu lange im Toaster gewesen waren, weil ich dachte, dann keinen Krebs zu bekommen, aber ach, dachte ich immer öfter beim Frühstück, lass mich doch Krebs kriegen, alles besser als dieser nächtliche Schmerz in der Herzgegend, dessentwegen ich mich unter dem Laken wand und mit aller Macht versuchte, Camillia nicht zu wecken, die sich Sorgen machen und mit einem nassen Waschlappen meine Stirn abtupfen würde, und ich würde dann, den Krebs im Kopf, schreiend ausrufen, sie solle abhauen mit diesem Waschlappen, ich sei nicht zu retten, es gehe zu Ende, denn ich wollte nur dich, und das machte mich noch verlorener, die Krankheit kroch schneller in einen schwachen Körper, das wusste jeder, und Gott, was war ich schwach, was war ich jämmerlich, wie ich da lag und in meinen Kissenbezug biss wie ein verletzter Sandhase, der von einer Schrotsalve getroffen war und sich in seine Sasse zurückzog, um dort zu sterben, und ich versuchte mir vorzustellen, wie du mich festhalten und mir beruhigend zuflüstern würdest, dass ich für alle Zeiten dein liebes Langohr war, dein schönster Jahrmarktgewinn, dass du mich trugst wie deinen Lieblings-Disney-Pulli, und ich versuchte, mich an deinen Duft zu erinnern, doch ich roch immer nur dieses verkohlte Brot, den faulen Geruch des Albtraums, und manchmal schlüpfte ich leise zwischen den Laken heraus und tappte ins Badezimmer, wo ich am Fenster eine Zigarette anzündete und den Rauch durch das Fliegengitter hinausblies, damit Camillia nichts röche, wenn sie am Morgen auf die Toilette ging, wenn ich ihr erzählen würde, dass ich keine Angst mehr hätte zu sterben, und sie sagen würde: *Denk an die Kinder*. Aber ich konnte ihr nicht erzählen, dass nur noch *ein* Kind meinen Kopf ausfüllte, ich konnte ihr eigentlich sowieso nichts mehr sagen, wir waren zu störrischen Gangschläfern geworden, die zufällig im selben Stall lagen, sie würde die Bilder, die ich vor mir sah, unmöglich verstehen können, die Bilder, auf denen der Viehbauer nicht an der Treppe, sondern am Futtersilo hing, auf denen er so blau aussah wie eine Edeldistel, aus seinem Mund kam ein letztes Todesröcheln, es hallte in meinem Kopf, während ich mir die Hände an die Ohren presste, und im Hintergrund hörte ich das Brüllen der Kühe, die von den Schützen in die Ecke getrieben wurden und manchmal erst nach mehreren Schüssen zusammenbrachen, ich sah die Greifarme der Frontlader hinter dem Futtersilo aufragen, die halbtote Schafsleiber an den Beinen hielten, ich sah die Pastoren, die ich hin und wieder einschaltete, wenn jemand vor Kummer nicht mehr ein noch aus wusste, aber bei dem Viehbauern war ich zu spät gekommen, ich hatte ihn kurz aus dem Blick verloren, und wenn ich früher Hunger bekommen hätte, wenn ich mich früher gefragt hätte, wo der Viehbauer blieb, dann wäre ich ihm vielleicht in der Diele in die Arme gelaufen und hätte ihn am Ende der Keulung an der Hand genommen, um ihm zu zeigen, dass sein Betrieb jetzt zwar leer aussah, dass hier aber eines Tages wieder die Geräusche von neuem Vieh zu hören sein würden, er würde das Klappern der Tränkebecken wieder hören, die rotierenden Bewegungen der grünen Kuhbürsten auf den Rinderrücken, das Summen des Milchtanks, natürlich würde er es nie vergessen und würde in den ersten Wochen hinter jedem neuen Leben das Skelett des Todes verborgen sehen, er würde vielleicht an Gott zweifeln, an mir zweifeln, aber er würde stärker daraus hervorgehen und allmählich wieder ohne Blei in den Stiefeln morgens den Stall betreten, er würde seine Limousin- und Herefordfärsen betrachten, und seine Augen würden funkeln, er würde wieder zu ihnen sprechen, wie ein Pastor zu seiner Gemeinde spricht, in der Hoffnung, sie würden fromm und beruhigt nach Hause gehen, und doch waren diese Gedanken allesamt unsinnig, denn er war nicht mehr, und in meinem Albtraum hing er da, als wäre auch er niedergeschossen worden und ein paar Bauern hätten ihn aus Protest am Futtersilo aufgeknüpft, so wie jemand eine tote Sau an der Auffahrt zu seinem Hof an einem Ast aufgehängt hatte, während der Kadaversaft aus dem Tier tropfte, und ich hatte in einigen Betrieben nie mehr einen Fuß über die Schwelle setzen dürfen, ich war der Tröster und gleichzeitig der Mörder, und die meisten Pastoren predigten, die Menschen sollten niederknien, es sei Gottes Wille, dass diese Tragödie sich in den Niederlanden vollzog, obwohl viele Bauern sich für die Selbstverteidigung entschieden hatten und die Bereitschaftspolizei, die Tierärzte, die Männer vom Kadaverdienst mit Steinen bewarfen, sie nahmen sich ein Beispiel an David, der Steine auf den Riesen Goliath warf, und ich konnte es ihnen nicht verübeln, der Mensch griff nun mal als Erstes zur Selbstverteidigung und kniete erst danach nieder, und ich dachte an Pastor Horreman, der als Einziger körperliche Gewalt predigte, weil er selbst ein paar Pferde hielt, er verkündete in seinem Gottesdienst, dass wir etwas gegen dieses Tierleid tun müssten, gegen diesen entsetzlichen Mangel an Ethik, er betrachtete den Keulungsbefehl als Auftakt zur Selbstzerstörung, und in einigen Fällen hatte er Recht bekommen, wie zum Beispiel bei dem Viehbauern, und ich sah ihn in meinem Traum am Futtersilo hängen, und du, du standst da so grauenhaft hoch auf dem First, und ich wusste, dass es töricht war, ich wusste schon die ganze Zeit, dass es töricht war, dass du fliegen wolltest, du würdest zerschmettert auf dem Hofpflaster liegen, mein Liebling, du würdest einfach zerschmettert, und ich hörte dich kindlich, aber mit Furcht in der Stimme singen, und anstatt *fang mich doch, wenn du kannst*, sangst du *verlass mich doch, wenn du kannst, du kannst mich doch nicht kriegen*, und ich wollte schreien, dass ich dich niemals verlassen würde, zugleich wusste ich, dass ich dann lügen würde, und du standst da wartend in deiner Windjacke, bis ich dich beruhigen würde, aber ich konnte es nicht, und da breitetest du provozierend die Arme aus, in einem letzten Versuch der Hoffnung und gleichzeitig als letzte Drohung, aber noch immer kam nichts über meine Lippen, auch wenn ich wusste, dass ich dich kitten konnte, und sei es nur für den Moment, nein, ich kannte meinen Text verflixt gut, ich kannte ihn verdammt noch mal, und es war so einfach, und ich würde ein paar Worte aus Lied dreihundert aus dem *Gesangsbuch für die Kirchen* hineinquetschen, weil du die kanntest: *Ich verlasse dich nicht, ich bleibe bei dir, bis die Posaunen erklingen, aus der Höhe links und rechts, tausend Stimmen uns umringen, Ja und Amen wird gesagt, bleibt nichts mehr, als dir zu singen, Herr, dann ist der Streit entschieden, ich verlasse dich nicht, bis die Schrift ist erfüllt.* Du würdest deine Flügel sinken lassen und dich selbst von deinem Flugverlangen befreien, ich würde dich mit einem Greifarm vom Silo pflücken, aber ich sagte nichts, ich *konnte* nichts sagen, und ich musste, so oft ich ruckartig aufwachte, an Leonard Cohen denken: »Ain't no Cure for Love«, und daran, wie wahr das war. Und dann stiegst du auf, und ich hoffte noch, dass es dir entgegen der Schwerkraft, entgegen dem Newton'schen Gesetz gelänge, aber du taumeltest herab, wenngleich das nicht das Einzige war, was mir Sorgen machte, ich hatte nämlich seit Kurzem in meinen Träumen Publikum, das auf einem wackligen Gartenstuhl auf dem Kies saß und zuschaute und bei den Stücken applaudierte, die grässlich waren, bei denen so mancher seufzen oder die Augen zukneifen würde, das Publikum war meine Mutter, sie hatte schon immer die Gabe besessen, in den falschen Augenblicken zu reagieren und in den richtigen zu schweigen, doch in meinem Albtraum übertraf sie sich selbst, sie saß da und war der Hauptgrund dafür, dass ich dich nicht anlügen konnte, denn sie wiederholte mehrmals, wenn sie merke, dass ich ein Lügenbold sei, würde sie meine Zunge mit einem Kartoffelmesser abschneiden, wie sie die Sprossen der Opperdoezer Ronde abschnitt, und dann sah ich meine Zunge im Korb mit den Kartoffelschalen liegen und schmeckte wieder den Puderzucker, das Pfannkuchenfett, und ich konnte es nicht, ich konnte nicht lügen, denn ich wusste, dass ich dich damit verletzen würde, mehr als der Sturz vom Futtersilo dich verletzen würde, also ließ ich dich fallen, ich ließ dich runterknallen, während du riefst, dass du ein Flugzeug seist, dass du es wiedergutmachen würdest mit New York, mit *The City that Never Sleeps*, und du zitiertest noch einen Satz aus dem Album *Live in New York* von Laurie Anderson, der Partnerin von Lou Reed, das sie ungefähr zehn Tage nach 9/11 aufgenommen hatte und das größtenteils vom Anschlag handelte, und der Viehbauer schlug plötzlich die Augen auf und begann zu schluchzen, wirklich wahr, er schluchzte über meinen Augenstern, meinen abgestürzten Engel, der wie ein Wrack zerborsten auf dem Boden lag.

8

Du warst dir sicher: Du warst merkwürdig, aber nicht so merkwürdig, dass du es dir nicht selbst eingestanden hättest, denn das seien erst die wahren Verrückten, die ihre eigene Verrücktheit verkennen. Du wusstest, dass du eigenartig und sonderbar warst, und besaßt gleichzeitig gute Manieren, du sprachst sehr sorgfältig und redetest mich immer mit *Sie* an, obwohl ich das überhaupt nicht mochte, weil es Abstand schuf, weil ich nicht irgendein Herr in deinem Leben sein wollte, nicht irgendein Passant, der einen Tick zu lange stehen blieb, ich wollte verschmelzen, und das ging nicht, solange du *Sie* sagtest, und auch wenn du versuchtest, das zu ändern, stand dir deine Höflichkeit im Weg, und dennoch benahmst du dich manchmal anderen gegenüber geradezu hoffärtig, nicht, weil du es warst, sondern aus Selbstschutz, und dann dachte ich an die Worte von Horaz: *Nur Gott kann das Tiefste ins Höchste verwandeln; den Hochmütigen erniedrigen und aus Dunkel Licht machen*. Doch du warst sowohl Licht als auch Dunkel, sowohl groß als auch klein, und du verstandst dich blitzschnell an das Skript des Alltags anzupassen, wie eine gelernte Schauspielerin bewegtest du dich unter den Dorfbewohnern, unter deinen Klassenkameradinnen und -kameraden, und noch ohne sie anzusehen, wusstest du, wie du dich am besten zeigen konntest, was sie von dir erwarteten, beispielsweise sagtest du: *Kurt, es geht häufig nicht darum, wer du bist, sondern darum, wer du in ihren Augen sein sollst*. Und so spieltest du die gute Tochter, die liebe und witzige Busenfreundin, das reizende Mädchen aus The Village, meine himmlische Auserkorene, die begabte Musikerin, und du warst gut darin, das muss ich dir lassen, du warst hervorragend, aber ich sah öfter auch den klaren Abgrund hinter deinem gespielten Ich, die uferlose Leere, die manchmal Besitz von dir ergriff, wenn du auf der Laderaumkante auf meinem Schoß saßt und in mich hineinkriechen wolltest, um dich zu füllen, und du mehr und mehr vor dich hin starrtest, und erst hier kam ich dahinter, dass du viel von Liedern sprachst, von Büchern und von Filmen, aber nur wenig von dir selbst, von dem Leben mit deinem Bruder und Pa, und es war am dreiundzwanzigsten Juli, als ich beschloss, dir mein Haus zu zeigen, Camillia war bei ihrer Schwester in Spanien, und nur die Kinder waren daheim, der Älteste war zwei Jahre älter als du, und ich konnte noch nicht vorhersehen, dass zwischen euch etwas erblühen würde, dass ich dir einen neuen Frosch auf dem Präsentierteller darbieten würde und eifersüchtig auf meinen eigenen Sohn wurde, als er dich an jenem Abend auf dem Mofa nach Hause fahren wollte, nein, ich verführte dich mit den Worten, dass mein Jüngster Geburtstag habe, dass in unserem Kühlschrank eine Torte mit einer dicken Schicht Buttercreme stünde, die zu groß für uns drei sei, und spielerisch breitete ich die Arme aus, um zu zeigen, wie riesig sie war, und allein schon die Vorstellung, du könntest kurz mal dem Kuhgeruch entfliehen, machte dich wieder sanft und froh, und du erzähltest von deinen eigenen Geburtstagstorten, die die schönsten gewesen seien, vor allem die mit dem Kopf von Ernie, als du zwölf geworden warst, mit Augen und Haaren aus Schnurlakritz, einem Mund aus Schokoladencreme und einer rosa Mäusespeckkugel als Nase, und dass nach dieser Torte alles anders wurde, und du sagtest nicht, warum, aber deine Augen wurden wieder so traurig, dass ich dich noch fester auf dem Schoß hielt, dass ich dich küssen wollte, ach, wie gern wollte ich deine Lippen auf meinen spüren, aber unser erster Kuss sollte erst später erfolgen, als du wieder die Schauspielerin mimtest, die allen gehorchte und nicht auf die Fehler im Skript hinzuweisen wagte, wie ich zu diesem Fehler werden und mich damit begnügen würde, dieser Fehler zu sein, doch zu diesem Zeitpunkt war ich noch freudig erfüllt von meinem Plan und nahm dich in mein Haus im Mazenpad mit, wo meine Söhne sich für dich abstrampelten und sich von ihrer besten Seite zeigten, und ich versuchte verzweifelt alles, damit deine Aufmerksamkeit nur auf mich gerichtet blieb, doch du schweiftest ständig ab zu meinem Ältesten, ich sah, dass du unter deinen Wimpern hervor zu ihm schieltest, bis wir herumzubalgen begannen, ich mit den Jungs auf dem Laminatboden, und es dauerte ein bisschen, bevor du dich trautest mitzumachen, aber schließlich setztest du dich auf mich und kitzeltest mich an der Seite, und ich schaute dich unverwandt an und sah zum ersten Mal, dass deine Augen nicht nur blau waren, da war ein feiner grüner Rand um die Pupille wie eine Dornenkrone, und ich balgte mit euch herum und fühlte mich einen Moment lang schrecklich, als ich nach einer halben Stunde erschöpft und keuchend auf dem Boden lag, ich fühlte mich wie ein alter Mann und sagte, es sei Zeit für die Torte, aber es war nicht Zeit für die Torte, es war Zeit für dich und mich, und ich kam mir plötzlich vor dem Kuchen und inmitten eures Gekichers und eurer heldenhaften Geschichten von der Schule wie ein Riese am Esstisch vor, ich gehörte hier nicht hin, und ich konnte mir nicht vorstellen, dass du das nicht sahst, vielleicht wolltest du mich ja weghaben wie einen überflüssigen Elternteil, aber dann sahst du mich wieder so lieb an, und ich bekam doch wieder Appetit und nahm tapfer einen Bissen von der steifen Buttercremefüllung, um danach jeden Blick, den du auf meinen Sohn warfst, mit Argusaugen zu verfolgen, und ich würde dich in mein Arbeitszimmer mitnehmen, das überlegte ich mir dort am Tisch, ich würde dich mitnehmen und würde dir wie nebenbei sagen, dass ich Camillia nicht mehr liebte, dass die Kinder sie aber liebten und dass uns das beieinanderbleiben ließ, ich würde dich ganz beiläufig fragen, wie du meinen Ältesten fandst und für wen du dich entscheiden würdest, wenn du auf einer unbewohnten Insel säßest, ob du dann mich oder ihn mitnehmen würdest, und dann würdest du sagen: *Kurt, wir sitzen bereits auf einer unbewohnten Insel, ich brauche mich nicht mehr zu entscheiden, der Unterschied besteht darin, dass wir die Einzigen sind, die wissen, dass wir uns dort befinden*. Und ich würde dich, auf dem Schreibtischstuhl sitzend, auf meinen Schoß ziehen, und wir würden uns meine alten Kinderfotos auf dem Computer ansehen, und du würdest sagen, dass ich mich kein bisschen verändert hätte, du würdest mich als attraktiv bezeichnen, als Prinzen, während ich spürte, wie meine Erregung an dir wuchs, aber das merktest du nicht, oder wusstest noch nicht, was das bedeutete, und da liebte ich dich noch mehr, wegen dieser süßen Unwissenheit, aber wir gingen nicht in mein Arbeitszimmer, wir schauten uns zu viert einen Film an, dessen Titel ich vergessen habe, und du saßt neben meinem Ältesten auf dem Sofa, und ihr gabt ein schönes Bild ab zusammen, widerspenstig schön, und ich sah zu, wie ihr euch totlachtet, es muss ein lustiger Film gewesen sein, obwohl du lustige Filme nicht mochtest, denn du verstandst den Witz oft nicht oder hattest Angst, dass du ihn nicht verstehen würdest, und dann spürtest du den Druck, in Gegenwart der anderen trotzdem zu kichern, und ich sah, dass du auf die Mundwinkel meines Ältesten schautest, dass du, wenn sie hochgingen, deine auch hochzogst, und zur Essenszeit holte ich mit dir Pommes im Einkaufszentrum von The Village, ich erzählte dir im Fiat, dass ich es schön gefunden hätte, dass du dich bei der Balgerei auf mich gesetzt hattest, und wartete gespannt auf deine Reaktion, und du wurdest rot, Gott, du wurdest rot, um dich danach mit den Worten wieder zu fassen, du seist die Stärkste, und ich sagte, *ja, du bist die Stärkste*, und du schobst den rechten Ärmel deines Shirts hoch und zeigtest mir deinen angespannten Oberarm, wir lachten, und ich wusste, dass dir nicht klar war, *wie* schön ich es fand, als du auf mir saßt wie eine angehimmelte Prinzessin, aber du würdest schon von allein dahinterkommen, mein kleines Prachttier, und wir kauften zweimal Frikandel Spezial und zwei Kroketten und eine Tüte Pommes mit Mayo, ich parkte das Auto im Naturschutzgebiet Tegenland, und das ganze Auto roch nach Frittiertem, die Scheiben beschlugen, wir würden die Hälfte für die Jungs aufheben, und du schienst dich wohlzufühlen, hier, mit mir in dem fettigen Frittiergeruch, du hattest deine nackten Füße auf das Armaturenbrett gelegt, und ich steckte mir zwei Pommes in die Nase und muhte neckend wie eine Kuh, und du schriest vor Lachen, und vielleicht warst du tatsächlich merkwürdig, wenn auch nicht so verrückt wie ich, denn wie konnte ich zulassen, dass ich ein Kind mit ein paar Snacks in meine Arme lockte und kurz darauf mit einer Prepaid-Karte, weil dein Taschengeld alle war und du mich so jederzeit erreichen konntest, du nahmst sie etwas unschlüssig an, aber auch erfreut, denn Handyguthaben war alles in deinem Teenagerdasein, und ich wusste nicht, dass mein Sohn dich später an jenem Abend nach deiner Nummer fragen würde, was ich ihm absolut nicht verbieten konnte, ohne aufzufliegen, und folglich würde die Hälfte deines Guthabens für mich draufgehen und die andere Hälfte für ihn, und Himmel noch mal, es schien, als würde mein eigenes Fleisch und Blut zum Konkurrenten, und nach den Pommes fuhren wir mit den übrigen Portionen wieder zu mir nach Hause, wo du mit meinen Söhnen ein Computerspiel spieltest, ich ließ euch machen und verschwand nach oben mit einem Kopf, in dem es plötzlich schmerzhaft hämmerte, und arbeitete gequält an ein paar Tier- und Inspektionsberichten, bis ich nach einer Weile deine leisen Schritte hinter mir hörte und dich im Treppenloch auftauchen sah, du erzähltest, dass das Game cool sei, *awesome*, und dass mein Sohn dich auf seinem Mofa nach Hause bringen würde und ob das okay sei, *prima*, sagte ich brüsk, und ich wollte, dass du mein Gekränktsein spürtest, ich wollte, dass du wusstest, dass du mich schon wieder auf die Seite schobst, obwohl ich der Einzige war, der dich auffangen konnte, ich war die ganze Zeit da, und du suchtest nach Worten, die Schauspielerin versuchte, dem geänderten Skript wieder zu folgen, du versuchtest, einer Abweisung zuvorzukommen, und ich stützte mich, den Kopf in den Händen, auf meinen Schreibtisch und sagte, jetzt in einem milderen Ton, dass es wirklich okay sei, dass wir uns bei euch auf dem Hof wieder sehen würden, und du bliebst noch kurz stehen, danach verschwandst du die Treppe hinunter, und ich hörte, wie der Motor des Mofas anschwoll, ich konnte es nicht lassen, aus dem Fenster zu schauen, ich sah euch die Straße hinunterfahren, um die Ecke biegen, du hieltest dich an der Lederjacke meines Sohnes ordentlich fest, einen Arm um seine Taille, den anderen wie einen Flügel weggestreckt.

9

Als ich beim Frühstück mit meinem Widerstand begann und mir vornahm, mich bei euch nur noch den Kälbern zu widmen, diesen wunderbaren sanftmütigen Tieren, die einem so ungestüm an der Hand nuckeln, dass sie, wenn man sie zurückzieht, über und über mit Schleimfäden bedeckt ist, und ich durch das Küchenfenster in der Morgendämmerung die glänzenden Büsche sah und an Pastor Horremans Worte vom letzten Sonntag dachte, wonach Gott es uns nur vorgemacht habe und wir uns nun selbst unser Paradies erschaffen müssten, wurde ich über meinem Speck mit Eiern von dem Gedanken übermannt, dass ich von jetzt an mein Leben bessern würde. Ich würde die Matratze zur Deponie bringen, genauso wie alle meine Begierden und widerlichen Triebfedern, und gerade als ich fast Lust bekam, diesen Widerstand in die Tat umzusetzen, erhielt ich eine Nachricht von dir, wonach Freud behauptet habe, solange die Tugend auf Erden sich nicht lohne, würde die Ethik vergeblich predigen, und einen Moment lang hatte ich Angst, du hättest mich durchschaut, du sähst das Monster, das sich hinter der Tugend versteckte, du kanntest ja fast alle Monster aus der Mythologie, vom Loch-Ness-Ungeheuer bis zum Jersey Devil, von Kraken bis zu Mothman, ich hatte Angst, du wüsstest, dass meine Hand im Kino nicht in Beschützerabsicht immer höher im Tal deiner Beine gekrochen war, sondern aus der schmutzigen Entschlossenheit heraus, dich mir anzueignen, Angst, du würdest erkennen, dass ich mein Auto für dich zum Liebesparadies umgebaut hatte, dass die Poster von Nirvana und Königin Beatrix da nur hingen, um dich in Sicherheit zu wiegen, aber ich wusste auch, dass du schon seit zwei Tagen im Kopf Gespräche führtest, mal mit Freud, mal mit Hitler, und dass du deswegen manchmal unversehens wirres Zeug redetest, das du selbst am wenigsten verstandst, auch wenn du über alles bis in die letzte Einzelheit nachdachtest und ich dich manchmal auf einem Badetuch mit Krabbenaufdruck liegend auf dem Rasenplatz gesehen hatte, wie du Selbstgespräche führtest, und dann wusste ich, dass Freud wieder da war, dieser Seelenklempner, und dass du mit ihm über New York sprachst, über dich selbst, und es gab keinen Grund, Angst zu bekommen, denn gleich darauf kam eine neue Nachricht: *Wenn ich deine Bonnie bin, willst du dann mein Clyde sein?* Ich holte erleichtert Luft und wusste sofort, dass du den Film gesehen hattest mit Faye Dunaway und Warren Beatty in den Hauptrollen, dass du davon erfüllt warst, dass du, wie ich, nach der romantisiertesten Form der Liebe strebtest, und wir fanden es toll, dass diese in dem Film schließlich von Kugeln durchsiebt wurde, vor allem mochten wir den letzten Blick, den er ihr zuwirft, bevor sie durchlöchert sind, als er *weiß*, dass es eine Falle ist, dass der Mann am Straßenrand keine Autopanne hat, ja, dieser Blick, könnte man sagen, diese eine Sekunde, darin steckt alles, was sie miteinander geteilt haben, was sie füreinander empfinden, sie wissen, dass das Abenteuer zu Ende ist, das wissen sie, und diesen Blick sollten sie 1992 in einem Remake noch einmal filmen, doch nur Dunaway und Beatty konnten einander so ansehen, und dadurch wusste man, dass dieser Blick etwas Seltenes war, so selten wie die Liebe zwischen Bonnie und Clyde, denn es gab kein anderes Paar, das so viel zerstörte und gleichzeitig einander so heil ließ, und während sie zu Helden wurden, weil sie nur große Banken ausraubten, schickten sie Fotos und Gedichte an die Presse, Gedichte, die Bonnie Parker geschrieben hatte, und du würdest mehrmals »The Trail's End« lesen und gleich wieder das Prasseln der Gewehrschüsse aus dem Film hören, und hinter deiner Frage, ob ich dein Clyde sein wolle, standen zwei breit lachende Smileys, das war wichtig, hatte ich schon bald begriffen, denn sobald ich eine Nachricht ohne Smileys schickte, antwortetest du so lange mit reinen Textnachrichten, bis ich doch welche schickte, und danach warst du beruhigt, Worte berührten dich immer weniger, du musstest es abgebildet sehen, du brauchtest die Bestätigung der Bestätigung, und also sagte ich oft, *Can't wait to see you, my dear* ☺☺☺, und dann wusstest du, dass es *wirklich* so war, und das munterte mich so auf, dass ich voller Freude meinen Speck mit Eiern verputzte und meinen Widerstand schon halb vergessen hatte, dass er mir vielleicht nur deshalb in den Sinn gekommen war, weil ich dadurch glauben konnte, es gebe in jedem Fall einen Ausweg, ich könnte ein Paradies erschaffen ohne dich, aber ach, warum kam mir das so dürr und geisttötend vor, warum wurde es plötzlich so dunkel wie bei einem Wolkenbruch, wenn ich nur daran dachte, warum genügten die Büsche mir nicht oder das Heilen von Tieren, die sich willig betasten ließen und mich nicht abwiesen, warum musste ich mich dem schwierigsten Wesen auf Erden zuwenden, warum, mein Augenstern, schien ein Paradies ohne dich kein

Paradies, sondern ein Zufluchtsort, obwohl ich nie *mehr* auf der Flucht gewesen war als bei dir, auf der Flucht vor dem, der ich wirklich war, vor Camillia, die auf einmal sagte, als ich meinen Tierarztkittel anzog, um zu dir zu fahren, und ihr einen Kuss auf die Stirn drückte und sie mir wie immer an der Haustür nachwinkte, dass sie, sollte ich fremdgehen, das gerne wissen wolle, und einen Moment lang blieb ich mit dem Rücken zu ihr stehen, knöpfte mir langsam den Kittel zu, drehte mich dann halb um und runzelte die Stirn, wie immer, wenn jemand etwas völlig Überflüssiges von sich gab, und sie sagte, dass sie das denke, weil ich in letzter Zeit so abwesend sei, weil ich immer später nach Hause käme und wir nicht mehr miteinander schliefen, weil ich mir neue Unterhosen gekauft hätte, und das sei nach ihrer Meinung und der Meinung der Illustrierten *Vriendin* eines der Anzeichen dafür, dass der Ehemann fremdgeht, wenn er sich *selbst* neue Unterwäsche kauft, und ich schob ihre Zweifel beiseite, pustete sie weg wie eine Fluse, und zog sie an mich, legte meine Hände auf ihren Po und kniff ein wenig lustlos hinein, sagte danach, ich müsse jetzt gehen, dass ich lieber bei ihr bliebe, dass aber die Pflicht rufe, und mit dem Gefühl, das meisterlich gehandelt zu haben, setzte ich mich ans Steuer, ich pfiff sogar mit dem Radio mit und fragte mich kurz, woher die *Vriendin* wissen wollte, dass Männer nicht auch ohne Anlass neue Unterwäsche kauften; ich hatte mir tatsächlich ein paar Boxershorts gekauft und trug sie nur, wenn ich zu dir fuhr. Zugleich überlegte ich mir, dass ich meinen morgendlichen Widerstand nicht zu ernst nehmen sollte, es war die Angst, erwischt zu werden, plötzlich einen Bauscheinwerfer auf mich gerichtet zu sehen und zu hören, wie jemand von oben herab sagte: *Das ist er.* Doch ich fühlte mich schon wieder leicht, und ich hatte Lust, dich zu sehen, und ich fuhr durch das Weideland, den linken Arm locker im offenen Fenster, und hörte »Losing my Religion« von R. E. M. und sang bei dem Satz *Like a hurt, lost and blinded fool, fool* laut mit, weil das so zutreffend war und die Worte herrlich klangen, wenn man sie laut aussprach, aber ich fühlte mich erst richtig wie ein *blinded fool*, als ich auf De Hulst ankam und vorn im Hof an der Eibenhecke das Mofa meines Sohnes sah, ich versuchte, eine erstaunte Miene zu ziehen und ein Grinsen in mein Gesicht zu kriegen, als ich euch auf dem Rasen sitzen sah, während mir verletzende Bemerkungen auf den Lippen brannten und ich meinem Sohn am liebsten eine Ohrfeige verpasst und ihm mein kleines Prachttier ausgeredet hätte, um dir danach zuzuzischen, warum um Himmels willen du gefragt hättest, ob ich dein Clyde sein wolle, ob du wüsstest, was das bedeute, was diese beiden Menschen teilten, abgesehen von ihren kriminellen und mörderischen Taten, na? Sie teilten die Leidenschaft, meine himmlische Auserkorene, sie teilten das Bett, sie teilten ihren Körper, so wie der Pastor beim Abendmahl das Brot teilt, aber sie teilten noch so viel mehr als nur die Gemeinschaft, und sahst du nicht, wie du mich verwirrtest, wie ich meine Frau kaum noch anfasste, weil ich nur dich lieben wollte, nur dich, und du standst da neben meinem Sohn, und ihr wolltet euch ins Heu legen, und nicht meine Zunge, sondern seine würde in deinen Mund eindringen, und ich konnte euch laut lachen hören, als ich im Stall eine Kuh zu grob besamte, und hatte eine Höllenangst, ihr würdet in dein Zimmer gehen, in den Kinderlustgarten, den ich immer vor mir sah, wenn ich an dich dachte und du nackt, von Kuscheltieren umgeben, da auf dem Bett lagst, aber ich konnte dir das verzeihen, ich musste dir das verzeihen, ich war dein Clyde, ich war dein Kurt, doch es war verdammt schwer, und einen Moment lang verspürte ich dieselbe Übelkeit wie damals, als ich in deinem Zimmer war, und diesmal war es so schlimm, dass ich mich auf den Rand einer Liegebox setzen musste, den Kopf zwischen den Knien, und ich erbrach vor meine Stiefel den Speck mit Eiern, meinen Widerstand, es rann durch die Lücken im Spaltenboden, dann folgte eine zweite Welle von Erbrochenem, und als sich mein Magen leer anfühlte und die Übelkeit verschwunden war, stand ich etwas wacklig auf und ermahnte mich selbst, ich würde zulassen, dass ihr euch gefunden hattet, aber ich würde dir zeigen, dass du mit mir besser dran warst, ich ging zu deinem Pa, als ob nichts geschehen wäre, und wir zogen den Kälbern ihre Ohrmarken ein, und ich murmelte beruhigend den Schreck aus ihren großen schwarzen Augen, während ich versuchte, das Gekicher aus der Heuscheune zu überhören, aber lieber hörte ich euch doch lachen, denn wenn es still war, dann wusste ich, dass ihr euch küsstet, die Stille eines Kusses ist das schönste Geräusch, wenn man selbst derjenige ist, der geküsst wird, jetzt war es nur abscheulich, und da beschloss ich, in die Heuscheune zu gehen, ich ging hin und schlurfte mit den Stiefeln über die Steinplatten, damit ihr mich kommen hören konntet, ich wollte nicht sehen, wie eng ihr ineinander verschlungen wart, und also hüstelte ich, bevor ich hineinging, und sah euch gerade noch hochschießen, ihr zupftet eure Kleider zurecht und saht unschuldig zu mir auf, und ich fragte dich, ob du nach Tegenland mitkommen wollest, da schien es jetzt viele Otter zu geben, und vielleicht könnten wir schwimmen, du sahst von meinem Sohn zu mir und schwanktest, sagtest dann aber, okay, und ich sah die Wut in den Augen meines Ältesten, aber das war mir egal, ich würde ihm später sagen, dass ich nicht wolle, dass ihr zu überstürzt loslegtet, dass du nicht irgendein x-beliebiges Mädchen seist, dass du manchmal verrückte Anwandlungen hättest, ja, verrückte Anwandlungen, dass ich ihn nicht davon abhalten wolle, dass er aber wissen müsse, für wen er sich entscheide, auch wenn die erste Verliebtheit vorbei sei, dann müsse man sich mächtig ins Zeug legen, Junge, würde ich sagen, und ich würde ihn bedeutungsvoll ansehen, ihn auf die Mädchen aufmerksam machen, die älter waren als du, Gott, wie durchtrieben ich war, ich würde ihn auf die aufmerksam machen, die schon weiter entwickelt waren, und ihm dabei zuzwinkern, und wir würden beide wissen, was ich damit meinte, ich würde sagen, dass du noch ein Kind seist, dass er es aber selbst wissen müsse, und vielleicht würde ich noch hinzufügen, dass du ein wenig spinnert seist, ein schönes Wort, wie ich fand, *spinnert*, aber nochmals, er müsse selber entscheiden, und ich säte einen Keim der Unsicherheit in ihm, ich beteuerte noch, ich stünde hinter ihm, wie auch immer er sich entscheide, obwohl ich später in Tegenland die Frage stellen würde, die ich dir schon so lange stellen wollte, wir würden tief im wirren Weidengebüsch verschwinden, und die Otter, die Otter, die würden wir vergessen, ich würde dir nur unterwegs noch die Seziergeschichte erzählen, wie man feststellen kann, wie alt ein Marderartiger geworden ist, ich sah an deinem Gesicht, dass es dich grauste und du zugleich wollüstig mehr hören wolltest, und ich erklärte dir, dass man bei einem toten Otter auf das Geschlechtsteil drückt, wodurch der Penis groß und steif aus dem Fell hervorkommt, dass man den dann herausschneidet, und je älter der Otter ist, umso länger und dicker ist der Penisknochen, du zogst eine angeekelte Miene und fragtest, was dann mit all den Penissen geschehe, ob man die in Weckgläsern in Spiritus lege, und du lachtest über diese Vorstellung, aber später würdest du in deinem herrlichen Kinderbett fiebrig an diesen Otter denken, an den Penis, der aus dem Geschlechtsteil hervorkam, an die Worte *groß* und *steif*, und du würdest außer zum Frosch auch zu einem Otter werden können, doch jedes Mal, wenn ich danach fragen würde, würdest du rot werden und dich von mir wegdrehen, und ich fragte mich manchmal, ob der Vogel auch meinen Sohn schlucke, ob du auch zu ihm werden könntest, doch ich wusste zugleich, dass ich dich dann verlieren würde, dass ich im Grunde nicht wissen wollte, ob du dich in mein eigenes Fleisch verwandeln könntest, und ich hatte etwas zu essen mitgenommen: Pfirsiche, Bananen und Erdbeeren mit Schlagsahne. Letzteres war so klischeehaft, dass ich über mich selbst grinsen musste, und wir zogen über die verbotenen Wege durch das Labkraut und die Sumpfdotterblumen und suchten einen Platz aus, der von Spaziergängern nicht eingesehen werden konnte, und ich legte den auseinandergefalteten Schlafsack auf das Gras, du strecktest dich darauf aus und sagtest, dass deine Flügel in letzter Zeit etwas wehtäten, und ich dachte, das käme daher, weil du wuchst, weil ich dich wachsen ließ, weil du vielleicht nicht mehr von hier wegwolltest, wenn ich bei dir blieb, und ich fütterte dich mit Erdbeeren und Schlagsahne, spritzte dir scherzhaft ein Häubchen auf die sonnenverbrannte Nase, und dann erzählte ich dir, dass nicht nur Bonnie und Clyde etwas Besonderes teilten, sondern auch Kurt Cobain und Courtney Love, dass das, was sie teilten, normal sei, wenn Menschen einander lieb hätten, und dann fragte ich, ich fragte, ob du mich lieb hättest, und du nicktest, und ich kniete mich neben dich, ich wusste, dass unter der Schlagsahne noch der Kuss meines Sohnes lag, doch daran wollte ich jetzt nicht denken, und ich sagte einfach zu dir: dass Menschen, die einander lieb hätten, sich küssten, dass es hierfür Zeit sei, genauso wie ich auf dem Hof ankündigte, dass es Zeit sei für Kaffee oder für ein Bier. Und ich sah dich nachdenken, ich sah den Vogel grübeln, und ich sagte *hör auf mit dem Gegrübel, küssende Menschen haben keinen Raum mehr für Zweifel*, und dann beugte ich mich über dich und drückte meine Lippen auf deine, und ich kostete den Widerstand, wie ich ihn auch spürte, wenn ich eine Drench-Pistole in das Maul eines Mutterschafs schob, um es gegen Würmer zu impfen, und ich das Mundstück zwischen die hinteren Zähne und die Backentasche steckte, aber du warst wehrlos, meine himmlische Auserkorene, du warst so wehrlos, und ich drang mit meiner Zunge zwischen deine Lippen und schmeckte die Süße deines Inneren, ich glitt mit den Händen über deine Flügel, und wir stiegen gemeinsam für kurze Zeit auf, danach ließ ich meinen Körper auf dich niedersinken, und du konntest nirgends mehr hin, und ich wusste genau, dass du das auch nicht wolltest, dass dich all deine Auswege, all die Hirngespinste in deinem Kopf manchmal verrückt machten, und wir balgten zwischendurch, damit du spürtest, es war richtig, was wir taten, du liebtest es zu balgen, und ich spürte, wie die Hitzigkeit dieses Scharmützels brennend durch meinen Körper zog, du warst das Feuer meiner Lenden, und ich ließ dich von der Schule erzählen, von Jule, von Elia und dass ihr euch immer weiter auseinanderentwickeltet, seit ihr nicht mehr in dieselbe Schule gingt, und dass erst nur ein wenig Platz zwischen euren Tischen war und jetzt ein paar Straßen, dass diese Straßen immer da gewesen waren, jetzt aber war es eine Straßenkarte geworden, die zerknittert in deiner Innentasche gesteckt hatte, weshalb aus allen Straßen nun gewundene Wege geworden waren, alles wurde länger und zugleich kleiner, und du bisst in einen Pfirsich, und ich sah den Saft an deinen Mundwinkeln heruntertropfen, über dein Kinn, und ich drückte wieder meine Lippen auf deine, die klebrig waren, und ich sagte, man könne einander nicht näher kommen als so, und du lächeltest umwerfend schön, und ich wollte hier ewig mit dir bleiben, aber Wolken ballten sich und es donnerte, es donnerte, weil wir hier zusammen lagen, und ich flüsterte etwas von Beckett, und du sangst leise, klar und hoch: *Beckett is a little bit cracked*. Darüber musste ich lachen, und ich zog dich auf die Füße, und wir rannten, den Schlafsack auf unseren Köpfen, zwischen den Weiden, den Blitzen und den Regenböen hindurch zum Fiat, und ich fütterte dich dort mit einer überreifen Banane, und du aßt mir aus der Hand, mein Augenstern, du aßt mir aus der Hand!

10

Ich dachte so viel an unseren Kuss, dass er irgendwann seinen Glanz verlor und ich habsüchtig und gierig den nächsten herbeisehnte. Doch als ich auf dem Rasenplatz mit meinem Stiefel kurz an deinen Fuß tippte, weil das die einzige Berührung war, die für deinen Pa nichtssagend wäre, blicktest du auf und lächeltest schwach und verhieltest dich wieder distanziert, wodurch der Kuss einen bitteren Nachgeschmack erhielt, so verzweifelt ich auch weiterhin daran dachte, wie süß dein Inneres war, und ich sah, dass du absichtlich den Arm um meinen Sohn legtest, wenn du am Stall vorbeigingst, wo ich bei den Kälbern zu tun hatte, du lachtest lauter als nötig über seine albernen Scherze, und ihr verschwandet wieder in diesen Kinderlustgarten über dem Vorderhaus, auch wenn ich wusste, dass ihr zu scheu wart, um mehr zu tun, als die Lippen des anderen zu berühren, als euch leicht ungestüm aneinander zu reiben, wie die trockenstehenden Kühe es machen, denn wenn ich mich unter dein Dachfenster stellte und den Atem anhielt, konnte ich den Lattenrost quietschen hören, nicht mehr, doch das war genug, um meine Eifersucht zu erregen, ich schwitzte vor Neid! Und ihr trugt so eine scheußliche billige Kette mit einem Herzen, das man nach dem Kauf entzweibrechen musste, und jeder von euch trug die Hälfte, auf der der Anfangsbuchstabe des anderen stand, ihr wart in einem Alter, in dem ihr der Welt zeigen wolltet, dass ihr zueinander gehört, aber du sahst nicht, dass das bei uns nicht nötig war, dass unsere Anfangsbuchstaben nicht eingraviert um unsere Hälse hängen mussten, damit wir fühlten, dass wir zueinander gehörten, wir waren gemeinsam *eins*, wir trugen einander bereits, und manchmal sah ich, wie du mich verstohlen anschautest, aber wenn ich den Blick erwiderte, wandtest du deinen ab, und ich sollte erst wieder näher kommen und dich berühren dürfen, als der Jungstier Bowie tot in seiner Box lag, auf einmal war dein ganzes distanziertes und hoffärtiges Verhalten verschwunden, du knietest neben dem leblosen Körper und weintest so laut, dass die Schwalben davonflogen, du zittertest am ganzen Leib, und mein Sohn stand ein wenig verlegen und mutlos daneben, wie die Vogelscheuche, die reglos auf dem Feld stand, und ich wusste, jetzt musste ich meine Chance ergreifen, also hockte ich mich neben dich und legte dir die Hand auf den Rücken, ich spürte die Wirbelsäule unter deinem Shirt und streichelte dich so lange, bis du ruhiger wurdest, mein Sohn murmelte etwas von einer Verabredung mit einem Freund und brauste feig auf seinem Mofa davon, und du lehntest dich an mich und flüstertest: *Der Vogel fürchtet sich zu Tode vor dem Tod.* Wir wussten beide, warum du dich davor fürchtetest, sprachen es aber nicht aus, es bedurfte keiner Worte, und ich war der Hirte aus Psalm neunundvierzig, der Hirte des Todes, denn ich überbrachte zum dritten Mal eine Todesnachricht, und dein Pa, der im Gemüsegarten am Umgraben war, merkte nicht, dass ich dich neben dem Iglu auf den Schoß zog, dich wiegte und mit den Worten beschwichtigte, dass Bowie ein schönes kleines Leben hatte, dass du so gut wie möglich für ihn gesorgt hattest und dass er von Anfang an einen Entwicklungsrückstand hatte, und ich versuchte, den Schmerz zu lindern, während ich mich am liebsten in einen quietschenden Lattenrost verwandelt hätte, aber wir waren noch nicht an dem Punkt angelangt, an dem wir einander dadurch trösten konnten, dass wir den Kummer vom Körper des anderen reißen und aus uns verjagen konnten, indem wir ineinander verschwanden, dass ich zu deinem Herzeleid werden konnte und du zu meinem, oder dass wir es wegküssen konnten, obwohl ich in diesem Fall dein Haar küsste, das nach Grassilage roch und nach dem Aftershave meines Ältesten, und ich fragte, wie es deinen Flügeln gehe, und du sagtest, dass du gestern zum ersten Mal durch dein Zimmer geflogen seist, dass das Aufsteigen gut geklappt habe, das Fliegen auch, dass die Landung aber noch einiges an Übung brauche, dass du dir allerdings nicht sicher seist, ob du es deinem Pa antun könntest, für immer von hier zu verschwinden, und du streicheltest Bowies toten Kopf und erzähltest von dem Tag, an dem alle Kühe getötet wurden, dass, als die Kadaverdienstleute weg waren, du die abgebrochenen Kuhschwänze auf den Gittern fandst, und dein Pa so lange geschwiegen hatte, bis das neue Vieh da war, dass du dich nicht mehr erinnern konntest, wann ihr zuletzt wirklich miteinander geredet hattet, dass er hart geworden war wie ein Leckstein, der auf der Weide lag, damit die Blaarkoppen genug Natrium bekamen, und ich blinzelte kurz, um nicht das blaue Gesicht des Viehbauern vor mir zu sehen, aber du schaltetest schon wieder auf ein anderes Thema um und sagtest, es sei offiziell, dass Elia und du keine Freundinnen mehr wart, dass sie sich so verändert habe und ihre Fantasie verloren habe, weil sie sich zu viel mit Dem Frosch küsse, mit der Zunge, dass dieses Hin und Her dich wahnsinnig mache, und du plappertest von jenem Mal, als ihr in Gruppe sechs wart und die tote Katze von Elia heraufzubeschwören versuchtet und auf die Wand deutetet und zueinander sagtet: *Da geht sie*. Und dass ihr nichts saht, aber so hartnäckig daran glauben wolltet, dass ihr die Katze *wirklich* saht, und dass es so jammerschade sei, wenn man diese Fantasie verlor, dass du alles vor dir sahst, was du nur sehen wolltest, dass du jetzt manchmal die Katze wie einen Schatten an deiner Wand entlangschießen sahst und dass sich ihr Schatten später in die Twin Towers verwandelte, dass du dann das Flugzeug auf dich zukommen sahst und dass das vielleicht davon kam, weil du dir jeden Abend vor dem Schlafengehen die Filme von 9/11 wieder ansahst, und dass du dann stocksteif unter der Decke lagst und spürtest, wie du dich in das Gebäude bohrtest, den Aufprall in deinen Gliedern, die Hitze versengte deine ganze Tapferkeit, und du sagtest, dass du dann zu Gott betetest, auch wenn du wusstest, dass das, worum du batst, genauso unmöglich war, wie eine tote Katze heraufzubeschwören, aber du tatest es aus Pflichtbewusstsein, zur Sicherheit, und du sagtest, dass man manchmal das beste Licht von einem Gebäude bekam, das lichterloh brannte, dass du am Morgen wieder sauber und rein aufwachtest und dich unantastbar fühltest, dass dieses Gefühl aber verschwand, sobald es zu dämmern begann, dass die Dämmerung nur dazu da war, uns wanken zu lassen, uns mit dem Schwarzen in uns selbst zu vereinigen, und du legtest deinen Kopf in meinen Schoß, und ich streichelte mit einem Finger deine Ohrmuschel und sagte, dass ich Bowie in einer Schubkarre an die Straße stellen würde, und du nicktest, und wir würden gemeinsam die Plane über seinen Körper legen, und nach einer Stunde kreisten durch die Sommerwärme die ersten Fliegen über der Schubkarre, du würdest sie mit den Händen wegwedeln, als dein Pa aus dem Garten kam, die Grabgabel in der Hand, und sagte, Camillia habe angerufen, ich solle nach Hause kommen, irgendwas mit dem Zählerkasten, murmelte er abwesend, und ich sah, wie sich der Himmel verdunkelte, sie habe etwas davon gesagt, dass ich eine Weile nicht auf den Hof kommen würde, und dein Pa zuckte mit den Achseln, während ich mit brennender Kehle dastand und wusste, dass sie die Nummer unter den Strichen gesehen hatte, dass sie sie gewählt hatte und mit der Voicemail des Vogels verbunden war, sie würde sich alles Mögliche dazu denken, aber niemals das Richtige, und du hattest es aus der Nähe gehört und standst leicht betreten da, als ich meine Sachen einlud, als ich sagte, dass ich dich vielleicht sehr lange nicht sehen würde, wie wir einander gesehen hatten, natürlich würden wir uns begegnen, wenn du meinen Sohn besuchtest, und auf einmal wollte ich, dass du bei ihm bliebst, denn mir wurde klar, das war die einzige Möglichkeit, dich in meinem Leben zu behalten, und du sagtest traurig, aber auch theatralisch: *Everyone I Know Goes Away in the End*. Und ich wusste verdammt gut, dass das von Johnny Cash war, aber ich hatte keine Lust auf noch mehr unterstrichene Sätze, nicht jetzt, und trotzdem würde ich mir das Stück so lange anhören, bis ich dich wieder treffen würde, wie wir uns mal getroffen hatten, und ich konnte in diesem Moment nicht wissen, dass das früher sein würde, als wir dachten, dass es nicht mehr nur bei euch auf dem Hof sein würde, sondern auch unter der Überführung an der Zufahrtsstraße zu The Village und in meiner Tierarztpraxis, und ich zog dich kurz an mich, und du sagtest, dass du mich nie vergessen würdest, auch nicht, wenn du berühmt würdest, und ich sagte, dass du bereits berühmt seist, dass du in meinem Kopf unglaublichen Erfolg hättest und dass Berühmtheit nicht von der Anzahl der Fans abhänge, sondern von dem einen, der dir nicht von der Seite weiche, so viel Trash du auch produzieren würdest, dieser eine folge dir, und es gehe darum, was du machtest, dass du dich nur selbst berühmt machen könnest, wenn du auf das stolz wärst, was du gemacht hast, dass Erfolg nur dann kommen könne, wenn du ihn nicht erwartetest, und du nicktest zustimmend, aber ich wusste, du brauchtest es, mit den Augen eines anderen gesehen zu werden, du starrtest schon zu lange durch deine eigenen: Vierzehn Jahre waren eine Ewigkeit im Leben eines Kindes. Und am liebsten hätte ich dich geküsst, aber ich wusste, dass ich jetzt nichts kaputt machen durfte, nichts forcieren durfte, und du sahst dich kurz um und fragtest dann mit roten Wangen, ob du es einmal sehen dürftest, ob du einmal zuschauen dürftest, wie ich einen Otter sezierte, einfach aus Neugier und so, und ich nickte und sagte, dass ich dir Bescheid geben würde, wann, und ich wünschte dir viel Glück mit meinem Sohn, er ist ein guter Kerl, fügte ich noch hoffnungsvoll hinzu, und auf einmal wirktest du enttäuscht, wenn du auch nicht recht wusstest, warum, außer dass sich das wie ein Abschied anfühlte und dass Abschied dich sowohl düster stimmte, als auch der Nährboden deines Weges zum Ruhm war, und so legte ich meinen Daumen unter dein Kinn, hob es ein wenig an, sodass du mich anschauen musstest, und sagte, dass der See nichts wehtue, und du lächeltest trübselig, und deine Augen wurden zu Glassteinen, und du sagtest: *Der See tut nichts weh, weil niemand ihr etwas antut.* Und ich wusste nicht, was ich sonst noch sagen sollte, es war unerträglich, dass ich dich verletzte, dass es sich für dich so anfühlte, als legtest du an dem Tag zwei Tote an den Straßenrand, den armen Bowie und mich, und du drehtest dich mit hängenden Schultern um, so wie das Drehbuch es bei einem Abschied von dir verlangte, und ich schaute dir so lange hinterher, bis du hinter den Kopfweiden verschwunden warst, bis ich das Gitarrenspiel hörte, das durch das offene Fenster über die Äcker säuselte, und ich konnte nichts darin erkennen, es klang nur traurig, so fürchterlich traurig, und ich spürte die Erde beben, als ich nach Hause fuhr, auf einmal hatten die Häuser entlang den Straßen Augen und Münder, Giebel wurden zu Augenbrauen und sie sahen mich auf dem ganzen Weg böse an, Camillia saß auf dem Sofa und schälte fuchtig eine Orange, wobei der Saft auf ihr Hemd spritzte, sie legte die Stücke auf den Tisch, und ich sah, wie ein Schwarm Fruchtfliegen darauf zustob, wir wurden von Todesliebhabern eingehüllt, und ich konnte nur daran denken, wie lebendig ich durch dich geworden war, und ich sagte zu Camillia, dass es nichts bedeute, diese Nummer im Zählerkasten, ich log mir die Worte aus der Brust und sagte nichts von dem elektrischen Strom, der mich durchzuckte, ich sagte nur, dass du ein Vogel seist, der Trauerverhalten zeige, ich sagte: *Manchen Menschen steht die Einsamkeit so gut, dass wir vergessen, dass sie sich dabei hässlich und unbeachtet fühlen, dass sie jeden Morgen mit einem Flusenroller über ihre Kleidung fahren, um nicht so grau zu wirken.* Und ich erzählte, dass ich dir dabei half zu glänzen, denn ich wusste, dass Camillia das Gleiche bei ihren Schülern versuchte, ihnen half, auf ihrer eigenen Leinwand zu glänzen, und dass es das Unwetter mildern würde, und wir würden über meinen Sohn und dich reden, darüber, wie schön und herzbewegend ihr zusammen wart, und mit gespielter Besorgnis sagte ich, ich würde die Augen offen halten, damit ihr jungen Lüstlinge nicht womöglich zu eilig zur Sache kämt, und ich steckte Camillia die Orangenstücke in den Mund, so wie ich dich gefüttert hatte, wenngleich ich meine Finger schneller zurückzog, damit sie ihre Lippen nicht berührten, und ich sagte noch einmal, dass du so allein seist, und sie war plötzlich der Meinung, wir sollten dich mal einladen, sie würde dann ihr Lieblingsgericht kochen, frische Tagliatelle mit Zitrone, Salbei, gerösteten Walnüssen, Parmesan, Petersilie und einem Schuss Sahne, und ich wusste, dass sie verletzte Vögel liebte, darum teilte ich ihr meinen Befund über dich mit, wie ich es bei kranken Tieren tat: *lädierte Flügel, labiles Gleichgewicht, verminderte Fluglust.*

II

Es besteht keine Notwendigkeit, dies zu teilen, meine Albträume zu benennen, aber ich tue es, weil ich es irgendwann tun musste, für die Magistrate sowieso, die daraus schließen können, wie gequält ich bin, also, Ihr werten Herren vom Gerichtshof, gequälter geht es nicht! Deshalb vor allem teile ich sie, und nicht als Entschuldigung für mein Verhalten oder um zu zeigen, wie sehr ich etwas bereuen kann, dem ich gleichzeitig jubelnd zustimme, und auch nicht, damit du Mitleid mit mir bekommst, ach nein, ich möchte lieber, dass du mich hasst, dass du abgrundtiefen Abscheu empfindest, wenn du an mich denkst, aber trotzdem muss ich von ihnen erzählen, um mich selbst besser zu verstehen, weil ich niemals die Möglichkeit hatte oder die Zeit oder den Freiraum, wie auch immer man das nennt, mich selbst zu verstehen, zu erkennen, wo dieser Bruch entstanden ist, dass es schon vor jenem ersten Kuss war, vor diesem verbohrten Hochsommer und sogar bevor ich dir begegnet war, und ich schrak in der Nacht wieder hoch, klamm vor Angstschweiß, und anstatt aufzustehen, um eine Zigarette zu rauchen, blieb ich liegen und taumelte schon bald in eine Wahnvorstellung, in der ich dich plötzlich neben meinem Bett stehen sah, du trugst, wie schon öfter, eine grünblaue Weste von deinem Bruder, die du vor dem Schlafengehen immer über den Bürostuhl in deinem Zimmer drapiert und dann kurz die Nachttischlampe angeknipst hast, um noch einen Blick auf die Weste zu werfen und dich auf den nächsten Tag zu freuen, wenn du sie in die Schule anziehen durftest und jeder sie bewundern würde, als ob du dann eine neue Schülerin wärst, mit der alle spielen wollten, und du warst nicht vierzehn in meinem Traum, sondern ungefähr drei, und du fragtest: *Ist er tot, ist er wirklich tot?* Ich sah mich mit der Schubkarre, die wir für Bowie benutzt hatten, zum Waterdragersweg fahren, um dort den Jungenkörper aufzuheben, der verrenkt unter dem Laternenpfahl lag, und ich hörte dich wieder fragen, ob er tot sei, ob er wirklich tot sei, und ich legte dir meine Finger auf die Lippen, schüttelte den Kopf und flüsterte, dass er schlafe, dass er wunderbar schlafe, und du fragtest: *Wie lang dauert dieser Schlaf? Ich will mit ihm spielen.* Und ich konnte nicht sagen, dass dieser Schlaf so lange dauern würde wie dein Leben, nein, ich sagte, dass man nie wissen könne, wann jemand aufwachen würde, dass es sowieso die Frage sei, wann wir wach waren und wann wir schliefen, und du verstandst es nicht und zogst an der Schubkarre, und ich wurde böse auf dich, so böse, dass ich dich in dieser hübschen Weste zusammenzucken sah, und du trottetest die Avondlaan entlang zum Prikkebeensedijk hinter mir her, ich sah während des ganzen Weges dieses junge, makellose Jungengesicht vor mir, er trug einen gestreiften Pulli, sein blondes Haar war kräftig gegelt und in der Mitte gescheitelt, als hätte ein Streifenpflug eine Saatfurche hineingepflügt, auch wenn nichts mehr aus ihr hervorblühen würde, und plötzlich gingst nicht du mehr hinter mir, sondern meine Mutter, sie trug wieder ihre Küchenschürze und klopfte auf die Rückseite einer Dose Van-Gilse-Puderzucker, wodurch die ganze Straße weiß wurde und wir langsam in eine Schneelandschaft hineinspazierten, und es wurde sogar kalt, es begann zu frieren, während ich da ging mit diesem Körper in der Schubkarre, und ich fragte mich, wie ich die Nachricht überbringen sollte, und meine Mutter ging da einfach mit der Puderzuckerdose und rief, sie habe noch ein Hühnchen mit mir zu rupfen, ich wusste schon von klein auf, dass es dann nicht um Hühner und um deren Federkleid ging, auch wenn ich ihr im Folgenden etwas ausziehen musste, und sie rief auch, dass ich der Todesbote sei, dass ich überall, wohin ich kam, eines Tages eine Todesnachricht überbringen würde, und ich fühlte Tränen über meine Wangen laufen, sie liefen über meine Wangen, und ich schmeckte das Salz, und als ich mich umdrehen wollte, um ihr tapfer zu widersprechen, gingst du da auf einmal wieder, in deinen roten Stiefeln stampftest du durch den Puderzucker, du strahltest und riefst, es schneit, es schneit! Und ich wollte dich hochheben und an mich drücken, weil ich wusste, dass du nach der Todesnachricht nicht mehr festgehalten würdest, erst wenn ich wieder da wäre, Jahre später, und du den Kopf an meinen Hals legen würdest, und du ranntest weiter und stampftest durch den Schnee, und ich rief, du solltest in der Nähe bleiben, aber du ranntest zu einem Mann in der Ferne, einem Mann, den ich erst nicht erkannte, bis er näher kam und ich sein blaues Gesicht sah und wusste, es war der Viehbauer, und du griffst nach seiner Hand und beugtest dich über den Schubkarrenrand, du deutetest auf den Jungenkörper und sagtest zu dem Viehbauern, dass er schlafe, dass wir leise sprechen müssten, und der Viehbauer nickte, er nickte und sah mich durchdringend an, wir wussten beide, was dieser Schlaf bedeutete, und die Schneelandschaft verschwamm, und ich sah dich plötzlich auf der Picknickdecke liegen, leblos, und ich fragte, was du getan hättest, was ich getan hätte, aber du lagst da, und ich wusste nicht, ob ich dich gebissen hatte, ob ich meine Zähne in dein Fleisch geschlagen hatte, weil es mich so nach dir verlangte, weil mein Hunger zu groß geworden war, meine Kiefer schmerzten, und ich schrak hoch, nachdem ich die Schubkarre vor der Tür eures Hofs abgesetzt hatte und stammelnd die Todesnachricht überbracht hatte, als das Entsetzen über das ganze Land zitterte, alles zitterte, sogar die Weidenbäume senkten die Köpfe und standen krummgebeugt am Rande des Wassergrabens, und genau in dem Moment, als du wieder ins Bild kamst, schrak ich erneut hoch, und diesmal schlüpfte ich doch aus dem Bett, fast gehetzt, als könne die Vision mich jeden Moment wieder zu fassen kriegen und in die Nachthölle schleppen, und ich ging jetzt nicht ins Badezimmer, sondern nach unten, in die Garage, wo ich meine Hand über die Stoßstange des Fiat gleiten ließ und dann meinen Kopf auf das kalte schwarze Metall legte und flüsterte: *Er ist tot, er ist wirklich tot.*

12

Ich kroch langsam unter deine Haut, wie ein Leberegel in ein Rind, etwas Schöneres konnte ich daraus nicht machen: Ich war ein Parasit. Und mit diesem ekelhaften, von Selbstmitleid triefenden Gedanken sprach ich auf deine Voicemail, nachdem du wieder einmal nicht rangegangen warst, ich sagte also nach dem Piep, dass ich einen stattlichen Otter für dich hätte, ein Prachtvieh, ob du um vier Uhr in meiner Praxis im De Eeuwige Soldatenweg in The Village sein könnest, und ich fühlte mich verrückterweise sofort deutlich besser, ja, sogar frohgemut, als wäre ich sowohl das Ungeziefer als auch der Bekämpfungsdienst, und ich zog meine dunkelblaue Lieblingsjeans an mit einem ärmellosen Shirt darüber, das die Muskeln an meinen Oberarmen gut zur Geltung brachte, ich war zufrieden mit meinem Körper in diesem Alter, er war genau richtig proportioniert, und ich betrachtete mich folglich auch regelmäßig im Spiegel, um zu sehen, was du sahst, aber ich wusste, dass das Bild sich für dich ständig verwischte, dass du kein Bild vom anderen noch von dir selbst festhalten konntest und dass du dich oft selbst im Spiegel ansahst und jedes Mal zwischen zwei Extremen schwanktest, zwischen hübsch und hässlich, und dass dieses Schwanken dich völlig lähmte bei der Frage, wie du den Tag angehen solltest, wenn beispielsweise deine Haare nicht gut saßen, wenn dir die Kleidungsstücke zu eng oder zu weit waren, und dass du manchmal zum Spiegel sagtest: *Es sieht wieder danach aus, dass wir heute nicht auf einer Linie liegen.* Und dann gingst du düster nach unten, wo dein Pa jeden Morgen ein Brot mit Schokocreme für dich fertig machte, wie er es schon seit Jahren tat, obwohl es dir nicht mehr schmeckte, aber du aßt es auf, um ihn nicht zu enttäuschen, um seine Routine nicht zu stören, er fragte zweimal am Tag, ob du es hier gemütlich fändest, *sehr gemütlich*, sagtest du dann, und daraufhin nickte er beifällig, doch die Gemütlichkeit stand schon seit Jahren auf Trockensteherration, und nach dem Schokocremebrot betrachtetest du dich noch ein letztes Mal, bevor du dein Fahrrad bestiegst, um zur Schule zu fahren, und du wolltest hübsch sein, betörend und begehrenswert, du wolltest sein wie die beliebten Mädchen in deiner Klasse, und es half nicht, wenn ich dir sagte, dass du viel hübscher seist, dass ich dich für das bezauberndste Wesen hielt, das ich je gekannt hatte, und daran war nichts gelogen, und du würdest jeden Morgen deine Brust betrachten, voll Hoffnung, aber auch voller Angst, dass da etwas wachsen würde, nicht weil du das wolltest, sondern weil andere Mädchen bereits Brüste hatten und es dir Ansehen verleihen würde, es würde dazu führen, dass sich die Jungs nach dir umdrehten, auch wenn es noch eine Weile dauern würde, bevor etwas Nennenswertes zu sehen war, du würdest Camillia bitten, mit dir zusammen das erste Spitzenbustier zu kaufen, das du größtenteils mit Küchenpapier füllen würdest, aber so weit waren wir noch nicht, zum Glück, denn ich mochte die noch flache Landschaft, daran dachte ich, als ich in den Spiegel schaute, den Rasierer ansetzte und danach das Armani-Aftershave meines Sohnes auflegte, weil du diesen Duft mochtest, den Duft von frischer Bergamotte, Jasmin, Sonnenröschen und grüner Mandarine, und als du eine Stunde zu spät bei meiner Praxis angeradelt kamst, war ich außer mir vor Sorge und sah alle möglichen Katastrophenszenarien vor mir, darunter das Aufsteigen vom Futtersilo, oder dass du dahintergekommen warst, dass ich tatsächlich nichts weiter als ein Parasit war, und ich spürte, dass die Ränder meines Hemds unter den Achseln nass waren, es war tatsächlich merkwürdig, denn du kamst nie irgendwo zu spät, du warst im Gegenteil immer viel zu früh, du liebtest das Warten, endloses Warten, dann war das, was du tun wolltest, noch nicht vorbei, und du konntest ihm noch sehnsuchtsvoll entgegenblicken, aber jetzt kamst du zu spät, und als du endlich da warst, sagtest du verstört, du hättest noch ein Gespräch mit Hitler gehabt, er hätte auf einmal auf dem Sessel deines Pas gesessen, dem bordeauxroten im Vorderhaus, wo er sich immer *Die Vier Jahreszeiten* von Vivaldi anhörte und es sowohl donnerte als auch lieblich wehte und du manchmal dachtest, das Land werde in diesem Sommer von einer Hitzewelle heimgesucht, weil dein Pa unentwegt »Sommer« laufen ließ und die Violinen nach ungefähr drei Minuten total crazy wurden, als ob sie von der Wärme erfasst würden, und du sagtest, dass Hitler vernünftige Dinge gesagt hätte, obwohl *vernünftig* vielleicht nicht das richtige Wort für den verdorbenen Volksverführer sei, aber trotzdem, du hättest lange darüber nachdenken müssen, und ich wollte in dem Moment nicht wissen, was er zu dir gesagt hatte, und ich wollte auch nicht sehen, dass es dir schlechter ging, dass du dabei warst abzugleiten, nein, ich schaute wieder weg und reichte dir zwei Plastikhandschuhe, die du zögernd entgegennahmst, und du sagtest: *Kurt, wird der*

Otter sich nicht rächen, wenn wir ihm den Pimmel nehmen? Und ich sagte, dass er tot sei, dass er das nicht könne, und wusste sofort, dass das für dich keinen Unterschied machte, dass du die Lebenden und die Toten durcheinanderbrachtest, genauso wie es dein Pa bei dir tat und immer den Verlorenen in dir wiedererkannte, und du *wolltest*, dass der Otter sich rächte, dann wäre der Tod nicht das Ende, und wir gingen zum OP-Tisch, wo der Otter ausgestreckt auf dem Rücken lag, es war ein wahnsinnig beeindruckendes Tier, ich hatte es von einem Kollegen bekommen, der mit seinen Studierenden oft Marderartige untersuchte, und du schautest auf seinen Bauch, dessen Fell viel heller war als der Rest, auf seine kräftigen Pfoten mit den Schwimmhäuten zwischen den fünf Zehen, und du beugtest dich über ihn und flüstertest: *Schon mal danke, lieber Otter, für deinen Pimmel, wir werden uns gut um ihn kümmern.* Und ich griff nach einem Skalpell und sagte, dass ich es erst vormachen würde und dass du dann das Geschlecht herausschneiden dürftest, und ich sah dich schlucken, als ich auf das Geschlechtsteil drückte und der Penis aus dem Fell zum Vorschein kam, ich sah dich schlucken, und du fuhrst mit der Zunge über deine Lippen, und ich sollte erst später wissen, dass du das immer machtest, wenn du etwas spannend oder aufregend fandst, und ich spürte, dass es dich heißblütig machte, dass du selbst aber nicht wusstest, was das Heißblütige in dir genau bedeutete, und ich fragte, ob du ihn anfassen wollest, und du nicktest und strecktest deine Finger hungrig nach dem rosa Glied aus, um es vorsichtig zu betasten und dann zu ergreifen, so wie ein Kind seine Süßigkeit festhält, und ich sah dich erschauern, ich sah dich so wunderbar erschauern, mein Augenstern, und dann ließ ich das Skalpell über das Ende gleiten und schnitt es ein kleines Stück weit aus dem Fell, um es dir vorzumachen, und überließ dir den Rest, und ich wusste nicht, wie ich atmen sollte, wir wussten beide nicht mehr, wie wir atmen sollten, und mein Fehler war es, dass ich hier keinen Unterschied sah, dass deine Lust zu meiner wurde, dass dies aber umgekehrt nicht der Fall war, und ich stellte mich hinter dich und legte meine Hand um deine herum, und gemeinsam schnitten wir das Geschlecht heraus, während mein eigenes hart gegen deinen Po drückte, gegen den Stoff deiner Leinenhose, und als du den Pimmel, der die Länge eines Sahnehörnchens hatte, herausgelöst hattest, hieltest du ihn wie eine Trophäe in der Hand, und ich erzählte dir, wie jung dieser Otter war, dass, wenn er erwachsen geworden wäre, der Penisknochen doppelt so lang und dick wäre, und du erzittertest wieder und fragtest, ob du ihn nach Hause mitnehmen dürftest, *please, please,* sagtest du, und einen Moment lang überrumpelte mich diese Frage, aber ich tat so, als wäre sie nicht merkwürdig, und fragte auch nicht, was du damit tun wolltest, ich rollte ihn in ein Stück Haushaltsfolie und gab ihn dir, um danach den toten Otter fortzutragen und den Tisch zu desinfizieren, und als ich meine Handschuhe auszog und wegwarf, um mich dir dann wieder zuzuwenden, lagst du plötzlich auf dem OP-Tisch, die Arme eng am Körper, und du sagtest: *Kurt, sezier mich.* Dies ist ein Traum, dachte ich bei mir, dies ist bestimmt ein Wahnbild, das meinem kranken Hirn entsprungen ist, und ich roch meinen Schweiß durch den Jasmin und die Bergamotte hindurch, aber es war wirklich so, du lagst da, und plötzlich wusste ich nicht, was ich tun sollte, was du unter Sezieren verstandst, und du hattest die Augen geschlossen, du lagst leblos da, und also küsste ich vorsichtig dein nacktes Schienbein, du kichertest und sagtest: *Nein, du sollst mich sezieren.* Erst da wusste ich, dass dies ein Spiel war und dass ich es so mitspielen musste, dass es für dich nichts Falsches hatte, du barstest da noch so vor Unschuld, und ich spielte mit und nahm ein sauberes Skalpell und ließ das Stielende über deine nackten Beine gleiten, über deinen Bauch, und du sagtest mit so einer trüben Stimme, dass du der Otter seist, du seist der Otter, und ich fuhr mit dem Metall über deine sprießenden Brüste und sah, wie sie sich unter deinem Shirt wie Hasennippel versteiften, und ich glitt zwischen deine Beine, drückte leicht gegen den Leinenstoff und sah, wie deine Wangen sich färbten, ich sah sie so herrlich glühen, deine Zunge glitt wieder über deine Lippen, und ich wusste nicht, ob deine Brust schneller auf und ab ging, oder ob ich mir das einbildete, und ich drückte noch immer das Skalpell zwischen deine Beine, und du sagtest: *Nein, nein, du musst mich aufschneiden.* Und ich wollte wieder dein Bein küssen, doch da schlugst du die Augen auf, du risst mir das Messer grob aus der Hand und setztest es am Fleisch deines Oberschenkels an, wo du eine Linie zogst von unten nach oben, aus der sofort Blut quoll, und du hattest auf einmal einen Blick in den Augen, den ich noch nie an dir gesehen hatte, und ich wollte schreien, was du da in Gottes Namen tätest, schaute aber wie erstarrt auf dich, und du sagtest, dass du das gemeint hattest, dass du freigelegt werden wolltest, seziert, und dass der Otter sich bestimmt so gefühlt hatte und dass etwas in dir verborgen war, was herausmusste, aber du hättest nicht genug Zeit, um jetzt daranzukommen, es liege zu tief und würde zu blutig werden, außerdem gingst du in einer Stunde mit Jule schwimmen und wolltest nicht, dass sich das Becken in das Rote Meer verwandelte, und erst da konnte ich mich wieder regen und nahm dir das Skalpell behutsam weg, fragte, ob du verrückt geworden seist, warum du dir selbst Schmerzen zufügtest, meine himmlische Auserkorene, warum tatst du das? Und du sagtest, dass auf Schmerzen Klärung folge, und du wispertest, dass du seit meiner Seziergeschichte nicht nur Der Frosch, sondern auch der Otter werden könntest, und ich stillte das Blut mit einem Zellstofftuch, drückte die Wunde fest zu, desinfizierte sie mit Jod und klebte ein Pflaster darauf, obwohl sich später herausstellte, dass sie genäht werden musste, dass unsere erste Berührung gleich eine Narbe hinterlassen hatte, und ich spürte, dass du leichter und fröhlicher warst als bei deiner Ankunft, und später solltest du sagen, dass dein Gemüt oft genauso viel wog wie Hitlers schwerster Panzer, der Tiger II, und dass du dich hier zum ersten Mal für kurze Zeit erleichtert fühltest, dass du hier etwas Neues entdeckt hättest, sowohl Lust als auch Schmerz als auch Erleuchtung, und es wirbelte in meinem Kopf, und ich sagte fast jammernd, dass du das nie mehr tun dürftest, dass ich dich unversehrt behalten wolle, obgleich das ein loses Versprechen war, denn innerlich zerbrach ich dich in Stücke, ich steckte wie ein Leberegel in dir, und du ließt deine Beine über den Tischrand hängen und sagtest: *Manchmal fühle ich mich so glücklich, dass ich am liebsten sterben will, weil ich weiß, dass es zeitlich begrenzt ist, dass ich mich jeden Moment wieder davon verabschieden muss.* Und ich legte die Hände auf deine Knie, vermochte aber nichts zu sagen, mein Liebling, ich konnte nur deine Knie festhalten, als ob es zwei

Kälberköpfe wären, und ich küsste deine Lippen, und diesmal ließt du es zu, brauchte ich nicht einzudringen, nein, du öffnetest deinen Mund, und ich sah, dass dir im Oberkiefer ein Schneidezahn fehlte, und ich wusste, dass du nachts zwar mit einer Außenspange schliefst, sie aber abnahmst, sobald du am Schulhof ankamst, dass alles geradezuwachsen versuchte, du es aber nicht zuließt, weil du allzu schief in der Welt standst, und du drücktest deine kleine Zunge an meine, aber ich war nicht bei dir, nicht wirklich, ich sah nur vor mir, wie du in dein eigenes Fleisch schnittst, das Blut, und ich kniff die Augen fest zu und wusste später nur, dass ich hier alles hätte stoppen müssen, aber ich spreizte vorsichtig deine Beine und zog dich auf dem OP-Tisch etwas nach vorn, sodass du an meinem Geschlecht saßt, und ich bewegte mich sanft und mit Pausen, um zu schauen, wie du darauf reagiertest, und schon bald wurde ich schneller und flüsterte zwischen den Küssen, dass ich dich liebte, dass ich nie jemanden so geliebt hätte wie dich, und du gabst keine Antwort, und irgendwann sah ich, dass das Blut durch das Pflaster drang, du wurdest bleich, und ich spürte, dass du erschlafftest, dass ich dich immer fester an mich drücken musste, dass dein Kopf weiter nach vorn hing, doch ich bewegte meine Lenden so grob, dass ich nicht merkte oder nicht merken wollte, dass du schon lange nichts mehr über den Otter wispertest, und ich dachte erst während der Endphase, während der Apotheose, dass du tot seist, du warst tot, und ich flüsterte fickrig: *Ach Liebchen, ich seziere dich, ich seziere dich, wie du es wolltest. Ich schneide dich auf, ganz und gar.*

13

Der Penisknochen sollte unter deinem Lattenrost verschrumpeln und verwesen. Er sollte mit der Zeit nichts weiter als ein verkleistertes Souvenir zwischen all den anderen Andenken sein, die du da so geheimnisvoll verbargst, so auch die Sachen, die du gestohlen hattest, als du noch auf die Grundschule gingst, zum Beispiel Elias Kette mit dem Gesicht einer Barbiepuppe auf dem silbernen Anhänger, die du ihr in Gruppe zwei, wohlgemerkt an ihrem Geburtstag, gemopst hattest, als alle Gäste im Garten hinter dem Haus Torte aßen, sie schimmerte so schön, dass du sie nicht liegen lassen konntest, genau wie das Buch der Lehrerin, aus der sie in jeder Pause vorlas, und du erzähltest, wie sie immer die Fingerspitzen anfeuchtete, um die Seiten umzublättern, und du von diesem Moment an auch eine Seite sein wolltest, damit sie dich umblätterte und als erster Mensch auf der Erde durchlas, immer wieder von vorn, weil deine Sätze und die Handlung sich fortwährend änderten, dass du das aber nicht mit dazubekommen hattest, als du das Buch in deinen Rucksack gleiten ließt, genauso wenig wie ihre wunderbare Vorlesestimme, und da lagen auch etwas Torf und Holzkohle von einem Schulausflug ins Freilichtmuseum Archeon, ein leeres Kaugummipäckchen, das jemand berührt hatte, den du lieb fandst, der Kassenzettel von meiner Prepaid-Karte, ein violetter Amethyst aus der Sammlung deines Bruders, der traurig über den

Verlust gewesen war, allerdings nicht so traurig, dass du es gebeichtet und den Stein zurückgegeben hättest, eine lederne Messerscheide aus dem Schuppen von Nachbar Grauwerdam, eine Schachtel mit ein paar Haaren aus dem Fell deines verstorbenen Hängeohrkaninchens, einen aus jemandes Manteltasche stibitzten Ninja Turtle, deine Tagebücher, in die du nur schriebst, wenn du fürchtetest, keinen Überblick mehr über die Tage zu haben, und du fingst immer mit der Entschuldigung an, dass es zu lange her war, du schriebst: *Sorry, liebes Tagebuch, es ist zu viel passiert, um es festzuhalten, darum ist es besser, hier nichts aufzuschreiben, und manche Ereignisse sind erst dann wahr, wenn sie in Tinte umgesetzt sind, manche Ereignisse kannst du nicht tragen, deine Seiten würden davon zerknittern.* Später schriebst du dann irgendwo, so würde ich von den Magistraten zu hören bekommen, dass du dein echtes Tagebuch im Kopf trugst und nur dort sauber und ohne Gekrakel schreiben konntest, auch wenn ich wusste, dass mein Name eines Tages zu lange Ober- und Unterlängen bekommen würde, *KURT,* dass du Memozettel auf die Seiten klebtest und deine Geheimnisse erst darunter zu erzählen wagtest, und es lagen Zeichnungen unter deinem Bett, die du von deinen Omas gemacht hattest, die beide noch vor deinem elften Lebensjahr an Krebs gestorben waren, deine Schulzeugnisse mit allen Ermutigungen, an die du damals noch so glaubtest, und es wurde da immer voller, vor allem nachdem du *Es* im Kino gesehen hattest und nachdem dein Bruder einmal unter dein Bett gekrochen war und aus Spaß eine Katze nachgeahmt hatte und du das Miauen immer noch hörtest, als er schon längst nicht mehr darunterlag, da hattest du dir überlegt, je mehr Sachen da lagen, umso schwieriger würde es für einen Clown oder für deinen Bruder sein, sich dort auch noch zu verstecken, und jetzt war der Penisknochen noch dazugekommen, und manchmal würdest du die Folie im Schein deiner Nachttischlampe aufschlagen und beim Anblick des Glicds, das nicht mehr rosa, sondern weiß war und zu verwesen begann, sowohl schaudern als auch wollüstig mit der Zunge über deine Lippen fahren, und du würdest mal Der Frosch sein und mal der Otter, um danach friedlich über all diesen geklauten und zusammengetragenen Sachen einzuschlafen, du gehörtest zur Gattung der Diebinnen, meine Liebste, aber das war mir egal, wenngleich ich wusste, so klischeemäßig das auch war, dass mein Herz ebenfalls irgendwo in deiner Sammlung lag, darin warst du gut, anderer Leute Herz zu stehlen, du machtest das immer so sorgfältig, dass der Betreffende erst viel später dahinterkam, und dann war es zu spät, dann warst du bereits in einen hineingekrochen, und ich machte mir weniger Gedanken über dein Klauverhalten als vielmehr darüber, wie gut du dann lügen konntest, wie alles, was du nicht bekommen konntest oder was nicht dir gehörte, noch mehr glänzte, und ich fragte mich manchmal, wie viel Glanz ich für dich hatte, ob du mich nur wolltest, weil du mich nicht hattest, weil ich bereits einer anderen gehörte, und du logst deinen gesamten Hausstand zusammen, und ich ertappte dich immer öfter dabei, dass du dir ein glorreiches Leben zusammenfantasiertest und manchmal selbst nicht mehr wusstest, was wirklich oder nicht wirklich war, und zu jedem sagtest du an jenem Tag, du seist am Stacheldraht hängengeblieben, und du erläutertest mit zu vielen blutigen Details, wie es dazu gekommen war, wodurch der andere schnell das Interesse verlor und niemand sich ernstlich zu fragen schien, wie du zu einem solchen Schnitt im Oberschenkel gekommen warst, und man musste ihn nähen, während die Wunde in meiner Herzgegend noch immer blutete, nur du konntest sie stillen, und ich wusste nicht recht, was du von dem letzten Moment auf dem OP-Tisch mitbekommen hattest, von meinen Worten und den Bewegungen meiner feurigen Lenden, doch wir sprachen beide nicht darüber, als wir uns zu Beginn des Abends sahen und ich meinen Sohn zu dir brachte, du wolltest mit ihm hinten am Deich in einem kleinen Kuppelzelt kampieren, wir würden in diesem Jahr nicht zum Boot in Friesland fahren und du nicht nach Zeeland, und ihr wolltet trotzdem ein bisschen Feriengefühl haben, und so kamt ihr mit der Zeltidee an, und kurz darauf stand das Kuppelzelt zwischen den getrockneten Kuhfladen und den Gänseblümchen, und dein Pa tat so, als wärt ihr acht und würdet mal beim anderen übernachten, aber Camillia wusste es besser und hatte Für-den-Fall-dass-Kondome gekauft, sagte sie, und noch hinzugefügt, dass Kinder heutzutage immer früher miteinander schliefen, und ich hatte elend und mit einem Gefühl der Übelkeit danebengestanden, als sie meinem Ältesten das Durex-Päckchen mit Fruchtgeschmack überreichte und ich an das Picknick denken musste, als du ohne Scheu eine Banane aus meiner Hand gegessen hattest, und Camillia flüsterte ihm danach noch ein paar überflüssige Informationen zu, und ich wusste, dass du dir mit Jule schon mal ein Kondom aus dem Automaten neben der Videothek geholt hattest, dass ihr verschämt einen Euro eingeworfen hattet und dann weggerannt wart, um nach wenigen Minuten zurückzukommen und so kaltblütig wie möglich das Kondom zu entnehmen, wie ihr es danach in Jules Zimmer über eine Möhre gestreift hattet, über eine kräftige Wintermöhre, mit der falschen Seite nach außen, weswegen eure Hände vom Gleitmittel beschmiert waren und ihr sie kichernd und gruselnd im Badezimmer waschen musstet, und du behauptetest, den Fabrikgeruch noch stundenlang an den Händen gerochen zu haben, und dass du daran denken musstest, dass es jemanden gab, der in einer Fabrik am Fließband Kondome in Päckchen steckte, und du dich fragtest, woran die Menschen dabei dachten, ob sie ihren Liebsten beziehungsweise ihre Liebste vor sich sahen oder ob sie an die Stangenselleriesuppe dachten, die sie am Abend kochen würden, oder ob da vielleicht Leute arbeiteten, die noch nie jemanden geküsst hatten, geschweige denn begehrt, wie schmerzlich es dann war, anderer Leute Leidenschaft oder Trieb den ganzen Tag lang in ein Päckchen zu stecken, dass du gut in einer Fabrik arbeiten könntest, weil es nun mal nie eintönig in deinem Kopf würde, denn du würdest sogar dort blühen und gedeihen und von einem großartigen Leben träumen, und du und Jule solltet die Möhre mit dem übergezogenen Kondom in ein Plüschtier schieben, das ihr unten aufgeschnitten hattet und aus dem ihr die Wolle herausgenommen hattet, und in der Nacht solltest du über den ausgehöhlten Teddy weinen, weil Freud gesagt hatte, dass die Lust stärker gewesen war als die Ratio und dass es nicht um das Aufschneiden des Plüschtiers ging, sondern darum, was ihr damit machtet, und ihr hattet die Möhre hineingeschoben, immer rauf und runter, während ihr in dem Sexbuch von Jules Mutter, das ihr auf dem Dachboden gefunden hattet, last, wie man es genau macht, und die Möhre ging so lange rein und raus, bis ihr keine

Lust mehr hattet, danach setztet ihr euch mit einem Schälchen Chips natur und einer Dose Shandy aufs Sofa und spracht über das, was wirklich wichtig war: Popstars, Musik, die neuesten Sorten Süßigkeiten, Jungs und die Wachstumselemente des Mädchenkörpers. Und ihr solltet die Möhre mit dem Kondom im Garten hinter dem Haus zwischen dem Flieder und dem Lampenputzergras begraben, das zur Gattung *Pennisetum* gehörte, und ihr fandet das Wortspiel so passend und vergaßt das, was euch anfangs so fasziniert hatte, wofür ihr fieberhaft einen Teddy aufgeschnitten und durchbohrt hattet, und so hätte ich meinem Sohn das Päckchen am liebsten aus der Hand geschlagen und ihm verboten, so ein Gummi bei dir zu benutzen, bei meinem kleinen Prachttier, und darum brachte ich das zur Sprache, als wir zusammen das armeegrüne Kuppelzelt hinten am Deich aufbauten und mein Ältester etwas weiter weg an einen Baum pinkelte und dabei, wie er es schon als Kind gemacht hatte, seine Boxershorts und die Hose auf die Knöchel fallen ließ und sein weißer Hintern sich grell gegen den dunkelblauen Himmel abzeichnete, ich musste kurz an mein Lieblingsbild von Picasso denken, an *Guernica* von 1937, mit einem schneeweißen Stier und einem Pferd, ineinander verschachtelt, mit so viel Verzweiflung, Schmerz und Chaos, und ich konnte nicht leugnen, dass was du in meinem Sohn sahst, der noch so frei war von Schmach, noch so wendig und weichherzig, dann aber auch störrisch und stur, dass mir das fehlte, und ich sagte, dass ihr noch jung wärt, so beneidenswert jung, dass ihr noch alle Zeit hättet, *es* zu tun, dass du ganz sicher sein solltest, dass du es wolltest, so sicher, wie du wusstest, dass du berühmt werden würdest, und ich konnte nichts dagegen tun, dass ich meinen Ältesten mit diesem bleichen, zum Sternenhimmel gerichteten Hintern ein paarmal hastig in dich hineinstoßen sah, dass du dann denken würdest, das sei es, dass es dich vielleicht enttäuschen würde, weil es nichts änderte und es dich nicht anders machen würde, weil es nicht so war wie in Filmen oder in Büchern, eher so wie es bei den Blaarkoppen vonstatten ging, und ich spannte die Zeltleinen und schlug sie mit Heringen in den Boden, und ich sagte, du solltest aufpassen, dass du nicht darüber stolpertest, und du lächeltest vorbildlich und antwortetest mit den Worten: *Wer oft stolpert, weiß erst wirklich, wie es ist, aufrecht zu bleiben.* Da fragte ich vorsichtig, was du wolltest, ob du bereit dafür seist, ob du dich so verliebt fühltest, dass du an nichts anderes denken könntest, ob du das mit niemand anderem wolltest als mit ihm, und du zucktest mit den Achseln und erzähltest, dass du gerade *Moby Dick* von Herman Melville last und jetzt eben manchmal auf die Jagd gehen müsstest, um herauszufinden, wovor du Angst hättest, und ich verstand nicht, was das mit meinen Fragen zu tun hatte, und du sagtest, du hättest zu Gott gebetet und gefragt, ob das der richtige Moment sei, und Er habe geschwiegen, und ein schweigender Gott sei schlimmer als ein zürnender, nur Freud habe sich nachdenklich im bordeauxroten Sessel zu dir gebeugt und dich gefragt, ob mein Sohn der Wal sei, den du erbeuten wollest, und du habest pariert, in dieser Branche, der Hochseefischerei, sei ein Wal ein Wal, da seien sie schon lange froh, überhaupt etwas zu erbeuten, und ich schloss daraus, du hättest Angst, wenn es jetzt nicht passierte, würde es nie passieren, und ich wusste, dass du auf Umwegen gehört hattest, dass Elia und Der Frosch *es* schon getan hatten und dass sie seitdem noch mehr Bewunderer hatte und deiner Meinung nach noch größere Brüste und dass du gern anders sein wolltest und gleichzeitig genauso wie jeder andere, dass dies ein Level sei, den du geschafft haben musstest, oder in eurer Ausdrucksweise: den letzten Step. Während ihr noch beim ersten wart und nur geküsst und ein bisschen gefummelt hattet, aber gut, mir war lieber, dass ihr die Kondome von Camillia bekamt, als dass ihr wieder zu dem Automaten bei der Videothek gehen und dort dann zweifeln würdet, ob ihr das Geld doch lieber für ein gutes Video aufsparen solltet, für einen Film mit Al Pacino, oder ob ihr Gefahr laufen würdet, von Klatschmäulern im Dorf gesehen zu werden oder, noch schlimmer, vom Pastor, denn der würde deinen Pa nach dem Gottesdienst in der reformierten Kirche am Deich ansprechen und auf dein unsittliches Verhalten aufmerksam machen, und dein Pa würde mich mit meinen Schweinereien sofort von seinem Hof verbannen, es sind noch Kinder, würde er sagen, nicht wissend, dass sein Kind sich jeden Abend gierig den Penisknochen eines Otters ansah, und du standst auf und stampftest mit deinen hohen Stiefeln auf den Kopf der Heringe, damit sie noch tiefer im Boden verschwanden, als wolltest du sicher sein, dass das kleine Kuppelzelt nicht davonwehen würde, dass dein Verlangen mit Sturmriemen gesichert war, damit es nicht wie ein Erdnagel im Dunkel des Heringssacks und deines Kopfes landete, und auf einmal, aus dem Nichts heraus, fragtest du, fast provozierend: *Möchtest du vielleicht dieser Wal sein?* Und ich stand da mit den restlichen Zeltleinen in der Hand und dem Hammer, und ich spürte, wie die Abendfeuchte in meine Brust kroch, ich hörte meinen Sohn johlen, der hoch hinauf auf einen

Baum geklettert war und *I'm the king of the world* rief, was er aus *Titanic* hatte, er pickte sich immer nur das Bravouröse aus etwas heraus und nicht das Tiefsinnige, und du warst das genaue Gegenteil davon, und ich sagte nichts, verdammt, ich konnte nichts sagen, denn ich wusste nicht, was ich noch antworten könnte, und nach dem Otter schien alles zu viel, auch zu beschmutzt, und ich sah dich in die Ferne spähen, über das Land von eurem Nachbarn Grauwerdam, und hörte, dass du logst, als du mit falschem Unterton sagtest, dass es wunderbar sein müsse, von einem Wal geschluckt zu werden wie Jonas in der Bibel, und dass du hofftest, irgendwo weit weg wieder ausgespuckt zu werden, weit weg vom öden The Village, und ich wusste noch immer nicht, ob mein Sohn der Wal sein sollte, und du fuhrst fort, dass es immer gut sei, sich ein Meer bei Dämmerlicht auszusuchen, das habe Ismael aus *Moby Dick* auch getan, dass es gut sei, als Leichtmatrose durchs Leben zu gehen, dass du dir aber erst dann ein Meer aussuchen könntest, wenn du ein Schiff hättest, vorerst sei es nur Wassertreten, sagtest du mit einer Überzeugung in der Stimme, als wüsstest du, was du tatest und wohin du wolltest, und du fragtest, ob ich jetzt fertig sei mit meinem Fragenfeuer, und du benutztest in diesem Satz *Sie* und *Herr Kurt*, und ich stand da ein wenig linkisch herum, mit den Zeltleinen und dem dämlichen Hammer in der Hand, und ich hörte die Schritte meines Sohnes hinter mir, weshalb ich dir nicht sagen konnte, dass ich dich brauchte, denn das war es, was du hören wolltest, dass jemand dich brauchte, dass ich für dich dieser Wal werden wollte, dass ich dich anflehen sollte, dieser Wal sein zu dürfen, dass ich dich schlucken wollte und nicht mehr gehen lassen würde, und vielleicht wolltest du, dass ich etwas zu gestern sagte, aber da war so viel Abstand zu überbrücken, waren so viele Kuhfladen und Gänseblümchen zwischen uns, und ich war nur der Mann mit dem Hammer, ich baute euer Liebesnest, obwohl ich derjenige war, der dich darin anbeten wollte, und mein Ältester gab mir einen Klaps auf die Schulter zum Zeichen, dass ich jetzt abhauen könne, und ich hob die Hand und ging los und sah mich noch einmal kurz nach euch um, wie ihr im Gras saßt und den Kocher deines Pas anzuzünden versuchtet, um ein Omelett zu braten, und zu Hause schlug ich hastig *Moby Dick* auf und musste ehrlich gestehen, dass ich damit nichts anfangen konnte, bis auf einige kleine Perlen, aber nein, diese Sprache, diese Trägheit, doch ich las weiter, wenn auch nur aus dem Grund, euch nicht vor mir zu sehen, wie ihr zusammen auf der Luftmatratze im Kuppelzelt lagt, und ich blätterte so heftig um, dass manche Seiten einrissen und ich das beinahe passend für meinen Gefühlszustand fand, und jetzt, wo auch unser jüngerer Sohn über Nacht weg war und wir das Haus für uns allein hatten und sie von eurem Feuer angesteckt zu sein schien, wollte Camillia mit mir schlafen, aber es klappte nicht, auch nicht, als ich an dich zu denken versuchte, auf der Picknickdecke, auf dem OP-Tisch, und wie ich hinter dir stand, als du den Otter seziertest, wie fest du das Geschlecht packtest und wie hübsch und lieb du warst, als du so schlaff an mir hingst, aber dann sah ich wieder das Blut aus deinem Bein, ich sah meinen Ältesten mit seinen weißen Semmelbacken vor mir, wie er auf dir lag, es klappte nicht, und ich sagte zu Camillia, dass es nicht an ihr läge, dass ich etwas müde sei wegen der vielen Arbeit in der Praxis und auf den Höfen, viele Euterentzündungen und viel Weidefieber, fügte ich noch unnötigerweise hinzu, und so weiter, und ich sollte in dieser Nacht Stunden im Badezimmer hocken, die Lippen an die winzigen Löcher im Fliegengitter gepresst, und konnte da noch nicht wissen, dass ich am nächsten Tag einen mauligen Sohn abholen würde, die unbenutzten Gummis noch in der Vortasche seines Rucksacks, ach, meine feurige Flüchtige, was machtest du bloß mit mir!

14

Am siebenundvierzigsten Geburtstag von Kate Bush warst du todkrank. Du fandst das Stück, das von Emily Brontës *Sturmhöhe* inspiriert war, ein Buch, durch das ich mich hatte durchkämpfen müssen, wie sich der Protagonist auf Seite fünf mit einem Schürhaken durch die Hirtenhunde durchkämpft, die er als vierbeinige Ungeheuer bezeichnet, eine Herde besessener Schweine, eine Passage, von der später behauptet wurde, sie sei der Bibel entlehnt, dem Apostel Lukas, *dieses* Stück fandst du so wahnsinnig schön, und ich erinnerte mich plötzlich daran, wie Kate Bush 1978 live im Fernsehen das Spukschloss im Freizeitpark Efteling eröffnet hatte, in dem ein Pseudograbstein mit ihrem eingravierten Namen stand, und ich überlegte mir, dass ich mal mit dir hinfahren würde, und du fandst das Stück vor allem da so toll, wo sie zum fünften Mal singt: *Heathcliff, it's me, I'm Cathy, I've come home, I'm so cold, let me in through your window.* Weil es so verzweifelt klinge, so ratlos, und du dir nicht vorstellen könnest, dass jemand so gern nach Hause wolle, dass jemand sich so heftig nach einem Geliebten sehnen könne, so heftig, dass ihr ganz kalt wird, und dir gefiel das Lied noch besser, nachdem Jule es in der Grundschule Playback gesungen hatte und alle Jungs atemlos zugeschaut hatten, wie sie mit flatternden Armen durch die Klasse tanzte, sie hatten hinterher so lange Beifall geklatscht, bis es irgendwie unbehaglich wurde, und das sei der beste Applaus, den man bekommen kann, hattest du gesagt, wenn es so peinlich und unangenehm wird, dass daraufhin tödliche Stille eintritt und dass man erst dann, wenn die Leute in ihrer Scham dasitzen, mit dem nächsten Lied beginnen solle, und wenn du selbst berühmt wärst, würden auch alle applaudieren, und manchmal klatschtest du dir selbst Beifall, wenn du dir ein Lied auf deinem Discman anhörtest und so tatst, als würdest du es singen und spielen, um danach ausgelassen durch dein Zimmer zu tanzen, du konntest das nur, wenn niemand zuschaute, wenn du nur diese Millionen von Augen des imaginären Publikums im Kopf hattest, und ich hörte mir zu Hause »Wuthering Heights« an und unterstrich ein paar Sätze im Songtext, ich verstand, was du darin sahst, obwohl ich eher ein Fan von »The Man with the Child in His Eyes« war, als ob das speziell für mich gesungen worden wäre, und ich kam gegen ein Uhr auf den Hof, um die Kälber auf Austrocknung hin zu kontrollieren, jetzt, wo die Hitzewelle anhielt und die Felder ständig besprüht wurden, wo überall auf den Weiden mit Wasser gefüllte Wannen für die Tiere standen, und ich traf nur deinen Pa an, der im Schatten auf einem Gartenstuhl auf dem Rasenplatz saß, er trug einen schmutzigen Overall, den er, wie es aussah, schon seit Wochen anhatte, und löffelte über dem Gras eine Kiwi aus, ich setzte mich neben ihn und schaute auf den Löffel, der im Fruchtfleisch versank, und auf den Saft, der über seine großen Hände lief, danach starrte ich zu der Wäschespinne, an der zwischen der Unterwäsche deines Pas und deines Bruders deine Slips hingen, und ich lächelte über die kleinen Schleifen an der Vorderseite, über das Kindliche, Niedliche, während dahinter ein Tal lag, an das ich immer öfter dachte, und plötzlich sagte dein Pa, wie er das auch bei den Kühen tat: *Ich weiß nicht, was es ist, vielleicht das Schmallenberg-Virus, Milzbrand oder Weidefieber.* Ich fragte nach deiner Temperatur, ob dir übel sei, ob du Durchfall hättest, und er schüttelte den Kopf, zuckte mit den Achseln, mehr kam nicht aus ihm raus, also schlüpfte ich, als er in den Stall ging, um die Liegeboxen auszumisten und mit Sägemehl einzustreuen, ins Haus und ging die Treppe hinauf zum Kinderlustgarten, öffnete leise die Tür, und da sah ich dich liegen, tief vergraben unter der Decke, ich sagte, ich sei es, Kurt, und setzte mich bei dir auf die Bettkante, legte dir die Hand auf die Stirn und spürte, wie furchtbar sie glühte, und du sagtest leise, das komme daher, weil die Twin Towers in hellen Flammen stünden, dass es wieder so weit sei, und du erzähltest, wie du am elften September über Lower Manhattan flogst, nachdem du dich in das Gebäude gebohrt hattest, wie du sahst, was du angerichtet hattest und dass deine Flügel von grauen Schuttpartikeln bedeckt waren, du bewegtest sie unter deiner Decke mit dem Sesamstraßen-Aufdruck, du sagtest, das Schreien und Heulen, das du hörtest, sei grauenhaft, du sähest ständig das Foto *The Falling Man* vor dir, das in der *New York Times* abgedruckt gewesen sei, wo ein Mann wie ein Plastikminiatursoldat aus einem der Twin Towers senkrecht nach unten gesprungen war, und der Fotograf hatte dem Bild die Botschaft mitgegeben, dass man nicht danach suchen solle, wer der Mann gewesen sei, sondern mehr danach, wer man selbst sei, während man das Foto betrachtete, was man fühle, und du hattest dir *The Falling Man* so oft angesehen, dass du es warst, die in die Tiefe taumelte, und du erzähltest, dass du gesehen hattest, wie beide Türme wie Grießpuddinge in sich zusammenfielen, und dass du dann zurückgeflogen seist und daheim in der Dusche den Staub und das Blut von deinen Flügeln abgespült hättest, dass du gesehen hättest, dass der Abfluss sich rot färbte und kleine Flugzeugstücke hängen blieben, wie du danach im Schlafanzug nach unten gegangen seist und deinen Pa, den Kopf in den Händen, vor dem Fernseher sitzen gesehen hättest, und er gesagt hätte: *Wir gehen drauf, wir gehen alle drauf.* Und dass du da bibbernd im Wohnzimmer standst, du hörtest die Erschütterung in der Stimme des Nachrichtensprechers und wolltest rufen, dass es deine Schuld sei, genau wie damals in deinem dritten Lebensjahr, als das Unglück vorne am Waterdragersweg geschah und der Schlag des Verlusts noch immer in deinem Kopf dröhnte bis tief in die Verdrahtung hinein, und du hattest dort gesehen, dass Menschen genau wie die Twin Towers zusammenbrechen konnten, um danach anders wiederaufzuerstehen, dass dein Pa und die Verlassene danach für alle Zeiten eingerüstet blieben, du wolltest sagen, dass du an jenem Tag so viel mehr verloren hattest als nur den Verlorenen, und ich wusste das alles, ich wusste es, aber das sagte ich nicht, und ich sah, dass deine Wangen nass wurden, als du sagtest: *Kurt, ich bin die Gehilfin des Todes.* Glühend und hektisch setztest du hinzu, dass du eine Verbrecherin seist, dass du nicht nur den Geburtstag mit Hitler gemeinsam hättest, sondern auch eure Taten, dass du dein Zimmer von jetzt an »Adlerhorst« nanntest, und für einen Moment wurden deine Augen feurig, als würdest du aufleben, und du flüstertest, wenn du wieder fliegen könntest, würdest du es wiedergutmachen, echt wahr, und ich sagte, *natürlich wirst du es wiedergutmachen*, und schob dich vorsichtig an die

Wand, sodass ich neben dir liegen konnte, ich kroch bei dir unter die Decke, und Mann, was war es da warm, Schweißtropfen perlten mir über die Stirn, aber das war mir egal, mir war egal, dass dein Laken feucht würde, wichtig war einzig und allein, dass ich dicht neben dir lag, und ich fühlte, wie schlapp du warst wegen deiner eigenen Behauptungen, wegen deiner Täterschaft, und ich legte meine Hand auf deine Hüfte und ließ sie abwärts gleiten, du sagtest, du hättest Durst, *so* einen Durst, und ich antwortete, dass ich etwas zu trinken holen würde, also stand ich wieder auf, um nach unten zu gehen, wo dein Bruder am Küchentisch vor einem Teller Milch mit Cornflakes saß, und er fragte, wie es dir gehe, er sah mich durchdringend an, als suchte er nach dem, worauf er damals seinen Finger noch nicht legen konnte, und ich sagte, *nicht so gut,* und er tippte sich kurz mit dem Finger an die Stirn und erzählte zwischen ein paar Löffeln Cornflakes, er habe dich in der letzten Nacht vom Heuboden holen müssen, wo du an der Ladeöffnung standst und die Arme seitlich vom Körper bewegtest und sagtest, du würdest üben, Übung mache den Meister, und dass er dich dann ins Bett gebracht habe und mit dem Rücken an deine Zimmertür gelehnt dagesessen habe, bis es Morgen wurde, er habe nie gewusst, wie lange eine Nacht dauere, und rieb sich die Augen, danach sagte er, er würde für dich beten, denn Gott könne die Verrückten heilen, und er zitierte aus Matthäus: *Aber die Kinder des Reichs werden ausgestoßen in die Finsternis hinaus: da wird sein Heulen und Zähneklappen.* Zum Schluss verkündete er noch, dass dein Reich nichts tauge, dass du bekloppt seist, und er berührte wieder kurz seine Stirn, um sich dann erneut über seinen Teller zu beugen, und ich sagte, er sei ein guter Bruder, ein lieber Bruder, und er nickte gleichgültig, ich suchte zwischen meinen Praxissachen nach einer Kälberflasche, die ich in der Küche bis zum Rand mit eiskaltem Wasser füllte, oben schob ich dir den Sauger zwischen die Lippen, und du trankst gieriger als ein Säugetier, und ich flüsterte, dass du das mit New York ganz sicher wiedergutmachen könntest, es hatte nämlich keinen Sinn, dir zu widersprechen, dir diese Wahnbilder auszureden, zu sagen, du seist keine Attentäterin, alle Attentäter dieser Septemberkatastrophe seien tot, ich konnte dich nur dadurch beruhigen, dass ich dir Glauben schenkte, und wir waren wieder genauso zusammen wie bei dem Picknick, obwohl wir uns diesmal nicht küssten, ich ließ nur meine Hand bis zum Rand deines Unterhöschens gleiten, während ich in dem glutheißen Kinderlustgarten neben dir lag, und ich spürte die kleine rote Schleife an der Haut meiner Handfläche, und das war genug für den Augenblick, mein Herzblatt, es war genug zu wissen, wie dünn sich der Stoff anfühlte, wie hauchdünn die Grenze zwischen dir und mir war, es würde nicht mehr lange dauern, bis ich dich ganz besitzen würde, bis ich dir so nah käme, dass du nicht mehr an Abstand denken würdest, an Nachhausekommen, dass ich dein offenes Fenster würde und du durch mich flüchten könntest, das wünschte ich mir da, und wir lagen nebeneinander, und du spintisiertest etwas über Den Frosch, dass Der Frosch im Stehen pinkeln könne und dass du das immer wunderbar gefunden hättest, dass es sich so herrlich anfühle und dass du, wenn du wieder er würdest, mit deinem Strahl das Feuer der Twin Towers löschen könntest, und ich fragte, ob du manchmal auch an etwas anderes dächtest, wenn du Der Frosch würdest, und du schütteltest leicht den Kopf und sagtest mit geschlossenen Augen: *Nein, ich will nur im Stehen pinkeln.* Und dann ließt du es laufen, ich spürte, wie das Laken, das erst nur etwas klamm war von unserem Schweiß, jetzt klatschnass wurde, ich roch den penetranten Uringeruch, und langsam spürte ich, wie die Nässe durch den Stoff meines Shirts und meiner Jeans zog, und sagte: *Pinkel nur, meine Liebste, pinkel nur alles aus dir raus.* Und du ließt es seufzend laufen, während du sagtest, dass dies das Meer sei, das du für heute ausgesucht hättest, dass du nie wirklich ein Leichtmatrose würdest, weil dein Kopf zu schwer sei und du ständig das Schiff verpasstest, und du grüßtest matt ein paar Sachen in deinem Zimmer, wie du es offenbar jeden Abend tatst, bevor du wegsacktest, um dich erst dann im maßlosen Strudel des Schlafes mitreißen zu lassen: *Tschüs Schreibtisch, tschüs Schirmlampe, tschüs Sofa, tschüs Adlerhorst.*

15

Es war halb drei, als ich nach dem x-ten Spukbild leise aus dem Bett schlüpfte, an der Haustür die Turnschuhe anzog und losrannte, ich rannte, werte Magistrate! Über die erleuchteten und verlassenen Straßen von The Village, über den Polder an Juliahoek und Minnenijd vorbei, und ich sah die Sandhasen davonsausen, ich hörte, wie die Grillen und die Frösche mich anspornten, und ich konnte es nicht lassen, über den Prikkebeensedijk an eurem Hof vorbeizulaufen, wo die Kopfweiden in der Dunkelheit Totengräbern glichen, die schweigend und ehrerbietig das Haus umstanden, als könntest du jeden Moment dem Fieber oder dir selbst erliegen, und ich schaute zu deinem Fenster über dem Vorderhaus hoch und dachte an meinen Traum, wie du mit Freuds Worten sagen würdest, dass ein Traum meist eine unterdrückte Wunscherfüllung sei, und ich würde dir unrecht geben, Freud hatte unrecht, ich unterdrückte meine Tagträume, ja gewiss, doch was nachts passierte, hatte nichts mit meinen Wünschen zu tun oder zumindest nur wenig, und ich spürte den Asphalt unter meinen Füßen, während ich versuchte, die Seitenstiche zu ignorieren, ich füllte meine Lungen mit der frischen Nachtluft und wurde immer leichter und klarer, meine himmlische Auserkorene, wenngleich ich nicht um die Bilder umhinkonnte, die sich mir aufdrängten und die die Magistrate später diskutieren würden, nachdem unsere Liebe, unser

Sommer ein Aktenzeichen bekommen hatte, die Nummer zwölf, und ach, dass die Herren mir das antaten, zwölf! Die Zahl, die in der Bibel für die Rinder aus dem Vierten Buch Mose steht, die Steine aus dem Zweiten Buch Mose, die Jünger Jesu und für die Legionen Engel aus Matthäus, und ich, ich durfte nicht einmal einen besitzen, aber daran dachte ich noch nicht, als ich an eurem Hof vorbeilief und am Horizont aufragen sah, wovor ich solche Angst hatte, das aber, wenn man rannte, weniger furchterregend wirkte, als wenn man im Bett lag oder am Fliegengitter neben der Toilette saß, und ich sah kurz auch das Gemälde von Abildgaard vor mir, *Albtraum*, von 1800, das ich mal in einem Museum in Dänemark gesehen hatte und auf dem zwei nackte Frauen in einem Himmelbett schlafen, auf dem Bauch der vorne liegenden Frau, lang ausgestreckt und prächtig hingegossen, als gäbe sie sich dem hin, was auf ihrem Bauch sitzt, sieht man den *Albtraum*, dargestellt als schwarzes, träges Wesen mit elfenartigen Ohren, es schaut einen, wenn man das Gemälde betrachtet, aus gelb glühenden Augen an, sein Schatten steht groß auf der Wand, links oben am dunklen Himmel ein bananenförmiger Mond, und wenn man es genau studiert, besteht das Furchterregendste nicht in dem Vieh selbst, sondern in seinem Schwanz, der zwischen den Brüsten der Frau liegt, was viele Kenner als erotisch einordnen, doch ich hatte schaudernd dagestanden wie ein Mutterschaf ohne Winterfell, und mir war seinerzeit aufgefallen, dass Albträume oft auf dem Magen oder der Brust gemalt werden, da, wo man sie spürt, wenn man aus dem Schlaf aufschreckt, obgleich ich inzwischen wusste, dass sie einem erst später in den Kopf kriechen, wo sie mit ihrer Trägheit die Gedankengänge füllen, und während ich da lief, sah ich dieses haarige Wesen vor mir, auch wenn die nackte Frau plötzlich nicht mehr die nackte Frau war, sie verwandelte sich in dich, und ich saß auf deinem Bauch, auf dem Körper, der zu groß für dich war und noch nicht zu dir passte, ich war der Albtraum, und mein Schwanz lag zwischen deinen wohlgeformten Brüsten, und ich wollte dich so nicht vor mir sehen, ich wollte nicht, dass du dich jemals in eine Frau verwandelst, ich wollte das schöne Kind behalten, und ich konzentrierte mich auf meinen Traum, um nur ja nicht dieses wollüstige, wachsende Fleisch auf deinem schönen flachen Brustkorb zu sehen, und ich sah das blaue Gesicht des Viehbauern wieder vor mir, der am Treppengeländer baumelte, und hatte einen ekligen Erdnussbuttergeschmack im Mund, ich spuckte in das schwarze Gras und erhöhte danach mein Tempo, ich keuchte wie ein gehetztes Pferd, doch die Bilder schienen mich einzuholen, und ich sah ihn da hängen, ich sah auch mich selbst, allerdings als kleinen Jungen, ungefähr sechs, schätzte ich, ich kam noch nicht über die schwarzen Strümpfe meiner Mutter hinaus, und der Viehbauer verschwand und machte Platz für meinen Vater, der am Küchentisch saß, er trug seinen guten Sonntagsanzug, manchmal dachte ich, er sei der Bruder von Gott, und keiner erzähle mir das, weil ich sonst damit hausieren ginge, denn die meisten Väter waren hart malochende Schilfarbeiter, sie kamen abends erschöpft nach Hause und zauberten hinter ihrem Rücken ein paar Rohrkolbenzigarren hervor, die man dann unter der Überführung anzündete und nach einer passenden Haltung suchte, während der Rauch sich zum Himmel empor kräuselte, und mein Vater saß da in meinem Traum und sagte zu mir: *Es ist Ostern, es sind neun oder zehn Eier versteckt.*

Du kannst nach dem suchen, was nicht da ist, oder mit dem zufrieden sein, was du hast. Danach verschwand er aus dem Zimmer, und ich wollte rufen, dass er nicht weggehen solle, dass er, bitte, hierbleiben solle, aber ich konnte nicht sprechen, ich konnte nichts sagen, und ich sah mich im ganzen Haus suchen, im Grünen hinter dem Haus zwischen den Keramikgartenzwergen und dem Lungenkraut, im Schuppen bei den Schweinen, und schon bald hatte ich neun gefunden, nur das letzte konnte ich einfach nicht finden, ich sagte mir, ich darf nicht aufgeben, und so robbte ich als Nächstes über den Küchenfußboden, schaute unter die Geschirrschränke und hörte meine Mutter sagen, es sei heiß, immer heißer, bis ich unter den Tisch kroch und das letzte Ei zwischen ihren gespreizten Beinen sah, und ich bereute, dass ich mich nicht mit neun Eiern zufriedengegeben hatte, ich war zu habgierig gewesen, und sie sagte, wenn ich es nicht heraushole, sei ich daran schuld, dass Jesus gestorben sei, dann würde er zu Pfingsten nicht wiederkehren und alle wüssten, dass ich schuld daran war, dass man ihn ans Kreuz genagelt hatte, und während ich das Ei, an dem die Farbe weggeschmolzen war, aus ihrem Inneren fummelte, brach es auf, und ich schwöre, dass ein kleines Küken herauskam, ein niedliches flaumiges Küken, das ich lächelnd betrachtete, ich streichelte sein flauschiges Federkleid und sagte, gierig wie ich war, dass ich es liebte bis ans Ende der Tage, als es sich plötzlich unter meinen Fingern blau verfärbte, kurz zuckte und dann zusammenbrach, es lag tot zwischen den Beinen meiner Mutter, und ich wurde abermals weggesogen, wenngleich ich der kleine Junge blieb und den Viehbauern wieder vor mir sah mit den geschwollenen Adern an den Händen, ich hörte das Muhen der Kühe im Hintergrund, die Schüsse der Schützen, und auf einmal standst du oben an der Treppe in dem weißen Kleid mit den Puffärmeln, das du im Kino anhattest, und du deutetest auf mich und lachtest laut, wie ich dich noch nie zuvor hatte lachen sehen, ich schaute an meinem Körper hinunter und sah plötzlich, dass ich nackt war, so schrecklich nackt, und ich wollte meine Hände aus Scham vor mein Geschlecht legen, konnte mich aber nicht rühren, und als ich wieder nach oben schaute, wurde erneut auf mich gedeutet, erneut hörte ich verächtliches Gelächter, und diesmal warst nicht du es, sondern meine Mutter, und ich hörte sie sagen, ich solle bloß nicht denken, dass ich mit diesem Körper jemals eine Frau lieben könne, erst einmal müsse ich lieb zu ihr sein, und sie sagte wie beim vorigen Mal, ich dürfe erst aufhören, wenn Gott in mir sei, obwohl ich sagen wollte, dass der Schöpfer nie mehr in mich kommen würde, dass ich später, wenn ich erwachsen wäre, mein Haus einschließlich der Katzenluke zunageln würde, aber ich wusste, dass das eine Lüge war, dass ich ohne Gott noch rettungsloser verloren war, dass Er, wenn Er erst mal in einem wohnte, einen vor Leerstand, vor illegalen Hausbesetzern bewahren würde, und ich rannte über die Avondlaan Richtung Mazenpad, wo ich das Küken plötzlich gigantisch groß hinter einem Häuserblock stehen sah, es pickte mit seinem riesigen orangen Schnabel im Gras, und ich verlangsamte meine Schritte, ging darauf zu, und es sah mich an und sagte: *Go home, Kurt, go home.* Ich blinzelte so lange, bis es verschwunden war, und die Magistrate würden später sagen, dass dieses Küken mir einen Ausweg bot, dass es mein Heil war, dass sich in ihm die Wiedergeburt verbarg, aber die konnten mich mal mit ihrer Wiedergeburt, ich wurde geplagt, ich wurde gequält bis ins Mark und sah erneut dieses schwarze Biest vor mir, aber diesmal war dein Körper wieder so makellos und schön, wie er sein sollte, obwohl er immer lauter zu knacken begann, unter meinem Gewicht brachen deine Rippen eine nach der anderen, und ich flüsterte ins nebelartige Dunkel hinein, dass es mir leidtue, dass ich hier nur deswegen auf dir hockte, weil ich dich liebte, dass ich niemals beabsichtigt hätte, zu deinem Albtraum zu werden, und ich sah dich auf der Weide im Kreis tanzen wie eine Ballerina, und du fragtest, ob mir schon schwindlig sei, aber man kann von jemand anderem nicht schwindlig werden, höchstens etwas aus dem Kurs geraten, schwindlig wird man nur von sich selbst, das würdest du später erfahren, und das Wesen von Abildgaard verschwand, als ich halbtot meine Haustür erreichte, wo ich auf den Stufen zusammenbrach und erst da merkte, dass ich Blut in meinen Turnschuhen hatte, drinnen zog ich die Socken aus und warf sie wie Rindfleischstücke in den Mülleimer, aus dem die Todesliebhaber aufstiegen, und ich flüsterte, sie sollten abhauen, haut ab, und kurz danach würde ich Camillia mit einem Kuss auf ihren Hals wecken und mir vornehmen, ab morgen alles besser zu machen, ganz ehrlich, und ich würde mich hitzig in ihr festbohren, um die Bilder zu vergessen, um dich in ihr Gestalt annehmen zu lassen: zwölf Stöße.

16

Mein Augenstern, je höher in deinem Kopf die Flammen an den Twin Towers loderten, umso feuriger wurde meine Liebe zu dir und umso schwächer mein Fleisch, ach, es war so schwach und weich, nicht mehr als dreihundert Gramm geschmorte Hochrippe. Doch trotz der nächtlichen Hirngespinste und der hohlen Vorsätze, die ich fasste, wollte *und* konnte ich dich mir immer mehr aneignen, wie ein krankes Kind schlapp wird, so lehntest auch du dich lustlos an mich, während ich zwischen deinen Kuscheltieren bei dir auf dem Bett saß, den Rücken an der Wand, und dir aus *Lieve Jongens* von Gerard Reve vorlas, ich war inzwischen dabei, dich völlig zu verderben, sogar mit Lektüren wollte ich dich in meine Arme treiben, auch wenn du jetzt Fieber hattest und ich wusste, dass du dich nur nach den Armen meines Sohnes sehntest, der gerade mit seinen Freunden im Schwimmbad lag und gestern nur für eine halbe Stunde mit einem Obstkorb vorbeigeschaut hatte, der unangerührt auf deinem Nachttisch stand und wo sich hinter den Äpfeln schon wieder die Todesliebhaber verbargen und mir auf dem Fuße folgten, und mein Ältester hatte zu Hause berichtet, dass ihr ein bisschen geredet hattet, über die Schule, *The Sims*, über den Geruch des ersten Regens nach tagelanger Sonne und dass dieser Geruch Petrichor genannt wird und die Wissenschaftler behaupteten, jeder Mensch möge den, weil unsere fernen Vorväter vom

Regen abhängig waren, darüber, wer in The Village wen geküsst hatte, und mein Ältester sagte, dass du manchmal merkwürdige Dinge von dir gabst, dass euer Gesprächsstoff immer magerer wurde, und er verglich es mit dem Stück Lochkäse auf dem Tisch, von dem man Scheiben abhobelt, bis man zu dem Punkt kommt, wo man nur noch die Rinde in der Hand hält, ihr wart bei der Rinde angelangt, es gab nichts mehr zu besprechen, und Camillia erklärte ihm noch, dass man in einer Beziehung mehrmals auf die Rinde stoße, dass man den anderen oder die andere aber jedes Mal als neues Käsestück betrachten müsse, dass man sich immer bemühen müsse, einander von Neuem zu entdecken, und sie lächelte mich an, weil sie sich seit dieser Nacht wie neu fühlte, und ich sah immer öfter, dass mein Sohn seine Kette mit dem halben Herz nicht mehr trug, sie lag auf dem Regal im Badezimmer, und ich hatte sie an diesem Morgen heimlich selbst umgelegt, ich spürte das kalte Silber an meiner Haut und verstand erst da, warum ihr Lüstlinge das tragen wolltet, es gab Hoffnung, ein Stück vom Herzen des anderen an sich zu tragen, ein Teil des anderen zu sein, weil es schon so viel von einem selbst gab, und sie stand mir großartig, ich ließ sie unter mein Shirt gleiten, damit Camillia und du es nicht bemerktet, und ich erzählte dir in deinem Zimmer von der tiefen, stürmischen Liebesbeziehung zwischen Woelrat und dem Erzähler in *Lieve Jongens*, wie echt und ehrlich sie war, auch trotz des großen Altersunterschieds, und manche Passagen musste ich auf deinen Wunsch hin noch einmal lesen, vor allem die, in der Woelrat auf dem Schoß des Erzählers sitzt und sich genüsslich und lustvoll hin und her bewegt, die las ich klar und deutlich vor, klarer und deutlicher als andere Passagen, und du fragtest, weshalb der Erzähler Woelrat so sehr liebt, und ich sagte, dass man manchmal jemanden lieben kann, den man nicht lieben darf, jedenfalls nicht so, obwohl Liebhaben doch grenzenlos sei, dass manchmal etwas zwischen zwei Menschen geschehen kann, was andere nicht begreifen, dass es aber darum geht, dass man es selbst begreift, dass das Herz manchmal wie ein Rind ist, das im April zum ersten Mal auf die Weide darf und verrückte Sprünge macht, und du sagtest, dass sie niemals zusammenbleiben könnten, der Erzähler und Woelrat, dass niemand in einer Welt voller Unverständnis leben könne, und ich antwortete traurig, das sei wahr, und ich hatte auf einmal keine Lust mehr weiterzulesen, nein, ich hasste den Erzähler, der so frei von Makel scheint, am liebsten hätte ich das Buch durchs Zimmer gepfeffert oder die Seiten herausgerissen und in der Toilette runtergespült, aber du fragtest so lieb, ob ich weiterlesen würde, während du dich wieder schwer an mich lehntest, als wäre ich das letzte Stück Treibholz, auf dem du dich über Wasser halten konntest, und ich wollte dieses Stück Treibholz sein, also las ich weiter und hielt nur hin und wieder kurz inne, um einen Schluck Wasser gegen meine trockene Kehle zu nehmen und um heimlich einen Blick auf deine schlanken Beine zu werfen, wie du da saßt, nur in Unterhose und Hemd, und ich dachte daran, wie ich dich, nachdem du das Bett vollgepinkelt hattest, in die Badewanne gesteckt hatte, während dein Bruder und dein Pa den Mist auf dem Land verteilten und der Jauchegeruch durch das Fenster hereinwehte und ich sorgsam auf die Traktorgeräusche achtete, während ich die Wanne volllaufen ließ und danach ein paar lila Badeperlen hineinstreute, die hart und ausgetrocknet waren und die ich in einem kleinen Schrank unter ein paar Handtüchern gefunden hatte, auf ihnen stand in krakeligen Buchstaben geschrieben: *for mother's day.* Ich stellte dir keine Fragen dazu, sondern hob dich aus dem Bett und setzte dich auf den Wannenrand, um dir dein Hemd, um dir deinen Slip auszuziehen, und du ließt es zu, denn du warst zu müde und zu krank, um dich zu sträuben, und du gingst ins Wasser wie ein Haubentaucher auf Erkundungstrip, ich krümmte meine Hände zu kleinen Schalen, um dir das warme Wasser über den Kopf zu schöpfen, und ich wusch dir die Haare, massierte Schultern und Rücken, wie ich es einmal bei einem Bauern gelernt hatte, der mir zeigte, wie man eine Fleischkuh massiert, der Bauer meinte, dadurch erreiche man eine optimale Marmorierung des Fetts, und ich drückte etwas Axe-Duschgel auf einen Waschlappen, denn ich sah nirgends etwas mit Rosenduft oder Lavendel, nur das Axe vom Verlorenen, ihr wolltet alle nach ihm riechen, und ich verrieb es auf deinem Bauch, deiner Brust, schnell zwischen den Beinen, und am liebsten hätte ich den Waschlappen losgelassen, aber du warst so zerbrechlich, meine Liebste, so furchtbar zerbrechlich, der Haubentaucher dümpelte nur ein bisschen herum, und also sang ich etwas von Simon & Garfunkel, und du flüstertest, dass ich eine gute Kopfstimme hätte, ganz rein und so, und ich spülte deine Haare aus, und du erzähltest, dass du mal beinahe ertrunken wärst, dass es dich darum immer zum Wasser zog, obwohl es dir gleichzeitig Angst einflößte, wie du in Gruppe sechs im Schwimmbad unter einem rechteckigen Schaumfloß durchschwimmen wolltest und jemand es immer wieder verschob, sodass du nicht darunter hervorkommen konntest, wie es sich anfühlte, als der Druck im

Kopf stieg, wie die Kehle sich langsam zusammenzog und die Wangen fast platzten, die Augen aus den Höhlen quollen, und da schoss dir der Gedanke durch den Kopf, dass das dein Ende war, dass du sterben würdest, obwohl du in deinem Rucksack noch eine Tüte Süßigkeiten hattest, wie du das am schlimmsten fandst, und natürlich auch für deinen Pa, der wieder jemanden verlieren würde, aber du empfandst auch Frieden, so wie du Frieden empfandst, wenn du daran dachtest, wie berühmt du werden würdest, noch berühmter als Cobain, und genau in dem Moment, als du die Erde verließt, als du starbst, wurde das Floß plötzlich weggenommen, und du kamst prustend und nach Luft schnappend hoch, und danach hattest du die Süßigkeiten wie noch nie genossen, sagtest du, die Sauren Schlangen waren saurer denn je, die rosa Draculazähne zuckersüß, die Colaschlüssel prickelten sogar ein bisschen, und ich fand es wunderbar, wie du über den Süßkram sprachst, du wirktest lebenslustiger als je zuvor und erzähltest, dass du danach gleich wieder schwimmen gegangen warst, aber es habe ein bisschen gedauert, bis du dich wieder unter Wasser trautest, dass du dich manchmal in der Badewanne zurücksinken ließt, so lange, bis du dich wieder so fühltest wie damals, doch sobald du wieder hochkamst, gab es nicht diese unbändige Freude, denn das Badezimmer war noch immer das Badezimmer mit den moosgrünen Fliesen, es gab nicht dieses grelle Licht wie im Becken, und plötzlich sagtest du: *Kurt, tauch mich unter.* Es war derselbe Ton wie damals, als du sagtest, ich solle dich sezieren, und ich wusste nicht, was du tun würdest, wenn ich es nicht tat, also schob ich dich nach hinten, legte meine Hand auf deine Stirn und drückte dich unter Wasser, ein paar Momente lang, es war beängstigend zu sehen, wie dein blasses Gesicht noch blasser wurde, und als ich dich losließ, flüstertest du: *Länger, bis es nicht mehr länger geht.* Und ich hätte dich da ermorden können, meine Liebste, es wäre die ultimative Tat, damit du auf ewig mein bliebst, und ich drückte dich so lange unter Wasser, bis du zu strampeln anfingst, bis du den Wannenrand umklammertest, um dich dann prustend und keuchend an mich zu drücken, und ich dich wieder auf den Rand setzte und, eine Stelle nach der anderen, abtrocknete, und du wechseltest von Glückseligkeit auf einmal zitternd zu Scham, du nahmst die Schultern nach vorn und legtest die Hände auf den Schoß, und ich begann wieder zu singen, und das half, obwohl du selbst zu krank warst, um mitzusummen, aber ich sang für zwei, und beim Vorlesen aus *Lieve Jongens* spürte ich auf Seite zweiundneunzig, was ich beim ersten Mal erlebte, als ich das Buch auf der höheren Schule las, die gleiche Geilheit, vor allem bei diesem Satz: *Nein, ich benutze mein Geweih nur und ausschließlich für seine Folterung, weil er dir gehört und weil ich dir gehöre.* Oh, die Herrlichkeit des Wortes *Geweih*, das geschwollene Geschlecht des Erzählers, mit dem er das Knabentier begehrt, und es war dort im Kinderlustgarten, während dein Bruder und dein Pa noch über die Felder fuhren und wir in Schwaden von Duschgel und Jauche eingehüllt wurden, dass ich deine Hand nahm und sie auf meinen Hosenschritt legte, und du ließt sie erst schwer und lustlos dort liegen, bevor du dann vorsichtig die Wölbung befühltest, und so wie du das Geschenk betastet hattest, das ich dir mitgebracht hatte, um zu erraten, was darin war, und du das kleine Plüschtier mit dem Herz in den Armen, das das schreckliche »I Will Always Love You« von

Whitney Houston zu singen begann, wenn man in sein Bein kniff, an deine Wange gedrückt hattest, so kniffst du sacht in den Schritt, in das Geweih, und die Buchstaben verschwammen, sodass ich nicht weiterlesen konnte, und du sagtest, du hättest so oft an den Otter gedacht, dass sein Fell fahl geworden sei, dass der Penisknochen zu stinken begonnen habe und du dich nicht mehr getraut hättest, die Folie aufzuschlagen, du hattest ihn in eine Wollsocke gesteckt und unter dein Bett gelegt, um ihn nicht mehr anzufassen, er sollte erst später als Beweisstück für die Magistrate dienen, für diese verdammten, armseligen Magistrate, und du zogst plötzlich die Hand errötend weg, wie ein Kind, das nicht mehr spielen mag, und sagtest, du hättest Hunger, du würdest vielleicht einen trockenen Zwieback runterbekommen, ja, einen trockenen Zwieback, und da saß ich nun mit meiner ganzen Lust und hätte mich am liebsten missgelaunt von dir abgewandt, doch ich sah die Verwirrung in deinem Blick, strich dir die Haare aus dem Gesicht und sagte, es sei schon in Ordnung, es brauche Zeit, auch wenn ich bei Gott nicht wusste, was ich damit meinte, denn hatte ich nicht längst bewiesen, dass ich dich bedingungslos wollte, aber du starrtest auf deine Nägel, und wir schwiegen, bis ich sagen würde, dass ich noch was im Stall zu tun hätte und dann nach Hause müsse und ich dich morgen früh sehen würde, in Ordnung? Und du nicktest und schütteltest gleichzeitig den Kopf und flüstertest, du wolltest nicht, dass ich ging, dass du, wenn ich jetzt ginge, für immer von hier weggehen würdest, und ich spürte das Dunkel hinter deinen Worten, du wiederholtest: *Ich gehe, hörst du, ich tu's.* Und du standst auf, wanktest zum Kleiderschrank und begannst, zornig und trotzig Shirts herauszuziehen und in eine Sporttasche zu stopfen, während du laut sagtest: *Ich gehe weg von hier, für immer, ich komme nie mehr zurück, nie mehr.* Du hieltst erst inne, als ich mich hinter dich stellte und meine Arme um deinen fiebrigen nymphenhaften Körper schlang, und ich wusste, du musstest das tun, wusste, dass das Drohen dich für den Moment beruhigte, dass du so gerne auch einmal die Verlorene sein wolltest, und trotzdem sagte ich nicht, was du hören wolltest: dass ich es nicht überleben würde, wenn du für immer weggingst, dass ohne dich die Welt aufhörte, sich zu bewegen, wie ein Tischtennisball mit einer Delle, nein, ich sagte nichts, meine kleine Flüchtige, denn du warst die Delle.

17

Wir fuhren schon früh am Morgen los zum Paradies der Paradiese. Obwohl es nur ein Kind gab, das ich dort im Freizeitpark Efteling begehrte, das mein hoffnungsloses Herz zwischen meinen Rippen hüpfen ließ, und zu diesem Zeitpunkt wusste ich noch nicht, dass dieser Tag katastrophal verlaufen würde, dass mein ältester Sohn beim Traumflug mit dir Schluss machen und seine Kette aus der Gondel hoch über dem Zauberwald zu Boden fallen lassen würde, dass deine gebrochene Seele dort zwischen die Waldgeister fiel, und vielleicht hätten Camillia und ich das schon daran erahnen können, wie er zu Hause nur noch wenig von dir sprach, wie er auf dem Hinweg schweigend und kratzbürstig neben dir saß, seine Arme reserviert bei sich behielt, obwohl mich das zu diesem Zeitpunkt freute, da ich eine klebrige Autofahrt fürchtete, bei der ich eifersüchtig ins Lenkrad kneifen würde und mich hartnäckig ermahnte, im Rückspiegel nicht nach diesen speichelsatten Zungenküssen zu schielen, doch mein Sohn hörte dir kaum zu, als du begeistert erzähltest, irgendwo gelesen zu haben, wie viele Münzen der Goldesel jedes Jahr ausscheißt, ungefähr zweihundertsiebzehntausend, dass der Lange seinen Hals einundsechzigtausendmal reckt und dass zwölf Nimmersatte Dickwänste im Park verstreut stehen, und ich würde das später wieder als Zeichen sehen, zwölf! Und ich unternahm verbissen noch ein paar Vermittlungsversuche, als ihr knurrig aus dem Traumflug kamt, ich versuchte vergebens, euch beieinanderzuhalten, auf einmal fürchtete ich, du würdest sonst irgendwann auch aus meinem Leben verschwinden, und ich stopfte euch voll mit Zuckerwatte, mit Poffertjes, mit frittierten Kartoffelfächern, mit Worten, man müsse manchmal Durchhaltevermögen zeigen, auch wenn es gerade mal nicht so toll sei, und ich sagte, entschuldige das Klischee, die Liebe sei mit der Python-Achterbahn zu vergleichen, sie habe Höhen und Tiefen, es gebe spannende und öde Momente, doch nichts half, mein Sohn blieb unnachgiebig und sagte schroff, er sei einfach nicht mehr verliebt in dich, und du warst untröstlich, so über alle Maßen untröstlich, und Camillia hielt dich lange in den Armen, bis sie mir einen verzweifelten Blick zuwarf, ich zuckte mit den Achseln zum Zeichen, dass ich auch keinen Rat wisse, obwohl ich noch versuchte, dich zum Spukschloss mitzulocken, zu Kate Bushs Fake-Grabstein, aber du sagtest, das sei dir alles schnurzegal, es sei dämlich, fandst du, denn warum sollte man zu einem Fake-Grabstein von jemandem gehen, der nicht tot sei? Und mein Jüngster sollte kurz darauf die Villa Volta vollkotzen, nein, es war ein heilloser Ausflug, und trotzdem wusste ich, dass du mir nach diesem Nachmittag noch mehr am Herzen liegen würdest, weil du jetzt dein Herz nicht mehr aufzuteilen brauchtest, und ich wusste, dass du wegen meines Ältesten untröstlich warst, noch mehr aber wegen des Gefühls des Verlustes, das sich bei jedem Abschied regte und den Schlag des Unglücks mitbrachte, dass in deinem Kopf damals alles zusammengebrochen war und dass dieser Schmerz so jung war, dass du ihn niemals in Worte hättest fassen können, weil das Alphabet damals noch keinen Platz in deinem

Kopf hatte, und ich hoffte, du würdest sehen, dass *ich* noch da war, ich war noch da, meine Liebste! Und die Rückfahrt war fast unerträglich, mein Sohn und du, ihr schautet jeder auf seiner Seite aus dem Fenster, mein Jüngster spuckte Poffertjes in eine Souvenirtüte, und dich hörte ich leise schluchzen, ich musste daran denken, dass du jetzt der Sängerin von »Warwick Avenue« mit den schwarzen Mascaraflecken unter den Augen glichst, und vielleicht hörtest auch du dieses Lied in deinem Kopf, weshalb die Tränen noch leichter flossen, oder du hofftest, dass mein Sohn es sich dadurch anders überlegen würde, weil du in der *Hitkrant* gelesen hattest, dass weinende Mädchen Jungs schwach machen, und du würdest später eigens für ihn ein Stück schreiben, um ihn zurückzugewinnen, du würdest es bei deinem ersten Auftritt in der ehemaligen Schule in der Testamentstraat spielen, die, weil sie schon ewig nicht mehr als Grundschule fungierte, zur Pop-Bühne umfunktioniert war, du tratst dort mit der Band Hide Exception auf, die du in Gruppe acht mit Jule, Elia und deinem Bruder gegründet hattest, und so schön du auch sangst und spieltest, mein Ältester blieb bei seiner Entscheidung, und du glaubtest, du könntest ohne ihn nicht mehr weiterleben, deine Flügel stachen noch mehr, und ich würde an jenem elenden Nachmittag erst Camillia und meine Kinder zu Hause absetzen und danach dich zum Bauernhof bringen, um noch einen Zwischenstopp beim Roversteeg hinter dem Feld mit den kleinen Eibenbäumen einzulegen, dort, wo ich später öfter den Fiat parken würde, weil da kein Hund weit und breit war und die Eiben das Liebesparadies verdeckten, und ich würde neben dich auf die Rückbank kriechen, um deine klebrigen Zuckerwattehände zu halten, ich ließ dich, den Kopf an meiner Brust, weinen und sagte, dass ich dir niemals wehtun würde, dass mein Sohn ein Flegel sei, dass du etwas Besseres verdientest, und langsam wurdest du ruhiger, ich sah, dass du dich entspanntest, und du erzähltest, dass du nach deinem Fieberbett wieder zum Vogel geworden warst, wie du manchmal aufwachtest und Federn zwischen den Laken fandst, so schöne weiße wie von einer Schnee-Eule, und du sagtest, du seist bereit, dieses sei dein letzter Sommer hier in The Village, du dächtest nur noch darüber nach, wie du es deinem Pa und deinem Bruder sagen solltest, auch wenn du glaubtest, dass dein Bruder nicht so viel dagegen einzuwenden haben würde, da er viel über Schwalben wisse, und die halte er auch nie auf, wenn sie nach Süden zogen, aber dein Pa, das sei was anderes, sagtest du, der würde im Werkzeugschuppen auf einen Stuhl sinken, den Kopf hängenlassen und unbeherrscht zu schluchzen anfangen, du würdest ihm die Hand auf den Kopf legen und sagen, dass du das tun müsstest, du müsstest gehen, und er würde fragen, ob er dich dann wenigstens anrufen könne, ein Mal am Tag, und du würdest sagen, dass du Telefonieren nicht mochtest, dass es dir leidtue und dass du nicht telefonieren und gleichzeitig fliegen könntest, und auch er würde in einen weiteren Verlust taumeln, und für einen kurzen Moment spürtest du, wie es war, die Verlorene zu sein, dass jemand um dich weinte, aber das würde dich nicht davon abhalten, nein, du würdest ihm Lebewohl sagen und ihn zwischen den Nägeln, den Muttern und Bolzen zurücklassen, und er würde dir noch nachrufen, hoffnungsvoll, weil er mühelos und rasch einen Tisch oder einen Bücherschrank für dich zusammenzimmern konnte und dachte, er könnte dich vielleicht auch heil machen, er hatte einfach nicht gewusst, dass du so kaputt warst, dass alle deine Schrauben verrostet waren, das wusste er nicht, und er würde noch fragen, wie um Himmels willen du fliegen könntest, wo doch alles an dir vergammelt war und klapperte, und du würdest lächeln und antworten, es sei die ganze Zeit über wacklig gewesen, es habe schon immer geklappert, was aber niemand höre, denn du trügst ein so dickes Federkleid, dass alle Geräusche gedämpft würden, und auf der Rückbank wollte ich dir das Federkleid am liebsten vom Leib reißen, bis du nackt warst, ich würde dir den Vogel austreiben mitsamt all diesen Fantasien, von denen du da fabuliertest, aber du warst schon wieder zum heutigen Schicksalsschlag abgeschweift und sagtest, als die Kette mit dem halben Herzen zwischen die Waldgeister fiel, da schien es, als würde auch in dir etwas abstürzen, dass es dich beunruhigte, dass das Herz jetzt da, bei den gruseligen Blubber-Trollen, lag, dass die Fata Morgana schon von klein auf deine Lieblingsattraktion war und du jedes Mal wieder über dieses Krokodil erschrakst, das am Anfang des Tunnels langsam angeschwommen kam und so lebensecht wirkte, dass du das Krokodil diesmal aber nicht hattest sehen können, weil du in dem Moment in einer Warteschlange standst, dass wir eigentlich unser ganzes Leben lang in allen möglichen Warteschlangen standen und es nur seltene Momente gab, wo man wirklich irgendwo hineinging, um dann alles für kurze Zeit zu vergessen, und ich biss dir ins Ohr, ich biss dir in den Hals und sagte, ich sei das gefährliche Krokodil, der Mississippi-Alligator, im Moskauer Zoo gebe es so ein Exemplar, das einundsiebzig Jahre alt sei, dass Saturn, so heiße der Mississippi-Alligator, 1936 in den USA geboren sei und schon bald in einem Berliner Zoo landete, wo er die Bombenangriffe im Zweiten Weltkrieg überlebte, es hieß sogar, dass er zu Hitlers persönlichem Besitz gehörte, und ich hoffte, dass diese Info dich fröhlicher machen würde, und sagte noch einmal, ich sei ein Krokodil, ich würde dich verschlingen, und ich küsste dich wieder, ich küsste dich traurig, so furchtbar traurig.

18

Du sagtest: *Kurt, nach Hitlers Ansicht bin ich ein schlechter, rundheraus unfähiger Volksvertreter, ich bin der Laufbursche, das Faktotum, der Kurier, der das Ruder nicht mehr im Griff hat.* Und ich fragte dich, wer denn dein Volk sei, und du machtest eine weite Armbewegung durch die Luft, mit der du alle aus deiner kleinen Welt meintest, Jule und Elia, auch wenn du Elia nur noch bei den Proben von Hide Exception sahst, Den Frosch, den Pastor, den Küster, deine Familie, alle Dorfbewohner und natürlich die Kühe, und du sagtest, dass man, um groß zu werden, den anderen manchmal klein machen müsse, dass du das so nicht wolltest, es aber in deinem Kopf trotzdem häufig geschehe, dass du fantasiertest, du seist die Allerbesonderste und es wäre kein gutes Zeichen, wenn du dein eigener Laufbursche würdest, weil du wüsstest, wie mächtig es dich mache, wenn ein anderer diese Aufgabe für dich erfülle, und Hitler zufolge habe es wenig Sinn, die eigenen Taten zu bedauern, du tätest nun mal, was du tätest, und darum würdest du auch kein guter Volksvertreter werden, außerdem seist du viel zu weich und müsstest manchmal daran denken, dass du auf der Grundschule ein eigenes Faktotum hattest, eine Art Anhänger, nur ohne Moffen-Uniform, er hieß Cliff und war zwei Klassen unter dir, und du beschriebst ihn als Engelchen, wie du mal eins in einer katholischen Kirche gesehen und nie mehr vergessen hattest, das nackt unter der Kanzel hing, mit freiem Blick auf seinen Marmorpimmel, es war eine andere Art Pimmel als die des Otters, sagtest du, und du hattest Pastor Horreman noch gefragt, ob ihr in der Kirche am Deich nicht auch solche Engelchen bekommen könntet, für die Gemütlichkeit, hattest du noch schnell hinzugefügt, und da hatte der Pastor gesagt, dass wir nackt nur vor dem Herrn erscheinen dürften, und du hattest nicht verstanden, was er damit meinte, und folglich dachtest du manchmal, wenn du auf das Fenster des Pastorats blicktest, daran, wie er sich jeden Abend vor dem Herrn auszog und dann das Fenster öffnete und sich nackicht dem Himmel zeigte, aber nein, das Engelchen hattest du nie vergessen, und du ließt die Zunge über deine Lippen gleiten, und erst da ging mir auf, wie besessen du von Jungsgeweihen warst, und ich hatte keine Zeit, mich nach dem Grund dafür zu fragen, denn deine Stimme wurde immer leiser und auch etwas grimmiger, als würde dir beim Erzählen bewusst, was deine Worte bedeuteten, und du wispertest, dass du Cliff das erste Mal beim Weihnachtsmusical gesehen hattest, als du das Schaf spielen durftest, wie du dich so darauf gefreut hattest, wochenlang hattest du, während du dich zurechtmachtest, das Blöken eines Texelschafs geübt, doch als es so weit war, stellte sich heraus, dass Maria allergisch gegen Wolle war, und du durftest dir in deinem prächtigen, von den Lehrerinnen entworfenen Kostüm die Geburtsszene nur aus einiger Entfernung ansehen und Bäh rufen, und in diesem Moment sahst du Cliff, der das Jesuskind spielte, plötzlich so wunderschön leuchten, wie das Engelchen in der Kirche, und du warst nach dem Musical auf Händen und Füßen wie ein echtes Texelschaf zur Krippe gelaufen und hattest geflüstert, obgleich du nicht wirklich wusstest, was das bedeutete, dass die meisten Hirten sich danach sehnten, selbst Teil einer Herde zu sein, und dass es gut möglich wäre, dass es Schafe gebe, die sich danach sehnten, der Hirte zu sein, der Anführer zu werden, und du fragtest ihn, ob ihr zusammen nach Hause radeln könntet, so einfach ging das bei Kindern, dachte ich, und er hatte gesagt, dass er zu Fuß da sei, sich aber gern bei dir hintendrauf setzen würde, zumindest wenn sich dein Reifen nicht zu schlapp anfühle, und du hattest erwidert, dass deine Reifen bretthart seien, denn dein Pa überprüfte seit dem Unglück jeden Morgen dein Rad, er kniff in die Reifen, er bewegte die Pedale, drückte gegen den Sattel und klackte den Dynamo an, bevor er das Rad kurz anhob und an den Rädern drehte, erst danach winkte er dir zum Abschied und begab sich in Richtung Stall, so ging das jeden Morgen, auch wenn du es eilig hattest, aber an dem Tag hattest du es nicht eilig, denn du würdest das Jesuskind, das Engelchen, nach Hause bringen, und das war dir einen Umweg wert, und es sollte eine feste Verabredung werden, dass du ihn nach Hause brachtest und dich mit all dem Marmor hintendrauf selig vor Glück fühltest, und es war am vierten Februar 2000, als es passierte, das wusstest du noch genau, weil an dem Tag das Computerspiel *The Sims* auf den Markt kam, das Spiel, das ins Buch *1001 Video Games You Must Play Before You Die* von Tony Mott aufgenommen worden war, und es dir an dem Tag auch noch gelungen war, die seltenste Pokémon-Karte, den Shining Charizard, zu ergattern, unter dem stand: *The flames it breathes are so hot that they can melt anything.* An dem Tag solltest du den Laufburschen verlieren, und es war schrecklich gewesen, sagtest du, all das Blut, und du legtest eine kurze Pause ein, ich wartete gespannt, was noch käme, und sah zu, wie du dir eine Locke hinters Ohr strichst und sie dann wieder zurückgleiten ließt, sodass du erneut hinter den blonden Lamellen versteckt warst, du holtest tief Luft und erzähltest, dass du in einer albernen Anwandlung zu Jule und Elia gesagt hattest, sie könnten sich das Spektakelstück von Jesus anschauen, es sei das Schönste, was du je gesehen hättest, schöner als alles Spielzeug, das du besaßt, nicht zu toppen, und so wart ihr nach der Schule mit Cliff zum Gebüsch hinter dem Fahrradschuppen gegangen, dort hattest du das Jesuskind aufgefordert, die Hose herunterzulassen, was er natürlich tat, denn er war ja mein Laufbursche, sagtest du, und die taten alles, wozu man sie aufforderte, und Jule und Elia hatten gekichert, als sie seinen kleinen Pimmel sahen, doch dabei blieb es, und sie fragten ungeduldig, wo das Spektakelstück bleibe, du hattest noch ganz erstaunt ausgerufen, *das* sei doch das Spektakelstück, aber sie schienen enttäuscht, und da dachtest du dir spontan einen anderen Plan aus, der Gedanke war dir einfach so gekommen, wie dir manchmal ein Lied in den Sinn kam, aber wenn du jetzt daran zurückdachtest, dann verriet es schon damals die Finsternis in dir, deine Hitler-Gene, denn auf einmal warst du habsüchtig geworden, ja, habsüchtig, und du sahst das Jesuskind da stehen und hattest nur einen einzigen Gedanken: *Ich will diesen Pimmel haben, mir würde er besser stehen.* Und jetzt wurde es ernst, flüstertest du, dafür brauchte es einen starken Magen, so ernst war es, denn dort, an jenem Nachmittag im Februar, hattest du deinen Rucksack aufgemacht und dein Mäppchen herausgeholt, um zwischen den Kulis und Bleistiften eine Schere herauszuangeln, du gabst sie

Cliff, der zitternd im rauen Wind stand, und da hattest du ihm aufgetragen, sein Jungsgeweih abzuschneiden, du sahst schon sehr deutlich vor dir, wie du es dir später im Badezimmer mit etwas Sekundenkleber ankleben würdest, es würde nicht mehr lange dauern, bis du im Stehen pinkeln könntest, dachtest du in dem Moment voller Freude, und das Jesuskind hatte sich nicht gesträubt, denn es tat alles für dich, und es hatte sein Geweih zwischen die Metallklingen geklemmt, und es war nur gut, sagtest du, dass die Schere stumpf war, weil der Messerschleifer aus The Village nach einem Zusammenbruch zu Hause hockte und auf ärztliche Anweisung hin keine scharfen Gegenstände mehr anfassen durfte, dass Jule eingegriffen und ihn gestoppt hatte, das war dein erster Anschlag gewesen, sagtest du, und in deiner Erinnerung waren die Büsche blutig rot geworden, himbeerrot, doch von da an durftest du das Engelchen, durftest du Cliff nicht mehr nach Hause bringen und spürtest nie mehr seinen warmen Kopf an deinem Rücken, wenn du nach der Schule gegen den Wind durch The Village fuhrst, und die Lehrerinnen hatten sich Sorgen um dich gemacht, aber nicht so sehr, dass sie deinen Pa deswegen anriefen, denn jeder wusste, verglichen mit dem Verlust des Verlorenen war alles andere nichtig, und du verstandst es nicht, aber seit damals konntest du dir vorstellen, dass du auch in echt einen Pimmel hattest, und ich fragte, was du denn damit machtest, und du sahst mich etwas irritiert an, als sei das doch wohl klar, du sagtest, dass du natürlich damit pinkeltest, und ich fragte, ob du wüsstest, was man sonst noch damit machen könne, und du fragtest *was denn,* ich sagte, dass ich dir das irgendwann mal erzählen würde, oder vielleicht würde ich es dir auch zeigen, und du nicktest zufrieden, als ob ich dir gerade vorgeschlagen hätte, in den Süßwarenladen in der Cinderellalaan zu gehen, wo du manchmal Salmiakpulver gekauft hattest, in das du dann deinen nassen Finger gedrückt und den dann in den Mund gesteckt und das so lange wiederholt hattest, bis das Pulver zu klumpen begann und deine Zunge braun war, und wir saßen auf dem Holzzaun der Weide am Deich, wir schauten zu den Blaarkoppen, während ich mein Mittagsbrot aß, das ich dir von Zeit zu Zeit hinhielt, und du bisst gierig hinein, du hast es genossen, gefüttert zu werden, du liebe Brotratte, du hast es genossen, aus meinen Händen zu essen, aus meiner Wasserflasche, gefüllt mit dem von Camillia selbstgemachten Holunderblütensaft zu trinken, und wir spähten über die Flachsfelder und die Äcker in der Ferne, und ich fragte mich, was diese Enthüllung zu bedeuten hatte, ob du dich wirklich so schlecht wie Hitler fühltest, und ich sah, dass du manchmal auf den hellen Fleck im Gras starrtest, wo noch vor ein paar Tagen das kleine Kuppelzelt gestanden hatte, wo du noch von dem Wal geschluckt werden wolltest, und am selben Abend hatte ich die eingerissenen *Moby Dick*-Seiten für das Katzenklo benutzt, ich fragte, ob du noch viel an meinen Sohn dächtest, obwohl ich die Antwort lieber nicht wissen wollte, du nicktest so halb und halb und fragtest, ob alles anders gelaufen wäre, wenn Hitler eine Frau gehabt hätte, ob er noch so bösartig gewesen wäre, wenn er verliebt gewesen wäre, denn seit es aus war mit meinem Ältesten, seist du böse auf alle, sogar auf den Küster, der hinten in der Kirche für das Licht zuständig war, als hätte er dich plötzlich in Dunkelheit versetzt, die Kerzen in deinem Kopf gelöscht, und ich sagte, dass Hitler sich nicht verlieben konnte, weil er sich selbst nicht liebte, und du sahst mich mitleidig an und sagtest: *Ich liebe mich auch nicht, aber umso mehr jemand anderen. Ich habe so viel Liebe und gleichzeitig so viel Hass in mir, dass es über die Ränder meines Körpers hinauswächst.* Und ich fragte nicht, was du denn so hasstest, denn ich dachte damals noch, dass man für Hass einen ausgewachsenen Leib brauche, und du würdest noch etliche Wachstumsschübe vor dir haben, ich hielt dir wieder mein Butterbrot hin, und die Marmelade hing an deinen Mundwinkeln, ich legte meine Hand auf den Zaun, drückte die Kante gegen deine Hand, woraufhin du sie sofort verschobst, und einen Moment lang hoffte ich, du würdest wieder Fieber bekommen, sodass ich wieder bei dir im Bett liegen konnte, unter der Sesamstraßendecke, und ich hievte mich vom Zaun und inspizierte die Blaarkoppen, wie sie liefen, ob sie nicht lahmten oder abgemagert waren, aber sie boten ein prächtiges Bild, und das stimmte mich zufrieden, und ich wollte zum Zaun zurückgehen, aber du warst weg, und ich suchte die Weide ab und sah dich ausgestreckt an der Stelle mit dem vergilbten Gras liegen, die Stelle hatte die Größe der Doppelmatratze hinten in meinem Fiat, du starrtest in die Luft, und ich fragte, was du gerade tätest, du breitetest die Arme aus und zitiertest theatralisch einen Satz aus der Horrorserie *Es*: *»They float,« it growled, »they float, Georgie, and when you're down here with me, you'll float, too.«* Die Blaarkoppen kamen näher und stellten sich rings um dich, und ich wusste nicht recht, ob ich mich neben dich legen sollte, ich schaute kurz über die Schulter, sah aber nirgends deinen Pa oder deinen Bruder auf dem Hof, sie waren bestimmt im Haus und blanchierten die abgezogenen Bohnen und füllten sie in Beutel, um sie einzufrieren, damit ihr jeden Montagabend nach alter Gewohnheit Bohnen essen konntet, und du sagtest wieder: *You'll float, too.* Ich wollte nichts lieber, als mich weiter mit dir treiben zu lassen, also legte ich mich neben dich auf das plattgedrückte Gras, umringt von den Kühen, die eine Mauer um uns bildeten, sodass wir nicht mehr gesehen werden konnten, wir starrten in den distelblauen Himmel, und ich antwortete mit einem Zitat, ebenfalls von Stephen King, *It was easier to be brave when you were someone else,* und du lächeltest, es war ein herrliches Spiel für dich, wir lagen dicht nebeneinander, und ich roch den Geruch des Grases, der Kuhleiber, den deinen, und du erzähltest, dass du im Alter von vier Jahren anfingst schiefzuwachsen, einfach so, und jede Woche zu einer Frau in einem Nachbardorf musstest, um Übungen zu machen, dass es aber schon da klar gewesen war, dass du von der Sonne weg wuchst anstatt zu ihr hin, und obwohl sich das größtenteils wieder gab, blieb innen alles schief und schepp, und manchmal merktest du es noch an deiner Büchertasche, dass die eine Schulter etwas tiefer stand als die andere, und du sagtest weiter, dass manche Menschen blind geboren werden, andere hingegen sofort die Augen aufschlagen, weil ihnen klar ist, sie würden sonst zu viel verpassen, doch weil sie das wissen, würden sie ja gerade alles Mögliche verpassen, manchmal sei es besser, unwissend zu sein, dann sehe man viel mehr, und du fragtest, wie ich geboren sei, blind und unwissend oder mit offenen Augen, und ich sagte dir, ich sei aus einem dunklen Mutterschoß gekommen, einem tintenschwarzen, und zum ersten Mal sah ich, wie du beim Wort *Mutterschoß* zusammenzucktest, du wurdest blass, und ich fragte, ob alles in Ordnung sei, und du sagtest *ja, ja* und schaltetest wieder zu Hitler um, erzähltest, dass er häufiger als Freud im Sessel vor dem Fenster sitze und dich lange ansehe, das linke Bein über das rechte geschlagen, er trage schwarze Stiefel mit kleinen Hakenkreuzen oben am Rand, und in der Profilsohle hänge eigentlich immer Schlamm, als wäre er durch die Wälder in deinem Kopf gestampft, und du wolltest gut für dein Volk sorgen, wie der Präsident der Vereinigten Staaten, wie George Bush, nur sorgfältiger, und du fragtest, ob ich wüsste, dass Bush eines Tages den Alkohol gegen die Bibel eingetauscht hatte und nur noch hin und wieder Malzbier trank, dass wir Menschen oft unter dem Einfluss von etwas sein müssten, um das Leben zu bewältigen, dass du unter dem Einfluss von Süßigkeiten, *The Sims* und dem Vogel stündest, und du fragtest, was mich berausche, und da sagte ich es exakt mit diesen Worten, ich sagte: *Ich stehe unter dem Einfluss von dir, mein Augenstern.* Ich schaute zur Seite, wie du reagieren würdest, und du berührtest kurz deinen Nasenflügel, weil eine dicke Schmeißfliege darauf landete, und dann sagtest du, *Augenstern* sei ein schönes Wort, ein wunderbares sogar, und du gingst nicht auf meine Botschaft ein, du warst ein wertloser Präsident, mein Herzblatt, aber das war mir egal, du schienst zufrieden mit dem Wort, das ich für dich ausgewählt hatte, und du holtest tief Luft, und ich legte meine Hand auf deine Lippen, ich sagte, du solltest aufhören zu zitieren, du solltest sagen, was du wirklich sagen wollest, und deine Augen wurden feucht, ohne dass sie anfingen zu tränen, du erzähltest, dass du oft einsam seist, trotz des imaginären Publikums in deinem Kopf, dass du dich manchmal wie eine Kartoffel fühltest, tief unter der Erde, dass du nur in der Dunkelheit wuchst, dass du dich oft nach dem Licht sehntest, nach den Scheinwerfern, aber auch wusstest, dass es dich blenden würde, dass der Ruhm, den du finden würdest, nur dadurch wachsen würde, dass er dich eingrub, dass er dich erstickte, und ich roch deine Angst durch den Geruch des Grases und der Kühe hindurch, und an dem Abend spieltest du zum allerersten Mal auf der Pop-Bühne in der Testamentstraat, und du warst grandios, du warst hinreißend, wie du da standst mit blauen Lippen vom Blue Curaçao, von deinem ersten Drink, den ich heimlich für dich, Jule und Elia bestellt hatte und an dem du immer wieder vorsichtig nipptest, Camillia und ich standen ganz vorn und klatschten am lautesten von allen, als ihr auf die Bühne kamt, so lange, bis es unangenehm wurde, weil ich wusste, dass du das am schönsten fandst, und ihr spieltet »Teenage Dirtbag« von Wheatus und »My Generation« von The Who, danach folgte dein selbst geschriebenes Stück, und alle Bandmitglieder um dich herum verschwammen, du standst wie ein himmlisches Wesen im Scheinwerferlicht, so frei von all deiner Merkwürdigkeit und Ängstlichkeit, und plötzlich wurde mir schmerzhaft bewusst, dass du es nicht für mich sangst, sondern für meinen ältesten Sohn, dass ich nur ein Geschwür war, ein Geschwür in deinem Inneren, und ich sagte stammelnd zu Camillia, dass ich kurz mal eine rauchen ginge, ich zwängte mich mit einem Gefühl der Übelkeit zwischen den Leuten durch, sagte deinem Pa murmelnd hallo, der weiter hinten stand und sich mit einem anderen Bauern über das Klima unterhielt und kaum zu dir hinschaute, und ließ mich draußen zwischen den betrunkenen Teenies nieder und dachte, dass ich für sie nur ein alter Herr war, der sich noch einmal jung fühlen wollte und daher eine Pop-Bühne besuchte, und ihre Augen wurden zu den deinen, wodurch mir noch schwindliger wurde von meinen eigenen Trieben, meinen Begierden, davon, wie gern ich da vor der Bühne schreien würde, dass du *mein* Augenstern seist, aber du suchtest in erster Linie den Blick deiner Klassenkameraden, meines Sohnes, der Bauernknechte, die auf einmal Interesse an dir bekundeten, wo du jetzt plötzlich zeigtest, was du die ganze Zeit schon in dir trugst, und alle sahen das himmlische Wesen mit den blauen Lippen, doch ich wusste, wie du wirklich warst, wie tief alles in dich drang, welches Meer sich hinter deinem zarten Rücken befand, und ich hörte das Publikum nach einer Zugabe rufen, und ihr wusstet, dass das kommen würde, und hattet das schönste Lied für zuletzt aufgespart, einen deiner Lieblingssongs, »All the Small Things« von der amerikanischen Band Blink-182, ein catchy Stück, und ich hörte dich hoch und funkelnd singen: *Say it ain't so, I will not go, turn the lights off, carry me home, keep your head still, I'll be your thrill, the night will go on, my little windmill.* Beim Refrain sollten alle zu tanzen beginnen, außer deinem Pa, der sollte mitten am Abend gehen und über den Deich nach Hause radeln und dir nie sagen, wie er deinen ersten Auftritt fand, er sollte am nächsten Morgen nur fragen, ob es spät geworden sei, alles drehte sich für ihn um Zeit, um Wetterbedingungen, um Tiere und Pflanzen, um den Verlorenen, und so wenig um dich, und du solltest nach dem überwältigenden Schlussapplaus euphorisch nach draußen rennen und so tun, als fändst du es nicht schlimm, dass dein Pa gegangen war, du solltest dich in meine Arme fallen lassen und sagen: *I'll be your thrill.* Und ich würde dich zu grob von mir schieben, wie ich ein verspieltes Kalb manchmal wegschob, wenn es mich von meiner Arbeit abhielt, wenn ich gerade keine Lust darauf hatte oder wenn es zu stark wurde und ich zeigen musste, wer der Boss war, du würdest bestürzt fragen, warum ich das tat, ob du etwas falsch gemacht hättest, und ich würde es nicht sagen können, ich konnte nicht sagen, dass alles, was falsch war, aus dir bestand, dass du das Feuer meiner Lenden warst und dass es so schmerzhaft brannte, dass du mein Alkohol warst, meine Süßigkeit, dass ich wollte, dass du von mir sangst und nicht von meinem Sohn, auch wenn das erst viel später kommen sollte, als du dein erstes Album nach mir benennen solltest und dahinter die Aktennummer, *Kurt12*, und die Magistrate würden es sich anhören und mit ernsten Mienen ihre Schlussfolgerungen daraus ziehen, und Camillia und ich würden nur noch in den Zeitungen von dir lesen, in lyrischen Schlagzeilen, die sie danach auf den Grill warf, wo du von Flammen erfasst wurdest und alles Fleisch nach dem deinen schmeckte, doch das war erst viel später, hier standen wir uns noch wie rollige Nachtkatzen gegenüber, und du drehtest dich um, benommen vom Blue Curaçao, benommen von der Unbesiegbarkeit in deiner Brust, von der Welt, die dir zu Füßen lag, obgleich du wusstest, dass du wieder im Dunkel stehen würdest, sobald der Morgen anbrach, dass du dich erneut in einem Schwarm Stare wiederfinden und wieder einer von ihnen werden würdest, auch wenn du dich jetzt toll fandst und als etwas ganz Besonderes fühltest, und Camillia kam heraus, und ihr gabt einander feierlich drei Küsse, die sie später als Judasküsse bezeichnen würde, doch hier wart ihr fröhlich, ungestüm, und auf einmal war mir alles egal, was machte es verdammt noch mal aus, dass ich hier als Neunundvierzigjähriger zwischen den herumlungernden und lärmenden Teenagern stand, die sich ihr Existenzrecht erst noch zusammenschreien mussten, die sich zu Tode soffen, weil sie wussten, ihr Leben würde eines Tages langweilig und vorhersehbar sein, was machte es, dass ich dich so lieb hatte, so mordsmäßig lieb, *my little windmill,* du und ich, wir gehörten zusammen, und ich flüsterte dir ins Ohr, halb trunken, halb aufrichtig, dass du niemals erwachsen werden dürftest, hörst du: niemals. Und ich ging wieder mit hinein und tanzte mir die Hölle aus dem Leib.

19

Ich muss ehrlich gestehen, dass ich nach der Pimmelgeschichte in eine bedrängte Lage geriet, mein Augenstern. Denn ach, wie gern würde ich dein unbändiges Verlangen nach einem Jungsgeweih erfüllen, wie gern würde ich die Hitze und Begeisterung in deinen Augen leuchten, deine kleine rote Zunge über deine Lippen gleiten sehen, und manchmal sah ich in meinen Fantasien, wie du in deinem Kinderbett zum Frosch oder zum Otter wurdest, und dann spürte ich wieder, wie die Wärme von deinem Pipi in meine Kleider zog, ich konnte den Uringeruch riechen, und ich würde dir beim Zielen helfen, würde mit wasserfestem Stift einen lächelnden Schweinekopf in die Toilettenschüssel malen, was meine Söhne seinerzeit klasse gefunden hatten, sodass sie sich alle erdenkliche Mühe gaben, dorthin zu pinkeln, und ich würde zu dir sagen, dass das Schweinchen gewaschen werden wolle, ich würde dich an den Hüften halten, damit du auf Kurs bliebst, aber lieber noch wollte ich dir zeigen und dich fühlen lassen, was du außer im Stehen zu urinieren noch alles mit dem Geweih machen kannst, auch wenn du darüber schon mehr wusstest, als ich abschätzen konnte, nicht zuletzt dank der *Hitkrant* und dank Elia und Dem Frosch, die als Gegenleistung für Süßigkeiten ihre plastischen Geschichten erzählten, wenngleich ich dein Wissen um diese Dinge und das Reifsein dafür mit der Zeit verwechseln sollte, und zugleich prangerte ich den Gedanken an, dass ich dich in meinem verklärten Sehnen mitreißen würde, dass ich dich zu einem Wachstumsschub veranlassen würde, an den deine Kleidung noch nicht angepasst war, zumal nach der Pimmelgeschichte, die du noch so kindlich und naiv beklagtest, dabei hatte mein Geschlecht längst nichts Engelhaftes mehr und glich auch nicht im Entferntesten dem Sahnehörnchen des sezierten Otters, ich wusste nicht, womit ich es stattdessen hätte vergleichen sollen, denn alles klang platt und hässlich, und ich könnte es nicht ertragen, wenn ich dich damit abschrecken würde, wenn du enttäuscht oder angewidert hinschauen würdest, wie du es tatest, wenn dein Pa sein Brot mit saurer Sülze belegte und obendrauf Apfelsirup träufelte, dann fingst du von all den Schweinerestabfällen an, die in diesen fahlgrauen Scheiben steckten, dass es ein Schadenfreude-Brötchen sei, und ich würde nicht wollen, dass du so auf meinen, bleiben wir mal in der Terminologie der Hirschgeweihe, wo man die Fortsätze der Stirnbeine Rosenstöcke nennt, dass du so auf meinen Rosenstock blicken würdest, nein, ich wollte Staunen, ich wollte die Gier, mit der du das Glied des Otters angefasst hattest, ich wollte, dass du den Rosenstock in deiner Kinderhand hältst, meinetwegen durftest du dich dann dumm und dämlich zitieren aus *Es*, das war mir egal, Hauptsache, du hieltest das Geweih fest, so wie du manchmal auch eine Euterzitze von einer Kuh umfasstest, um die Biestmilch nach dem Abkalben herauszudrücken, das war ein hinreißender Anblick, o ja, davon wurde ich ganz euphorisch, und trotzdem hatte ich Angst vor Abweisung, vor der Abweisung, die sich wie eine imaginäre Kastration anfühlen würde, und ich wurde mir erst jetzt dessen bewusst, dass ich das schon mal erlebt hatte, diese imaginäre Kastration, bei Hirschen führt das zum Abwurf ihres Geweihs, woraufhin sofort ein neues sprießt, allerdings in einer abweichenden Form, ein wucherndes Geweih, das man als Perücke bezeichnet, so ein Perückenbock war ich, ein Tier, das nach der Zurückweisung im Alter von sechzehn, als mein Körper und mein Geist so vergiftet waren, dass ich nicht mehr wusste, ob ich meine Mutter ermorden wollte oder begehren, eine Deformation erlitt, und es konnte sein, dass ich jetzt meiner zweiten, endgültigen Kastration entgegenging, aber ach, wie heftig sehnte ich mich danach, deine Hand um mein Mördergeweih zu legen, wie das heißt, wenn bei einem Hirsch die Enden spitz auslaufen, doch meine Heldenhaftigkeit, dich in mein Liebesparadies mitzunehmen, schwächte sich jedes Mal durch dein ewiges Gesieze und die Anrederei mit *Herr* ab, wie konnte ich dich in die Wunderwelt der Jungsgeweihe mitnehmen, wenn du mich außer in den seltenen Momenten, da du mich *Kurt* nanntest, ständig mit dieser schrecklichen, dir eingebläuten Höflichkeitsform ansprachst, wodurch ein Meer zwischen uns blieb und ich dich kaum noch zu küssen wagte, wenn wir allein waren und ich dann am Ende des Arbeitstags bebend vor Lust meinen Fiat auf dem Parkplatz um die Ecke von eurem Hof abstellte und mich auf der Rückbank heftig in eine Marsriegelhülle entlud und so tat, als wäre meine Hand die deine, seitdem übernachtete ich immer öfter im Auto, während Camillia dachte, ich sei auf einer Versammlung in Deutschland, wenngleich sie es merkwürdig fand, dass ich da mehrmals hinmusste, aber ich hatte gesagt, die deutschen Rinder seien nicht die einfachsten, und das fand sie lustig, und solange sie etwas lustig fand, bestand keine Gefahr, und so haute ich jeden Abend wie auf den Hund gekommen ein paar McDonalds-Burger weg, für die ich in die Stadt zum Evaplantsoen gefahren war, wo ich einen Big Tasty Double und Pommes bestellt hatte, die bereits kalt und schlapp waren, wenn ich wieder an meinem Stammplatz unter den Pappeln ankam, aber ach, das war mir egal, Pommes waren Pommes, und es ging darum, dass ich dir so nahe wie möglich blieb, dass ich deinen süßen Geruch riechen konnte, wenn der Wind aus der richtigen Richtung wehte, und dass wir auf dieselbe Seite des Mondes schauten, aber diese ständige Anrederei mit *Herr* ärgerte mich immer mehr, manchmal benahm ich mich deswegen bockig dir gegenüber, und ich sah, dass du trödeltest, als du mir einen Eimer mit lauwarmem Wasser und ein Stück grüne Seife brachtest, du spürtest es untrüglich, wenn irgendwas nicht in Ordnung war, wenn jemand dich anders behandelte, und ich hatte schnell spitz, dass du, je mehr Distanz ich suchte, umso näher kamst, und oh, ich wusste, du hattest Angst, ich könnte weggehen, und deshalb gabst du wieder die Schauspielerin, passtest dich an mein Drehbuch an, und du hocktest dich neben den Eimer, nahmst meine verschmierten Hände in deine, tauchtest sie ins Wasser und fuhrst mit dem Seifenstück über meine Haut, du wuschst sie, bis sie ganz sauber waren, und so hockten wir da mitten im Stall vor dem Eimer, und du sagtest nichts, du sahst mich nur an und lächeltest so schwindelerregend lieb, tauchtest meine Hände immer wieder unter und riebst sie sauber, um sie dann nacheinander mit einem harten Handtuch abzutrocknen, du spültest alle Bockigkeit von mir ab, und ich spürte, wie mein Mördergeweih im Overall pochte, wir schauten nach einem neugeborenen Kalb, und du erzähltest, dass du manchmal neidisch auf die Beziehung zwischen Mutterkuh und Tochter seist, auf die Selbstverständlichkeit, mit der sie ihr Kind sauberleckte und aus der Eihaut befreite, und du sagtest, dass du am letzten Königinnentag diesen Neid auch bei Willem-Alexander und Beatrix verspürt hättest, dass es eine Zeit gegeben habe, in der du sie zur Mutter erwählt hattest, dass du daran denken musstest, als ich das Poster von der Königin hinten im Fiat aufgehängt hatte, sie, die einem ganzen Volk dienen konnte, müsste doch auch für dich sorgen können, hattest du dir überlegt, und neben den Filmen der Twin Towers sahst du dir auch oft ihre Krönung im Jahr 1980 an, die dein Pa auf Video aufgenommen hatte, genau wie die Septemberkatastrophe und alle anderen Höhe- und Tiefpunkte der Geschichte, und du hattest dir mehrmals angesehen, wie Beatrix in ihrem majestätischen Hermelinumhang dastand und den wunderbaren Satz aussprach, wobei sie beim Wort *Gott* kurz stockte, das Kinn ein wenig hob, um es leichter herauszubringen, wodurch es so aussah, als sei sie nicht ganz davon überzeugt, dass Er ihr helfen würde, eher umgekehrt, dass sie Ihm helfen würde, und sie sprach den Amtseid, den du später häufig vor dem Spiegel, eine Tischdecke um deine Schultern drapiert, üben würdest: *So wahr mir der allmächtige Gott helfe.* Und du erzähltest, dass du einmal am Königinnentag beim Flohmarkt auf dem Hof der Grundschule zu einem lächerlich niedrigen Preis Rollschuhe mit Leuchträdern ergattert hattest, wie du sie sorgsam gepflegt und geputzt hattest, bis sie glänzten, obwohl du da schon wusstest, dass du nie auf ihnen laufen würdest, du hattest eine solche Angst vor Beschädigungen, vor kleinen Rissen in deiner käuflich erworbenen Freude, Angst, sie zu verlieren, obwohl du immer wieder ausprobiertest, wie fest sich die Schnallen schließen ließen, aber du wusstest, wie es war, das Schönste und Kostbarste, das man nur besitzen konnte, zu verlieren, und dass dir das urplötzlich passieren konnte, auch wenn die Schnallen so fest saßen, dass sie einen Abdruck in deiner Haut hinterließen, und erst später sahst du im Fernsehen eine Wiederholung der Bilder von den Krönungsausschreitungen von 1980, als ob dieser festliche Tag wie eine Cremeschnitte zwei Seiten hätte: eine schön glasierte und eine, die hässlich war und bestimmt eine Million kleiner Löcher hatte. Du sahst zwischen den Rauchbomben die mit weißer Farbe auf die Stadtmauern gesprühten Sprüche vorbeiziehen, und aus einer Art Protest heraus, sagtest du, obwohl du nicht recht wusstest, wogegen du protestiertest, beschlosst du an dem Tag, dein eigenes Zimmer zu besetzen, was leicht war, da niemand außer dir reinkam, aber es gab dir eine Art Freiheit, nach der du dich sehntest, dir etwas anzueignen, was niemand dir wegnehmen konnte, und du beschlosst, Beatrix zur Mutter zu wählen und an sie zu glauben, so wie man an Gott glaubt, jetzt aber als jemand, der beim Kuchenschnappen mitmachte und auf eine so angenehme Art und Weise winken konnte, dass man einfach zurückwinken musste, auch wenn du diese Winkerei überhaupt nicht mochtest und deine Hände lieber in den Hosentaschen ließt, und von diesem Moment an hieltst du in deinem Zimmer ellenlange Monologe vor Ihrer Majestät, darüber, wie sich deine Tage dahinbewegten und manche wie die Silageballen von Schimmel überzogen waren, über deinen Pa und deinen Bruder, selten über den Verlorenen, und über alles, was sich in The Village abspielte, häufiger jedoch über das, was *nicht* geschah, das ließ sich leichter erzählen und ausschmücken, die Wahrheit fandst du mager, blass, erzähltest du, und manchmal auch zu beunruhigend, und du wolltest nicht, dass sie sich Sorgen machte, denn Königinnen mit zu viel Kümmernissen konnten keinem Land dienen oder es lenken, sie wurden so unsicher, wie man es beim Singen der Strophen der Nationalhymne wurde, die auf die ersten beiden folgten und die niemand sich merken konnte, sie würden gemurmelt in den Geschichtsbüchern verschwinden, und das wolltest du ihr ersparen, und du kamst mit heftigen Berichten über den Zweiten Weltkrieg, über deine Gespräche mit Freud und Hitler, aber auch darüber, dass du die Beste in der Schule warst und in allen Fächern glänztest, sodass die Lehrerinnen dich am liebsten in eine Vitrine zwischen die Pokale von den Tischtennisturnieren gestellt hätten, du warst der Hauptpreis der Grundschule, flunkertest du, und das war die Zeit, als du damit begannst, Sprüche aufzuschreiben, ganz leicht mit Bleistift auf die Tapete, sodass du es nur ganz aus der Nähe lesen konntest, es waren Sätze wie: *I am alone, but not so alone that loneliness has become my friend.* Oder: *I'm the soldier in my own battles.* Und: *I am free but not liberated.* Aber auch: *My joy is like a fish, every time I get too greedy, I choke on a bone.* Und dann fantasiertest du, dass Beatrix eines Tages zu Besuch kommen und, die Hände auf dem Rücken, durch dein widerrechtlich in Besitz genommenes Zimmer gehen würde, nicht so gezwungen lächelnd wie am Königinnentag, eher interessiert oder vielleicht sogar ernst wie bei ihrer alljährlichen Weihnachtsansprache, in der sie manchmal sagte, das Schicksal des Landes gehe ihr so sehr ans Herz, dann legte sie sich die Hand auf die Brust, als wolle sie sich vergewissern, dass die Hausbesetzer es nicht gestohlen hatten, denn im Herzen eines guten Menschen kann man wohnen, das hat unzählige Zimmer, und sie würde die Sprüche an deiner Wand lesen und nicken, viel nicken und sich dann in ihrem weißen Friedenstaubenkostüm auf die Bettkante setzen und mit der Hand auf die Decke neben sich klopfen zum Zeichen, dass du Platz nehmen durftest, natürlich würdest du es dir keine Sekunde lang überlegen, riefst du begeistert aus, und wenn du erst mal dicht neben ihr säßest, würdest du ihr Parfüm riechen können und feststellen, dass es nach Karamellbonbons roch, und ihr würdet über das Leben sprechen, über die Schule, über Jungs, wobei sie hin und wieder den Arm um deine Schulter legte, doch jedes Mal, wenn du dich an diese Berührung zu gewöhnen begannst, stand sie in deiner Vorstellung plötzlich wieder auf, egal, wie du es anders zu steuern versuchtest, und behauptete, die Pflicht rufe, das Volk, ihre Kinder, während es so still in deinem Zimmer war, dass du das Rauschen von der Autobahn hören konntest, was mit etwas Fantasie dem Rauschen des Meeres glich, und dann sagtest du: *Trix,* ich *bin deine Pflicht, dein Volk, dein Kind.* Sie würde gerührt lächeln, dir leicht in die Wange kneifen und entschuldigend sagen, irgendwann würdest du das verstehen, wie Erwachsene das häufiger sagten, obwohl du es doch wirklich kapiertest, aber lieber im Ungewissen bliebst, und dein Blick wurde traurig, als du die Geschichte damit beendetest, wie sie ihren fürstlichen Hermelinumhang wieder umlegte und dein Zimmer verließ, weil Königinnen nun einmal gehen müssen, denn sie gehören niemandem, nicht dem Staat und nicht mal sich selbst, und du bliebst zurück mit all deinen Sprüchen, mit all diesen Scheißsprüchen, zischtest du, mit den blank polierten Rollschuhen, die du so lange aufgehoben hattest, dass sie zu klein geworden waren, und so lief es immer, und dann sagtest du so schön: *Alles schrumpft und verliert mit der Zeit seinen Wert.* Du hättest noch kurz daran gedacht, als du im letzten April dem Prinzen die Ansteckblume angeheftet hattest, ihm die Nadel durch seinen Anzug hindurch mitten in seine Seele zu stechen, auch wenn du diese Fantasievorstellung fürchtetest, auch wenn du Angst hattest, dass Willem-Alexander daran zugrunde gehen würde und du doch noch seinen Platz einnehmen könntest, dass das dann dein zweiter Anschlag gewesen wäre, und ich sagte dir nicht, dass ich dich verstand, dass ich das Verlustgefühl in dir deutlich wuchern sah, dass ich sah, dass du an der Basis bereits angegriffen warst, am Wurzelhals, so wie manche Knollengewächse, Zier- und Gemüsepflanzen an der Wucherkrankheit leiden können und Fehlbildungen entwickeln und den gesamten Garten oder das gesamte Gewächshaus infizieren können, dass du nicht nur an der Wucherkrankheit littst, sondern auch an der Kräuselkrankheit, was auf Wachstumsprobleme bei Rosen hindeutet, dass das Verlustgefühl zunahm und über die Schutzwände deines Körpers hinauswuchs, nein, ich erhob mich im Stall, streckte die steifen Beine, sagte, du sollest aufstehen, und drückte dann deinen mutterlosen Körper ganz fest an mich.

20

Immer häufiger griff ich nach meinen Turnschuhen, um mir das Gift und das ganze Elend aus dem Leib zu rennen. Wie ein Verrückter rannte ich durch die Straßen und versuchte, an deine aprikosenfarbene Haut zu denken, an deine jungen, atemberaubenden Schulterblätter, deinen Rücken, der oben etwas breiter war wie bei allen Schwimmern, deine Munterkeit, die noch so spielerisch war und frei von Verdorbenheit, und du warst noch ein Kind, ja gewiss, aber ich sah, wie sich deine Haltung im Beisein von Jungs änderte, wenn ich dir zum Schwimmbad gefolgt war, ich sah, dass du aufrechter gingst, dass du dich neben sie stelltest wie ein Pflock, du warst ein Pflock und wolltest dein Terrain abstecken, und ich machte mir Sorgen um das Jungsgeweihproblem und dass du so fröhlich und verführerisch um die dear boys herumtänzeltest, wie du sie nanntest, seit ich dir aus *Lieve Jongens* von Reve vorgelesen hatte, und dann musste ich an mich halten, damit ich nicht hupte, um dich vor den falschen Armen zu behüten, ha, wie doppeldeutig war dieser Gedanke! Ich höre die Magistrate sich fast ins Fäustchen lachen, während sie schreiben: *wollte sie vor den falschen Armen behüten, rechnete seine eigenen Gliedmaßen nicht dazu.* Und das ist nun wirklich nicht wahr, werte Magistrate, denn ich wusste, wie abstoßend meine Beweggründe waren, doch ich war ein Idiot, ein Arschloch, und ich konnte nichts dafür, dass ich dachte, du seist besser dran bei mir als bei diesen querköpfigen und johlenden dear boys, und ich rannte durch den Polder am Schöpfwerk vorbei über den Prikkebeensedijk zum Hof De Hulst und blieb da vorn am Grundstück kurz neben der Desinfektionswanne stehen, die nach der Maul- und Klauenseuche dort platziert worden war, und am liebsten hätte ich mich in dem Wasser gewaschen, mich ganz und gar desinfiziert, ich stützte die Hände auf die Knie, um wieder zu Atem zu kommen, spürte, dass die Blasen an meinen Füßen erneut aufgegangen waren, Camillia wusste inzwischen von meinen nächtlichen Wettrennen gegen die Sandhasen, sie hatte nichts dazu gesagt, morgens versorgte sie die Blasen, die Blutflecken auf dem Laken hinterließen, und manchmal wollte ich sie dann grob wegstoßen, sie giftig fragen, warum sie das tat, warum sie in Gottes Namen ein Monster verband, aber dann hätte ich beichten müssen, was mir auf der Seele lag, was mich innerlich auffraß, als ob ich wie die Mutterschafe wäre, die ich manchmal behandelte und zu oft nicht retten konnte, saßen sie doch voll von Maden, sie fraßen langsam alle meine Organe auf und machten sich jetzt an meine Seele, und ich würde alles verlieren, allen voran aber dich, meine Gehetztheit würde mit den Worten meines Lieblingsgedichts enden, »The Hollow Man« von T. S. Eliot, von dem ich alle Strophen sofort aufsagen konnte, wenngleich die letzten Sätze am besten zu unserem Ende passen würden: *This is the way the world ends. Not with a bang but a whimper.* Ich hatte mich immer wie dieser Hollow Man gefühlt, und ohne dich würde ich auch zu ihm werden, Gott, wie würde ich jammern, denn du warst das Licht, das Feuer, und ich schaute wieder zu deinem Schlafzimmerfenster hoch, es war ein Uhr nachts, aber es brannte noch Licht über dem Vorderhaus, und ich sah vor mir, wie du, nachdem du ein paar Seiten aus der *Gänsehaut*-Reihe von R. L. Stine mit diesen scheußlichen Umschlägen und glänzenden Titeln gelesen hattest, dich schaudernd wegen der Horrorgeschichte auf die Bettkante stellen würdest und die Arme ausbreiten, wie du das Aufsteigen üben und zum Vogel werden würdest, du würdest ein paar Versuche wagen und dann die Nachttischlampe ausknipsen und deine Flügel zur Ruhe betten, und ich wartete, bis es dunkel wurde, um erst dann beruhigt weiterzulaufen, über den Vondelingweg und die Testamentstraat, den Radweg entlang unter der Überführung hindurch, während ich mir hartnäckig unsere Gespräche durch den Kopf gehen ließ, um bloß nicht die Spukbilder aus meinem Traum vor mir zu sehen, ich dachte daran, wie du erzählt hattest, dass du nach dem Unglück zum ersten Mal zum Vogel geworden warst, als du von einer deiner Lehrerinnen das Buch *»Was ist das?«, fragt der Frosch* von Max Velthuijs bekommen hattest, nachdem dein Pa mit keinem Wort mit dir darüber gesprochen hatte, obwohl der Schlag des Unglücks noch in euren Ohren nachdröhnte, er sah dich wochenlang mit dem Buch auf dem Sofa sitzen, und obwohl du kein Wort davon verstandst, verstandst du die Bilder nur allzu gut, du blättertest so oft darin, dass sich der Einband gelöst hatte und wie ein Milchzahn, der noch mit einer Faser festhängt, an dem Buch baumelte, und du hattest mir erklärt, dass es von einem Frosch und einem Schweinchen handelte, die am Waldrand einen Vogel finden, er lag da, die Beine in der Luft, so wie alle Vögel eines Tages daliegen würden, und der Frosch hatte auf die Erde gezeigt, er sagte zum Schweinchen, dass die Amsel kaputt sei, dass sie es nicht mehr tat, und hier lief die Geschichte in die verkehrte Richtung, sagtest du, als du endlich lesen konntest, warst du ganz fassungslos, weil sie nicht stimmte, *weißt du, warum nicht,* fragtest du heftig, und ich schüttelte den Kopf, und da sagtest du flüsternd, als wäre es ein Geheimnis: *Ein Toter kann nicht kaputt sein, ein Toter ist tot, das ist alles. Der, der zurückbleibt, ist kaputt. In tausend Stücken.* Du musstest ehrlich gestehen, dass das Buch dich böse gemacht hatte, so böse, dass du den losen Einband ganz abgerissen und erst später wieder mit Klebeband befestigt hattest, so böse, weil da stand, man könnte nur zerbrochen sein, wenn man tot war, obwohl so viele Lebende beschädigt waren, und du wüsstest nicht, ob du auch beschädigt seist, aber optimal funktioniertest du nun wirklich nicht, und in der Geschichte hieß es auch, dass Tod der blaue Himmel sei, während für dich der Himmel voller Leben war und du jeden Tag Rauchschwalben, Krähen, Drosseln und Drachen über ihn flitzen sahst, nein, die Erde, das war das letztendliche Ausatmen, ein Loch im Boden für die zugelaufene Katze, für eine Legehenne, für den Verlorenen, aber für manche Dinge konnte man keine Grube graben hinten am Deich, sie zuschaufeln und Blumen draufstreuen, da konnte man nicht die feierlichen Worte aussprechen, die der Hase in dem Buch beim Anblick des Vogels aussprach, etwas in dem Sinn, dass er sein ganzes Leben lang schön gesungen habe und jetzt seine wohlverdiente Ruhe erhalte, du konntest nicht einmal sagen, dass du denjenigen vermisstest, denn was bedeutete vermissen noch, wenn derjenige noch da war, wenn er noch auf derselben Welt herumlief, dich aber nicht vermisste, und du konntest auch nicht mit den Worten des Frosches ausrufen: *Ist das Leben nicht wunderbar!* Um danach Verstecken zu spielen, wenngleich du sagen musstest, dass das für dich der schönste Teil des Buches war, auch der rührendste, denn es erschien dir als gute Idee, nach jedem Abschied Verstecken zu spielen, und wenn man sich dann wieder findet, weiß man, wie wichtig es ist, dass es den Betreffenden noch gibt, denn für kurze Zeit ist man ohne einander, er oder sie ist weg, und du spürst den eiskalten Lufthauch, der dich erfasst, wenn du jemanden suchst, aber nicht finden kannst, und beim Tod oder bei jemandem, der dich verlässt, ist derjenige für immer verloren gegangen, bis zum Gehtnichtmehr schautest du an allen Stellen, in allen Winkeln nach, und ich wusste erst jetzt, dass der Verlorene und die Verlassene nicht ein und dieselbe Person waren, dass du jemanden an den Tod verloren hattest und jemanden an das Leben, das eine war herzzerreißend, und das andere machte dich entsetzlich wehrlos, es machte dich so mickrig klein, dass du dich groß machen musstest, und im Übrigen glaubtest du, dass Vögel mit den Beinen in der Luft daliegen, um Gott die Schwielen unter ihren Füßen zu zeigen, damit Er ihre Flugstunden begutachten konnte und erst dann entschied, ob es genug gewesen waren, so wäre der Vogel von Max Velthuijs bereit zu gehen, er war genug geflogen und hatte genug geflötet, doch so viele Vögel hatten das nicht, und manchmal begrub man einen mit zu wenig Flugstunden, und das war das Allerschlimmste, doch seit diesem Buch warst du selbst ein Vogel geworden, wenn auch einer, der seine Farbe ändern konnte, mal war dein Federkleid pechschwarz, mal grau oder schneeweiß, du wartetest darauf, aufzusteigen, wenngleich du manchmal unsicher warst, wie viele Flugstunden du von Gott erhalten würdest, ob du weit kommen würdest, ob du es bis in den Süden schaffen würdest, du hattest ziemlich viele Schwielen unter den Füßen, und das machte dir manchmal Sorgen, und ich fragte nicht, wen du vermisstest, wer dich auf eine Weise verlassen hatte, dass du so fiebrig träumtest, dass du zu derjenigen wurdest, die ging, wodurch du immer öfter mit Weggehen drohtest und dein moosgrüner kleiner Koffer immer hinter der Schlafzimmertür bereitstand, auch wenn du noch nie weiter gekommen warst als bis zu dem Laternenpfahl, unter dem der Verlorene zerbrochen gelegen hatte, und du würdest dich immer häufiger wie der Vogel auf dem Rücken in die Wiese legen, um mit tränenerstickter Stimme so trübselig und gottverlassen zu sagen: *Ich bin tot, ich bin mausetot.* Und ich wollte dann am liebsten ein kleines Skalpell aus meiner Tierarzttasche nehmen und ganz vorsichtig die Schwielen von deinen Füßen schneiden, um dir zu zeigen, dass es noch nicht Zeit zum Gehen war, aber du würdest dann schluchzen, ich sei nicht Gott, ich war tatsächlich nicht Gott, aber ich würde flunkern, dass ich Ihn gut kennen würde, dass wir Freunde seien und Er mir den Auftrag erteilt hätte, dir ein paar zusätzliche Flugstunden zu gewähren, ja, das hätte Er wirklich getan, und jedes Mal, wenn du mit Weggehen drohtest, würde ich dich festhalten, das war es, was du wolltest, dass jemand dich am Boden hielt, sodass du kein Flugzeug werden konntest, das sich in jemanden bohrte, weil du dich selbst durchbohrt fühltest, und ich sagte damals, als du wieder wie tot auf der Wiese lagst, dass ich in Zukunft der Pilot wäre, dass der Pilot entschied, ob ein Flugzeug starte oder nicht, und dass ich herausgefunden hätte, dass noch einiges an Wartung nötig sei, bevor wir starten konnten, etwas an den Propellern, dem Fahrwerk und den Navigationslichtern, und du schienst erleichtert zu sein, du lächeltest sogar und standst auf, spieltest nicht länger den toten Vogel, ernst sagtest du: *Kurt, wir werden den Flug bis zu einem noch zu bestimmenden Zeitpunkt verschieben müssen, denn wenn man erst einmal fliegt, ist man schwer zur Ruhe zu bringen.* Du sagtest weiter, du hättest noch nie gesehen, dass ein Zugvogel es sich in der Luft anders überlege, denn wer es sich anders überlege, laufe eher Gefahr abzustürzen, Fliegen sei nämlich keine Frage des Könnens, es sei eine Frage des Glaubens, dass man es könne, du glaubtest, dass du es könntest, aber ich hätte recht, sagtest du, es sei grober Unfug, ohne Wartung aufzusteigen, wir müssten erst Wind machen, es sei jetzt so still, dass sich nicht einmal die Blätter bewegten, und ich sah dich an, dieses weise Wesen, das zugleich in einer Fantasiewelt lebte, das wie ein Haubentaucher in eine Ölschicht geraten war, du klebtest daran fest, und sosehr ich auch versuchte, dich mit Waschmittel sauber zu waschen, schien es, als riebe ich das fettige Öl nur noch tiefer ein, eine zeitraubende Arbeit, von der mir schmutzige Hände blieben, trotzdem wartete ich weiter, bis du meine Bemühungen mit Liebe erwidern würdest, doch die Kraft, mit der du dich sträubtest, bewies, dass der Haubentaucher noch stark war, dass deine Überlebenschance zu groß war, um dich in meine Arme zu stürzen, ich wusste von Vögeln, die ölverschmiert aufgefunden worden waren, dass man sie nach ihrer Rettung eine Woche lang in einem warm beleuchteten Gewächshaus halten musste, damit sie ihre natürlichen Fette wiedererlangten, und also hielt ich dich warm, um dir danach deine Freiheit zurückzugeben, und du würdest spüren, dass du ohne mich, ohne den Piloten, nicht mehr zurechtkommen konntest, und daran dachte ich, als ich durch die Nacht rannte und in Gedanken ständig zu dir abtrieb und erst drei Straßen weiter merkte, dass ich verfolgt wurde, ich steckte so tief in der Geschichte vom Frosch und dem Vogel, dass es etwas dauerte, doch plötzlich hörte ich Schritte hinter mir, sie dröhnten auf dem warmen Asphalt und wurden immer lauter, und als ich mich endlich umzuschauen traute, sah ich das flauschige Küken aus meinen Albträumen auf langen Beinen hinter mir herrennen, ich rief über die Schulter zurück, es solle mich in Ruhe lassen, und kam mir sofort wie ein Idiot vor, mitten in der Nacht lief ich hier und schrie ein imaginäres Küken an, daran sollten die Magistrate sich später ergötzen, aber das riesengroße Küken war schneller, es holte mich mühelos ein und sagte wieder: *Go home, Kurt, go home.* Ich fragte, was es hier tue, warum es mich belästige, und ich sah, wie Blut seitlich aus meinen weißen Turnschuhen quoll, aber das war mir egal, ich rannte und rannte und taumelte so ins Spukbild jener Nacht hinein, in dem meine Mutter mit ihrer Schürze sich auf meine Bettkante setzte und langsam einen Pfannkuchen rollte, es waren die Wiedergutmachpfannkuchen, das roch ich sofort am fettigen, beklemmenden Backdunst, und sie sagte, es tue ihr leid, morgen würde sie sich mehr Mühe geben, warum ich aber auch so ein lästiges Kind sei, und sie schob mir ein Ende der Teigrolle in den Mund, und ich kaute lustlos darauf herum, spürte, wie der Sirup heraustropfte, direkt auf meinen Schlafanzugkragen und an den Hals, ich wollte etwas sagen, hatte aber den Mund voll, und auf einmal regnete es dicke Tropfen, und ich ertrank, ich ertrank darin, während ich mit den Armen Schwimmbewegungen machte, aber es war so klebrig und dick, dass ich nicht vorwärts kam, und ich spürte, wie die Luft langsam aus meinen Lungen wich, spürte, wie meine Wangen sich mit Flüssigsirup füllten, bis plötzlich der Viehbauer auf der anderen Bettkante saß, er lachte mir zu und streckte seine blaue Hand aus, doch jedes Mal, wenn meine Finger seine fast berührten, zog er sie weg, wie konnte er mir auch helfen, wenn ich ihm nicht hatte helfen können, dachte ich da, und ich erstickte am Sirup und wachte hustend auf, und während ich rannte, keuchte ich das ganze Elend aus mir heraus, und plötzlich wusste ich nicht mehr, wo ich war, die Straßen kamen mir fremd vor, ich begann im Kreis zu laufen, und alles drehte sich vor meinen Augen, bis ich völlig erschöpft war, aber gerade als ich aufgeben wollte, als ich mich auf eine kleine Rasenfläche neben einem Spielplatz fallen lassen wollte, sah ich das gelbe Küken hinter den Häuserblocks aufragen, ich wusste sofort, dass ich dorthin musste, dass dort das Haus vom Hollow Man war, auch wenn ich später nicht zugeben wollte, dass diese schrecklichen Magistrate möglicherweise recht hatten, dass das Küken tatsächlich für die Wiedergeburt stand, denn alles, was ich nicht wollte, war, aufs Neue geboren zu werden, nein, ich wollte weiterleben in dir, nur in dir.

21

Als ich meine plastikbehandschuhte Hand in eine Kuhscheide gleiten ließ, konnte ich unmöglich wissen, dass ich am selben Abend noch die gleiche Hitze wieder fühlen würde. Ich würde die Brünstigkeit der Blaarkoppen mit der des Kindes verwechseln, ich würde dich mir hier und jetzt aneignen und meinen Unflat in dir zurücklassen, dich mit der Vorstellung inseminieren, du könntest dich überall mir nichts, dir nichts verlieren, wie auch immer, es würde einer der letzten Momente werden, die unter einem gelben Memozettel in deinem Tagebuch landeten, mit der Aufschrift: *Secret!,* und von deinem Bruder aufgedeckt würden, woraufhin unser Zusammensein nur noch in deinem Kopf bewahrt werden konnte, der letztendlich so voll von Souvenirs werden würde wie der Raum unter deinem Bett, wo es, wie sich zeigte, weniger sicher war, wo es zu eitern begann, doch ich war schwach, meine himmlische Auserkorene, ich war zu schwach, um mir Einhalt zu gebieten, und du sollst wissen, dass ich Camillia noch zum Mitkommen zu bewegen versuchte, wenngleich ich zugebe, dass ich insgeheim hoffte, sie könne nicht, ich lud sie ins Kino ein, und als sie sagte, sie müsse zum Blumensteckkurs, war ich erleichtert, sie war inzwischen so vertraut mit dir, dass sie keinen Verdacht mehr hegte, obgleich sie sich oft Sorgen um dich machte und es ungewöhnlich fand, dass du so häufig zum Essen zu uns kamst, ohne dass dein Pa sich danach erkundigte, doch sie sah in erster Linie die einsame Geflügelte, die von Talent nur so strotzte, und wollte dich hochhalten, sie wollte dich glänzen lassen, du warst ihre Schülerin, und sie dachte, ein Kinoabend würde dir guttun, und ich freute mich darauf, mit dir zusammen zu sein, Schulter an Schulter im Kinosaal zu sitzen und mein Knie an deines zu drücken, dich mit Popcorn zu füttern und mit diesen ekligen, zuckersüßen Jellybeans, auf die du so wild warst, die grünen würdest du zu deiner Lieblingssorte erklären, die rosa schmeckten, wie du fandst, nach fauligen Erdbeeren, die ließ ich also in der Tüte, das wusste ich alles und auch, dass du in dein Nasenbein kniffst, wenn eine traurige Szene kam, weil du meintest, du dürftest nur weinen, wenn ein Film schlecht war, dass du mit den Beinen wipptest, wenn ein Stück zu lang dauerte, wenn es langweilig wurde oder du dich nicht mehr konzentrieren konntest, ich wusste auch, dass du den dunklen Kinosaal liebtest, dass er dich aber auch leicht klaustrophobisch machte und du mehrmals während des Films zum Notausgang schautest, für den Fall dass, doch an diesem Abend, an dem ich es hinterher bereuen würde, dass ich die Matratze nicht aus dem Fiat geschmissen und zur Mülldeponie gebracht hatte, als ich mich noch täglich im Widerstand übte, würdest du kein einziges Mal zum Notausgang schauen, so atemlos verfolgtest du *Dogville* von Lars von Trier mit Nicole Kidman in der Hauptrolle, und du vergaßt sogar, deine Cola auszutrinken, du wipptest nicht mit den Beinen, sondern saßt totenstill auf deinem Sitz, und später würdest du mit freudiger Stimme sagen, wie wahnsinnig toll du den Film fandst, die Verfremdung, die Schauspieler und vor allem den bellenden Kreidehund, dass du auch so einen Hund wollest, und eigentlich handele die Geschichte von dir selbst, würdest du sagen, von einem Mädchen mit einem Geheimnis, umkreist von Menschen, die etwas von ihr wollen, die immer mehr fordern, du werdest zwar nicht von zwei Gangstern verfolgt, aber die, sagtest du, stünden für Ängste, jeder werde in seinem Leben von schwarzgekleideten Gangstern verfolgt, auch du versuchtest wegzukommen, hofftest aber, besser zu enden, jedenfalls nicht mit einer Kugel im Kopf, und mir ging erst hier auf, wer ich in diesem Drehbuch war, ich war der Mann aus der Vergewaltigungsszene, über den du bitter wenig Worte verlorst, alles wurde mir aufgetischt, und trotzdem sah ich es nicht, jedenfalls nicht wirklich, denn ich dachte während des Films nur an den Abspann, ich freute mich vor allem auf das Ende im Auto, als du gar nicht mehr von den Schauspielern aufhören konntest und nicht merktest, dass ich in Richtung Roversteeg fuhr, wo ich den Wagen hinter den Eiben parkte und so achtlos wie möglich sagte, wir könnten hinten im Laderaum weiterreden, und während du zitiertest, hüpftest du wie eine Schauspielerin um das Auto herum, du ließt dich auf die Matratze fallen und sagtest, Nicole Kidman sei hübsch auf eine gute Art, nicht puppenhaft oder Fake, sondern hübsch, wie es nicht viele Menschen seien, und ich legte mich neben dich, mit dem Rücken zu dem Poster von Königin Beatrix, denn ich erwartete keinen Orden für diese Rettungsaktion, eher Entehrung, und du hörtest erst auf zu plappern, als ich dir die Hand auf den Mund legte, ich wartete ein paar Sekunden und nahm sie dann weg, um meine Lippen roh auf deine zu drücken, ich küsste den ekligen Jellybeansgeschmack weg, bis ich dich schmeckte, und zwischendurch fragte ich: *Wer bist du jetzt, der Vogel, Der Frosch oder der Otter?* Und du zucktest mit den Achseln und sagtest, du wüsstest nur, wer du seist, wenn du nicht danach gefragt werdest, ich fand, das war eine vage Antwort, aber eigentlich war es mir egal, wichtig war einzig und allein, dass wir hier zusammen lagen, obwohl es gefährlich war, mit dem Küssen aufzuhören, denn dann schweiftest du wieder in deine uferlosen Gedankengänge ab, darüber, was du gerade gesehen hattest, wie wahnsinnig gern du den nächsten Teil der Trilogie *Land of Opportunities* sehen wolltest, *Manderlay*, der gerade in die Kinos gekommen war, und ich versprach dir, dass wir ihn uns ansehen würden, und ich fragte nicht, welches Geheimnis du mit dir herumtrügst, ich fragte nicht, was die Gangster von dir wollten, ich wusste nur, was ich wollte, und zwar, dass du dich in meinem Land verirrtest, und ich sank von deinem Mund weiter abwärts, schob dein Shirt hoch und küsste deinen Bauch, ich küsste die Haut direkt über dem Bund deines Höschens und flüsterte, dass ich dich liebte, dass ich dich so unsäglich liebte, und ich wusste nicht, dass das noch nie jemand zu dir gesagt hatte, aber du kanntest es aus Büchern, aus Filmen, und dadurch wusstest du, wie du darauf reagieren musstest, wie traurig die Gegenseite wäre, wenn du nicht dasselbe erwidertest, und also wispertest du, dass du mich auch liebtest, und ich fragte, ob du es ernst meintest, und du sagtest mit den Worten eines Songs von Herman Brood: *I love you like I love myself, and I don't need nobody else.* Da wusste ich, dass es stimmte, dass du mich so sehr liebtest wie dich selbst und dass sich das fortwährend änderte, dass du dich nicht wirklich liebtest und folglich auch mich nicht wirklich, aber du warst fröhlich, und wenn du fröhlich warst, dann dachtest du, alles würde gut, obwohl du ein Sumpf warst, meine Liebste, und trotzdem gab ich mich mit deiner Antwort zufrieden, das Wichtigste war, dass du daran glaubtest, dass du dachtest, du liebtest mich, denn dann *würdest* du mich lieben, und ich betrachtete das als Zustimmung dafür, deinen Hosenknopf aufzumachen, einen silbernen Knopf mit einer kleinen Blume, und mich rührte jeder Moment, in dem ich das Kind sah, das Kind, das ich am liebsten spielen sehen wollte, das ich auf den Schoß nehmen wollte, das ich in ein besseres Leben wiegen wollte, das ich aber auch begehren wollte, das ich ausziehen wollte, oh, wie krank war dieser Gegensatz, ich sagte, wenn man jemanden liebt, dann will man von ihm überall berührt werden, vom Scheitel bis zum großen Zeh, dann will man seziert werden bis auf den Knochen, und ich fragte, ob ich dich sezieren dürfte, und du sagtest, dass es hier keine Skalpelle gebe, und ich kreiste mit dem Finger um die kleine Schleife an deinem Slip, ich sagte, du solltest dir vorstellen, dass meine Hand ein Skalpell sei, und du nicktest bedächtig, ich wollte dir so gern zeigen, dass du keinen Schmerz dafür brauchtest, um existieren zu dürfen, und ich glitt mit der Hand in deinen Slip und spürte verwundert, wie feucht du warst, ah, der Pfuhl der Herrlichkeit, und ich dankte dir dafür, und du fragtest, *wofür,* und ich lächelte, weil du es nicht verstandst, weil ich dafür sorgen würde, dass du es verstandst, und ich sah dich schwanken zwischen Erstarren und Entspannung, mein Augenstern, ich sah dich so herrlich schwanken, ich sah, wie dir unwohl wurde, wie Angst dich überkam, wie damals, als die Jagdsaison in Tegenland eröffnet wurde und du im Bett lagst und die Schüsse durch die Luft peitschen hörtest und wusstest, dass es sich zumeist um Schadensbekämpfung handelte, dass sie Füchse, Fasane und Weißwangengänse jagten, aber du musstest doch an die Kühe zur Zeit der Maul- und Klauenseuche denken, und da, im Bett, dachtest du daran, dass der Pastor die Ansitzjagd betrieb, bei der der Jäger an einer Stelle wartet, bis das Wild sich zeigt, und von einer Leiter oder Kanzel aus auf die Beute zielt, sodass die Kugel bei einem Durchschuss in den Boden schlägt, du fühltest dich als Beute und zähltest die Schüsse wie die Zeit zwischen Blitz und Donner, um zu wissen, wie nahe sie waren, du sahst überall Wilderer, wenn es dunkel wurde, mit Ausnahme desjenigen, den du zu dir locktest, dir wurde unwohl wie damals, als du in Erdkunde an die Tafel kommen musstest und eine einfache Frage nicht beantworten konntest, weil sich die Welt in deinem Kopf drehte, weil du da standst wie die Jagdbeute im Visier, die Arme an den Leib gepresst, weil jemand aus deiner Klasse die Flaumhärchen, die dir unter den Achseln wuchsen, bemerkt hatte und du nicht wusstest, was du damit tun solltest, und die Mädchen hatten gekichert und gesagt, du seist wie Der Grinch, Der Grinch, der zu Weihnachten einen Rasierapparat bekam und von allen ausgelacht wurde und deshalb einen Hass auf Weihnachten entwickelte, und ich sah dich so verunsichert und kleinmütig neben mir liegen, dass es mich nur noch mehr erhitzte, ich sah die Tränen in deine Augen steigen und bewegte meine Finger in dir und flüsterte: *Ich bin Hitler, ich bin Freud.* Und das machte dich schwach, das musste dich schwach machen, denn du stöhntest leise, und ich sah, dass du dir immer mal wieder mit der Zunge über die Lippen fuhrst, du hörtest auf zu weinen und murmeltest, dass du Der Frosch seist, der schönste Frosch vom ganzen flachen Land, dass du so hoch springen könntest, dass du hinter The Village das gelobte Land funkeln sahst, dass du manchmal in der Dusche im Stehen pinkeltest, einfach über deine Füße, und dass das ein herrliches Gefühl sei, und ich sagte, dass du tatsächlich Der Frosch seist, dass ich dich sezierte, erst deine Schwimmhäute, dann diese hinreißenden, weichen Froschschenkelchen und dann ein kleiner Schnitt am Herzen, um zu sehen, für wen und was es schlug, und ich sah, wie deine Wangen rot wurden, du befeuchtetest immer öfter deine Lippen, und auf einmal presstest du die Beine zusammen, versuchtest, meine Hand wegzuschieben, aber ich war stärker, ich war der Mann aus der Filmszene, und ich sah, dass deine Augen heller wurden, als wären die Glassteinchen poliert worden, ich drückte deine Beine wieder auseinander und geilte dich mit Worten über Den Frosch auf, und es machte dich wahnsinnig, mein liebes Kind, und du sträubtest dich, um nicht ans Licht zu kommen, wohin ich dich so gerne kriegen wollte, und ich flüsterte, dass es beim nächsten Mal Geweihzeit wäre, als ob wir ins Theater gingen, zu einem Stück von Beckett, ich flüsterte, dass es verschiedene Geweihe gebe, schöner und größer als die vom Jesuskind, als die vom Engelchen, dass du das Geweih würdest streicheln dürfen, solange du wolltest, und da zuckte dein Nymphchenleib, er zuckte so wunderschön, so hinreißend, wie ein verborgenes Erdbeben, und danach sollte ich die Stille wegreden, ich wollte nicht sehen, wie heimatlos du warst, wie du dich zum ersten Mal wirklich verloren hattest und das Erdbeben Knochenrisse verursachte, nein, ich sprach von Beckett, über sein berühmtestes Stück *Warten auf Godot*, ich erzählte von den Figuren, von Wladimir, Estragon, von Lucky und Pozzo, und ich würde sagen, dass du die meiste Ähnlichkeit mit Estragon hättest, weil der Wladimir ständig verlassen wollte, es sich aber jedes Mal anders überlegte, dass das größte Verlassen nicht im Fortgehen bestand, sondern in der Drohung, und dass viele Menschen auf jemanden warteten, der einfach nicht kam, dass sie dem so lange und freudig entgegensahen, dass sie für die blind geworden waren, die in der Zwischenzeit sonst noch vorbeigingen, und ich hoffte, du würdest dich darin erkennen, du wartetest auch auf einen gewissen Godot, fantasiertest von jemandem, der all deine Verlassenheit und deinen Schmerz von dir nähme, du fantasiertest von einer Mutter, die deinen Koffer hinter der Tür auspackte und für immer wegstellte, ich erzählte so lange, bis du deine Fassung wiedergewonnen hattest, bis du nicht mehr so blass warst und wieder was sagtest, und ich gab dir den Songtext eines Titels von Jewel Akens, »The Birds and the Bees«, es sei der einzige Hit, den Akens gehabt habe, sagte ich, das Stück, das es in die Billboard Top 100 schaffte und auf Platz zwei der niederländischen Hitparade kam, danach erreichte er nie wieder den Erfolg von »The Birds and the Bees«, auch wenn er noch die Single *Born A Loser* veröffentlichte mit dem Stück »Little Bitty Pretty One« von Thurston Harris auf der B-Seite, und du riefst voller Begeisterung, dieses Stück käme in dem Film *Matilda* von Roald Dahl in dem Moment vor, als Matilda erkannte, dass sie magische Kräfte besaß und alles im Haus steuern konnte, indem sie darauf zeigte, du sangst den Refrain, und während du so hell und klar trällertest, unterstrich ich im Kopf die Sätze: *Tell you a story, happened long time ago, little bitty pretty one, I've been watching you grow, whoa whoa whoa whoa.* Ich setzte dich am Haus ab, wo du mit einem Mal zögernd die

Tür des Fiat öffnetest und dich noch schnell umdrehtest, die Fröhlichkeit von eben war verschwunden, du hattest dich wieder in ein heimatloses Wesen verwandelt und sagtest, dass du dich merkwürdig fühltest, so seltsam merkwürdig, und ich lächelte und sagte, das käme von den vielen Jellybeans, und du sagtest *nein nein, ich meine, du weißt schon,* und ich nickte und sagte, das verstünde ich, aber das gehöre dazu, wenn man jemanden sehr lieb finde, du findest mich doch sehr lieb, oder, und du nicktest heftig mit dem Kinn, und ich sagte zum Schluss, dass du ein prächtiger Frosch werden würdest, dass ich dir dabei helfen würde, dass ich dein Freund sei, dein Kurt, und die Unsicherheit verschwand aus deinem Blick, für den Moment warst du wieder beruhigt, und ich sagte *tschüs, Frosch, bis bald, bis ganz bald,* und ich fuhr weg und sah nicht, dass du zu hüpfen versuchtest, dass du es versuchtest, es aber nicht schafftest, nicht so wie vorhin.

22

Es wurde immer deutlicher, dass du irrlichtertest. Dass du zwischen einem Jungen und einem Mädchen irrlichtertest und dich immer obsessiver mit den dear boys im Schwimmbad beschäftigtest, mit den Jungsgeweihen, du brachtest die dear boys auf deinem Gepäckträger vom Schwimmbad nach Hause, und Hitler hatte tatsächlich recht, du warst ein Kurier geworden, ich sah es mit scheelen Blicken aus meinem Fiat heraus, wenn ich in sicherem Abstand hinter dir her fuhr, ich sah, wie du sie anschautest, wenn du mit deinem Badehandtuch unter dem Arm und deinen nassen Chlorhaaren durch das Schwimmbadtor kamst, wie du deine Haltung an sie anpasstest und sie imitiertest, wie du jedes Mal hofftest, sie würden dem Kurier ein Trinkgeld geben und du dürftest kurz einen Blick auf ihre Geweihe werfen, du dachtest schon längst nicht mehr an den verschrumpelten Penisknochen des Otters unter deinem Bett, das war Kinderkram, jetzt wolltest du einen echten, und außerdem fandst du ein Jungsgeweih ästhetisch schöner als den Penis eines Otters, das sei eher eine Kirschenstange gewesen, wie du sie manchmal bei deiner Oma bekommen hattest und an denen du dir den Gaumen wund lutschtest, nein, du wolltest was Richtiges, und ich hatte dir einmal erzählt, dass im Tierreich der Blauwal das größte Geschlecht besaß, dreieinhalb Meter lang, bei den Landtieren war es der Elefant mit anderthalb Metern, dann gab es die

Seepocke, ein Krebstier, das sowohl Männchen als auch Weibchen war und sogar zwei Pimmel hatte, die fünfundzwanzigmal länger waren als ihre eigene Körperlänge, doch das schönste Glied im Tierreich war das des Mantelpavians, der ein knallrotes hatte und sich eigens so hinsetzte, dass er zeigen konnte, wie schön und wie groß es war, und dass er sich damit als Boss präsentieren konnte, und du hattest diese Geschichte genossen, wenngleich du es unfair fandst, dass die Seepocke zwei Penisse hatte und du nicht mal einen, und dass dir das Zielen schwierig erschien, wenn man gleich zwei steuern musste, seitdem hattest du dich nur noch mit Jungsgeweihen beschäftigt, insbesondere nachdem ich dir in der Kaffeepause ein paar Kunstdrucke von Raffael gezeigt hatte, während dein Pa und dein Bruder mit dem Heuen auf dem Land am anderen Ufer des Maalstroom weitergemacht hatten, Gerrit Hiemstra hatte Unwetter angekündigt, und daher konnten sie die Arbeit nicht niederlegen, tatsächlich sollte ein ordentliches Gewitter aufziehen, wenngleich es sich schon seit Langem in ihrer Mitte befand, es würde sich entladen, ohne dass ein Tropfen vom Himmel fiel, aber da zeigte ich dir die *Small Cowper Madonna* von Raffael, die in Washington ganz in der Nähe des Pentagons hing, in das sich das dritte Flugzeug an 9/11 gebohrt hatte und dessen Fassaden eingestürzt waren, und ich wusste, dass du daran dachtest, als ich den Standort des Museums erwähnte, dass du beinahe wieder in dein Schuldgefühl taumeltest, doch deine Aufmerksamkeit wurde von dem Druck abgelenkt, den ich zwischen den Bastogne-Keksen und den Kaffeebechern auf den wackligen Gartentisch legte, ein Porträt der Madonna mit dem kleinen Cowper, einem engelhaften Knaben, den sie mit einer Hand unter seinem nackten Po stützte, während er ihr mit seinen molligen Armen am Hals hing, und ich sah, dass du dich an all dieser Herrlichkeit nicht sattsehen konntest, und du fragtest, wer Cowper sei, wie alt er da sei, wovon er träume, und ich schüttelte einfach etwas aus dem Ärmel, damit du deine Lustigkeit behieltst, ich zeigte dir *Madonna mit Kind*, wo du den kleinen Jungen nun von vorne sehen konntest und auch sein Minigeweih, und natürlich die *Niccolini-Cowper-Madonna*, doch die fandst du nicht interessant, merkte ich, da lag sein Arm vor dem Geschlecht, und so konntest du nichts sehen, nein, du starrtest vor allem auf den kleinen Cowper und das Porträt, auf seinen Po und seinen Pimmel, und flattertest schnell mal völlig überdreht um den Gartentisch herum, bevor du dich keuchend vor Erregung wieder über die Porträts beugtest, und du sagtest, Maria sei bestimmt eine gute Mutter gewesen, das sähst du an ihrem liebevollen Blick, und ich zauberte den nächsten Raffael-Druck aus meiner Aktentasche, den mit den Putti, ich erzählte dir, dass die Bezeichnung Putto in der Bildhauerei und Malerei für eine mollige, nackte und geflügelte Kindergestalt stehe, auch Liebesgott genannt, und wieder flattertest du um den Gartentisch herum und riefst feurig: *Ich bin Putto, ich bin Putto.* Und ich wusste nicht, ob dies der erwünschte Effekt war, du warst viel zu mager, um ein richtiger Putto zu sein, aber ich hatte den Vogel noch nie so wild flattern sehen, und jedenfalls sollte ich dich ab dann so nennen, und genau wie bei jenem Mal auf dem Hof verschwand der Vogel plötzlich wieder aus deiner Seele, als ich die Drucke wegpackte, und du flüstertest wieder, mit dir stimme was nicht, ganz und gar nicht, und ach, das ging mir ans Herz, mein lieber Putto, mein schöner Liebesgott, und ich dachte kurz daran, dass Camillia dasselbe gesagt hatte, sie hatte gesagt, dass mit dir etwas nicht stimme, nachdem sie dich einige Tage zuvor zum Kieferorthopäden gebracht hatte, weil dein Pa zu viel mit den Kühen zu tun hatte, dort wurdest du endlich von deiner Außenspange erlöst, aber anstatt dich zu freuen, hattest du den ganzen Weg auf der Rückbank geheult, noch heftiger als an dem Tag, an dem mein Sohn im Traumflug mit dir Schluss machte, sagte Camillia, dir war plötzlich bewusst geworden, dass du mit dem Verlust der ekligen Außenspange auch den Kieferorthopäden verlorst, und obwohl er unsanft und nicht besonders nett war, Verlust blieb Verlust, und Camillia sagte, es sei nicht normal, dass du so maßlos traurig seist, dass du so viel fantasiertest, dass sie immer intensiver nach der Wahrheit suchen musste, aber ich verstand es viel besser, ich verstand, dass es nicht um den Kieferorthopäden ging, jedenfalls nicht wirklich, sondern um die Wunde des Verlassenwerdens, die jedes Mal grob aufgerissen wurde, wenn jemand fortging, und du hattest dich erst beruhigt, als Camillia zu dir sagte, du könntest ihm jederzeit eine Karte schicken, worauf du geantwortet hattest, du könntest auch den Draht hinter den Zähnen herausfummeln, sodass alles wieder schief wachsen würde, und diese Idee hatte dich noch mehr beruhigt als die Karte, und als Camillia das erzählte, musste ich kurz an den Song »I'd Do Anything for Love« von Meat Loaf denken, der 1993 herauskam, in dem Jahr, als du den Verlorenen und die Verlassene verlorst, und dass dir dieses Lied auf den Leib geschrieben war, es handelte von dir, du tatest alles für Liebe: *Maybe I'm crazy, but it's crazy and it's true, I know you can save me, no one else can save me now but you. Maybe I'm lonely, that's all I'm qualified to be. There's just one and only, the one and only promise I can keep. As long as the wheels are turning. As long as the fires are burning. As long as your prayers are coming true. You better believe it, that I would do. Anything for love.* Und ich sagte beruhigend zu dir, bei dir stimme alles, obgleich ich mir der Lüge bewusst war, ich streckte dir die Hand hin und sagte, wir würden es wiedergutmachen mit New York, echt, sagte ich, wir reisen jetzt hin, ich bin der Pilot, und du ergriffst meine Hand und sahst mich misstrauisch an, als ich hinten, beim Kühltank, zwei Milcheimer nahm und am Deich im Gras umdrehte, ich ließ deine Hand los und stellte mich auf den einen Eimer und wartete, bis du es mir nachmachtest, erst dann schloss ich die Augen, breitete die Arme aus und fragte, ob du bereit seist zu starten, aufzusteigen, und ich spähte heimlich zwischen den Wimpern hindurch, sah dich schüchtern auf dem Eimer stehen, mit ausgebreiteten Flügeln und nassen Wangen, wir flogen an jenem Augustnachmittag in die Fulton Street, zu der Stelle, an der die Twin Towers gestanden hatten, und ich forderte dich auf, dort alles auszusprechen, woran du dich schuldig fühltest, du murmeltest ein paar Entschuldigungen und sagtest, es sei nie deine Absicht gewesen, in den Turm zu fliegen, du seist vom Kurs abgekommen und dächtest manchmal, wenn du böse seist, würde es helfen, etwas anderes kaputt zu machen, aber nein, das hattest du nicht gewollt, und gerade als ich dachte, das würde gutgehen, das würde dir helfen, ich würde dich von dieser turmhohen Schuld befreien, hörte ich dich plötzlich auf die Erde springen, du tratst den Milcheimer um und schriest, das würde nicht helfen, ich sei ein Blödmann, wenn ich dächte, du würdest darauf hereinfallen, du könntest *wirklich* fliegen, du müsstest *wirklich* nach New York, und du sagtest, ich nähme dich nicht ernst, ich sei ein unfähiger Pilot, es fühle sich in der Luft ganz anders an als auf einem Eimer, ich begriffe nicht, wie es sei, ganz aus der Nähe alle diese fallenden Körper zu sehen, den Schutt und die Trümmer auf der Haut zu spüren, und du ranntest barfuß davon, den Kuhfladen ausweichend, ich sprintete hinter dir her und holte dich beim Pflaumenbaum ein, packte dich unsanft am Handgelenk und sagte, es tue mir leid, Putto, *es tut mir leid*, und wir kämpften miteinander, du warst nicht länger außer dir vor Lust, sondern außer dir vor Wut, und ich raufte alles aus dir heraus, du bisst dir in die Lippe, Blut strömte heraus, ich hakte meinen Stiefel hinter deinen nackten Fuß und brachte dich so zu Fall, lag auf dir, im Gras, leckte dir Kinn, Hals und Lippen wie ein Bluthund und streckte mich dann, sodass ich gerade so eben an die tief hängenden überreifen Pflaumen kam, von denen ich eine aufriss und den Kern entfernte, und ich sagte, dies sei die Frucht des Bösen, wir würden sterben, wenn wir davon äßen, und du warst durch und durch Widerspenstigkeit und risst mir die saftige Pflaume aus der Hand, schobst sie dir in den Mund und begannst wütend zu kauen, wodurch sich das Blut mit dem Pflaumensaft mischte, und du sagtest: *Ich bin das Böse, ich bin der Vogel des Bösen.* Und ich schob meine Zunge in deinen Mund zwischen das Fruchtfleisch, und wir aßen und schlürften und küssten die Frucht weg, bis unsere Wangen und Lippen klebrig waren, bis du ruhig wurdest und die Wut versickerte und du in Schluchzen ausbrachst, du schluchztest so laut, dass die Blaarkoppen aufsahen, und du flüstertest, dass du jetzt sterben würdest, und ich konnte es nicht ertragen, dich so zu sehen, mein Augenstern, ich versuchte, dich mit leeren Versprechungen zu beschwichtigen, mit Süßigkeiten, damit, wie berühmt du eines Tages werden würdest, berühmter als George Bush, dass wir nicht wirklich starben, dass es aber manchmal schön war, das zu denken, dass man dadurch noch mehr leben konnte, aber du warst durch und durch Kummer, und also riss ich dich weiter auf, ich sagte, ich würde dich blühen lassen, und schob meine klebrige Hand in deinen Slip, und ich sah dich weggleiten, ich sah, wie die Tränen trockneten, und du stammeltest: *If you leave me I will become a rotting plum where all the space is taken up by wasps.* Und ich sagte, ich würde nie fortgehen, nahm den Pflaumenkern aus dem Gras und schob ihn tief in dein heißes Inneres, und ich versprach dir, du würdest mit jedem Jahr schöner blühen, versprach, wir würden im nächsten Jahr hier wieder zusammen sein, würden alle Sommer unter diesem Baum verbringen, und ich konnte in diesem Augenblick nicht wissen, dass dein Bruder ihn später mit der Kettensäge fällen würde, nachdem er dein Tagebuch gelesen hatte, dass der Regenguss sich direkt über uns befand und der Himmel ein Mund voll schiefer Zähne war.

23

Ich blättere endlos durch diesen Sommer und durch meine Erinnerungen, auf der Suche nach dem Punkt, an dem der Bruch in meinem Leben begann. Nach dem Moment, in dem die Todesliebhaber sich um mich sammelten, weil etwas in mir zu gären und zu faulen begann, ich blättere zu dem Moment, an dem die Verseuchung erfolgte, zum ersten Symptom meines Verlangens nach dem Kind, dorthin, wo sich die Verkrüppelung bemerkbar machte, obwohl ich in all den Jahren jedes kleine Leichtgewicht aus meinen Gedanken verbannen konnte, aber warum, o warum hatte ich das nicht auch bei dir getan, mein Augenstern, mein himmlischer Putto, warum streifte ich hier mit dir über den Jahrmarkt in The Village, einen großen Plüschbären unter dem Arm, den ich für dich aus dem Greifautomaten geangelt hatte und der mich so gemein angrinste, dass mir ganz anders wurde, warum zog ich mit diesem Menschenkind herum, das neben mir ging und gierig an einem klebrigen roten Kugelbonbon leckte und von Zeit zu Zeit einen etwas halbherzigen Hüpfer machte, der schon lange nicht mehr das alberne Gehüpfe eines unbekümmerten kleinen Wesens war, das zog ich roh zwischen deinen Knochen hervor, obwohl ich nichts lieber wollte, als es zu behalten, doch du wuchst aus meinen Klauen heraus und hinein in meine Leidenschaft, und ich dachte auf einmal, dass ich als kleiner Junge nie gehüpft war, ich war als Erwachsener geboren worden, und Erwachsene hüpfen nicht, die gehen kerzengerade und im Takt, doch bei dir, mein kleines Prachttier, verspürte ich doch das Verlangen, meine Beine ein wenig schlenkern zu lassen, durch dich fühlte ich mich jung, und ich war mir sicher, dass meine Mutter an alldem schuld war, sie hatte mir ein unstillbares Verlangen eingepflanzt, eine bleibende Verletzung, die ich durch dich zu heilen versuchte, in der Hoffnung, so die kalten Jahre meiner Kindheit und Jugend zu vergessen, in mir steckte ein kleiner, bedürftiger Junge, der am liebsten spielen wollte, der mit dir Quatsch machen wollte, doch meine erstickenden Lüste standen mir im Weg, jedes Mal, wenn ich deinen sanften, süßen Körpergeruch roch, brachte es mich an den äußersten Rand der Tollheit, der Seelenverzückung, wie konnte ich mich dagegen zur Wehr setzen? Und du gingst wie immer an der westlichen Seite meines Körpers, das musste so sein, meintest du, denn dann sah ich dich von deiner hübschesten Seite, wenngleich ich inzwischen wusste, dass du aus jedem Blickwinkel wunderschön warst, und ich fasste den Bär etwas fester am Fell, es war bullenheiß, viel zu heiß, um so ein großes, plumpes Tier mit sich herumzuschleppen, aber du hattest auf ihn gezeigt und wolltest unbedingt, dass ich diesen herausangelte, weil er einsam aussehe, sagtest du, weil Einsamkeit auf dem Jahrmarkt schlimmer sei als irgendwo sonst, hier gehe es um Gewinn und Verlust, und der Bär sehe aus, als habe er viel verloren, weswegen du auf dem Weg zwischen den Buden und den Attraktionen Inventur der Verluste machtest, die du in den letzten Wochen erlitten hattest, angefangen bei der Nachricht, dass die Brücke über Lake Pontchartrain schwer beschädigt worden war, die I-10 Twin Span Bridge in den

Vereinigten Staaten, du sahst in deinen Träumen Dutzende von Autos in die Tiefe stürzen, es war angeblich eine Folge des Orkans Katrina und teils auch von Metallermüdung, und dieses Wort gefiel dir sehr, *Metallermüdung*, und du sagtest, auch manche Menschen litten daran, sie könnten jeden Moment zusammenbrechen, und nach dieser Nachricht solltest du immer einen kleinen Notfallhammer in deinem Rucksack dabeihaben, mit dem du eine Scheibe für den Fall einschlagen konntest, dass du ins Wasser fallen würdest, auch wenn du kein Auto besaßt und auch nicht den Wunsch hattest, je eines zu besitzen, und du erfuhrst, dass Katrina die schwerleibigste Sturmfrau seit 1928 gewesen sei und ganz Gulfport in Mississippi verwüstet habe, dass in China und Südostasien die Vogelpest ausgebrochen sei und sich langsam über die Welt verbreite, eine französische Athletin und ein niederländischer Cartoonist seien daran gestorben, und obwohl du sie nicht kanntest, warst du doch traurig, in London seien mehrere Anschläge verübt worden, bei denen eine Bombe in der U-Bahn-Station Russell Square und eine in einem Doppeldeckerbus explodiert seien, in einem roten AEC Routemaster, und du zähltest diese Fakten aus den Nachrichten mit zitternder Stimme auf, um erst danach deine persönlichen Verluste zu benennen: Du hattest dein ganzes Taschengeld an den Coin Pusher verloren, in den man Münzen schieben musste, um von den Plastikgewinnmarken ein Geschenk kaufen zu können, wenngleich es dir mehr um das Klirren all dieser Euros im Schlund des Automaten ging, dieses herrliche Klirren. Außerdem hattest du eine Wette gegen Elia verloren, bei der du den erstbesten dear boy, der aus der Raupe oder aus dem Breakdance kam, küssen solltest, du hättest dich sowieso vor den Breakdance gestellt, sagtest du, denn da kamen coolere dear boys raus als aus der Raupe, die lief viel zu langsam, und die dear boys, die da ihren Spaß suchten, waren meistens langweilig und trugen Poloshirts, aber du hattest da gestanden und hattest dich nicht getraut, denn jedes Mal, wenn du einen dear boy aus dem Breakdance kommen sahst, hattest du Angst, du würdest zum Vogel werden und das Opfer verschlucken, wie du es in Gedanken manchmal beim Frosch tatest, dass alle erschrocken auf dich deuten und flüstern würden, was du da angerichtet hattest, alle würden Angst vor dir haben, wie vor dem Spukschloss, von dem es hieß, einer der Totengräber sitze dort in einer Ecke, um einen zu erschrecken, und wenn man nicht aufpasse, würde er einen lebendig begraben, und so verlorst du die Wette und hattest von Elia den Auftrag bekommen, jemandem sein Portemonnaie zu rauben, damit ihr doch noch Autoscooter fahren konntet, und ich hatte dich erstaunt angesehen, als du erklärtest, wie man jemandem am besten die Sachen, die ihm wertvoll sind, entwenden könne, dass es auf Ablenkung ankomme, und du bewegtest deine hinterhältigen kleinen Hände in der Luft, ich hatte längst vergessen, dass du eine Diebin bist, aber jetzt fiel mir auf, wie du dich immer wieder durchtrieben umsahst, und du erzähltest weiter von deinem Verlust, denn es gab etwas Schlimmeres, etwas, das dir abhandengekommen war und das du nie mehr wiederbekommen würdest, und du wusstest nicht, was du tun solltest, du sprachst jetzt leiser, als wir zur Lucky-Duck-Bude kamen und ich mit einer Angel eine gelbe Badeente für dich zu fangen versuchte, und da erzähltest du es mit blassem Gesicht, als hätte dich ein Totengräber soeben erschreckt, du sagtest, du seist an diesem Morgen aufgewacht und hättest bemerkt, dass du verletzt warst, dass der Vogel gegen irgendetwas geflogen war, das musste wohl so sein, denn in deiner Unterhose war Blut, drei kleine Flecke, so groß wie Konfetti, obwohl das mit einem Fest nichts zu tun hatte, sagtest du leicht verstört, denn du wüsstest aus den Büchern, dass du jetzt eine Frau werden würdest, dass du geschlechtsreif seist, und das würde alles verändern, du würdest jeden Moment gepflückt werden können, wie die überreifen Pflaumen, aus denen dein Pa Marmelade koche, und das sei ein crime, sagtest du, denn die Chance, dass du jetzt noch ein Jungsgeweih bekämst, sei minimal, und du erzähltest, dass die dear boys dich auf einmal anders ansähen, fast schmachtend, während du am liebsten einer von ihnen werden wollest, doch der Vogel sei verletzt, und du sagtest flüsternd, dass dies ein Anschlag von oben sei, von Gott, du verlörst jetzt alles Blut, das du bei 9/11 vergossen hättest, und ich beugte mich zu dir, lächelte gerührt und sagte, dass alle Mädchen in deinem Alter eines Tages zu bluten begännen, dass Reife nichts darüber sage, dass du jeden Moment gepflückt werden könntest, dass du jederzeit nein sagen dürftest, nein sagen *müsstest*, wenn du etwas nicht wolltest, und ich verkündete das größte Märchen des Jahrhunderts, wusste ich doch, dass ich der Pflaumenpflücker war, der Marmeladenkocher, und ich sagte, dass du noch immer ein Kind seist, trotz des Blutes, du seist mein Kind, mein lieber Augenstern, und ich fragte, ob du es deinem Pa erzählt hättest, und du sagtest, dass du es auf den Einkaufszettel geschrieben hättest, zwischen Butter und Honigkuchen, du hattest geschrieben: *Ich blute wie ein Stier.* Er hatte nichts dazu gesagt, es aber wohl verstanden, denn ein paar Stunden später lag ein Paket Binden vor deiner Tür, und zum Kaffee bekamst du Apfelkuchen, wenngleich du wenig davon gegessen und elend und blässlich im Gartenstuhl dabeigesessen hattest, während dein Bruder verstohlen lächelte, weil er den Grund für den Apfelkuchen kannte, und du fandst es komisch, dass sie feierten, wo du doch verletzt warst, so furchtbar verletzt, und du hattest die Binde an deinem Schreibtisch untersucht, sie hatte Flügel, genau wie du, sagtest du, und sie roch nach Lavendel, und du hattest dich gefragt, wie um Himmels willen es mit dir weitergehen sollte, warum niemand dir sagte, wann und wo genau Veränderungen stattfanden, wann du wieder verletzt sein würdest, und das war der ganze Verlust dieser Woche, du blicktest zu Boden und sagtest: *Kurt, der größte Verlust bin ich selbst, der größte Verlorene bin ich, ich bin dabei, mich wie eine Schlange zu häuten, obwohl ich meine alte Haut noch nicht einmal gut genug kannte.* Um uns herum waren zu viele Leute aus dem Dorf, als dass ich dich an mich hätte drücken können, also kaufte ich, um dich zu trösten, eine Tüte Manna-Puffreis für dich, und du stopftest dir den hübschen Mund mit dem bunten Süßkram voll, während du über den Platz starrtest, und ich fragte mich, woran du dachtest, meine himmlische Auserkorene, und auf einmal hobst du den Finger, als würdest du in der Klasse sitzen, denn du hattest noch etwas vergessen, etwas Wichtiges, du hattest dein Tagebuch verloren, ja, auf einmal war es weg, obwohl es doch immer zwischen deinen Souvenirs und deinen Andenken unter dem Bett gelegen hatte, und ich spürte, wie mir auf einmal schwindlig wurde, fast erwürgte ich den Plüschbären unter meinem Arm, ich sagte, dass du dein Tagebuch nicht so einfach verlieren könntest, dass es bestimmt irgendwo lag, und du schütteltest entschieden den Kopf, es war weg, futsch, und ich fragte, was du da reingeschrieben hattest, und du sagtest: *Everything and nothing.* Du sahst, dass ich die Fassung verlor, denn du begannst mich zu beruhigen und logst, es liege tatsächlich bestimmt irgendwo, vielleicht in deiner Nachttischschublade oder unter der Matratze, und ich wusste, es war nicht so, aber ich wollte es nicht einsehen, ich musste glauben, dass wir in Sicherheit waren, dass ich ein Souvenir war, das du mit deinem Leben verteidigen würdest, und du zogst mich zu den Autoscootern mit, und ach, wie verwirrtest du mich, denn dort, inmitten all der Gewalt, wo ich bei jedem Zusammenstoß ängstlich nach meinem Kopf griff und du das lustig fandst, weil keiner in deinem Alter das tat und du dir nur an den Kopf fasstest, wenn sich etwas darin befand, das du schützen musstest, und darüber musste ich nachdenken, da fragtest du, ich schwöre, dass diese Frage gestellt wurde, werte Magistrate, du fragtest, wann es Geweihzeit sei, und aller Schrecken von soeben verebbte, du fuhrst mit der Zunge über das Kugelbonbon, während du mit der anderen Hand das Lenkrad festhieltst, du schienst die Brücke über Lake Pontchartrain vergessen zu haben, so wüst fuhrst du drauflos, und du sagtest, es täte dir leid wegen gestern, dass du so böse geworden seist, du wüsstest ja, dass ich es gut meinte, dass Piloten es meistens gut meinten, weil sie etwas in der Luft halten wollten, und du hättest heute Nacht lange mit Freud darüber gesprochen, der auf deiner Bettkante gesessen hätte, in einem scheußlichen Schlafanzug mit einem kindlichen Schlangenaufdruck, und dass du da den Häutungsprozess eigentlich schon hättest kommen sehen müssen, er hatte gesagt, es käme auf Folgendes an: *dass man lieben muss, um nicht krank zu werden, und dass man krank wird, wenn man nicht lieben kann.* Und du wüsstest nicht, ob er mit *man* dich meinte, aber du wolltest lernen zu lieben, du wolltest nicht krank werden, denn du kanntest zwei Krankenlager, ein langes und ein kurzes, und beide hatten den gleichen Ausgang und endeten mit einem Loch in der Erde, und du sagtest, dass ein echtes Geweih dich bestimmt heilen könne, dass du dich dann nicht länger danach sehnen würdest, denn die Stimme des Verstandes sei ungeduldig, sie ruhe nicht, bevor sie Gehör finde, und daher müsstest du deiner Faszination nachgeben, um dann stoppen zu können, und ich wusste, dass es umgekehrt war, dass ich, je mehr ich mich dir auslieferte, umso vergifteter wurde, aber ach, meine Triebe waren so stark, es war ein ewiges Tauziehen, bei dem ich jedes Mal gegen mich verlor, und wir knallten auf den Scooter vom Frosch und von Elia, die mich mit kleinen Augen anstarrte, als durchschaue sie, was ich hier tat, und plötzlich fühlte ich mich wieder wie dieser Riese im Kinderland, ich ließ mich etwas tiefer in meinen Sitz sinken und sagte: *Wann immer du willst, meine Liebste.* Und du antwortetest, dass es dir morgen passen würde, wenn das Heu vom Feld war, ja, morgen sei ein perfekter Tag für ein Jungsgeweih, du seist schon vierzehn, sagtest du, und es werde höchste Zeit, dich mit Größerem zu beschäftigen, und du wispertest: *I want to know what love is, I want you to show me.* Es ging völlig an mir vorbei, dass du aus einem Stück von Foreigner zitiertest, dass du dich wieder in einer deiner romantischen Fantasien wähntest und dachtest, für diese Woche hättest du genug Verluste erlitten, ich spürte, wie meine Wangen warm wurden, und fragte mich, ob dir wohl klar sei, was deine Frage bedeute, und fragte dich, ob du schon mal gesehen hättest, wie Menschen sich liebten, du rümpftest die Nase und sagtest weise, du müsstest etwas nicht gesehen haben, um es dir vorstellen zu können, obgleich du manchmal Bonnie und Clyde innig verschlungen vor dir sahst, und dann wüsstest du genau, was das bedeute, außerdem hättest du so oft sich paarende Rinder gesehen, das sei kinderleicht, und ich dachte oft an dieses Wort zurück: *kinderleicht*. Für dich war es wie eine Biologiearbeit, ein Sezierobjekt, etwas, das du schaffen konntest und das dir Ansehen verleihen würde, aber widerlich wie ich war, saß ich in diesem Scooter mit einem geschwollenen Mördergeweih und konnte nur daran denken, dass ich ein Lucky Duck war, dass ich dein Lucky Duck war, und es war mir egal, dass du versuchtest, uns zu Klump zu fahren, dass du die Hände nicht einmal mehr am Lenkrad ließt, ich wollte dir beibringen *what love is,* so bizarr mein Wissen auch war.

24

Es war nicht das erste Mal, dass ich von nächtlichen Wahnvorstellungen heimgesucht wurde, aber das erste Mal, dass ich *so* von ihnen gequält wurde. Manchmal schrak ich aus dem Schlaf hoch und fühlte mich wie der Widder aus dem Ersten Buch Mose, der sich mit seinen Hörnern im Gestrüpp verfangen hatte und anstelle von Abrahams Sohn geopfert werden sollte, ich war das Urteil des Jüngsten Gerichts, ich war der Tod, und manchmal schien es, als wäre das glühend heiße Bett, in dem ich lag, die Opferstätte, es brannte, und zwischen Camillia und mir war ein Flammenmeer, das es mir unmöglich machte, ihr näher zu kommen, geschweige denn sie zu retten, ich konnte mich nur selbst vom Ort des Unheils entfernen, indem ich aus den verschwitzten Laken herausschlüpfte und unten meine Turnschuhe anzog, die steif von all dem getrockneten Opferblut der Blasen an meinen Fersen waren, und diesmal rannte ich, als wäre ich auf der Flucht vor dem Widder mit den Hörnern, ich war auf der Flucht vor mir selbst, rannte gehetzt und aus dem Takt, ich rannte, bis ich fast brechen musste, spürte, wie die Lasagne vom Abend hochkam, Camillia hatte extra viele Knoblauchzehen hineingetan, weil sie glaubte, ich träfe mich mit jemandem bei meinen nächtlichen Runden, sie sei sich sicher, hatte sie argwöhnisch gesagt, sie sah, wie meine Eitelkeit zunahm, sah mich jünger werden, wo sie in Richtung Sterblichkeit wuchs, sah, dass ich umgänglicher gegenüber unseren Söhnen war, und sie sah, dass ich immer häufiger und länger weg war, mehr Versammlungen in Deutschland, während ich in Wirklichkeit nur wenige Kilometer von ihr entfernt war und meine Zähne in einen Big Tasty Double Burger schlug oder einen Medium Milkshake trank, sie sah, dass sich mein Kleidergeschmack veränderte, sah, dass ich die Augen schloss, wenn ich sie berührte, aber sie kam nicht ganz hinter den Grund, und die Knoblauchzehen waren ihre Art und Weise, gegen meine Veränderungen zu protestieren, sie hatte eine ganze Knolle hineingetan und aufgepasst, ob ich alles aufaß, ob ich mir danach die Zähne putzen ging, und jetzt rannte ich hier mit miefendem Mund Richtung Koningjanszand, und während ich da lief, begann es zu schneien, ich weiß, wie verrückt das klingt, aber es schneite an diesem Augustabend, Flocken fielen vom Himmelsgewölbe, und ich kam erst dahinter, dass es Puderzucker war, als ich die Zunge rausstreckte, als ich den Schnee kostete, und auf einmal ging ich wieder den Waterdragersweg entlang mit einer Schubkarre, in der der Verlorene lag, die Landschaft um mich herum war grässlich weiß, in der Ferne sah ich den Turm der reformierten Kirche, und neben mir ging meine Mutter, sie trug ihr Trauerkostüm, es war ihr liebstes Kleidungsstück, das Düstere stand ihr gut, ich wollte nicht, schaute aber trotzdem hin, schaute auf das Gesicht des Verlorenen, des kleinen Pastors, und hörte den Aufprall seines Körpers an der Stoßstange und sah mich selbst weiterfahren, ich fuhr weiter und drehte beim Kreisel um, fuhr erst dann zurück, um von meinem Fiat aus zuzuschauen und erst später zu Hilfe zu eilen, als ich mit zitternder Stimme sagte, dass ich ihn kenne, woraufhin die Leute ehrerbietig auf die Seite gingen und mich zu dem Leblosen ließen, und ich tat alles, was die anderen auch taten, ich jammerte, ich schimpfte auf den Fahrer, der weitergefahren war, ich wetterte gegen Gott, und alle waren verzweifelt, aber niemand schaute auf meinen Fiat, der ein Stück weiter entfernt stand, an dessen Stoßstange Blut klebte, nein, wir schauten alle auf den kleinen Pastor, und ein Krankenwagen würde mit gellender Sirene angebraust kommen, doch in meinem Traum fuhr ich ihn in einer Schubkarre zum Bauernhof, und als ich ihn genauer betrachtete, lag nicht er darin, sondern du, mein Augenstern, du lagst in der Schubkarre, leichenblass mit geschlossenen Augen, und ich blickte verzweifelt zu meiner Mutter, ich jammerte, wie das bloß möglich sei, und sie sagte wieder, ich sei der Todesbringer, ich würde immer der Todesbringer sein, ich hätte das Kind mit meiner Besessenheit zerstört, mit meinen nach VetGel riechenden Händen, und ich stammelte, das sei nie meine Absicht gewesen, ich liebte dich doch, und sie lächelte hinterhältig, sagte, ich sei nicht fähig, jemanden zu lieben, alles, was ich liebte, würde verdorren, zerbröseln, und sie klopfte wieder auf die Puderzuckerdose, der Wind frischte auf, und es wurde eisig kalt, ich schrie, sie solle aufhören, es schneien zu lassen, doch das ging nicht anders, denn an jenem Dezembertag schneite es, an jenem Tag, als der Verlorene die Straße überqueren wollte, um Weihnachtskarten auszutragen und in die Schule zu gehen, es war an einem Mittwoch, ja, einem Mittwochmorgen, und die Schockwellen des Aufpralls gingen durch das ganze Village und würden weiterhin durch The Village gehen, als würden ständig Rammpfähle in die Erde geschlagen, und ich ging da mit dir in der Schubkarre, mein makelloser Putto, und diesmal gingen wir nicht zum Bauernhof, sondern zum Friedhof an der Avondlaan, zu Nummer einhundertzwei, zu dem Doppelgrab, in dem der Verlorene bereits lag, am Rand stand der Viehbauer ehrfürchtig und sagte: *Wer zuerst kommt, mahlt zuerst.* Und ich wollte sagen, dass deine Zeit noch nicht gekommen sei, doch die Totengräber hoben dich aus der Schubkarre und legten dich in die Erde, und meine Mutter knetete mit ihrer schweren Hand meinen Nacken, sie flüsterte, dass ich ihr Junge sei, ich gehörte ihr, auch wenn ich wusste, dass sie jederzeit wieder behaupten konnte, dass sie *nicht* meine Mutter sei, wie damals im Kindergarten, wenn jemand sie fragte, dann schüttelte sie resolut den Kopf, sie schämte sich, dass sie mich hervorgebracht hatte, dass sie überhaupt etwas hervorgebracht hatte, und daher trottete ich immer in einigem Abstand hinter ihr über den Schulhof, während ich um mich herum Mütter sah, die ihr Kind strahlend nach ihrem Schultag fragten, die die erschöpften kleinen Leiber an die Brust drückten, ging ich hinter diesem schwarzen Rock her, dieser Donnerwolke, und auf dem Fahrrad hielt ich mich am Sattel fest und schaute zu, wie ihr Rock immer wieder *beinahe* in die Speichen geriet, einmal hatte ich meine Arme um ihre Taille gelegt, sie hatte mitten auf der Straße abrupt angehalten, mich vom Gepäckträger gehoben und gesagt: *Du kennst ja den Weg.* Ich sah, wie sie davonfuhr, ohne sich umzudrehen, immer weiter, bis sie sich von einem Kormoran, von einer Scharbe in einen schwarzen Styroporball verwandelte und außer Sicht verschwand, ich war ratlos geworden, so ratlos! Ich dachte auf dem gesamten Rückweg, dass sie jeden Moment angeradelt kommen könnte, dass sie sich entschuldigen würde, aber sie kam nicht, und als ich nach einer Stunde klatschnass vom Regen zu Hause eintraf, sagte sie nichts, sie schwieg, als hätte ich sie zurückgewiesen, und von dem Moment an würde jeder sich mir zukehrende Rücken mich zum Wahnsinn treiben, mich in einen tosenden Strudel stoßen, doch jetzt lagst du hier im Doppelgrab einhundertzwei, und in der Vision sprang ich ins Loch und schüttelte dich sanft, ich hörte die schwere Stimme des Viehbauern, die sagte, ein Opfer könne nicht ungeschehen gemacht werden, und ich wollte sagen, dass *ich* das Opfer sein wolle, nicht du, mein Liebling, dass es nicht deine Schuld sei, und ich hörte die ohnmächtige Stimme deines Pa, damals als ich die Nachricht vom Verlorenen überbrachte und die Verlassene weggehen sollte, als ich die Todesnachricht übermittelte und du in der Badewanne spieltest und sahst, wie die Verlassene zusammenbrach, wie sie, bevor sie ging, das Badewasser nachlaufen ließ und vergaß, heißes Wasser mit kaltem zu mischen, und du dich verbranntest, und es ist ein Klischee, das wusste ich, doch in meinem Traum begannen die Totengräber auf einmal, das Loch zuzuschütten, ich wurde von der Erde bedeckt, versuchte, hinauszuklettern und dich mitzuziehen, doch niemand sah mich, und ich wurde mit dir zusammen begraben, es wurde dunkel, und in dem Moment, in dem ich erstickte, in dem ich den Sand zwischen meinen Kiefern spürte, war ich ruckartig wach geworden, wenngleich das drückende Gefühl von der ganzen Erde auf meinem Brustkorb spürbar blieb, jetzt, wo ich hier über die Polderstraße rannte, ich sah das Gemälde von Lievens vor mir, der Abraham und Isaak in inniger Umarmung gemalt hatte, während sie ängstlich zum Himmel aufschauten, neben sich das Messer und den toten Widder, ich wisperte zum Himmel hinauf, dass ich der Widder sein wolle, ach, opfere mich doch, und als ich wieder in meiner Straße war und mein Haus auftauchen sah, das so verdammt ruhig dastand, und ich mich auf die Eingangsstufen fallenließ, wand ich mich auf den lauwarmen Steinen, Allmächtiger, ich wand mich vor Schmerzen, ich hatte mich mit meinen Hörnern im Gestrüpp verfangen und konnte nirgendwohin.

25

Dein Bruder war wieder unter dein Bett gekrochen, um eine Katze nachzumachen. Warum er das tat und wie er das schaffte, war mir ein Rätsel, aber es gelang ihm offenbar, sich in deine Sammlung von Gegenständen und Reliquien zu zwängen, und dort muss er dein Tagebuch gefunden haben, er vergaß ganz zu miauen, versteinert lag er da die ganze Nacht und las und las, während du nichts davon merktest und beim Licht der Nachttischlampe auf der Bettkante deine Flugübungen machtest, er studierte jedes Wort, das ich dir gegenüber ausgesprochen hatte, jede Nachricht, die ich dir über MSN geschickt hatte, alle Smileys, jede verfluchte Handlung, die ich verrichtet hatte, er sah den Pflaumenkern, den ich in dein Inneres geschoben hatte und den du später aus der Toilette angeltest, um ihn mit Klebeband auf die Seite zu kleben und darunter das Datum der Ernte und meinen Namen zu schreiben, und als ich kurz nach neun für die wöchentliche Kuhkontrolle bei euch auf den Hof fuhr, stand dein Bruder neben dem Briefkasten, eine Mistgabel in den Händen und in den Augen Flammen, ich wusste sofort, dass hier was schieflief, mein Augenstern, ich wusste es, und ich wendete den Fiat auf dem Hof, um wieder zurückzufahren, ich kurbelte vorsichtig die Scheibe ein Stück hinunter, er zischte mir zu, er würde mich umbringen, wenn ich nicht sofort verschwände, und ich sah, dass er die Mistgabel fester umfasste, seine Knöchel wurden weiß, er hob die Gabel kurz und ließ das Stielende auf die Steine krachen, und ich sah dich kerzengerade und noch im Nachthemd am Wohnzimmerfenster stehen, du winktest mir mechanisch zu, du winktest wie Beatrix am Königinnentag, ich winkte nicht zurück, denn dies konnte nicht das Ende sein, dies war ein lächerliches Ende, mein schöner Putto, es gab keinen Film, den ich gesehen hatte, der so stupide und abrupt aufhörte, und ich schaute, ob ich deinen Pa sähe, doch der war nirgends zu entdecken, also wandte ich meinen Blick wieder zum Gesicht deines Bruders, das wutverzerrt war, ich sagte noch feige, dass es nichts zu bedeuten habe, echt wahr, es hätte nichts zu bedeuten, und als Antwort kratzte er mit der Gabel über die ganze Seite des Fiat, ich gab Gas und fuhr schwitzend über den Prikkebeensedijk nach Hause zurück, wo ich eine völlig hysterische Camillia vorfand, die eine Nachricht erhalten hatte, inklusive einem Tagebuchfragment, und sie fragte, ob ich wüsste, wie alt dieses Kind sei, dass es *mein* Kind sein könnte, dass das gesamte Village seine Freude daran haben würde, wenn es vom Tierarzt mit den lockeren Händen erfuhr, was ich bei dir angerichtet hätte, bei ihr, und sie spuckte Gift und Galle über mich und fragte, ob ich verliebt in dich sei, und als ich nickte, lachte sie höhnisch auf, sie tippte sich an die Stirn, sie tippte daran, und ich wollte sagen, dass der Wahnsinn nicht nur dort steckte, er war überall, der Krebs steckte überall in meinem Leib, und sie wollte wissen, was genau zwischen uns vorgefallen war, ich log einen Kuss zusammen, nur einen einzigen, und sie fragte, ob es ein Zungenkuss war, und als ich wieder nickte, tobte sie erneut los, wie gestört du seist, wie gespalten, sie nannte dich eine kleine Hure, ein freches Luder, und ich versuchte, sie damit zu beruhigen, dass ich sagte, es sei ein einmaliger Vorfall gewesen, ein Missverständnis, dass du für einen Moment als Morphium gegen das Weh gedient hattest, und sie schrie *welches Weh*, und ich konnte ihr nicht von meinen Jugenderinnerungen erzählen, von den Albträumen, davon, dass ich eine Blase war, die immer wieder aufplatzte, nein, ich hielt sie fest und nannte mich selbst einen Idioten und schwor, es würde nicht mehr vorkommen, ich würde einen Kollegen auf euren Bauernhof schicken, ich sagte, dass es meine Schuld war, dass du, mein Herzblatt, nichts dafür konntest, und ich sagte, dass ich dich nie wiedersehen würde, dass Camillia sich einfach ganz normal verhalten solle, wenn du nach dem Sommer wieder in ihrer Klasse säßest, und ich zog den schmollenden und traurigen Leib an mich, der mir fremd geworden war, das wilde Fleisch, das immer stärker von mir wegwuchs, ich hielt sie wie ein totes Schaf, wie ich manchmal eins aus einer Wiese hob, und sie sagte, sie habe zusammen mit deinem Bruder beschlossen, dass du es deinem Pa selbst erzählen musstest, denn Lügen wucherten schneller als Unkraut, und so würdest du ihm später erzählen, als ihr in der geleerten und sauber ausgespritzten Jauchegrube standet, in der du im Sommer manchmal mit deinem Bruder Tennis spieltest, du würdest da mit deinem Pa stehen und ihm erzählen, dass du dich mit mir geküsst hattest, und er würde seinen Daumen anfeuchten und deine Lippen grob damit sauber schrubben, wie man es bei einem Kind tut, das mit Schokocreme beschmiert ist, du würdest es zulassen, und er würde sagen: *Verrate dich selbst oder den anderen nie mit einem Kuss.* Und du würdest flüstern, dass du mich liebtest, dass du mich wirklich liebtest, nur wüsstest du nicht, ob du das Küssen auch wolltest, und dein Pa tobte, dass das nicht ging, dass du mich nicht lieben konntest, weil ich der Teufel sei, und niemand liebe den Teufel, denn das bedeute, dass man einer seiner Abgesandten sei, und das seist du nicht, sagte er, und jetzt benutzte er beide Daumen, um deine Lippen sauber zu wischen, um den Kuss wegzuschrubben, danach hatte er von dem Erlös für die jungen Kälber gesprochen, und ihr hattet kein Wort mehr darüber verloren, ich würde ein paar Stunden später eine Nachricht auf der Voicemail des Vogels hinterlassen, ich würde fragen, ob du Laufschuhe hättest und dass es Zeit sei für den Nachspann, ich würde immer öfter behaupten, dass es Zeit für den Nachspann sei, für die Schlussszene, und noch in derselben Nacht rannte ich am Hof De Hulst vorbei, wo du im Nachthemd an der Straße wartetest, in den zu großen Laufschuhen deines Bruders, es war eine ulkige Kombination und zugleich ein wundervoller Anblick, auch herrlich filmisch, und wir rannten durch die laue Finsternis, hin und wieder schaute ich zu dir, wie du wie ein weißer Nachtschwalbenschwanz durch die Dunkelheit flattertest, und ich ließ meine Hand in deine gleiten, spürte, wie sich deine schmalen Finger mit meinen verflochten, und wir sprachen erst, als wir zu der Überführung an der Zufahrtsstraße zum Village kamen, und während ab und an ein Lastwagen über unsere Köpfe hinwegbrauste, zog ich deinen verschwitzten kleinen Leib an mich und sagte, dass ich nicht länger nach den Kühen schauen würde, du machtest ein trauriges Gesicht, als wärst du eines der Rinder, als gehörtest du zu der wöchentlichen Untersuchung, und ich fuhr fort, dass wir ab jetzt wirklich Bonnie und Clyde seien, dass wir uns nur nachts treffen könnten, ob du wüsstest, wie man ein Geheimnis bewahrt, und du nicktest energisch und sagtest, du bewahrtest so viele Geheimnisse in deiner Brust, dass deshalb eines Tages zwei Hügel darauf wachsen mussten, damit du noch mehr darin verbergen konntest, und ich sagte, dass dieses Geheimnis nicht nur deinen Brustkorb, sondern den ganzen Körper füllen würde, und du sprachst von der Leere in den übrigen Gliedern, ich bräuchte mir keine Sorgen zu machen, da sei genug Platz, und ich hätte dich niemals mit diesem Geheimnis belasten dürfen, mein Liebling, aber der Nachtverkehr brauste über uns hinweg, und du standst da so hübsch in deinem weißen Nachthemd mit den zu großen Laufschuhen an den Füßen, und ich wollte nicht, dass das aufhörte, das konnte unmöglich aufhören, ja, mein Herz würde ohne dich weiterschlagen, aber nicht so laut und so lebendig, es würde nicht länger hüpfen, sondern tief im Fleisch versinken, und zwischen den Grillen und den Fröschen legte ich mein Schicksal in deine Kinderhände, ich sagte, ohne dich hätte ich keinen Grund weiterzuleben, und du wüsstest, wie es sei, keine Gründe mehr zu haben, du drücktest dich fest an mich und sagtest, es bräuchte keine Triebfeder, damit man existierte, die Triebfeder sei die Kraft, mit der man einst geboren wurde, mit der man sich aus dem Mutterschoß geschoben und nach Luft geschnappt hätte, an diese Kraft müsse man sich immer erinnern, wenn einem alles mal gegen den Strich ging, und ich grinste über so viel Weisheit in so einem kleinen Körper und empfand so viel Freude, dass ich in einer plötzlichen Anwandlung sagte, du gehörtest jetzt mir, und ich wusste nicht, dass du schon immer anderer Leute Besitz gewesen warst, dass du im Gegenteil dir selbst gehören musstest, dass du es wunderbar fandst, einem anderen zu gehören, dass das alleserfüllend war, dass es dich aber langsam aushöhlen würde, dass du irgendwann nicht mehr wissen würdest, wer der Vogel noch war und wofür er die Flügel ausbreiten wolle und wofür nicht, und du fragtest plötzlich, ob ich nicht ganz dringend pinkeln müsse, und ich schüttelte den Kopf, *schade,* sagtest du, *schade, dass du nicht pinkeln musst,* und ich sah, wie deine Zunge über deine Lippen glitt, überlegte es mir anders und sagte theatralisch, dass ich eigentlich doch ganz dringend müsste, ja, jetzt, wo du es sagst, muss ich furchtbar dringend pinkeln, und du lächeltest und riefst mit freudiger Kinderstimme, dass wir dem dann abhelfen müssten, und ich nahm wieder deine Hand, um dich auf die Wiese nebenan zu führen, und sagte: *Es ist Geweihzeit.* Mitten im Flachs, der an meinen nackten Beinen kitzelte, und im Licht des Vollmonds öffnete ich den Reißverschluss an meiner Hose und holte mein halb geschwollenes Mördergeweih heraus, du schautest darauf, wie du durch das Schaufenster des Süßwarenladens in der Cinderellalaan schautest, wo hinter der Scheibe Dosen mit Zuckerkram standen, voll mit Sirupsoldaten, Schaumwürfeln, Kreidelollys, Ufos und Hubba-Bubba-Kaugummi, und es dauerte einen Moment, bis ein dünner Strahl herauskam, aber schon bald plätscherte es im Flachs, und ich fragte dich, ob du es halten wollest, ob du das Geweih steuern wollest, und gierig nahmst du es zwischen deine Finger, und du fandst es toll, du riefst: *You are peeing, you are peeing the drought out of the darkness.* Dampf stieg aus dem Feld auf, und ich zeigte dir nicht, was man sonst noch damit machen konnte, das würde später kommen, wenn ich dachte, du würdest danach schmachten, so wie du am Köniɡinnentag nach einem liebevollen Blick von Beatrix geschmachtet hattest, nein, ich hockte mich hier neben dich, zog dir den Slip unter dem Nachthemd aus und warf ihn hinter mich in den Flachs, ich wies dich an, dich breitbeinig hinzustellen, ich wies dich an zu pinkeln, und ich sah Tropfen an deinen Beinen herunterrinnen, du hattest die Augen geschlossen, das Gesicht zum Mond gewandt, dieses Bild wollte ich für ewig bewahren, ich speicherte es in einem Ordner tief im Kabelgewirr meines Gehirns, und als du die Augen wieder aufschlugst, zündete ich mir eine Lucky Strike an und erzählte, dass die Marke ihren Namen den reichen Goldgräbern verdanke, die während des California Gold Rush 1848 sagten, sie hätten einen *Lucky Strike,* und ich hielt dir die Zigarette hin, und du sahst mich leicht nervös an, bevor du vorsichtig einen kurzen Zug nahmst, woraufhin du sofort husten musstest und leicht beklommen flüstertest, du fändst es lecker, ich wusste, dass das geschwindelt war, aber du nahmst gierig einen zweiten Zug, diesmal ging es schon besser, du bliest den Rauch in Richtung Himmelsgewölbe und fragtest dich, ob Gott jetzt im Qualm und Gestank säße, ob Er Krebs bekommen könne, denn als passiver Raucher hätte man da ein höheres Risiko, und ich sagte, dass Gott immer schon Krebs gehabt hätte, dass Er alle unsere Krankheiten und Sünden trage, das sei für Ihn nichts Neues, Er werde jeden Tag sowohl für krank als auch für genesen erklärt, aber Er käme schon wieder auf die Beine, versprach ich dir, und du nicktest erleichtert, und wir vergaßen deinen Slip, ich würde später zurückkehren, um ihn zu suchen, würde ihn dann im Handschuhfach meines Fiat aufbewahren, zwischen Führerschein und Müsliriegeln, um ab und an meine

Nase in ihm zu vergraben, und nach dem Pinkeln rannten wir zum Hof zurück, wobei deine Laufschuhe Quietschgeräusche von der Pisse machten, die in sie eingezogen war und Abdrücke auf dem Asphalt hinterließ, du fandst, es sei ein herrliches Gefühl an den Füßen, und schautest dich immer wieder um, als wüsstest du erst jetzt, beim Anblick dieser nassen Spuren, dass du existiertest, dass du wirklich existiertest, und ich fragte dich unsicher und errötend, wie du das Mördergeweih fandst, du sagtest, es sei wunderwunderlich und hopsassa, ganz anders als das von Cliff, von dem Engelchen und dem von Cowper auf dem Raffael-Gemälde, dass meins so groß sei wie deren Pimmel zusammen, und du nanntest es wieder wunderwunderlich, hopsassa und ersteklasseklasse, und ich wusste nicht, dass das erfundene Wörter von Roald Dahl waren, aber deine Stimme klang ausgelassen, und ich brachte dich bis an die Scheunentür neben dem Vorderhaus, ich küsste dich lange und in aller Ruhe, ich flüsterte etwas von Beckett und danach ein Stück aus dem Hohelied: *Von deinen Lippen, meine Braut, träufelt Honigseim, Honig und Milch sind unter deiner Zunge, und der Duft deiner Kleider ist wie der Duft des Libanon.* Ich wusste, dass du das Hohelied liebtest, dass es das Erste war, was dich vor Verlangen hatte erbeben lassen, was dich in deinem Kinderlustgarten zu der Fantasie angeregt hatte, dass jemand diese Worte zu dir sagte, und ich wollte meine Finger an deinem Schenkel hochgleiten lassen, aber du drücktest die Beine aneinander und stammeltest, dass du noch Hausaufgaben zu machen hättest, so viele Hausaufgaben, und ich antwortete, dass es jetzt mitten in der Nacht sei, mein prächtiger Putto, dass du Sommerferien hättest, und du sagtest, dass der Vogel niemals

Ferien habe, dass er sich auf den Flug nach Süden vorbereiten müsse, und ich lächelte nachsichtig, drückte meine Lippen feurig auf deine feuchte Stirn, ich ließ dich wie einen Nachtschwalbenschwanz durch die Scheunentür davonflattern und fragte mich, ob du wüsstest, dass du meine Hausaufgabe warst, dass ich dich endlos betrachtete und studierte, dass ich mir alles merkte, was du sagtest, was du tatest, wie du dich bewegtest, dass du mein ultimatives Praktikum sein würdest, das Thema meines besten Referats, mein Sezierobjekt, mein Lieblingstier.

26

Ungeachtet aller Widerwärtigkeit, ungeachtet allen Tadels, der mich traf, sah ich dich weiterhin. Und jedes Mal tobte meine Begierde stärker, wenngleich ich auch irgendwo die eitle Hoffnung hegte, wir könnten Freunde werden, das meinte ich ehrlich, ich wollte dir nicht länger so giftig den Krieg der Lüste erklären, ich wollte dich unversehrt bewahren anstatt von Kugellöchern durchsiebt, doch in mir war kein Fünkchen Frieden, keine Brüderlichkeit, ich wusste, sobald ich den Soldatenrock, meinen Tierarztkittel, anzog, würden wir beide immer übler zugerichtet werden, und ich schwöre, werte Magistrate, dass ich dieses Schicksal nicht länger herausfordern wollte, Camillia, dein Pa und dein Bruder wussten Bescheid, und wir wurden wie Paarhufer in den Fanggittern ihrer Blicke gehalten, doch warum ich dann dieses junge Wesen mit seiner unverdorbenen Kindlichkeit noch mehr besudelte, dieses Wesen, das damals noch vor Lebenslust barst, das konnte ich nicht erklären, ich konnte nur sagen, dass ich schon von klein auf mit dem spielen wollte, was krank oder kaputt war, was jeden Moment zerbrechen konnte, so hatte meine Zuwendung schon immer mehr den schwächeren Tieren gegolten als jenen, die gut im Fleisch standen, die glänzten, und als kleiner Junge liebte ich die Autos am meisten, die bis auf die Felgen abgenutzt waren, denen etwas fehlte, und dir fehlte so viel, mein Augenstern, du warst eine Seiltänzerin ohne Gleichgewichtssinn, eine Geflügelte in einem zu großen Luftraum, die immer weiter vom Süden in Richtung Kälte flog, du warst ein Putto, eine Kindergestalt, die danach schmachtete, gesehen zu werden, es verlangte dich nach dem Körper eines dear boy, aber du wusstest noch nicht, wie es war, nach dem eigenen Körper zu schmachten, du sehntest dich bis zum Gehtnichtmehr nach der Rückkehr der Verlassenen, und es würde in einer Nacht sein, dunkler als alle anderen, dass du mir unter der Überführung die angezündete Zigarette aus den Lippen grapschtest und ich sah, dass du genauso bis auf die Felgen abgenutzt warst, als du dir das Zigarettenende zischend in die Handfläche drücktest, ich sah, wie das Fleisch versengt wurde, du drücktest so lange, bis die Kippe knickte, bis ein grauer Ascherand zurückblieb, wo sich schon bald eine grünliche Blase entwickelte, und bis die gleiche Ruhe in deinen Augen erschien wie damals, als du das Skalpell an deinen Schenkel setztest, nachdem wir den Otter seziert hatten, und ich fasste dich am Handgelenk und erschauerte und wusste nicht, ob ich böse oder traurig werden sollte, ob ich dich anschreien oder dir zuflüstern sollte, ob ich Den Frosch, den Otter oder den Vogel schütteln sollte, bis alle Bolzen und Muttern in dir wieder an der richtigen Stelle saßen, und du seufztest, als wärst du von etwas befreit, du sagtest: *This wound never heals, it reminds me that not all cigarettes find a light, that not all of them find the right mouth, the loveliest one, I am one of those cigarettes, the one that always goes out because there's too much wind.* Ich wollte dir sagen, dass der richtige Mund sich vor dir befinde, dass es so windstill sei, dass das Licht in dir nie ausgeweht würde, aber ich wusste, dass du etwas anderes suchtest, nicht so sehr die Lippen, die die Schauspielerin küssten, die die Begehrte liebkosten, als vielmehr den Muttermund, der süß zu dir sprechen würde, der sich auf deine Haut drückte, wenn du beim Aufsteigen wieder mal von der Bettkante gefallen warst, der wie die Mutter von Jule, die dir einmal mit einem Strohhalm einen Wespenstachel aus dem Nacken gesaugt hatte, alle Stacheln des Wehs aus dir entfernen würde, und ich schaute auf den abscheulichen Aschekreis auf deiner Hand, und was ich dann tat, war lächerlich, ja, es war lächerlich, aber ich tat es, ich zündete eine neue Zigarette an, nahm ein paar kräftige Züge, bis sie richtig heiß war, biss die Zähne zusammen, um mich dem erwarteten Schmerz zu stellen, und drückte mir dann ebenfalls das Ende in die Hand, wobei ich sagte, wir seien von jetzt an zusammen *The Lonely Cigarettes*, dass wir uns gegenseitig anzünden mussten, wenn wir brennen wollten, und du warst auf die Knie gesunken und hattest die Arme um mein Bein geschlungen, wie ein zweijähriges Kind es tut, du drücktest deine Wange fest an die Haut meines nackten Knies, nur so, wenn du die Vorstellung hattest, unter die Haut eines anderen gekrochen zu sein, fühltest du dich für kurze Zeit beruhigt und die in dir wuchernde Jagdlust wurde besänftigt, du wolltest mit dieser Umklammerung die gleiche Macht über das Dunkel haben wie über die Morgendämmerung, in der du dich frei und verspielt fühltest, doch sosehr du auch sammeltest und deinen bodenlosen Leib mit den feurigen und fürsorglichen Scharmützeln von mir, den Lehrerinnen und deinem imaginären Publikum fülltest, es war nie genug, sobald du losließt, verwandeltest du dich wieder in ein gequältes Tier, sobald du losließt, unterbrachst du grob die magische Verschmelzung, dann standst du bockig auf, um mit gesenktem Kopf und hochgezogenen Schultern den Zuschauern den Rücken lustlos zuzukehren, um wieder zu der gleichen grässlichen Schlussfolgerung zu gelangen: dass sie nicht das zu bieten hatten, was du suchtest, nämlich dieses ewige Einswerden, es war unmöglich, die Verlassene in jemand anderem wiederzufinden. Und ich legte meine schmerzende Hand mit der pochenden Wunde auf deinen Scheitel, ich kraulte dich zwischen den Haaren am Kopf, und du fingst von Kurt Cobains Abschiedsbrief an, den du ausgedruckt hattest und der jetzt über deinem Schreibtisch hing, darin stand in fett gedruckten Buchstaben: *There's good in all of us and I think I simply love people too much, so much that it makes me feel too fucking sad.* Und du sagtest, während du noch immer an meinem Bein hingst, dass das so schön und wahr sei, dass du das genau so empfandst, dass du Menschen zu sehr lieben konntest und dadurch dich selbst zu wenig, dass du manchmal mit jemandem so sehr eins wurdest, dass du dich für einen Moment glücklich fühltest, dass ein anderer immer ein wärmeres Fell hatte als du selbst, und seit du zum Otter werden konntest, warst du endlos dabei, Nahrung zu beschaffen, warst du ständig auf der Suche nach dem richtigen Futter, um die Leere zu füllen, und du fragtest, ob ich wüsste, dass die meisten Otter bei Verkehrsunfällen starben, dass der Otter sich schon länger in dir verbarg, dass 1989 das letzte Exemplar in Friesland totgefahren wurde und dass der Otter seitdem in den Niederlanden offiziell ausgestorben war, man sollte erst dreizehn Jahre später wieder neue Otter aussetzen, während du in dieser Zeit geboren wurdest, aber nicht in die Nachrichten kamst, weil du noch keine Nachricht warst, und du verstandst auf einmal, warum du dich eines Tages, mit ungefähr acht Jahren, in einem Jutesack mitten auf den Prikkebeensedijk gelegt hattest, während dein Bruder wie ein Angsthase um dich herum sprang und rief, dass jeden Moment ein Auto kommen könne, aber du lagst da als künftiges Verkehrsopfer, als überfahrener Otter, und du fühltest dich am wohlsten, wenn du dich tot wähntest und nichts mehr von dir erwartet wurde, nur still rücklings auf dem Asphalt zu liegen und in den kornblumenblauen Himmel zu starren, an dem keine Lehrerin zu sehen war und an dem du dich kurz frei wähntest vom Vorbildlichsein, von deiner Fassungslosigkeit, wenn sie wegen aller Aufgaben und aller anderen Schülerinnen und Schüler für einen Moment kein Auge für dich hatten, weil Lehrerinnen nun mal keine acht Augen haben wie Springspinnen, und wenn das doch der Fall gewesen wäre, dann hättest du gewollt, vielleicht sogar verlangt, dass sie alle acht auf dich gerichtet waren, und du sahst vor dir, wie man dich mit einem Spaten von der Straße kratzen würde, wie man es bei plattgefahrenen Marderartigen tat, dein Bruder stand währenddessen wie ein Verkehrsregler mit ausgebreiteten Armen vor dir, und du standst erst auf, als das erste Auto hupend vorbeifuhr, du rolltest den Jutesack zusammen und sagtest, dass Otter in Gefangenschaft elf bis fünfzehn Jahre alt werden konnten und in freier Natur nur drei bis vier, das bedeutete, dass du noch ein Jahr vor dir hattest, und ich sah erst in diesem Moment, dass du in Gefangenschaft lebtest, dass The Village dich aller Freiheiten beraubte, um dich so lange wie möglich am Leben zu erhalten, und du ließt mein Bein los und kamst wieder hoch, ich sagte nicht, dass Berühmtsein auch eine Art Gefangenschaft bedeutet, dass viele

Menschen später mit dir eins werden wollen würden, dass du das aber nicht zulassen dürftest, dass die Jagd auf dich eröffnet wäre, sobald eine zweite Platte von dir erscheinen würde, du würdest öfter in diesem Jutesack liegen, nicht in der Wirklichkeit, aber in deinem Kopf, niemand würde dich bedingungslos lieben, alles basiere darauf, was du produziertest, man würde dich in der Luft halten oder fallen lassen, und du erzähltest, dass du so oft mit Weggehen drohtest, dass du irgendwann wohl nach dem Koffer würdest greifen *müssen*, und sei es nur, um deine Glaubwürdigkeit nicht zu verlieren, und ich sagte zu dir, dass wir alle eine Reisetasche hinter der Tür stehen hätten, dass wir diese Ausflucht bräuchten, um irgendwo bleiben zu können, und du fragtest, wo ich hinwolle, und ich sagte: *Ich will nur zu dir, mein Augenstern, du bist mein Koffer, meine Ausflucht.* Du nicktest, schobst die Lippen vor, was du öfter tatst, wenn du über irgendetwas nachdachtest, ich war diesmal nicht gelaufen, sondern mit dem Fiat gekommen, die Tür war angelehnt, und das Radio lief, und in meiner Erinnerung spielte es in jener Sommernacht ständig Stücke, die wie für uns gemacht schienen, als drehte sich alles um meine Leidenschaft, um den Tierarzt und seine himmlische Auserkorene, es war der Hochsommer, in dem »In the Summertime« von Mungo Jerry oft zu hören war, »Surfin USA« von den Beach Boys, und du dich wie Avril Lavigne schminktest, weil Jule das auch tat; und du dir zum ersten Mal die Wimpern färbtest, stundenlang über ihr neues Album *Under My Skin* reden konntest, das du auf deinem Discman spieltest, obwohl sich nichts mit ihrem Debüt *Let Go* messen konnte, es musste, dachtest du, erstickend sein für alle diese Musiker, die mit einem Wahnsinnshit gestartet waren, an den nie mehr etwas herankommen würde, sie hatten ihr Talent gleich zu Beginn bereits vergeudet, sagtest du, wenngleich es auch bei dir so laufen würde, nichts würde an *Kurt12* herankommen, auch wenn die Kritiker gelegentlich behaupteten, dass du bei jedem Album vielschichtiger wurdest, auch düsterer, so würde die *New York Times* schreiben: *You can hear the homesickness in her voice, the homesickness for the countryside, for the life she left behind. She was the only one of her classmates to leave the village and now she is the only one who longs to go back. This record stems from an obsession with her childhood.* Diesen letzten Satz habe ich nie vergessen, und ich habe mich oft gefragt, ob es an mir lag, dass du dich so obsessiv nach dem sehntest, das du so gern hinter dir lassen wolltest, dass ich dir etwas genommen hatte, deine childhood, etwas, das du nie mehr wiederbekamst, und niemand konnte richtig verstehen, wie du das Mädchen zurückließt, als du gingst, wie viel Heimweh du nach ihr hattest, auch ich nicht, das kam erst viel später, als mir die Magistrate in einem verdunkelten Raum mit dem Schwert des Damokles über meinem Kopf gegenübersaßen, und nicht nur die *New York Times* würde über dich schreiben, sondern auch der *Guardian* und der *Independent*, alle Zeitungen verkündeten deine Großartigkeit, dein Existenzrecht war in dicken schwarzen Buchstaben mit reißerischen Schlagzeilen abgedruckt, sie psychologisierten dich, so wie Freud es in deinem Kopf tat, aber hier warst du mein Herzblatt, bei dem ich unter der schwarzen Wimperntusche noch immer dieses göttliche Kind sah, ich war verzaubert von deinen merkwürdigen Flatterbewegungen, wenn du etwas erklärtest, verzaubert davon, wie du einen nie länger als ein paar Sekunden ansahst und dann wieder auf einen Punkt im Raum starrtest, verzaubert von deinen begehrenswerten Macken, so warst du eine leidenschaftliche Nasebohrerin, ja, eine megalomane Nasebohrerin, vor allem wenn du dich angespannt fühltest oder über irgendetwas lange nachdenken musstest oder nicht die richtigen Worte fandst, dann schobst du deinen kleinen Finger tief hinein und begannst zu graben, so lange, bis du fandst, was du suchtest, wenngleich du es nie in Gegenwart anderer tatst, abgesehen von deinem Pa und deinem Bruder, und trotzdem hatte ich dich einmal im Laderaum des Fiat dabei ertappt, als du dachtest, ich schliefe, da hatte ich deine Hand ergriffen und deinen kleinen Finger liebevoll zwischen meine Lippen genommen, ich hatte den gelbgrünen Nasenschleim von deinem Finger geknabbert, und du sagtest mit gewichtiger Stimme: *Jetzt sind alle meine Gedanken in dir.* Ich sagte, dass sie bei mir sicher seien, dass ich sie mit meinem Leben bewachen würde, ich sagte, du müsstest mich essen, um sie zurückzubekommen, es war eine kindliche Angewohnheit, das Nasebohren, und deshalb fand ich es hinreißend, dass du es manchmal versehentlich tatst und dich in einem Ozean zu befinden schienst, wo du unerreichbar für mich warst, das Graben und der salzige Geschmack in deinem Mund beruhigten dich, und du fandst es merkwürdig, dass Leute sich angewidert und abfällig darüber äußerten, du hattest sogar einmal gelesen, dass der ägyptische Pharao Tutanchamun jemanden in seinen Diensten gehabt haben soll, der ihm in der Nase bohrte, wofür dieser drei Stück Vieh und Kost und Logis bekam, du fandst, das sei ein wertloser Job, aber der Lohn sei für die damalige Zeit nicht schlecht, außerdem sei dein kleiner Finger speziell dafür geschaffen, in diesen dunklen Genusshöhlen verschwinden zu können, und Rotz sei die köstlichste Leckerei, die man selbst besaß, Gott hatte es einem gratis gegeben, *das ist mein eigener Süßwarenladen,* sagtest du manchmal scherzend, auch wenn du Karamellbonbons und Pfefferminzkissen natürlich verlockender fandst, denn du freutest dich nie auf das Nasebohren, das war nichts, wonach du dich sehntest oder wovon du träumtest, es geschah einfach, und dann fandst du es herrlich, und du wusstest, dass sowohl Mussolini als auch Hitler berühmte Nasenwühler gewesen waren, was bedeutete, dass du noch mehr mit Hitler gemeinsam hattest, und dein Pa hatte auf alle möglichen Arten versucht, dich davon abzuhalten, erst, indem er dir ein Geschenk versprach, wenn du aufhörtest, eine Barbiepuppe, mit der du letztlich nur zweimal spielen würdest, du ließt sie schon bald von einem Auto plattfahren, um sie danach im Gemüsegarten zwischen den Zwiebeln in der Hoffnung zu begraben, dass sie wieder aufblühen würde, danach bautest du weiter Hütten am Deich, wo du mit deinem Bruder so tatst, als lebtet ihr im Mittelalter, das faszinierte euch auf merkwürdige Weise, genauso wie die Kriege, die ihr nachspieltet, und für dich musste immer eine Flugzeugkatastrophe darin vorkommen, am liebsten mit einer Boeing 247 von 1933, in die zehn Passagiere passten, das war dein Lieblingsflugzeug neben dem leichten Kampfflugzeug Douglas DB-8A 3N, ebenfalls aus den dreißiger Jahren, aber du bohrtest auch nach dem Geschenk weiter in der Nase, und deshalb musstest du einen ganzen Tag lang Ofenhandschuhe tragen, es hatte kurzfristig geholfen, doch als du sie am Abend ausziehen durftest, hattest du in der Nase gewühlt, bis sie blutete, um die verpasste Buddelzeit nachzuholen, und es war einfach nur unpraktisch, du konntest mit diesen blöden Handschuhen nichts greifen, hattest die ganze Zeit gedacht, das Leben sei zu heiß, um angefasst zu werden, als wäre der Tag ein Ofengericht, und wenn du auf die Toilette musstest, gelang es dir nicht, dir den Po abzuwischen, nein, es war unmöglich durchzuhalten, und nicht zu vergessen jenes Mal, als du dir die Hände ausgiebig mit Essig oder mit Terpentin waschen musstest, jedes Mal, wenn du danach den Finger in den Mund stecktest, durchfuhr dich ein Schauder, der Schauder eines Fehlers, aber du hattest zum Schluss einfach durch den giftigen Geschmack hindurchgelutscht, und es war erst der letzte Trumpf, der am meisten half, wenigstens bohrtest du jetzt außer Sicht deines Pa, denn er hatte vor Verzweiflung ein Stanley-Messer aus dem Werkzeugschuppen geholt und mit dem Daumen die Verriegelung gelöst, wodurch die kleine silberne Klinge aus dem Gehäuse kam, er hatte gesagt, dass er deinen kleinen Finger abschneiden würde, wenn er dich noch ein einziges Mal erwischte, und das hatte geholfen, jetzt machtest du es vor allem, wenn du in deinem Zimmer warst oder auf dem Fahrrad, dann popeltest du dich selbst zusammen, und es half, denn es machte dich immer ruhig, es brachte dir Antworten und neue Ideen, deine Nase war eine Schatzkiste, sie würde dich schließlich zu deinem Opus Magnum bringen, zu deiner ersten Platte, auf der einer der Songs »Picking Your Nose« heißen würde, und ich würde mir diesen Titel nicht anhören können, ohne deinen kleinen Finger wieder in meinem Mund zu spüren, ohne mich quälend nach dir zu sehnen, und du behauptetest, dass bei dir innen drin eine Miniaturlandschaft aus Popeln stecke, außerdem konntest du noch ein Kunststück, du konntest mit der Zunge deine Nase berühren, du konntest auf diese Weise den Rotz aus deinen Nasenlöchern lecken, wie die Kühe es taten, es war ein Kunststück, das du oft auf dem Schulhof zum Besten gegeben hattest und wofür Klassenkameraden bereit waren, einen Flippo zu zahlen, und ich habe oft gedacht, dass du zu viel grubst, mein Augenstern, genauso wie du für deine Rolle bei der Schulaufführung des Videoclips *Thriller* von Michael Jackson zu tief gingst, der zum Teil auf dem Horrorfilm *An American Werewolf in London* basierte, mit einem Monolog von Vincent Price, und den ihr vor der ganzen Schule und allen Eltern aufführen wolltet, das war im vorigen Jahr, als du in der Orientierungsstufe warst, und du erzähltest mir, wie du jedes Mal von Neuem Angst bekamst, wenn der Musiklehrer den Clip spielte, in dem Jackson sich krachend und brüllend in einen Werwolf verwandelte und seine Hände zu Klauen wurden und seine Ohren spitz, du erzähltest, dass du nachts die Köpfe der Zombies vor dir sahst, die aus ihren Gräbern hervorkamen, und der Musiklehrer hatte euch auf jedes Detail des Videos hingewiesen, auf jede Emotion, und er hatte gesagt, dass die Emotion eines Zombies den Zombie ausmacht und nicht so sehr seine Blässe, seine totenähnlichen Bewegungen oder seine hohlen Augen, sondern die richtige Mimik, das sei die Kraft hinter jedem Theaterspiel, und du wusstest es besser als jeder andere, zu welcher Emotion welche Mimik gehörte, denn dein Pa und die Verlassene waren beide verkappte Pantomimen, und du solltest der Gruppe der Zombies zugeteilt werden, während du lieber die Hauptrolle gehabt hättest, die des Mädchens, oder noch lieber die von Jackson, weil er eine glänzende, leuchtend rote Jacke trug und einige aus deiner Klasse ihn sexy fanden, und wochenlang übtest du bis zum Umfallen die Tanzschritte, du kamst jeden Tag mit weiß geschminktem Gesicht nach Hause, um das Zeug dann mit einem Waschlappen abzuwischen, woraufhin noch ein Farbhauch übrig blieb und du noch blasser durch die Tage schwebtest, der Text war kinderleicht, sagtest du, du hattest ihn sofort im Kopf, doch die Tanzschritte bekamst du nicht in deine Glieder, es mangelte dir an Beschwingtheit, du warst dir deiner zu sehr bewusst, dessen, wie du dich bewegtest und wie das für das Publikum aussehen musste, und wenn du dann in der Aula standst, schien es, als wären deine Arme und Beine zu schwer, als hingen Tischdeckenmagnete daran, die dich an Ort und Stelle halten wollten, als wärst du die Vogelscheuche auf dem Feld, die zwischen dem Rotkohl stand und ein wenig hölzern im Wind schwang und die bei euch zu Hause Japie genannt wurde, dein Pa fragte immer, wie es Japie gehe, wenn der Gesprächsstoff alle war, aber du konntest bei jenem Mal den Rhythmus einfach nicht finden und schautest dann leicht panisch zu deinen Klassenkameraden, die sich mit ihren leeren Zombieblicken souverän zu der Musik bewegten, und als es so weit war, als die Choreographie endlich saß, auch weil Camillia nach der Schule mit dir übte und mir zu Hause erzählte, wie tief du in die Materie eingetaucht warst, so wahnwitzig tief, dass du auf dem Schulhof manchmal auch wie ein Zombie herumliefst, aber gerade als du dachtest, du wüsstest, um welches Tier es in dem Stück ging, nämlich um die Liebe, und du in deinem Zimmer hingebungsvoll den Text sangst, gerade als du jede Emotion und jedes Wort verstandst und das Stück immer noch aus tiefstem Herzen verabscheutest, aber weil du etwas konntest, was du nicht erwartet hattest, inzwischen doch etwas milder darüber dachtest, genau da warst du krank geworden, krank vor Anspannung, und so lief es jedes Mal, wenn es etwas in der Schule gab, was dir ein mulmiges Gefühl gab, worauf du dich freutest oder nicht freutest, dann gerieten deine Därme durcheinander, dann konntest du auf gar keinen Fall in die Schule, und sobald dein Pa sagte, du solltest zu Hause bleiben, warst du nach einer Stunde wieder putzmunter und stelltest dir vor, wie du eines Tages die Hauptrolle bekommen würdest, wie du auf den Brettern glänzen würdest, doch wenn du in die Nähe davon kamst, sobald du etwas zeigen musstest, bekamst du Bauchschmerzen und musstest wohl oder übel zu Hause bleiben, außer wenn du mit Hide Exception auftratst, dann warst du unvergleichlich stark, dann warst du das Engelchen, das sich prächtig machte, und du sagtest, dass du die Tanzschritte der Zombies nie verloren hättest, sie steckten irgendwo verborgen in deinen Gliedmaßen, und du fandst den Hype um Jackson unbegreiflich, mochtest seine Musik noch immer nicht und würdest sie auch nie mögen, außerdem fandst du, er sei ein Spinner, du verstandst nicht, wie Macaulay Culkin mit ihm befreundet sein konnte, was der Hauptdarsteller von *Kevin – Allein zu Haus* in ihm sah, denn Culkin war deiner Meinung nach der Hammer, auch wenn du es sehr traurig fandst, dass er drogenabhängig geworden war, aber du verstandst schon damals, dass der Durst nach Erfolg und der anschließende Kater von Zeit zu Zeit betäubt werden mussten, und du erzähltest, dass Culkin 1991, in deinem Geburtsjahr, im Jackson-Video *Black or White* eine kleine Rolle hatte, und du fandst es toll, wie fröhlich und aufgedreht er da als Kind mit einer Luftgitarre herumsprang und am Ende Playback rappte, es sei der einzige Clip, in dem Jackson sympathisch rüberkäme, meintest du, doch noch immer konnte er dein Herz nicht gewinnen, du sahst dir den Clip lediglich wegen deines Lieblingsschauspielers mehrmals an, denn insgeheim gehörte *Kevin – Allein in New York* zu einem deiner Lieblingsfilme, die du unbedingt an jedem Weihnachten sehen musstest, weil du dich genauso allein in New York fühltest, allerdings aus einem anderen Grund, und wo wir gerade von diesem Film sprächen, wenn du eines Tages in die Empire City gehen würdest, dann würdest du die Tour *Live like Kevin* machen wollen, du würdest im selben Hotel übernachten wie Culkin in der Rolle als Kevin McCallister, im Plaza Hotel, in dem eine einzige Nacht mal eben zweitausend Euro kostete, ungefähr zweieinhalb Milchkühe, hattest du ausgerechnet, du würdest bei Duncan's Toy Chest im Rockefeller Center vorbeischauen, über die Gapstow Bridge im Central Park spazieren, wo Kevin der Taubenfrau begegnete, gespielt von der irischen Schauspielerin Brenda Fricker, die du so lieb fandst, dass du hofftest, du würdest ihr dort begegnen und könntest sie fragen, wie es um ihr gebrochenes Herz stand oder ob es schon wieder vergeben war, und nach der Tour würdest du in deinem Hotelzimmer in dem Himmelbett mit dem dunkelroten Samtbaldachin zehn Ice Cream Sundae Extravaganza essen und danach ein Bad nehmen mit ganz viel Schaum, und du fandst es ulkig, dass die Duschszene, in der Kevin einen aufblasbaren Clown hinter dem Duschvorhang in Bewegung bringt, damit Mr. Hector denkt, er sei tatsächlich mit seinem Vater unterwegs, auf Pennywise aus *Es* basiert, und du fandst es toll, immer denselben Satz aus *Kevin – Allein zu Haus* zu zitieren, den tollsten Text aller Zeiten, aus der Schwarzweißszene, die ursprünglich dem Gangsterfilm *Chicago – Engel mit schmutzigen Gesichtern* entliehen war, und du konntest ohne irgendeinen Anlass, in gut oder schlecht gewählten Momenten, mit einem kaltblütigen Grinsen sagen: *Keep the change, you filthy animal.* Und du grubst manchmal so tief, dass ich Angst hatte, du würdest irgendwann auf Grundwasser stoßen, den Boden erreichen, auch wenn der Mensch keinen wirklichen Boden hat, sobald du den antipptest, verschwand er unter deinen Füßen, du konntest immer tiefer und tiefer bohren oder, wie du in »Picking Your Nose« sangst: *The bottom is not the ground, your nose is not a way out, and it will always be like that, the depth is the depth that you create yourself, I dig and I dig and no one sees that I've become the bottom of the hole, nobody sees it, my dear, they see my bleeding nose and they think it's just a nosebleed.* Ich sah, dass du in jenem Sommer oft Nasenbluten hattest, du wirktest wie das Kind auf einem Gemälde von Wasnezow, einem russischen Maler, das auf einer Bank neben einer Frau sitzt, den Finger tief in der Nase, diesem Kind glichst du, ich sah das geronnene Rot an den Rändern und wie du manchmal in unbeobachteten Augenblicken mit der Zunge darüberfuhrst, ohne dass dir jemand einen Flippo dafür gegeben hatte, dann schmecktest du beim Küssen nach Metall, und ich machte das Nasebohren nur noch schlimmer, du grubst dir selbst einen Ausweg, aber ich war kein Taschentuch, kein Wattebausch, ich war der Dreck an der Nasenscheidewand, der Schaden an den Flimmerhärchen, ich war die Kruste, die immer wieder abging.

27

Ich wusste manchmal nicht mehr, ob ich schlief oder wach war. Bebend von meinen leprösen Gedanken saß ich am Steuer meines Fiat und schaute auf meine Hände, als ob sie die eines Fremden wären, als wären die Charakterzüge meines Ichs eine verschwommene Erinnerung an den, der ich gewesen war, ich bewegte die Finger auf und ab, trommelte auf dem Lenkrad herum und spürte auf einmal, dass der Tierarztkittel mich an den Achseln kniff, dass der oberste Knopf an den Adamsapfel drückte, also riss ich sie alle auf und wischte mir mit dem Ärmel den Schweiß von der Stirn, und ich dachte, dieser Anfang gliche zu sehr dem von Proust, dass ich möglicherweise in den vergangenen Tagen, bevor ich die Leselampe ausknipste und mich umdrehte, zu oft im ersten Band von *Auf der Suche nach der verlorenen Zeit* gelesen hatte, weil manche behaupteten, Proust würde das Leben bereichern, und diese Empfehlung klang reizvoll, wenngleich manche das Buch auch für die Zeit aufbewahrten, wenn die Letzten Tage anbrachen, wenn Gott von Seinem Geist auf alles Fleisch ausgoss, und vielleicht befand ich mich ja gerade darin, vielleicht konnte jeden Moment verkündet werden, nun sei gleich Schluss, wie sie es im Schwimmbad machten und alle gehorsam ihre Handtücher zusammenrollten, die leeren Taksi-Päckchen aus dem Gras auflasen, und daher hatte ich mit Proust begonnen, doch die Sprache war schonungslos, ungreifbar, sie war die Maskerade für das, was da wirklich hätte stehen müssen, und daher schlief ich oft verzweifelt im Wissen ein, dass es sechs weitere Bände dieses Zyklus gab, ja, Proust machte mich ratlos, wenngleich ich mehr Probleme mit dem Lieblingsbuch hatte, durch das ich mich nicht durchzukämpfen brauchte, das ich nach *Unterwegs zu Swann* las und vor dem ich die Augen verschließen musste, von dem ich im Geiste die Seiten wie rasend umblätterte auf der Suche nach dem, was meine Lust befriedigte, dieses Lieblingsbuch warst du, mein Augenstern, du lasest dich wie die Geschichte, die ich schon immer lesen wollte, und ich fürchtete den Tag, an dem ich den Band für immer zuschlagen würde, an dem du mir den Rücken zukehren würdest, und ich konnte nichts daran ändern, dass manche Szenen mich in den Wahnsinn trieben, bis zur Ekstase, dann lauschte ich auf Camillias Atem, auf dessen Gleichmäßigkeit, und ich wusste genau, wann sie grübelnd dalag oder weit entfernt von mir war, erst wenn ich mir sicher war, dass sie mich nicht hörte, schlüpfte ich aus dem Bett, diesmal nahm ich den ersten Proust-Band für den Fall mit, dass sie doch aufwachen und mich ertappen würde, dann konnte ich immer noch sagen, dass ich las, und ich ging ins Bad, wo ich auf die Toilettenbrille sank, die Boxershorts auf den Knöcheln, und dort begann das Taumeln, ich taumelte so lange, bis ich meine Lippen an das Fliegengitter drückte, bis ich mich anstrengen musste, mich nicht zusammenzuschreien, nicht deinen Namen zu rufen, ich sah uns im Kinderlustgarten zwischen den Plüschtieren liegen, damals, als du krank warst, und immer wieder fantasierte ich, dass ich in diesen fiebrigen, schlaffen Kinderkörper eindrang, dass du leise wispertest: *Kurt, sezier mich.* Je schlaffer sich dein kleiner Leib in meinen Händen anfühlte, umso fester und schneller bewegte ich die Hand an meinem Mördergeweih, und umso mehr Speichel tropfte am Fliegengitter herab, während ich meine Zunge an die kleinen Löcher presste und mein Keuchen zu unterdrücken versuchte, ich spürte die laue Abendwärme an meinen Lippen, glaubte die Mückenflügel an der Außenseite zu schmecken, ich drückte mit dem Daumen den Proust auf, den ich noch immer in der anderen Hand hielt, im Geiste sagte ich deinen Namen, *Putto, Putto, Putto,* und spritzte meinen Samen unbeholfen zwischen die braungelben Seiten, die die Farbe deiner Sommerhaut hatten, auf Seite einhundertsiebenundsiebzig, um exakt zu sein, unter den vielleicht hoffnungsvollsten Satz aus *Auf der Suche nach der verlorenen Zeit: Möge der Himmel ewig blau sein für Sie, junger Freund; und selbst, wenn die Stunde naht, wie sie es für mich jetzt tut, wo die Wälder schon schwarz sind und die Nacht schnell hereinbrechen kann, werden Sie sich immer damit trösten, nicht wahr, so wie ich es tue, daß Sie nach dem Himmel blicken.* Das machte mir für kurze Zeit Lust weiterzulesen, um dem Zyklus wie einem Pferd ins Maul zu schauen und nicht zurückzuschrecken, mochte diese Seite auch für ewig beschmutzt sein, sie würde mit Seite einhundertachtundsiebzig zusammenkleben, man konnte sie nicht mehr voneinander lösen, ohne sie einzureißen, aber ich wusste, dass der Himmel blau sein würde, wenn ich nach ihm blicken würde, dass wir beide zum selben Gewölbe schauten, und diese Vorstellung machte mich glücklich, und daran dachte ich in meinem Fiat, während ich in eine Scheibe Kräuterkuchen biss, den Camillia gebacken hatte, und nicht genau wusste, ob er bitter schmeckte, weil ich sie anlog, oder weil sie zu wenig Zucker hineingetan hatte, vielleicht wollte sie, dass er bitter war, damit ich schmeckte, wie groß ihr Kummer war, seit sie von unserem Kuss wusste, sie konnte uns einfach nicht von ihrer Netzhaut kriegen, wollte immer wieder darüber sprechen, sie nannte dich nicht mehr bei deinem Namen, sondern *dieses Kind,* wodurch ich mich noch verachtenswerter fühlte, und wir hatten noch keine Ahnung, was uns bevorstand, wir hatten noch keine Ahnung, dass der Himmel irgendwann für lange Zeit nicht mehr blau werden würde, dass Gerrit Hiemstra von einer lang anhaltenden Bewölkung sprechen würde, einem dunkelgrauen Nimbostratus, und ich stieg aus dem Auto, um in einem Schafbetrieb nach ein paar Tieren mit Moderhinke und Weidetetanie zu schauen und sie mit einem Madenmittel zu impfen, ich schüttelte dem Bauern die Hand und fühlte mich leicht im Kopf, als irrlichterte ich wieder zwischen Schlafen und Wachsein, und ich hockte mich auf der Weide neben einen Paarhufer, der keuchend im Schatten lag, ich schaute mich rasch um, ob der Bauer mich sah, und legte dann meinen Kopf an den geschorenen, glutheißen Leib der Zibbe, sprach zu ihr, als wäre es meine Liebste, ich erzählte ihr von dir, von uns, natürlich war das verrückt, aber es schien, als verstünde sie mich, und ich drückte meine Nase in ihr Fell, spürte, wie mein Gesicht fettig wurde, und ich versprach, dass ich mit Proust aufhören würde, dass ich vielleicht nicht bereit war für diese Bereicherung, nicht jetzt, ich wollte nur dich lesen, und ich beschrieb dich dem Schaf und konnte es nicht lassen, deine Liebe zu mir aufzubauschen, ich konnte es nicht lassen zu sagen, dass du ohne mich nichts hättest, für das es sich lohnte aufzustehen, ich erzählte, wie wahnsinnig hübsch du bist, wie zauberhaft deine Lippen geformt sind, dein Kinn, deine Nasenflügel, die kleinen Muttermale an deinem Hals, wie Stippen an einem Apfel, du seist mein Lieblingsgewächs, mein Ernteertrag, sagte ich, und ich konnte noch nicht wissen, dass die Zibbe nach dem Kaffee tot daliegen würde, dass ich zittrig eine Plane über die Liebste legen und mich fragen würde, ob es die Maden waren oder ob sie von meinen abstoßenden Geheimnissen angefressen war, und mit miserabler Laune fuhr ich nach Hause, wo Camillia in verführerischem Ton gesagt hatte, dass unsere Söhne im Schwimmbad seien und wir das Haus für uns hätten, dass sie neue Dessous gekauft hätte, eigens für mich, und ach, sie unternahm verzweifelte Versuche, wieder von mir begehrt zu werden, *dieses Kind*, das zwischen uns schlief, zu vergessen, und ich erzählte ihr von dem toten Schaf, dass ich zu traurig sei, mit ihr zu schlafen, und sie umfasste auf dem Sofa meinen Kopf und legte ihn sich auf den Schoß, sie streichelte meine Haare, redete mir beruhigend zu, aber vor allem sich selbst, sie sollte das Wäscheset hinten in den Schrank hängen, von dem ich dir eines Tages den Slip geben würde, nachdem du erzählt hattest, dass alle Mädchen einen String zwischen den Pobacken hätten, dass die Unterhöschen mit den Schleifen vorn, die du trugst, plötzlich out seien, dass Mädchen wie du sowieso out seien, und deine Unterhosen nannten sie auf einmal Reusen, deine Klassenkameradinnen zogen daran, wenn du dich in der Aula vorbeugtest, um deine Ernie-und-Bert-Brotdose aus der Tasche zu holen, das Gummi klatschte an deine Haut, und sie fragten dich frotzelnd, ob du schon etwas gefangen hättest, daher freutest du dich riesig über Camillias roten Slip, der viel zu groß für dich war, sodass er oben am Bund aus der Jeans kam und die Form eines Vogels hatte, alle sahen den Vogel, die kaputte Geflügelte, den schmachtenden Jüngling, und dein Pa würde den Slip in der Wäsche entdecken und in den Feuerkorb werfen, du würdest flunkern, dass du ihn bei Hans Textiel in einem Nachbardorf von The Village gekauft hättest, dem Dorf, von dem man sagte, dort sei Gott Makler und verwalte alle Häuser, und dein Pa würde dich fragen, für wen du das trugst, für wen du so teuflisch herumlaufen wolltest, und du würdest schreien, dass du es für dich selbst tätest, und würdest das Aufsteigen noch intensiver üben, würdest, die Augen voller Tränen, voller Kieselsteine, an die Zimmerdecke stoßen, und es gab niemanden, der verstand, dass alle deine Versuche dazuzugehören, scheiterten, dass du anders warst, dass sich dieses Anderssein letztendlich als deine Rettung erweisen würde und gleichzeitig als dein Untergang, und du hattest mir erzählt, wie der Slip anfing zu brennen, wie schrecklich du das fandst, dass die Marshmallows danach anders schmeckten, nach einem Leben, das dir niemals zuteilwerden würde, und ich fragte nicht, welches Leben das sei, denn du erzähltest weiter, dass es sich eigentlich gar nicht angenehm anfühle, so einen String zwischen den Pobacken zu haben, dass du, wenn sie dich jetzt mit deiner Unterwäsche aufzogen, alle Fische aufzähltest, die du damit fangen könntest, und mit beiden Händen die Größe eines Barsches zeigtest, und sie es nach einiger Zeit nicht mehr witzig fanden, obwohl du dir doch Sorgen darüber machtest, dass Jule dich gefragt hatte, wo deine Brüste blieben, so wie dein Pa sich oft fragte, wo die Post blieb, und du für einen Moment dachtest, sie würden eines Tages im Briefkasten liegen, eingewickelt in Bläschenfolie, dass dein Pa sie aber immer abfing, wie die Werbeprospekte, weil Bart Smit eine Filiale des Teufels sei, und Jule würde sagen, dass du die Einzige seist, die noch eine flache Brust hätte, und du fragtest Gott, aber wie so oft schwieg der sich tot, und du flüstertest mir zu, dass Gott wie ein Barsch sei, dass nach dem Filetieren nur noch wenig Fisch übrig blieb, und du filetiertest Ihn bis auf die Gräten, du stelltest so viele Fragen, bekamst aber nie eine Antwort, nicht wie du sie bekamst, als du sieben warst und noch heftig an Ihn glaubtest, aber du gabst nicht auf, du sagtest: *Vielleicht ist Sein Walkie-Talkie kaputt, und Er kann mich nicht hören.* Und ich fand das so liebenswert, dass ich nickte, dass ich deine Zweifel bestätigte, ich sagte, zum richtigen Zeitpunkt würde bestimmt etwas wachsen, und du machtest ein zufriedenes Gesicht, obwohl du, wenn du wählen dürftest, lieber ein Jungsgeweih hättest als Brüste, ich sagte, in deiner Fantasie könntest du alles haben, was du wolltest, und ich würde später Proust in den Bücherschrank zurückstellen, neben de Sade und Tolstoi, ich würde genug haben an meinem Lieblingsbuch, an dir, denn du bereichertest mein Leben, bei dir machte ich ein Eselsohr auf jeder Seite, bei dir widmete ich mich sorgsam sowohl dem Satzspiegel als auch den Leerzeilen, ich wollte mir alles von dir merken und stellte schon bald fest, dass ich ohne *Auf der Suche nach der verlorenen Zeit* besser schlief, Camillia würde mich zu dem Buch befragen, wie sie es immer tat, bevor sie es auch lesen wollte, wenngleich sie mehr auf Thriller stand, bei denen sie immer erst den Schluss las, um dann vorn zu beginnen, sonst ertrug sie die Spannung nicht, sie musste genau wissen, wer wen ermordete, und ich würde die Geschichte als Ringen bezeichnen und nicht wissen, dass sie das Buch beim Abstauben des Bücherschranks flüchtig durchblättern würde, dass sie auf halbem Wege die aneinanderklebenden Seiten sehen und ihre Schlüsse daraus ziehen würde, sie würde mich fragen, an wen ich gedacht hätte, als ich mich befriedigte, und ich würde mir die Ohren vom Kopf lügen, würde sagen, ich dächte daran, noch ein Kind mit ihr zu machen, ja, so ein weiches, kleines Geschöpf, das uns mit seinen molligen, klebrigen Händchen am Hals hängen würde, und auch wenn ich viel zu alt dafür sei, wüsste ich doch, dass sie ein großes Nest gewollt habe, ich wusste, dass ihr warm würde von diesem Bekenntnis, dass ihre harten Augen davon weich würden und sie das andere Kind dadurch für kurze Zeit vergessen würde, und von diesem Moment an erhielt Proust eine andere Bedeutung in meinem Leben, er stand für meine Flucht aus diesem Dasein, für die Lüge, die wie die lockere Gardinenstange im Wind weiterklapperte, immer tiefer hing und dadurch mehr Licht und Dunkelheit durchließ, und dann dachte ich, dass ich diese klappernde Gardinenstange war, ich klapperte so lange, bis irgendwann alles herunterdonnerte, ach, dachte ich oft, soll es doch donnern, soll es doch.

28

Man erzählte sich, dass die Verlassene sich unter Valium im Gästezimmer aufhalte. Dass sie dort liege und warte, bis Gott sie hole, bis die Posaunen aus Lied Nummer dreihundert erklängen, wenngleich einige auch behaupteten, und das klang plausibler, dass sie weggegangen sei, dass sie eines Tages in ein fernes Land abgereist sei, sie sprachen von Stavanger in Norwegen oder noch weiter weg, wieder andere sagten, sie stehe unter Abwesend, einfach unter Abwesend, mehr nicht, und das, so fand ich, war die schönste Beschreibung für jemanden, den man nicht mehr sah, als hätte der Mensch ständig eine kleine Präsenztafel im Kopf mit Namenskärtchen, die man auf ABWESEND oder ANWESEND schieben konnte, und du hattest schon eine Menge Leute auf der linken Seite stehen, eine ganze Mannschaft an Opas und Omas, zum Teil deine eigenen, zum Teil aber auch die von Freundinnen, die du aufgegabelt und feierlich zu deinen Großeltern erklärt hattest, und natürlich war der Verlorene ebenfalls dabei, er prangte ganz oben auf der Liste, nicht zu vergessen der gesamte Viehbestand aus der Zeit der Maul-und-Klauenseuchen-Epidemie, dann die Tochter von Freunden deines Pas, die in der Avondlaan wohnte und im Jahr von 9/11 mit fünfzehn Jahren an Meningokokken starb und an deren Beerdigung du dich noch immer erinnertest, weil du dich nach dem Verlorenen an jede Beerdigung erinnern solltest, aber auch daran, dass dort »Tears in Heaven« von Eric Clapton gesungen wurde und du das Lied zum ersten Mal hörtest, du würdest es immer bei dir tragen, vor allem nachdem du gelesen hattest, dass sein vierjähriger Sohn an einem Mittwoch des Jahres 1991, einen Monat nach deiner Geburt, in einem unbewachten Moment aus der dreiundfünfzigsten Etage eines Wolkenkratzers in Manhattan gefallen war, es war an dem Tag, an dem die Verlassene dich versehentlich von der Holzkommode fallen ließ, und du warst dir sicher, dass beides miteinander zusammenhing, hattest dich aber immer gefragt, warum das eine Kind den Sturz überlebte und das andere nicht, und natürlich würde es eine zu unglaubhafte Geschichte werden, wenn du dort gestorben wärst und fast drei Jahre später der Verlorene, das würde keiner mehr glauben, also bliebst du am Leben, glaubtest aber zu wissen, wie es sei, von einem Wolkenkratzer in die Tiefe zu fallen, es war in New York passiert, wodurch das Ereignis dich noch mehr berührte, und ich dachte wieder an die Anwesenheitsliste, daran, dass die Grundschullehrerinnen ebenfalls auf der linken Seite standen, sie existierten noch, waren aber aus deinen Tagen verschwunden, obwohl sie acht Jahre lang die wichtigsten Menschen gewesen waren, die Menschen, durch die du die Welt außerhalb von The Village kennenlerntest, wenn auch nur in Büchern, die Menschen, die dich auf den Schoß nahmen und dir das Haar hinter die Ohren strichen, die dir für alle Referate eine gute Note gaben, auch wenn du dich durch die merkwürdigsten Themen stammeltest, ich hatte meine Lehrerinnen und Lehrer längst vergessen, dir würden deine aber nie abhandenkommen, sie standen für alle Zeiten in den Kulissen deines Gedächtnisses, bereit, auf die Bühne zu treten, und dann gab es auch noch den Kieferorthopäden, der unter Abwesend stand, genau wie der Dyskalkulie-Lehrer und der Physiotherapeut, die dich alle vor dem Schiefwuchs bewahrten und dich losließen, als sie dachten, du würdest nun in Richtung Sonne gehen, diese Dussel, sie ließen dich los, obwohl der Schatten auf der Lauer lag wie ein wachsamer Rottweiler, und dann gab es noch den Vater eines Klassenkameraden, der eine Autofirma hatte und sich eines Tages im Garten hinter dem Haus mit einem Revolver in den Kopf schoss, du hattest ihn oft auf dem Schulhof gesehen und zähltest ihn zu deinen Verlusten, weil er dir immer freundlich zulächelte und winkte und nie erkennen ließ, dass er mit den Startkabeln der Existenz Probleme hatte, du würdest oft fantasieren, dass du dir einen dunkelgrünen Volvo 960, Baujahr 1991, of course, von deinem ersparten Taschengeld kaufen würdest, obwohl du noch kurz zwischen dem Volvo und einem Mercedes Benz schwanktest, weil du den gleichnamigen Song von Janis Joplin so grandios fandst, es war der letzte Hit, den sie herausbrachte, bevor sie starb, und manchmal dachtest du, der Grund dafür sei, weil sie in dem Lied den Herrn bat, ihr einen *Mercedes Benz* zu kaufen, *einen Farbfernseher* oder *eine Nacht in der Stadt,* und du wusstest, dass der Herr nicht materialistisch eingestellt war, dass Joplin dadurch vielleicht enttäuscht war, und enttäuschte Menschen seien wie ein Auto ohne Benzin, sagtest du, die, die das Anfahren am Berg niemals schafften, schließlich warst du dann doch für den Volvo 960, du würdest die Zeit zurückdrehen bis vor dem Schuss, und du würdest das Auto kaufen, um dem Vater deines Klassenkameraden eine Freude zu bereiten, um ihn glücklich zu machen, sodass er vielleicht doch lieber am Leben bleiben würde, und außerdem wohntest du in einem Dorf, in dem viel verloren gegangen war, wo 1953 bei der Flutkatastrophe der Prikkebeensedijk brach, wo Menschen unter Abwesend standen, die vermisst wurden, so gab es *einen* Verlust, der schwer auf The Village lastete, der die gemütliche Atmosphäre verändert hatte, nämlich das Verschwinden des damals neunzehnjährigen Mädchens aus dem Benedenpeilsteeg im Sommer 1984 während der Eröffnung der Olympischen Spiele in Los Angeles, noch heute hingen vergilbte Plakate mit ihrem Gesicht an den Fenstern vieler Häuser, jeder, der hier geboren war oder hierher zog, trug dieses Leid mit sich herum, nicht nur das Mysterium oder den Verlust, sondern vor allem auch die Angst, die Angst, eines Julitags einfach so mitgenommen zu werden, geklaut zu werden und das Licht nie wieder zu sehen, vor allem den Mädchen aus The Village wurde diese kohlrabenschwarze Beklemmung aufgelastet, und jeder in The Village stand lange Zeit unter Verdacht, so gab es sogar einen Gottesdienst, in dem Pastor Horreman einen dringenden Appell an den Täter richtete, sich zu offenbaren, die Gemeinde aus diesem quälenden Würgegriff zu erlösen, und erst viel später, zwei Jahre nach diesem verbohrten Sommer, würde Peter R. de Vries den Fall neu eröffnen und The Village besuchen, du würdest ihn in einem himmelblauen Hemd mitsamt seinem Kamerateam bei der Tankstelle sehen, es würde dich einerseits beruhigen, aber auch ängstlich machen, der Benedenpeilsteeg grenzte an den Prikkebeensedijk, und du schaudertest jedes Mal, wenn du am Haus Nummer vierzehn vorbeifuhrst, wenn du dich so in die Angst vor allen Bildern hineinstrampeltest, die dich plagten, wenn es Abend wurde, Angst vor allen Geschichten, die im Ort kursierten, und dem einen Wissen, nämlich dass es Leute in The Village gab, die mehr wussten, dass der Täter sich wahrscheinlich unter der gläubigen Gemeinde befand, und darum wurde jede und jeder Heranwachsende vor dem plötzlichen Geklautwerden behütet, man gab ihnen die Botschaft mit, es sei nicht sicher, ein Mädchen zu sein, und so gab es noch mehr Abwesende, fünf Gräber neben dem Grab des Verlorenen lag ein Mädchen, das schwimmen wollte und von einem Boot in Tegenland sprang und daraufhin in die Schraube geriet, du gingst immer an ihrem Grab vorbei, wenn du den Verlorenen besuchtest, und last die Worte auf dem Grabstein, während der Kies unter deinen Füßen knirschte, du kapiertest nicht, warum Kies auf einem Friedhof lag, das Knirschen machte die Stille noch schlimmer, ja, es war ein Dorf voller Vermisster, doch dein größter Verlust war nicht der Autohändler oder die Tochter der Freunde deines Pa oder der Kieferorthopäde, dein größter Verlust war die Verlassene, die weit weg war, die da oben in Stavanger in der Provinz Rogaland saß und dich nach dem Unglück verließ, als du knapp drei Jahre alt warst, und ich sah, wie groß diese Verlassenheit in dir steckte, wie sehr sie, einem Abszess gleich, in dir eiterte, so wie meine Liebe zu dir in mir eiterte, auch wenn das kaum vergleichbar war, ich konnte ihn jederzeit herausschneiden, du aber musstest ihn dein ganzes Leben lang mit dir tragen, und ich sah, dass du, sobald ich mich entfernte, in verzweifeltes Geflatter ausbrachst, als spürtest du den Wind nicht mehr unter deinen Flügeln, dann kreistest du wie ein Vogel auf der Luvseite meines Körpers herum, im Aufwind, den ich mit jedem Wort ausblies, dann schienst du deinen Kurs Richtung Süden vergessen zu haben, ach, es gab so viel Abwesenheit, und du schlugst Norwegen oft in deinem Geografiebuch auf, da last du von der Mondlandschaft Gloppedalsura und warst dir sicher, die Verlassene war dort, zwischen dem Wirrwarr von Felsblöcken, und du fandst es schrecklich, dass du niemanden von den in Wikipedia aufgeführten Berühmtheiten kanntest, die in Stavanger wohnten oder gewohnt hatten, denn dann wäre die Verlassene nicht allein, und das würde dich beruhigen, so wie es dich beruhigte, dass Peter R. de Vries sich The Village kurz zugewandt hatte, es in seine Arme nahm und alle Abwesenden aufspüren wollte, aber er fand niemanden, er fand nichts, und du starrtest dich blind auf der Norwegenkarte, du fantasiertest, dass du in deinem käuflich erworbenen Volvo 960 dorthin fuhrst, dass du auf Schneereifen durch die Landschaft rolltest und suchend um dich blicktest, doch vielleicht war sie längst aus dem Hafenstädtchen fortgezogen, dachtest du manchmal, und dann hofftest du, dass sie nach Bexleyheath im Südosten von Greater London gegangen war, wo Kate Bush wohnt, und sie wären Nachbarinnen, ja, sie waren Nachbarinnen und tranken jeden Tag englischen Schwarztee mit Milch, in den sie ihre Shortbread-Kekse tunkten, während sie über ihre Tage sprachen, das hofftest du, dass sie über ihre Tage sprachen und ihren Tee völlig vergaßen, dass Kate Bush den Song »Cloudbusting« aus dem Album *Hounds of Love* oder »Running up that Hill« singen würde, alles wäre passend, denn die meisten Lieder handelten von Verlust, und du sahst sie in einem typisch britischen Haus mit hochflorigem Blümchenteppich beisammensitzen, sie schauten stundenlang BBC, und du fragtest dich, ob Gott auch über London wache, wenn in The Village so viel zu tun war, und manchmal dachte ich, dass die linke Seite so voll war, dass du die rechte Spalte dadurch vergaßt, dass sie weniger wichtig für dich war, weil du nun mal besser gelernt hattest, wie man mit den Toten oder den Abwesenden umging als mit den Lebenden, und mir wurde bewusst, dass ich Cliff vergessen hatte, das Engelchen, genauso wie deine Brieffreundin, die du über eine Rubrik in der Zeitschrift *De Boerderij*, Der Bauernhof, kennengelernt hattest und der du anfangs häufig Briefe schriebst, die mehrere Marken brauchten, weil sie schwer waren von Lügen, so schriebst du, dass du in New York wohntest und einen Sturz aus einem Wolkenkratzer überlebt hattest, dass du jeden Tag einen Spaziergang durch den Central Park machtest und die Taubenfrau aus *Kevin – Allein in New York* sahst, wie du deine Zeit oft in der Carnegie Hall verbrachtest, dem Konzertsaal, in dem Frank Zappa, Billie Holiday und Jacques Brel aufgetreten waren, du schriebst, dass du stundenlang über die Fifth Avenue schlendertest, über den Broadway, während du über die Songs nachdachtest, die du schreiben wolltest, über das Leben, das dort größer war, genau wie die McDonald's-Portionen, davon, dass du hin und wieder einen Espresso mit Al Pacino trankst und dass er ein sehr freundlicher Mann sei, ja, sehr freundlich, dass er kein einziges Mal *fuck* sage, wohingegen es in *Scarface* ungefähr zweihundertmal vorkäme, dass er den Anzug aus *Der Pate* trage und dass ihr zur Columbus-Statue und zu der von *Alice im Wunderland* spaziertet, die beide im Central Park standen, Alice auf einem Pilz, umgeben von der Katze, dem Kaninchen und dem Hutmacher, dass die Bronze dieser Skulptur so schön schimmere, weil jeden Tag Hunderte von Kindern daraufkletterten und sie von ihren klebrigen

Händen poliert wurde, das Gedicht »Jabberwocky« von Lewis Carroll, das auf dem Kreis rund um Alice stand, fandst du glänzend, auch wenn du es kaum verstandst, du fandst, dass es wunderbar klang, und du solltest ganze Geschichten an deine Brieffreundin über die Stadt schreiben, die nie schlief, aber selten über dein wirkliches Leben, über deinen Pa, deinen Bruder und die Kühe, über dich selbst oder über den Vogel, und schon bald sollte der Briefwechsel an Häufigkeit abnehmen, ihr würdet euch nicht mehr jedes Jahr ein Schulfoto schicken, und folglich wurde sie vager, und du beschränktest dich auf die allernötigsten Höflichkeiten, Glückwünsche und Weihnachtskarten, bis sich der Kontakt schließlich totlief, und ich konnte nicht anders, als immer nur über die rechte Spalte nachzudenken, in der Jule und Elia und Der Frosch standen, in der deine imaginären Freunde ihren Platz hatten, wie zum Beispiel Hitler und Freud, und ich verstand, was dich mit Hitler verband, zumindest verstand ich die Übereinstimmung bei eurem Hintergrund und eurem Geburtsdatum, ihr hattet beide so viel verloren, doch was der Begründer der Psychoanalyse in deinem hübschen Köpfchen zu suchen hatte, verstand ich überhaupt nicht, ich wusste nicht, wo du ihn aufgegabelt hattest, aber er forderte zu viel Platz, Platz, den ich einnehmen wollte, ich wollte ganz oben bei den Anwesenden stehen, wollte für ewig präsent sein, wollte ein Namenskärtchen, das sich nicht verschieben ließ.

29

Es war halb bis stark bewölkt, mit Niederschlägen von neun Komma zwei Millimeter über den Tag verteilt. Ich wollte für einen endgültigen Abschied mindestens einen vollen Regenmesser, oder nein, ich wollte das Bild eines überlaufenden Regenmessers, wenn ich dir für immer Adieu sagen würde, es musste schütten, so wie es in meinem Herzen schütten würde, aber ich konnte es noch nicht, nicht jetzt, und ich folgte dir immer öfter und ruheloser vom Schwimmbad bis halb zum Prikkebeensedijk, ich wusste genau, mit wem du zusammen warst, mit wem du vor dem Schwimmbad, im Badeanzug, deine Naschfrösche teiltest, wie du über die kindlichen Scherze lachtest, die ich nicht verstand, und ich sah, wie du, je näher du eurem Hof kamst, immer stärker auf der Polderstraße zu schlingern begannst, wie du immer nachlässiger zwischen den weißen Linien hindurchmanövriertest, du warst ein unfähiger Kurier, meine Liebste, und je mehr ich mich deiner bemächtigte, umso mehr dear boys befördertest du, als würde deine Gier keine Grenzen kennen, und du wartetest noch immer auf ein Trinkgeld, allerdings weniger sehnsüchtig als zuvor, denn du wusstest jetzt, wie es aussah, ein Mördergeweih, du wusstest, dass in deinem Verlangen eine Wachstumskurve steckte, die immer höher ansteigen würde, auch wenn du die Geweihe der kleinen Engel nach wie vor am hübschesten fandst, diese bleichen Sahnehörnchen, aber es gab auch Zweifel, ja, es gab Zweifel, so hatte die Mutter von Jule bei der Gartenarbeit die Möhre mit dem Kondom ausgegraben, sie hatte euch verhört, während sie, wie immer nach der Schule, frische Orangen für euch auspresste, jeden Freitagabend aßt du bei ihnen Hühnerbeine mit Gemüse und Kartoffelkroketten, dir graute vor der losen Haut an den Beinen, aber du genosst die Familienatmosphäre, und ihr wurdet verhört, und Jules Mutter hatte euch erklärt, was ihr in dem Sexbuch auf dem Dachboden bereits gelesen hattet, du solltest nur mit halbem Ohr zuhören, wie du immer nur mit halbem Ohr zuhörtest, weil du mit dem einen Bein in der Welt standst und mit dem anderen im Dämmerreich deiner Fantasie, du wolltest alles hören, driftetest aber auch ab, und da hattest du es plötzlich erzählt, während du ganz im Bann der gemütlichen Häuslichkeit standst, da hattest du erzählt, dass du dich manchmal mit jemandem küsstest, dass es mit mir, dem Tierarzt, war, und du hattest Applaus erwartet, Schulterklopfen, doch du sahst nur ernste Augen, und Jules Mutter nannte es auch *ernst,* und du wurdest blass bei der Mitteilung, dass dir etwas Schreckliches widerfahren sei, also logst du, es sei nur ein einziges Mal vorgekommen, dein Pa und dein Bruder wüssten davon, aber trotzdem warst du leicht mitgenommen, als wir uns danach verabredeten und ich mich gefreut hatte, dich endlich wieder einmal am Tag und nicht nur bei Nacht zu sehen, weil Camillia mit meinen Söhnen für einen Tag in die Stadt gefahren war, wodurch ich dich unbemerkt zu einer Bearbeitung des Beckett-Stücks *Endspiel* mitnehmen konnte, und du fandst es wahnsinnig, wie zwei Menschen die Einsamkeit zu durchbrechen versuchten, wie sie nach den Trümmern des Zweiten Weltkriegs gemeinsam auf das endgültige Ende hinzuleben versuchten, wobei man erst dann wirklich gemeinsam leben kann, wenn man es auch allein aushält, sagtest du, und ich hatte während der Vorstellung hin und wieder um mich geschaut, ob keine bekannten Gesichter zu sehen wären, die unser Zusammensein verraten würden, um danach wieder in dieses hübsche, staunende Gesicht zu schauen, das halb verborgen war unter Camillias Sonnenhut und Sommerschal, ich hatte beides für dich mitgebracht, damit du nicht erkannt würdest, ja, es war lächerlich, ich hatte dir sogar die Lippen geschminkt, und jetzt saßt du da wie eine prächtige Königstochter, wie eine Schauspielerin, und hinterher gingst du an einem der anderen Säle vorbei, wo es ein Puppentheater gab, du schlüpftest hinein, und ich schaute von der Tür aus zu, wie du dich zwischen die kleinen Kinder setztest und lauthals über die dummen Streiche von Jan Klaassen lachtest, du riefst seinen Namen lauter als irgendwer sonst, wenn im Spiel etwas gestohlen zu werden drohte, und für einen Moment hatte mich Trauer darüber erfasst, wie jung du warst, wie ich dich mit meiner Verkrüppelung verseuchte, doch das verschwand, als wir im Theaterfoyer eine Cola tranken und du die Hübscheste von allen Besuchern warst, ich stellte dir Fragen zu dem Hündchen, warum es in dem Beckett-Stück so wichtig sei, und du sagtest, dass es bei den Streitereien zwischen Hamm und seinem jüngeren Diener Clov im Schutzkeller als Versöhnungsfigur diene, dass Hunde häufig als Versöhnungsfigur verwendet würden, dass die Menschen glaubten, so ein Vierfüßler könne ihre Freundschaft oder ihre Ehe retten, und du sagtest, dass das Stück von der Torheit, Ungerechtigkeit und auch Sinnlosigkeit des Daseins handele, dass die Spieler und die Puppen sich in einer kaputten Welt befänden, einer Ruine, dass man die Stimme von Maria Callas als Ausgangspunkt genommen habe, weil in ihrer Stimme diese Ruine zu hören sei, die Verzweiflung und der Verfall, die das Leben ausstoße, der Schmerz zwischen zwei Menschen, die einander einfach nicht finden könnten, und ich fragte, was dir an Jan Klaassen nun so gut gefiel im Vergleich zu diesem Meisterwerk, und du musstest kurz nachdenken und sagtest: *Manchmal ist es die Einfachheit von etwas, die alles stimmig macht. Das fehlte Hamm und Clov: die Einfachheit aller Dinge, die Abwesenheit von allem Komplizierten. Wenn du die Abwesenheit sehen kannst, den Mangel an Übermaß, dann kannst du besser mit der Überwucherung umgehen, du musst dich nach beidem sehnen können und du musst beides hassen können. Aber die Einfachheit bleibt immer die Einfachheit.* Ich lächelte dich an und sagte, du hättest das Stück gut verstanden, du strahltest vor Stolz, während du die Lippen an das Colaglas legtest und danach erzähltest, dass du 1995 mit deinem Pa und deinem Bruder in einem Puppentheater gewesen warst, in dem Stück *Grüne Finger, blaue Augen* von Margreet Greve, es ging um ein Gemüsefeld und irgendwas mit sprechenden Gurken, du erinnertest dich nicht mehr genau, nur noch an die dunkle Atmosphäre im Saal und vage an ein paar Puppengesichter, und es war einer der schönsten Nachmittage, an die du dich entsinnen konntest, denn dein Pa hatte zum ersten Mal seit dem Unglück gelacht, er hatte gelacht, und dein Bruder und du, ihr saht euch entzückt an, du hattest damals gedacht, alles werde gut, doch euer Hof war kein Puppentheater, es gab niemanden, der euch von oben an Fäden lenkte, und das fandst du jammerschade, aber hier hattest du wieder für kurze Zeit das Gefühl, alles werde gut, und ich drückte unter dem wackligen Tisch mein nacktes Knie an deines und sah, wie du über die Berührung erschrakst, die Worte von Jules Mutter spukten dir im Kopf herum, ihre Erklärung zu dem nackten Mann und der nackten Frau aus dem Buch und wie man Babys macht, oder wie man dafür sorgen kann, dass keine Babys kommen, dass man einander, um das zu tun, sehr lieben muss, dass man ineinander verliebt sein muss, und du fühltest zwar, dass du mich liebtest, aber Verliebtheit sei, wenn dein Herz sich in einen Schmetterlingsstrauch verwandelt, hatte Jules Mutter gesagt, und du wusstest, dass dies die Blütezeit des Schmetterlingsstrauchs ist, Juli bis September, doch deiner war beschnitten, nachdem mein Sohn mit dir Schluss gemacht hatte, und beschnittene Sträucher konnten verholzen, beschädigt werden oder ein Einfallstor für Verwelkungskrankheiten sein, und auch wenn ihm kalte Winde nichts anhaben konnten, zweifeltest du doch, ob er durch mich zur Blüte gelangen könne, obwohl du ein Kribbeln im ganzen Körper spürtest, wenn ich dich küsste, und das verwirre dich, und ich sagte, dass Kribbeln gut sei, dass es ein Zeichen dafür sei, dass sich die Raupen langsam zu Schmetterlingen entpuppten, doch du konntest die ernsten Worte von Jules Mutter einfach nicht beiseiteschieben, und so fuhr ich nach der Vorstellung mit dir zu dem kleinen Strand am Woedeplas, zu einer Stelle, an der keine Leute waren, und ich befahl dir, mit Kleidung und allem ins Wasser zu gehen, so wie ein berühmter Regisseur seine Darsteller das vorherige Stück dadurch vergessen ließ, dass er sie aufforderte, in ihren Kostümen in einen eiskalten See zu springen, den Lake Superior, der unter anderem an Minnesota grenzt, und sie so lange der Kälte aussetzte, bis sie nur noch an ihre Körpertemperatur dachten, bis sie leicht unterkühlt waren, und beim Schwimmen mussten sie sich Stück für Stück ihrer Theaterkleidung entledigen, die Rolle sank buchstäblich und im übertragenen Sinn auf den Grund, pudelnackt und bibbernd standen sie später am Ufer, sie fühlten sich rein und erneuert, ihre Alter Egos waren gesunken, und jetzt waren sie bereit für das Nächste, für einen neuen Text, für eine neue Figur, und ich sah dich ins Wasser gehen, du tauchtest unter, und ich zog mir Hose und Shirt aus und lief hinter dir in den kühlen Woedeplas, um zu dir zu schwimmen, ich sagte, dass du alle Worte von Jules Mutter vergessen solltest, dass es richtig war, was wir taten, dass niemand unser Drehbuch kenne, dass man keine zwei Regisseure auf dasselbe Stück ansetzen könne, weil sie nie in dieselbe Richtung wollten und das nur zu Unfrieden unter den Spielern führe, sie würden ziellos über die Bühne irren, würden vom Chaos umschlungen werden, und ich sagte, dass ich außer der Pilot auch der Regisseur sei, dass ich dich letztendlich glänzen lassen würde, so wie du glänzen wolltest, dass der Applaus von vorhin eines Tages dir gelten würde, genauso wie damals auf dem Pop-Podium, aber das Publikum würde nur noch zahlreicher werden, du würdest die ganze Welt mit deinen Platten bereisen, und ich zwang dich dort, dich zwischen mir und den freitäglichen Hühnerbeinen zu entscheiden, zwischen *Romeo und Julia* und *König Lear*, dem Stück, in dem die eifersüchtigen Töchter versuchen, ihren Vater für verrückt erklären zu lassen, um an seinen Besitz zu kommen, und du sagtest mit kleiner Stimme, dass ich nicht verrückt sei, doch ich erzählte dir, dass Jule und ihre Mutter sie das glauben machen würden, und du sagtest lahm, dass du dich für mich entscheiden würdest, und ich sagte, ich könne dich nicht hören, ich hörte dich nicht, und du riefst über das Wasser: *Kurt, ich entscheide mich für dich, I'm going for you, I'm Juliet.* Und ich fasste dich um die Taille und hob dich über die Wellen hinaus, die von den Frachtschiffen im Woedeplas kamen, du meine liebe kleine Wasserratte, mein unwiderstehlicher Putto, und wir ließen uns im Sand trocknen, wo ich die Reste deiner Zweifel hinsichtlich der Besorgnis von Jules Mutter wegküsste, und ich fragte, ob du den Schmetterlingsstrauch jetzt blühen spürtest, ich sah, dass du flunkertest, als du nicktest, ich sah, dass du die Reife des Strauchs, deine eigene Reife und die Verliebtheit nur vortäuschtest, aber ich wollte es nicht sehen, ich dachte, das würde schon noch kommen, und du zogst aus deiner Hosentasche das Kondom, das du noch schnell von der ausgegrabenen Möhre gezogen hattest, um es als Andenken mitzunehmen, und du sagtest feierlich mit diesem erdverschmierten Ding in der Hand, dass du es für uns aufbewahren wollest, und ich betrachtete das als Ermunterung, einen Schritt weiter zu gehen, ich fragte dich, wann und wo Bonnie und Clyde miteinander schlafen würden, du spähtest zu den Wolken hinauf, als sei dort die Antwort zu sehen, und ich strich dir mit dem Finger über die Lippen, du öffnetest sie, und ich ließ meinen Zeigefinger hineingleiten, über die Innenseite deiner Wangen, über deine Zähne, du umkreistest ihn mit der Zunge, und als ich ihn wieder herauszog, wusstest du die Antwort, du sagtest: *Sobald der Vogel seine erste Runde gedreht hat.* Und es war nicht fair von mir, mein Augenstern, aber da wurde ich sauer, ich wurde sauer, weil ich nicht länger warten konnte, weil du wieder mit diesem verdammten Vogel ankamst, und was ich dann tat, war unfair von mir, ich log dich an, ich sagte, du würdest ein Jungsgeweih davon bekommen, ich würde einen kleinen Keim in dir pflanzen, und daraus würde ein Ausläufer wachsen wie bei den Kartoffeln, und deine Augen begannen zu glänzen, wenngleich du anfangs noch ein wenig skeptisch warst, da Elia dir nie etwas davon gesagt hatte, aber vielleicht stimmte es ja gar nicht, dass sie *es* mit Dem Frosch getan hatte, vielleicht sagte sie das nur, um ihre Freundinnen neidisch zu machen, um Ansehen zu gewinnen, denn wenn ihr sie fragtet, wie das genau vor sich ging und wie es sich anfühlte, ob es wehtat, ob es blutig war, dann lächelte sie nur verträumt und sagte, sie könne es im Nachhinein nicht beschreiben, genauso wie man die Serie der Harry-Potter-Bücher von J. K. Rowling auch nicht in ein paar Sätzen zusammenfassen könne, und als fanatischer Potter-Fan verstandst du *das* gut, aber nein, sie hatte nichts von einem Jungsgeweih gesagt, wenngleich du es wahrscheinlich auch niemandem sagen würdest, damit du diese ganze Pracht für dich behalten könntest, sagtest du, und du warst froh über diese Chance, die ich dir bot, und als deine Sachen trocken waren, hattest du auf einmal mit feuchten Augen einen Vers aus Psalm einundfünfzig aufgesagt: *Schaffe in mir, Gott, ein reines Herz, und gib mir einen neuen, beständigen Geist.* Das sei ein wunderbarer Vers, meintest du, ja, du wolltest auch gern einen beständigen Geist und gern ein bisschen dalli, und ich sagte, dass es einen beständigen Geist nicht gebe, dass er sich fortwährend verändere, dass sich das mit Gerrit Hiemstra vergleichen ließe, der jeden Tag mit einem anderen Wetterbericht käme, wir seien niemals genau dieselben, und du machtest ein unglückliches Gesicht, ja, du schautest unglücklich drein und sagtest entschieden, du würdest Menschen kennen, die tatsächlich einen beständigen Geist hätten, die immer dieselben seien, dass du das auch erreichen könntest, und ich nickte und sagte *natürlich, du kannst alles erreichen, dein Herz ist reiner als der Woedeplas,* und du lächeltest beruhigt, und wir fuhren zurück ins Village, und ich setzte dich an der Ecke der Allee ab, von eurem Hof aus nicht zu sehen, und bevor du ausstiegst, sagtest du, dass es an diesem Wochenende passen würde zu tun, was Bonnie und Clyde getan hätten, wenn Clyde nicht impotent gewesen wäre, du könntest, sobald du deinem Pa bei der Einzäunung der Weide geholfen hättest, und du fragtest vorsichtig, ob es wehtue, duweißtschon, ich schüttelte den Kopf, und wieder log ich dich an, ich versprach, dass wir danach nach Stavanger fahren würden, du sahst mich ungläubig an, bevor du deine Fäuste außer dir vor Freude hochgerissen hast, und ich sagte, dass wir uns vor unserer Geweihverabredung noch beim Laufen sehen würden, und du nicktest, und ich drückte dir noch ein Handyguthaben von fünfzehn Euro in die Hand, du beugtest dich über den Schalthebel hinweg zu mir und gabst mir einen Dankeskuss und sagtest dann, dass du Frank Zappa gehört hättest, dass du nicht wüsstest, was genau du da hörtest, die Texte seien oft bizarr und komisch, aber man könne aus ihnen nicht schlau werden, die verschiedenen Melodien machten dich völlig verrückt, obwohl du »Motherly Love« treffend und wiedererkennbar fandst, und du deklamiertest: *The Mothers got love, that'll drive ya mad, they're ravin' 'bout the way we do, no need to feel lonely, no need to feel sad, if we ever get a hold on you, what you need is, Motherly love.*

Und ich sah dir nach, als du die Avondlaan entlang in Richtung Deich gingst, wie du die halben Gehwegplatten übersprangst, damit deine Füße nur auf den ganzen landeten, die halben brächten Unglück, dachtest du, die würden dafür sorgen, dass du nie einen beständigen Geist bekamst, und das konntest du jetzt nicht brauchen, während ich wusste, dass das Unglück sich nicht in den Platten verbarg, sondern darin, wie du eines Tages nicht mehr landen würdest.

30

Ich denke noch oft an jenen Eröffnungssatz, damals im Milchtankstall, als du zum ersten Mal mit mir sprachst und von dem Song »Warwick Avenue« erzähltest. Ich bin mir manchmal nicht mehr sicher, ob du das wirklich gesagt hast, dann zweifle ich an meinen eigenen Erinnerungen, denn das Stück sollte ja erst drei Jahre nach jenem bewussten Sommer veröffentlicht werden, also wie kann es dann sein, dass du damals davon gesprochen hast, genauso sollte sich später herausstellen, dass Duffys Tränen tatsächlich echt waren, dass Duffy beim Singen sehr von ihren Emotionen überwältigt wurde und dass der Kameramann einfach weitergefilmt hatte, dass die Sängerin schließlich zugestimmt hatte, die Bilder zu verwenden, weil Menschen sich nun mal genau so fühlen, wenn sie mit ihren Liebsten Schluss machen, wenn sie allein im Taxi vom Bahnhof zurückfahren, wenn sie sagen, dass sie dem oder der anderen keine Träne nachweinen werden, Tränen, die dann aber doch kommen, ob man will oder nicht, Liebe ist manchmal ein Wolkenbruch, der oft mit einem Fallwind, einem *downburst*, einhergeht, doch das würde ich dir später nicht mehr erzählen können, ich würde dir nicht sagen können, dass der Bruch zwischen zwei Menschen auch das Herz spaltet, dass Delfine zu den wenigen Tieren gehören, die Selbstmord begehen, die sich aus Liebeskummer auf den Grund sinken lassen und dort sterben, das alles konnte ich nicht mehr mit dir teilen, denn die Magistrate sollten uns jeden Kontakt verbieten, die hohen Herren sollten es nicht verstehen, sie sollten die Akte wütend durchblättern, mich des Wahnsinns bezichtigen, etliche Briefe schicken, bevor der Prozess begann, jedes Mal mit diesem schrecklichen Wort hinter dem Aktenzeichen: *Sittendelikt.* Und ich versuchte einfach herauszufinden, was du als Erstes zu mir gesagt hattest, ob es um die Steißlage eines Kalbes ging oder doch um ein Stück im Radio, und ich dachte manchmal, dass ich mich zu stark von der Musik jenes Hochsommers hatte mitreißen lassen, von ihrer Schwüle, so liefen zum Beispiel viele alte Hits wie »How Deep Is Your Love« von den Bee Gees, Lieder von Roxy Music und »Dancing in the Street« von Mick Jagger und David Bowie, und ich glaubte allmählich, dass dein Eröffnungssatz doch anders gelautet hatte, dass das Erste, was du zu mir sagtest, war, wenn Carla Bruni und Mick Jagger zusammengeblieben wären, wäre Sarkozy niemals zum Präsidenten Frankreichs gewählt worden, dass er sehr viele Stimmen bekam, aber jeder doch vor allem die Stimme von Carla Bruni wollte, ihren Charme und ihre Schönheit, dass sie dachten, ein Präsident mit einer solchen Frau müsse vertrauenswürdig sein, oder nein, sagtest du, es lag alles an ihrer Nase, wenn Bruni sich die nicht hätte verkleinern lassen, dann hätte Mick Jagger sie niemals gesehen, dann hätten sie nie eine Affäre begonnen, wegen ihrer Nase sei alles so gekommen, wie es gekommen war, und ich war mir nicht sicher, ob du das gesagt hattest, denn auch das stimmte nicht mit der Jahreszahl dieses Sommers überein, Sarkozy sollte erst später Präsident werden, auch wenn er sich vielleicht schon früher nach der Sängerin gesehnt hatte, aber du sagtest wirklich, dass du verrückt nach Carla Bruni und ihren französischen Chansons seist, ja, da war ich mir sicher, du sagtest, dass die Chansons so lieblich und träumerisch seien, und obwohl die Texte eher drohend und unheilverkündend seien, wolltest du werden wie Bruni, so hübsch, wenngleich ich dich reizvoller fand, und ich hätte dich dann gefragt, wenn du das wirklich gesagt hättest, in diesen Worten, dort im Milchtankstall, dann hätte ich dich gefragt, was deine Meinung zum Altersunterschied zwischen Bruni und Jagger sei, und du würdest sagen, dass *amorousness* keinen Unterschied kenne, dass Cliff, das Jesuskind, auch ein ganzes Stück jünger gewesen sei, und ich würde sagen, dass ich immerhin sieben Hände älter sei als du, aber du würdest mit den Achseln zucken, und ich wusste, dass du an schwerer Dyskalkulie littst, dass du alle Haus- und Telefonnummern verdrehtest und oft an der falschen Tür klingeltest oder nicht eine Klassenkameradin an die Strippe bekamst, sondern einen Fremden und deswegen eine noch größere Abneigung gegen das Telefonieren hattest, auch wenn du hofftest, mal bei jemandem in New York zu landen, dann würdest du lügen und sagen, du seist eine gute Freundin von Al Pacino, und würdest beiläufig fragen, wie es da in Manhattan so laufe, und Zahlen und fünfunddreißig Jahre sagten oder machten dir nichts, obwohl die Zahl fünfunddreißig die Ordnungszahl des chemischen Elements Brom war, der Artikel aus der Verfassung, der regelt, was zu tun ist, wenn der König außerstande ist, die königliche Gewalt auszuüben, die Anzahl der Lesestunden, die ich auf den Roman *Der Graf von Monte Christo* von Alexandre Dumas verwendete, eine Hauptverkehrsstraße in Jordanien, es war der Abstand zwischen dir und mir, jedes Jahr stand für einen Kilometer, und es war Wahnsinn, werte Magistrate, das musste ich zugeben, es war Wahnsinn, dass ich nach der Beckett-Vorstellung von einem Leben mit meinem kleinen Prachttier fantasierte, dass ich mich fragte, warum all die Berühmtheiten damit durchkamen und ich nicht, dass es keine Rolle spielte, wie dein Eröffnungssatz lautete oder wer zu sprechen begann, es ging darum, dass ich bei dir sein wollte, dass ich mit dir im Fiat durch die ganze Welt reisen wollte, in unserem kleinen Liebespalast, und wir würden jeden Morgen in einem anderen Naturgebiet aufwachen, wo wir bei geöffneten Türen von der Matratze im Laderaum aus auf die Ebenen oder die Berge starren würden, während ich dich mit Erdbeeren fütterte, wir würden Städte besuchen, wir würden von The Village nach Bexleyheath fahren, nach Motherwell, der Hauptstadt von North Lanarkshire, weil dieser Name dir so gefiel, wir würden an den Abenden in schicken Restaurants essen gehen, wo es gestärkte Servietten gab, die sie einem auf den Schoß legten, und du hättest mehr Angst, sie zu beschmutzen als deine eigene Hose, und alle würden denken, wir seien Vater und Tochter, die zusammen Urlaub machen, und das war mir recht, Hauptsache, wir konnten zu zweit sein, und ich wusste, dass ich dir große Lügen versprochen hatte, eine über das Wachsen eines Jungsgeweihs und eine über Stavanger, aber es war keine Lüge, dass ich wirklich mit dir dort hinwollte, nicht so sehr um die Verlassene zu suchen, als einfach weil ich weit weg wollte vom Leben hier, von meiner Praxis, von Camillia, von meinen Söhnen, nicht, dass ich sie nicht liebte oder meiner Arbeit überdrüssig war, nein, ich liebte die Tiere, ich liebte meine Söhne, aber ich war einfach von dir geblendet, du ließt mich danach schmachten, das alles hinter mir zu lassen, mit dir durchzubrennen, und ich lag da und starrte zur Zimmerdecke hoch, die von dem Lichtstreif über der lockeren Gardinenstange erhellt wurde, neben mir ein schnarchender Körper, und ich stellte mir vor, wie ich dich an der Ecke der Avondlaan abholen würde, wo du mit deinem kleinen Drohkoffer bereitstandst, ein bisschen traurig, weil du dich nicht von deinem Pa verabschiedet hattest, weil Wegfliegen doch etwas anderes war als Wegfahren, wenn du aufstiegst, brauchte er sich nur um all die Bolzen und Muttern Sorgen zu machen, doch wenn dein Drohkoffer weg war, dann war irgendwas faul, dann musste er sich Sorgen um die gesamte Konstruktion machen, und trotzdem standst du dort an der Straße, und je weiter wir The Village mit all den Abwesenden hinter uns ließen, umso freudiger gestimmt würdest du, und ich hatte eine Naschtüte für dich gekauft, damit die Fahrt nicht so lange dauerte, die gleichen Naschtüten, die dein Pa kaufte, wenn ihr nach Zeeland fuhrt, und du lutschtest zufrieden an einer Lakritzschnur, ich legte meine Hand auf dein Knie und sagte, dass ich jetzt dein Kurier sei, und während ich mir im Geiste ausmalte, wie ich später beim ersten Stopp im Laderaum die Innenseite deiner Oberschenkel küssen würde, wurde die Decke über mir immer dunkler, Druckerschwärze tropfte herunter aufs Bett, auf die weißen Laken, und ich schaute neben mich, aber Camillia war weg, und ich musste in einen Traum gefallen sein, während ich dich den Text aus dem Lied »Stavanger« auf deiner Platte *Kurt12* singen hörte, die ich oft spielen würde, wenn Camillia weg war: *And the girl sings, oh Stavanger, we are almost there, we are almost there, but not yet. We drive home in this car, but what is a home without cows, what is a home without the desire to leave, the desire to fly away.* Und während die Druckerschwärze das Bett schwarz färbte, wurde ich in einen Albtraum gesogen, in eine meiner kranken Jugenderinnerungen, in der ich meine Mutter auf dem Küchentisch liegen sah, die Beine breit und den schwarzen Rock bis zur Taille hochgeschoben, den Mund halb geöffnet, jammernd, ich sah meinen Vater reglos danebenstehen, und plötzlich kam zwischen diesen geöffneten Beinen ein blutiges kleines Monster hervor, es presste sich langsam heraus, und in meinem Albtraum gebar meine Mutter ein Kalb, ein eisig stilles, missgebildetes Kalb mit geschlossenen Augen, und ich wusste erst später, dass dies mein totgeborenes Schwesterchen war, doch da, in meinem Albtraum, sah ich wirklich ein Kalb vor mir, es hing zur Hälfte aus meiner Mutter heraus, und es war so still, dass mir der Ernst des Ereignisses erst jetzt, da ich dies schreibe, aufgeht, dass das Gebären eines gestorbenen Kindes das Gebären des Todes ist, und ich dachte, das sei alles, doch auf einmal winkte meine Mutter mir, sie sagte, ich solle näher kommen, ich solle das blutige Kalb essen, wirklich wahr, werte Magistrate, das sagte sie, und ich war nicht länger ich selbst, ich blickte von oben auf diesen kleinen Jungen hinab, der ich war, und sah, wie ich die Zähne in das Fleisch schlug, ich sah das Blut in meinen Mundwinkeln, Spritzer auf meiner Kleidung, ich sah, wie ich meine Schwester aufaß, und meine Mutter sagte, sie habe keine Lebenslust gehabt, weil ich so ein Vielfraß sei, es sei auf immer und ewig meine Schuld, dass sie das Licht nie erblicken würde, und ich versuchte, meinen Vater anzusehen, sah aber nur das halb gegessene Tier zwischen ihren Beinen stecken, ich stammelte, dass ich das nicht gewollt hätte, aber meine Mutter nannte mich wieder einen Vielfraß, ein Leckermaul, einen Schmarotzer, und ich heulte mich wach, ich heulte die Druckerschwärze wässrig, und ich versuchte, an dich zu denken, um mich zu beruhigen, aber das Kalb, ach, das Kalb.

31

Als Königin Beatrix als Mutter von ihrem Thron stürzte, weil sie nun mal einen zu vollen Terminkalender hatte und du mit ihr wohl zu hoch gegriffen hattest und außerdem fandst, dass ihr Schloss Drakensteyn zu weit von The Village entfernt lag, wusste ich nicht, dass Camillia ihre Nachfolgerin werden würde. Das musste am dreißigsten April passiert sein, als du Willem-Alexander eine Blume anstecktest und Camillia dir nicht von der Seite wich, als sie sah, wie nervös du dich durch diesen Vormittag bewegtest, sie sollte dir hin und wieder die Hand auf die Schulter legen, sie sanft drücken, und jeder, der dich auf mütterliche Weise berührte oder sich dir mütterlich näherte, bekam einen Sessel in deinem Kopf, Camillia jedoch erhielt den schönsten, prunkvollsten, mit goldenen Lehnen und rotem Bezug, bei jedem Auftritt, den du in Gedanken hattest, wenn du dir auf deinem Discman ein Stück anhörtest oder etwas von den Cranberries spieltest, saß nicht ich ganz vorn, sondern sie, dort klatschte sie stolz, wie eine Mutter klatschen würde, wenn ihr Kind auf der Bühne stand, doch in der Realität war alles ein Stück schlimmer, in der Realität wollte sie keinen Kontakt mehr mit dir, und da saßt du also mit einer Thronfolgerin, die sich weigerte, ihren Dienst zu versehen, die sich weigerte, über dein Land zu regieren, die nicht länger alle Probleme, die du hattest, wie Bänder durchschneiden wollte, und du vermisstest nicht so sehr sie, sondern vor allem die Mutter, die sich in ihr verbarg, die du zum Vorschein hattest kommen sehen, wenn du wegen meines Sohnes zu uns kamst und zum Ärger meines Ältesten unten immer länger hängenbliebst, bevor ihr in sein Zimmer verschwandet und die Musik anging, damit wir nichts von eurem hoffnungslosen Trockenbumsen hörten, und du versuchtest mit allen möglichen Mitteln, dich mit Camillia wieder auszusöhnen, so standst du mehrmals um acht Uhr morgens vor der Tür, dann öffnete Camillia im Bademantel und ließ dich doch wieder herein aus Angst, du würdest sonst ausplaudern, was zwischen uns geschehen war, sodass meine Söhne und das ganze Dorf es erführen, aber danach müsse Schluss sein, hatte sie gesagt, danach würdet ihr euch nur noch in der Schule begegnen, wo sie deine Lehrerin wäre und nichts weiter, du müsstest dein eigenes Leben weiterleben, und das fandst du am schlimmsten, dass jemand zu dir sagen konnte: *dein eigenes Leben*, wo es doch immer das Leben von jemand anderem gewesen war, deinem Pa, der es lenkte und auch verwaltete, allerdings so schlampig, dass er nicht den Verlust und den Gewinn sah, nicht sah, dass das eine größer war als das andere. Und du *wolltest* auch, dass dein Leben gelenkt würde, weniger von deinem Pa als vielmehr von jemandem, der alle Leere in dir füllen würde, sodass du die Einsamkeit nicht zu fühlen brauchtest, die in dir wucherte, die Unfähigkeit, dich selbst zu lieben, und ihr spracht über das, was vorgefallen war, und Camillia dachte, dass wir uns seit der Nachricht deines Bruders nicht mehr gesehen hätten, seit jenem einen Kuss, dass es aufgehört hatte, und als ich von einem Besuch in einem Schweinebetrieb nach Hause kam, sah ich euch am Küchentisch sitzen, ich setzte mich dazu, und zwar näher zu Camillia als zu dir, um ihr die Idee zu vermitteln, dass zwischen uns nichts mehr war, obwohl ich dich am liebsten in mein Arbeitszimmer mitgenommen hätte, um dich da auf meinen Schoß zu ziehen, mein herrlicher Putto, um dich da mit meinem Ebergeruch zu berauschen, und am Ende des Gesprächs sagte ich, dass ich dich an die Haustür bringen würde, du sagtest, das sei nicht nötig, du wüsstest, wo die Haustür sei, und ich drängte weiter, woraufhin Camillia wutentflammt ausrief: *Du hörst doch, was das Kind sagt.* Und hier hätte alles aufhören müssen, als aller Schmutz der letzten Zeit aus Camillias Mund kam, erst an meine Adresse und dann an deine, es hätte aufhören müssen, als wir uns verabschiedeten, als der Nachspann ins Bild kam und Camillia dich plötzlich nicht mehr als Vierzehnjährige behandelte, sondern als Erwachsene, sie beschimpfte dich als kleine Hure, und ich sah, wie du hinter deinem zur Hälfte ausgetrunkenen Glas Orangenlimonade zusammenschrumpftest, ich sah, wie du die Tränen zu unterdrücken versuchtest und sie doch hervorquollen und dir über die Wangen rollten, ich konnte nur denken, dass ich sie dir von deiner Pfirsichhaut lecken wollte, dass ich deine Lider, deine nassen Wimpern küssen würde, und dass du dann wieder lächeln und kichernd sagen würdest, dass ich nach Schweinen stinke, und ich würde, um dich zu trösten, vom Pimmel eines Schweins erzählen, dass der spiralförmig ist, sodass er sich in der Gebärmutter der Sau festdrehen kann, wenn dich das nicht trösten würde, würde ich die Lüge über Stavanger ausschmücken, ich würde sagen, dass wir nach dem Besuch bei der Verlassenen nach Island fahren würden, ins Phallusmuseum in Reykjavik, das ich mir im Internet angesehen hatte und das 1997 gegründet wurde und in dem die größte Penissammlung ausgestellt ist, zweihundertachtzig Exemplare, die in Glasgefäßen in Spiritus aufbewahrt werden, das Museum zieht jedes Jahr Tausende von Touristen an und zeigt sowohl den Penis eines Blauwals als auch den eines Hamsters, den man mit einem Vergrößerungsglas betrachten muss, diese Geschichte würde dir sehr gefallen, du würdest deine Zunge über die Lippen gleiten lassen und Camillias Wut und Schimpftiraden vergessen, du würdest mehrmals auf die Website des Museums gehen und sie zu deinen Favoriten hinzufügen, du würdest darauf auch den Korkenzieher eines Schweins sehen, aber die schönsten waren nach deinen Worten doch der eines Wals sowie die Abgüsse der Geweihe der gesamten isländischen Olympiahandballmannschaft, und du sagtest, dass das Museum noch auf der Suche nach einem echten menschlichen Exemplar sei, dass es bereits ein paar Spender gebe, die in ihrem Letzten Willen verfügt hätten, dass ihr Geweih an das Phallusmuseum gehen solle, dass sie dort auch gern noch einen Eisbärpimmel hätten, und du würdest es kaum erwarten können, bis wir das Museum besuchten, ich konnte nichts dafür, dass ich vor allen Dingen daran dachte, wie du eines Tages *mein* Museum besuchen würdest, wie du meinen Hosenstall aufmachen und mein Mördergeweih befreien würdest, ach ja, du würdest es befreien von seiner Einengung und es mit deinen lieben Kinderhänden betasten, aber hier konnte ich dich nicht trösten, nicht in Camillias Gegenwart, und sie würde sich schließlich beruhigen, würde drei Eisclowns mit diesen Kaugummiblasennasen in der Mitte aus dem Gefrierfach holen und würde sagen, dass wir alle ein bisschen Abkühlung gebrauchen konnten, wir würden das Eis unbehaglich und schweigend vertilgen, während dir immer noch Tränen über die Wangen liefen, und da sah ich wieder, wie schön und jung du warst, so eine prachtvolle traurige Kindergestalt mit einem schmelzenden Eisclown in der Hand, und ich wusste, dass du für einen Moment an *Es* dachtest, ich wusste, dass das Eis dir nicht schmeckte, weil du Clowns nicht mehr mochtest, dass du die Vorstellung hattest, du hättest *Es* gegessen und das Böse lebe jetzt in dir weiter, aber du bisst und lutschtest dich tapfer durch das Eis, und Camillia sagte, es wäre besser, wenn du nicht mehr zu uns kämst, du nicktest und kautest lustlos auf der roten Kaugummikugel herum, bliest eine Blase, so groß, dass wir dein Gesicht nicht mehr sahen, bis aus dem Kummer eine rote Wolke geworden war, du bliest, bis sie platzte und die Hälfte sich in einer Locke verfing, sodass Camillia zur Schere greifen musste, und sie würde sehen, wie sehnsüchtig ich dich anblickte, denn ich sah pötzlich wieder Flammen in ihren Augen auflodern, als sie dir den Kaugummi aus dem Haar schnitt, sie begleitete dich bis zum Briefkasten und konnte es nicht lassen, bitter hinzuzufügen: *Dass zwei Menschen, von denen ich dachte, sie liebten mich, mir das antun können.* Und du fandst das schrecklich, du lagst nächtelang wach und unternahmst noch ein paar Versuche, zu uns zu kommen, aber Camillia ließ dich nicht mehr herein, darum schicktest du ellenlange Briefe, vollgestopft mit Songtexten, die sich alle auf deine Reuegefühle bezogen, in einem davon ein Gedicht, das Gedicht »Weggehen« von Rutger Kopland, das du danach ausdrucken und über deinen Schreibtisch hängen solltest, denn so fühlte es sich für dich an, wieder jemand, der wegging, wieder eine Königin, die auf ihren Thron verzichtete, und danach würdest du Rainer Maria Rilke entdecken, in einem Brief würdest du zitieren: *Es gibt kein ärgeres Gefängnis als die Furcht, einem Liebenden weh zu tun.* Du würdest mir später von seinen Gedichten erzählen, wie du das eine bildschön fandst und das nächste sehr schlecht, so war deiner Meinung nach »Das Lied des Selbstmörders« hässlich und zu billig, jemand, der über Selbstmord schrieb und *Leben* mit Essen verglich, die Welt mit einem Topf, der nicht schlecht schmeckte, aber ihm nicht ins Blut ging, und dann mit den hässlichen Worten schloss, er würde nicht mehr essen, brauche jetzt für mindestens ein Jahrtausend Diät, und du würdest sagen, dass die meisten Menschen, die das Lied vom Selbstmord kannten, nicht mit etwas derart Simplem ankommen würden, mit solch nichtssagenden Vergleichen, dass sie selten mehr an Essen dächten, sondern eher das Gefühl hätten, sie selbst würden gegessen, hingegen war der Roman *Die Aufzeichnungen des Malte Laurids Brigge* in deinen Augen meisterhaft, und so entdecktest du plötzlich eine neue Sprache, die von Gerrit Achterberg, von Anna Enquist, von Pablo Neruda, Charles Baudelaire, du entdecktest die Sehnsuchtsgebiete in deiner Seele, und wenn es dir zu viel wurde, krochst du wieder zurück in die Welt von Roald Dahl, du hattest inzwischen mit *Boy* angefangen, das teils in Norwegen spielt und auf Seite neunundfünfzig ein Schwarzweißfoto des Teils des Königreichs Norwegen zeigt, in dem Roald Dahl jeden Sommer verbrachte, und wenn du dir dieses Foto ansahst, tatest du so, als würdest auch du deine Ferien dort verbringen anstatt jedes Jahr in Zeeland, obwohl du Zeeland und vor allem Walcheren imposant und *gorgeous* fandst, trotzdem sehntest du dich nach Stavanger, dorthin, wo die Verlassene angeblich war, und du wusstest, du hattest etwas in den Gedichten entdeckt, die du last, du hattest etwas gefunden, in dem du dich verstecken konntest, etwas, was völlig anders war als die manchmal furchterregenden Geschichten aus der Bibel oder der Wortlaut mancher Psalmen, wie zum Beispiel Psalm einhundertsiebenunddreißig, in dem es heißt: *Wohl dem, der deine jungen Kinder nimmt und sie am Felsen zerschmettert!* Und du würdest Camillia mehrere Briefe schicken, sogar einen Blumenstrauß, ja, Blumen, die sie sofort mit den Worten in den Mülleimer schmiss, ein Strauß vom Teufel würde ohnehin rasch verdorren, und niemand von uns konnte wissen, dass dies nicht das Ende war, dass es weitergehen würde, dass du die Stöckchen von den Eisclowns in deine Hosentasche hattest gleiten lassen, um sie der Sammlung unter dem Bett hinzuzufügen, und die später den Magistraten als Beweismaterial dienen würden, und je mehr Camillia dich losließ, umso fester konnte ich dich halten, und ich würde mir später oft das Stück »An Ice-Cream Clown« auf deiner Platte *Kurt12* anhören, auf das die Magistrate mit stechenden Fingern deuten würden, auf den Clip, in dem es Eisclowns regnete, auf diesen Satz: *Everything changed that day, the child disappeared from me, like the taste of gum fades away. Don't call me an ice-cream clown, my love. It was that dark summer that melted me, not you, not you.*

32

Vier Jahre war es her, dass sich am elften September 2001 um Viertel vor neun morgens eine Boeing 767-223ER des American Airlines-Flugs 11 in den Nordturm des World Trade Center in Lower Manhattan bohrte, an Bord unter anderem die Schauspielerin Berry Berenson, die mit Anthony Perkins verheiratet gewesen war, der im Film *Psycho* Norman Bates spielte, und genau in diesem Moment schriebst du im Diktat das Wort *Katastrophe* hin. Echt wahr, behauptetest du, es war dieses Wort, und als du einen Punkt dahintersetztest, da geschah es, der Nordturm stand in Flammen, die Sicherheit der westlichen Welt sollte zum ersten Mal nach dem Zweiten Weltkrieg bedroht sein, und zwanzig Minuten später flog United Airlines-Flug 175 in den Südturm, wie eine Ansagerin spultest du diese Fakten ab, so auch dass 1993 bereits eine Autobombe in der Tiefgarage unter dem World Trade Center explodiert war, wobei die Täter hofften, der eine Turm würde gegen den anderen fallen wie ein Dominostein, das war exakt einen Monat nach dem Verlust des Verlorenen, und damals waren die Türme stehen geblieben, du sagtest, dass die einzigen Dominosteine, die nach dem Unglück am Waterdragersweg umgekippt waren, sich in deiner Familie befanden, wie bei der Fernsehsendung *Domino Day*, bei der im Jahr von 9/11 der erste Stein von Kylie Minogue umgestoßen wurde und das Thema *Bridging the World* war, und du erzähltest von sämtlichen Komplotttheorien, die zu dem Anschlag kursierten, dass manche stimmten und manche nicht, dass aber eines sicher sei: Das zweite Flugzeug habe es nie gegeben. Denn als du in Gruppe sieben mit deinem Füller einen Punkt gesetzt hattest und dein Heft zuklapptest und deiner Meinung nach die Schule plötzlich in ihren Grundfesten erzitterte, da warst du aufgestiegen und nach New York geflogen, dort hattest du dich um drei nach neun in den Südturm gebohrt, und ich sagte dir, dass es Bilder vom zweiten Flugzeug gebe, dass alle Passagiere tot seien, aber du riefst empört, da sei geschummelt worden, weil niemand glauben würde, dass ein Kind in das Gebäude flog, niemand würde es glauben, und falls doch, dann würden sie alle Hoffnung verlieren, sie würden das nie verkraften, und darum taten sie so, als hätte es noch ein zweites Flugzeug gegeben, weil bereits ein erstes in das Gebäude geflogen sei, was es plausibler machen würde, fassbarer, aber das seist du gewesen, du könntest den Aufprall noch immer in deinem Körper spüren, die Glassplitter in deiner Haut, und ich sagte nicht, dass es unmöglich war, in zwanzig Minuten nach New York zu fliegen, dass es überhaupt unmöglich war, als Mensch zu fliegen, mit jeder Frage oder jedem Zweifel, den ich vorbrachte, wurdest du aufsässiger, und wir liefen über den tintenschwarzen Polder am Wasser entlang, du würdest erzählen, dass zwei der Täter aus dem ersten Flugzeug auf einer Datingsite bereits angekündigt hatten, was passieren würde, sie hatten in ihr Profil geschrieben, es würde ein heißer Sommer werden, und dahinter die Zahl neunzehn, die Anzahl der Flugzeugentführer, und du sagtest, es müsste eigentlich *Summer Twenty* heißen, das stimme exakt mit deinem Geburtstag überein, aber sie hätten dich nicht dazugezählt, weil du noch nie gut warst im Treffen von Verabredungen, du wolltest manchmal mit jemandem spielen, überlegtest es dir aber im letzten Moment anders, dann wärst du nervös geworden wegen all der Erwartungen, die an dich gestellt wurden, und bautest doch lieber mit deinem Bruder eine Hütte hinten am Deich, und du hättest schon immer gewusst, dass du einen Anschlag mit der Zahl zwanzig verüben würdest, dass, als du am vierten Februar deinen ersten Versuch bei Cliff unternahmst, beim Jesuskind, in der Vier auch eine Zwei steckte, zweimal zwei, und dass das im Jahr 2000 war und du also wieder auf zwanzig kamst, darum fühltest du dich kurz vor deinem Geburtstag nie gut, wenn April auf dem Kalender in der Toilette stand und dein Name darauf prangte, als fürchte dein Pa, er könne ihn vergessen, du hättest Angst, weil du nicht wüsstest, was deine nächste Tat sein würde, und es sei der allerkälteste Apriltag gewesen, als du auf die Welt kamst, knackender Frost, und nicht nur Hitler sei an dem Tag geboren, sondern auch Louis Napoléon, und 1999 erschossen zwei Schüler an diesem Datum zwölf Mitschüler und einen Lehrer an der Columbine High School in den Vereinigten Staaten, und du hättest manchmal Angst, du würdest ebenfalls ein Schulschütze, nicht in der Grundschule, das bestimmt nicht, aber auf der höheren Schule, wo du alle Piesacker im Visier behalten würdest, bis sie um Gnade flehten, und einmal sei dein Geburtstag auf Ostern gefallen, 2003, und in dem Jahr sei Jesus noch einmal gestorben, und normalerweise fandst du es schon merkwürdig, dass es jedes Jahr von Neuem geschah, diesmal aber war es ganz besonders frappierend, und als du die zwölf Kerzen auf der Torte ausgepustet hattest, hattest du Jesus ausgelöscht, auch wenn du inzwischen wusstest, dass er schon wiederauferstehen würde, dass er mehrere Leben hatte und dass es nie zu GAME OVER kam, und das beruhigte dich, und du sagtest, dass jeder wohl mehrmals im Leben eine Kreuzigung erlebe, ebenso eine Wiederauferstehung, dass du manchmal mit dem Gedanken in die Nacht gingst, du würdest nie wieder aufstehen, dass du dich so hinlegtest, dass es aussah, als wärst du schon aufgebahrt, dass du beim ersten Mal, als du sterben wolltest, in Gruppe acht warst und auf deinen Lieblingspullover geschaut hattest, mit Arielle, der Meerjungfrau, plötzlich wurde dir bewusst, dass du zu alt dafür warst, das Ding begann sofort zu kribbeln, und du hattest die Hände voller Scham den ganzen Tag vor deiner Brust gefaltet, danach hattest du ihn nie wieder angezogen, und immer öfter würdest du das Kind in dir verlieren, sogar wenn du keine Disneypullover trugst, schämtest du dich für dich selbst, für den Körper, der wuchs und wuchs und wie Efeu nicht zu stoppen war, und du verließest jeden Tag The Village, um mit dem Rad zur höheren Schule ein paar Dörfer weiter zu fahren, wo du unter anderem lernen würdest, wie man eine kleine Straße pflastert, obwohl alle Wege, auf denen du gehen würdest, meist aus Sand und Schlamm bestanden, und sobald du The Village hinter dir gelassen hattest, verlorst du wieder das Kind, das noch spielen wollte, das Hütten bauen wollte, Legoburgen, und wurdest zu Avril Lavigne oder Carla Bruni, dann nahmst du deine Schultern zurück und riebst dir die Mascarakrümel aus den Augenwinkeln, und wir setzten uns auf eine Bank am schwarzen Wasser, und du zogst dein Nachthemd hoch und sagtest mit einem Lächeln: *Es hat angefangen.* Ich leuchtete mit meinem Handy, aber dein Brustkorb war nach wie vor bleich und flach, trotzdem sagte ich, ich sähe tatsächlich etwas, und küsste die rosigen kleinen Ventile, ich nahm sie in den Mund und sog daran, du kichertest und zogst die Brust ein, weil es kitzelte, ich küsste dich weiter, während du von deinem Lieblingspullover und von der Katastrophe erzähltest, dass du nach dem Einsturz der Türme geduscht hattest und wieder ganz normal in die Schule gegangen warst und dass der Lehrer mit ernstem Blick von dem Geschehenen erzählte, was das für die Welt bedeute, dass ihr alle zusammen für die Opfer beten solltet, und am Ende der Stunde schriebst du auf einen Zettel: *Ich bin das Flugzeug, ich bin der Täter.* Du gabst ihn dem Lehrer, und er sollte ihn lesen, die Botschaft aber nicht verstehen, er sollte sagen, dass sich Täterschaft immer einen Hohlkörper suche und du mit Liebreiz gefüllt seist, und du hattest sagen wollen, du seist so hohl, dass alle deine Worte oder die Worte anderer in dir echoten, dass du deshalb vor dem Schlafengehen den gesamten Tag noch einmal Revue passieren lassen müssest, weil alles in dir so widerhalle, dass du so hohl seist wie ein Wurstbrötchen von HEMA, bei dem die Wurst bereits herausgenascht sei, und du würdest über den Rookweg nach Hause fahren, durch The Village, das dich sowohl mit Liebe erfüllte als dir auch Angst einflößte, wo du als Mädchen jederzeit wie ein nagelneues Fahrrad geklaut werden konntest, um nie mehr zurückzukehren, wo hinter Dutzenden von Fenstern immer wieder die Flugzeuge in die Gebäude flogen, und du hörtest noch tagelang die Sirenen und die schreienden Menschen in deinem Kopf, der Pastor würde für New York beten, und am liebsten wärst du aufgestanden, hättest während des Gottesdienstes gerufen, dass es deine Schuld sei, du würdest die Wunden von den Glassplittern vorzeigen, würdest sagen, dass du nicht entführt worden seist, dies nicht in fremdem Auftrag getan hättest, sondern ganz aus eigenem Antrieb, du würdest mitten auf dem Gang niederknien, bis du verhaftet würdest, doch du hattest nichts gesagt, warst nicht aufgestanden während des stummen Gebets, du würdest deinen Pa damit zu sehr verletzen, außerdem war er Diakon, und eine der Aufgaben eines Diakons war es, seinen Kindern auf dem richtigen Weg voranzuschreiten, so hieß es bei Timotheus, er würde zurücktreten müssen, und jeder wusste, wenn man zurücktreten musste, würde man dem Teufel leichter zum Opfer fallen, und das wolltest du nicht auf dem Gewissen haben, also hattest du stillgehalten, wenngleich du zwei Briefe geschrieben hattest, an Gott und an den Teufel, den einen stecktest du in den rechten Schlitz am Briefkasten, weil du dir sicher warst, dass Er in The Village wohnte, du vermutetest, im Babylonsteeg, wo eine Reklametafel für Campina-Buttermilch stand, du fandst, dass der Name und die Tafel zu Ihm passten, denn alle Guten aus deiner Klasse tranken Buttermilch und alle bad boys fettarme Milch oder Vollmilch, außerdem wurde die Wiese, die an den Babylonsteeg grenzte, im Winter vom Eisclub unter Wasser gesetzt und als Schlittschuhbahn benutzt, und du warst dir sicher, dass abends, wenn die Stunde für die Fortgeschrittenen gekommen war, Gott dort mit Totengräbern Pirouetten drehte, dass sie dort besprachen, für wen das nächste Loch in der Erde sei, und den Brief an den Teufel stecktest du in den Schlitz für ÜBRIGE, ich zog dich auf meinen Schoß und fragte, was du geschrieben hättest, und du sagtest: *Gott habe ich Fragen gestellt, und dem*

Teufel habe ich Antworten gegeben. Ich nickte unbestimmt, wenngleich ich nichts von dem verstand, was du sagtest, und fragte vorsichtig, du wüsstest doch wohl, dass du nichts mit 9/11 zu tun hättest, dass das nicht möglich sei, mein Herzblatt, du warst nicht so grausam, und ich sah, wie sich deine Augen trübten, dein kleiner Körper wurde in meinen Armen hart wie ein Wiederkäuer, der schon seit Tagen tot im Stall liegt, du wispertest, dass niemand es ernst nehme, aber das mache nichts, denn eines Tages würdest du es wiedergutmachen, und wenn du das mit New York wiedergutmachen könntest, dann bestimmt auch das mit Camillia, und ich wollte dich wieder froh sehen, ich wollte wieder deine freudige Kinderstimme hören, also zeigte ich dir im Licht meines Handys ein Bild von Pierre Bonnard, das ich eigens für dich ausgedruckt hatte und in der Tasche meiner Sporthose aufbewahrte, Bonnard war ein französischer Maler, der vor allem seine Geliebte Maria Boursin, die sich Marthe nannte, nackt in der Badewanne malte, sie litt an einer tuberkulösen Erkrankung und an krankhafter Furcht vor Ansteckung und Beschmutzung und musste daher viel baden, und ich erzählte, dass Bonnard seine Bilder verkaufte, um noch am selben Abend bei den betreffenden Kunden einzubrechen und die Bilder zu bearbeiten, zu perfektionieren, er war nie zufrieden, und du fandst diese Geschichte herrlich und riefst, dass wir alle wie Bonnard seien, nur brächen wir jeden Tag bei uns selbst ein, wir seien ständig dabei, das Menschsein zu verbessern, und was gestern noch schön war, könne heute hässlich aussehen, wir tönten es nach, und das höre nie auf, und dadurch böten wir jeden Tag einen anderen Anblick, du sagtest: *Das schenkt Hoffnung, Kurt, denn du bist selbst dein treuester*

Kunde, du bist selbst dein eigener obsessivster Sammler, du darfst dich nie sattgesehen haben, erst dann bist du wirklich verloren. Und du sagtest noch einmal, dass wir alle wie Bonnard seien, nur habe der eine eben eine sicherere Hand als der andere, und du stelltest dich auf die Bank, dein weißes Nachthemd flatterte in der sanften Nachtbrise, und du sagtest wie eine Schauspielerin, dass du deine eigene Sammlerin seist und eine Diebin, du fandst es herrlich, dich selbst als Diebin zu bezeichnen, es gab dir die Daseinsberechtigung, nach der du dich so sehntest, obwohl du auch die irgendwo geklaut hattest, immer würdest du deine Daseinsberechtigung klauen, und ich zog dich an mich und stellte deine Füße neben meine Hüften, ich drückte meinen Mund an die Haut deiner Beine, immer höher, um dann meine Zunge an den Stoff deines Slips zu drücken, und ich hörte die Ringelgänse heftiger gackern, der Wind frischte auf, und ich war mir so gut wie sicher, dass ich dich flüstern hörte, du flüstertest, dass du ein Eisclown seist, ja, du seist ein sahniger Eisclown, und ich müsse dich auftauen.

33

Die Magistrate fragten, ob ich Otter möge, Marderartige. Ich antwortete abwehrend, es seien prächtige Tiere, ja, prächtig, ich würde die Otterstiftung schon seit Jahren wegen ihrer guten Arbeit unterstützen, und sie fragten, weshalb ich dann gerade diesem besonderen Exemplar, diesem Otter, Schmerz zugefügt hätte, weshalb ich deine Faszination, mein Augenstern, die du noch so rein und unbefleckt warst, noch so kindlich und unschuldig, weshalb ich die beschmutzt hätte, und sie fragten, ob ich wüsste, wie groß die Überlebenschancen eines jungen Otters seien, der nach Jahren in Gefangenschaft plötzlich in die Wildnis entlassen werde, ob ich wüsste, dass Otter eine bedrohte Tierart seien, dass Otter die häufigsten Verkehrsopfer seien, genau wie der Verlorene, dass das zweite Risiko die Umweltverschmutzung sei, dass ich deine Umwelt verunreinigt hätte, dass ich dich in Gefahr gebracht hätte und dass du nach dieser Erfahrung noch häufiger in den falschen Armen landen würdest, weil du gute und böse Arme nicht voneinander unterscheiden könntest, wie bei dem Gemälde von Govert Flinck, bei dem deutlich der Einfluss seines Lehrmeisters Rembrandt zu erkennen sei und auf dem er den blinden Isaak aus dem Ersten Buch Mose gemalt hatte, der den falschen Sohn segnete, als er Jakob berührt hatte, der seine Arme mit Ziegenfell bekleidet hatte, um als sein Bruder Esau durchgehen und so dem Erstgeborenen den Segen ablisten zu können, so würdest auch du deinen Segen und deine Liebe stets dem Falschen geben oder, wie es in der Bibel stand, und diese Worte fandst du wahrhaftig schön, so würdest du dem Schlechten stets *von der Fettigkeit der Erde und Korn und Wein die Fülle* geben, und die Magistrate fragten, wovon ich fantasierte, wenn ich sah, wie du zum Otter, zum Vogel oder zum Frosch wurdest, wenn ich deine Transformation sah, und natürlich wollten sie am liebsten eine perverse Antwort, sie wollten Schmutz, sie wollten etwas, worüber sie sich begierig beugen und einander stirnrunzelnd und verschwörerisch anblicken konnten, das sah ich an ihren mickrigen Augen, die wie kleine Oliven im Feuchten schwammen, und ich dachte daran, wie du zum Otter wurdest und wispertest, ich solle dich sezieren, wie du das Skalpell an deinem Oberschenkel angesetzt hattest, wie du dein Blut vergosst, um nicht fremdes Blut zu vergießen, wie wollüstig ich mich an dir gerieben hatte, während du schlaff wie ein betäubtes Fohlen in meinen Händen lagst, du warst für kurze Zeit tot gewesen, und tot warst du so schön, dass ich in diesem Moment nicht darüber hatte trauern müssen, und danach dachte ich häufiger daran, wie du leblos neben mir liegen würdest, ach, dieses Fohlen, um mich dann doch wieder nach deiner Kinderstimme zu sehnen, und später sollte sich herausstellen, dass du vage etwas von diesem Vorfall mitbekommen hattest, von der Leidenschaft, mit der ich auf dich einstieß, du warst weit weg gewesen, doch irgendwo in der dämmrigen Landschaft, in der du dich befandst, hörtest du meine Stimme, die toll vor Geilheit sagte, dass du tot seist, dass ich dich aufschneiden würde, und in einem Lied auf der Platte *Kurt12* würdest du auf diesen Moment mit einem

Text verweisen, in dem du dich nicht mit einem Otter, sondern mit einem Hummer verglichst, weil du irgendwo gelesen hattest, dass die sich selbst erstechen, wenn man Alkohol auf sie gießt, und ich an jenem Nachmittag die Wunde an deinem Bein mit Jod auf Alkoholbasis versorgt hatte: *If you spill alcohol on a lobster, he'll stab himself, you spilled and I stabbed myself, I was a lobster and dear God, what you spilled. Your fire was my doom, I was dead but too alive not to feel the pain. I was a lobster and dear God, what you spilled.* Das Stück sollte ich mehrmals spielen, wenn Camillia nicht zu Hause war, und dann fühlte ich mich wie ein Narr, dass ich mich wieder nach dir sehnte, empfand aber auch Wut, dass ich so arglos in meine eigene Falle gelaufen war, dass es schon immer so gewesen war, dass Kinder mich wie Nachtfalter umschwebten, als wäre ich das Licht, sie wollten mit mir spielen, und ich hatte nie versucht, eines in meiner hohlen Hand zu fangen, außer dich, wie die meisten Nachtfalter verwechseltest du das Licht mit dem Mond, du wolltest spielen *und* Liebe, und ich hatte die Hände geöffnet, und du hattest dich ruhig und furchtlos auf meiner Handfläche niedergelassen, ich hatte dich dort bewahren wollen, wusste ich doch, dass deine Flügel fragil waren, eine einzige Beschädigung konnte bewirken, dass du nie mehr flattern würdest, doch ich hatte die andere Hand geballt, hörte, wie dein Leib knackte, es war immer die Frage, welches Insekt man am Leben ließ und welches man liebkosend ins Freie setzte, niemand würde so schnell eine Libelle töten, doch eine Mücke oder einen Nachtfalter zu zerdrücken machte uns nichts aus, und ich zerdrückte dich, weil ich dich nicht bewahren konnte, nicht so, dass du unversehrt bliebst, und ich dachte auch daran, als du im Flachsfeld zum Frosch wurdest und im Stehen pinkeltest, wie du da leise gesagt hattest, dass ich dich fragen sollte, ob ich dein Geweih sehen dürfe, ich hatte dich gefragt, und du hobst dein Nachthemd an, ich sagte, dass es wunderschön sei, das allerschönste Geweih, das ich je erblickt hätte, und ich fragte dich, ob du dein Geweih berühren wollest, und das hatte dich verwirrt, du wolltest nur im Stehen pinkeln, wie es die stärksten Tiere aus dem Tierreich tun, um ihre Dominanz zu beweisen, du wolltest ein Geweih wie die Engelchen, wie Cliff, und du sagtest, dass es ein Museumsstück sei, dass Museumsstücke nicht berührt werden dürften, und ich erzählte dir, dass ich außer Pilot und Regisseur auch der Museumsdirektor sei, dass nur ich es berühren dürfe, ich müsse es auf Beschädigungen und auf seinen Wert hin kontrollieren, und jedes Mal, wenn ich mit meiner Hand in deinen Slip glitt, fragtest du ungeduldig, ob du denn jetzt ein echtes Geweih bekämst, und ich sagte, dass der Hirsch sich im Bast befinde, dass es im Kommen sei, dass das aber erst möglich werde, wenn ein Großgeweih in dir gewesen sei, ach, ich verdarb dich völlig, und bevor du dir auf die Lippe bisst, sagtest du oft, von allen dear boys könntest du am weitesten pinkeln, und ich bestätigte das, ich sagte, du könntest so weit pinkeln, dass du mit deinem Strahl Afrika erreichen, dass du dort die Trockenheit beenden würdest, und das war der Moment, in dem du nach Luft schnapptest, in dem der Otter in dir hochkam, Der Frosch, ich sah, dass du für den Moment frei warst von der Verbannung, um danach wieder zurückzufallen und schamhaft dein Höschen hochzuziehen, wieder zum Vogel zu werden, und die Magistrate würden fragen, ob ich mal etwas Kostbares hätte fallen lassen, wie ich darauf reagiert hätte, und ich erinnerte mich wieder an das Boerenbont-Service, den Schlag und die Wiedergutmachpfannkuchen und was danach folgte, aber auch an die gläserne Schneekugel, die ich von meinem Vater bekommen hatte, nachdem er ein paar Schweine im Ausland abgeholt hatte, wie untröstlich ich war, als ich sie fallen ließ und merkte, dass der Schnee kein richtiger Schnee war, sondern aus Porzellansplittern bestand, und dass ich später im Film *Untreu* aus dem Jahr 2002 sah, wie der von Richard Gere gespielte Protagonist den Liebhaber seiner Frau, gespielt von Diane Lane, mit einer Schneekugel erschlug und ich danach in meinen Albträumen das Gleiche bei meiner Mutter tat, und die Magistrate stürzten sich wie Aasgeier auf diesen Albtraum, sie schrieben begeistert auf, dass ich davon träumte, meine Mutter umzubringen, und fragten, weshalb ich um eine zerbrochene Schneekugel trauerte und keine Gewissensbisse bei diesen Scherben, den deinen, zeigte, und ich sagte, ich wolle dich heilen, ich liebte dich, und sie schnaubten verächtlich, ja, sie schnaubten verächtlich und fragten, ob ich schon vorher mal ein Kind geliebt hätte, und ich nickte, ja, ich hatte mehrere Kindergestalten begehrt, es aber nie zugelassen, nur bei dir, mein Putto, und sie fragten, was ich empfände, wenn ich ein Rind inseminierte, was es bei mir auslöse, wenn ich mit der Hand in die Scheide glitte, das fragten sie, die perversen Typen, und ich sagte, dass mich das kaltlasse, dass es sich nur im Winter angenehm anfühle, weil es meine erfrorenen Hände kurzzeitig wärme, mehr sei es nicht, und ich wusste, worauf sie hinauswollten, ich wusste, dass sie auf jenen Nachmittag hinarbeiteten, auf den einundzwanzigsten August, den letzten Tag der Sommerferien, als meine Schweißtropfen auf deinen nackten Bauch tropften und die Matratze unter meinen Bewegungen federte, als das Poster von Beatrix sich löste und sie mit dem Gesicht nach unten auf dem Boden neben uns liegen blieb, als weigere sie sich, Zuschauerin bei diesem Horrorstück zu sein, und ich lenkte die Magistrate ab, indem ich sagte, mit dir stimme etwas nicht, ganz und gar nicht, ich erzählte ihnen von deinen Gesprächen mit Hitler und Freud, ich erzählte ihnen, wie du über MSN gefragt hattest, ob ich *es* mit dir machen wolle, und die Magistrate zogen die Augenbrauen hoch, sie fragten, wie ich mit dieser Frage umgegangen sei, und ich sagte, dass ich eine zarte Seele hätte, dass ich Menschen gern gäbe, was sie wollten, und sie fragten, ob es stimme, dass ich dir einen Pimmel versprochen hätte, eine Reise nach Stavanger und Island, und sie holten das erste Beweisstück hervor, den verschrumpelten Penisknochen des Otters, und ich sagte, dass du krank seist, dass es unter deinem Bett von gesammelten Gegenständen nur so wimmle, und ich wollte nicht so über dich sprechen, meine Liebste, aber sie zwangen mich dazu, ich war machtlos! Und da sagte ich, dass du in einer Fantasiewelt lebtest, dass ich Teil deines imaginären Planeten sei, dass du dir bis auf die Chats alles ausgedacht hättest, ich sagte, dass ich mich sonst an nichts erinnern könne, nein, ich könne mich an nichts erinnern, und sie würden meinen ältesten Sohn verhören, Camillia und deinen Pa, aber das kam alles erst später, damals war es noch Sommer, und ich wusste nichts von den Magistraten und ihren würgenden Fragen, ich wusste nicht, dass der eine nach jedem Kaffee auf die Toilette musste, der andere manchmal mit der Faust auf den Tisch schlagen und rufen würde, ich solle die Wahrheit sagen, dies sei eine ernste Sache, sie hätten sich deine Platte angehört, und das Ganze sei wirklich übel, sie hätten sich dein Tagebuch angesehen, und sie sollten fragen, was ich mit Pflaumen hätte, ob ich sie möge, wie ich sie am liebsten äße, sie sollten mich zum Äußersten treiben, sollten meinem Ältesten erzählen, dass ich Kindergestalten liebte, die in seinem Alter seien, sie sollten ihm Angst vor einer Scheidung seiner Eltern machen, sollten es Camillia übel nehmen, dass sie nicht eingegriffen hatte, sie sollte von ihrem Zeugnisverweigerungsrecht Gebrauch machen, sie sollten Hackfleisch aus mir machen, doch in diesem Hochsommer war ich noch zusammen mit dir, war alles noch gut, und es verging keine Stunde, ohne dass ich an dich dachte, ohne dass ich in meiner Praxis die Tür abschloss und die Augen zumachte und mich nach dir sehnte, während ich zu taumeln begann, und ich erwartete unser Treffen so sehnsüchtig, ich schickte dir Nachrichten über die Geweihzeit, dass ich nicht mehr ohne dich leben könne, ich fragte, was du unter deiner Kleidung trügst, ob du noch einmal im Stehen gepinkelt hättest, und ich wischte mich danach mit einem Desinfizierungstüchlein sauber, und die Magistrate würden Fragezeichen hinter deine Obsession für Jungsgeweihe setzen, dein Pa würde dir eines Tages einen langen Brief schreiben, wie sündig dein Körper sei, dass du mit Süßigkeiten sparsamer und sorgsamer umgingst als mit dir selbst, dass du eine Familie zerstörtest, dass es einfach nur widerlich sei, dass du es selbst provoziert hättest, dass du in der Kirche nicht mehr willkommen seist, und du würdest hilflos in einem kleinen sterilen weißen Raum sitzen, eine Frau in Uniform würde dich fragen, ob du dich manchmal selbst betastest und wie sich das anfühle, ob du es schön fandst, als ich dich berührte, du würdest mit den Achseln zucken, und sie würden das als *Ja* verstehen, sie würden dich über deine Transformation in Tiere aushorchen, doch das war erst später, es war noch Sommer, es war Sommer, und wir waren zusammen, du warst meine Landkarte, und ich wusste genau, wo ich hinwollte.

34

Da lagst du, meine leichtgewichtige Kameradin, meine kleine Liebesgöttin. Ich hatte dich am Nachmittag beim Schwimmbad aufgepickt, und wir fuhren zum Waldgebiet bei Tegenland, wo ich den Fiat zwischen den alten Kiefern parkte und wir von der Laderaumkante aus einem vorbeifliegenden Sperber zuschauten, ein paar Kleinen Eisfaltern, einer Haubenmeise, und ich drückte meine Nase in deine Chlorhaare und sog die wunderbare Schwimmerin, die du warst, tief in mein Gedächtnis ein, ich sagte, jetzt sei Geweihzeit, mein Augenstern, ja, es war Geweihzeit, und nachdem ich mich noch schnell umgeschaut hatte, ob uns auch niemand sähe, schloss ich die Türen des Fiat von innen, wo du dich auf die schneeweiße, mit Visco- und Kaltschaum gefüllte Matratze gelegt hattest und wartetest, bis die Lichter im Autosaal gedimmt würden, bis der Film anfangen würde, und ich fragte mich erst hinterher, ob du wusstest, was gleich passieren würde, ob dir wirklich klar war, was *es* tun bedeutete, denn du lagst nur da und machtest keine Anstalten, dich auszuziehen, während ich dir närrische Beckett-Sätze zuflüsterte, weil mir schwindlig war von dem Moment, der jetzt anbrechen würde, von dem ich so fiebrig geträumt hatte, ich erzählte dir nicht, was gleich passieren würde, ich bereitete dich nicht vor, ich gab dir kein Drehbuch, sagte nur, du würdest ein kleines Geweih bekommen, ein wunderbares kleines Geweih, und vergaß dabei, dass du zwischen einem Mädchen und einem Jungen irrlichtertest, dass ich es damit noch schlimmer machte, du ließt die Zunge über deine Lippen gleiten, und ich bat dich, das noch einmal zu tun, du tatst es, diesmal aber theatralischer, als wären die Lippen voll Pflaumensaft, und es war so heiß an jenem Nachmittag, dass ich bereits schwitzte, bevor ich daran dachte, wie bullenheiß mir war, und ich zog mein Leinenhemd aus, damit es nicht zerknitterte, wofür ich mich später vor Camillia würde rechtfertigen müssen, ich hängte es an einen Haken im Laderaum neben das Nirvana-Poster, und du schautest auf Cobain, erzähltest, dass er in Aberdeen im Staat Washington aufgewachsen war, dass er auf der Highschool zum ersten Mal Sex mit einem Mädchen hatte, das nicht ganz helle war, und dass alle ihn damit aufzogen und *the retard fucker* nannten, dass sich das so unerträglich für ihn anfühlte, dass er sich auf die Bahngleise legte, der Zug an diesem Tag aber ein anderes Gleis nahm, und das sei nur gut, sagtest du, sonst hätte niemand ihn je gekannt, während er genau das wollte, er wollte, dass alle ihn kannten, er sehnte sich nach Erfolg, wie auch du dich nach Erfolg sehntest, und du hattest nie auf einem echten Bahngleis gelegen, nur auf einem Spielzeuggleis, und du hattest den hölzernen Spielzeugzug dich anfahren lassen, wusstest also, was Cobain spürte, was man dachte, wenn man da auf den Gleisen lag, man musste jedenfalls schon echt einen an der Klatsche haben, um liegen bleiben zu können, während einem die Schwellen und die Fangschienen ins Rückgrat drückten, und du hattest dort noch mit geschlossenen Augen einen Passus aus der Übersetzung des Vaterunsers aufgesagt, weil du den so wunderschön fandst: *Quelle des Seins, der ich begegne in dem, was mich bewegt. Ich gebe dir einen Namen, auf dass ich dir einen Platz in meinem Leben geben kann. Bündele dein Licht in mir, mache es nützlich.* Vor allem den ersten Satz und *mache es nützlich* fandst du *wonderful*, und du hofftest, dass sie dich demnächst nicht auch *retard fucker* nennen würden, denn manche aus deiner Klasse waren der Meinung, auch du seist nicht ganz helle, weil du dich anders benahmst als sie, und ich sagte dir, dass du niemals jemandem erzählen dürftest, was jetzt gleich geschehen würde, dass es nur möglich sei, wenn du das Geheimnis bewahren würdest, dass dieser Sommer unter uns bleiben müsse, dass du einfach sagen solltest, du hättest es mit einem der dear boys aus dem Schwimmbad gemacht, im Gebüsch oder in der Umkleidekabine, und du nicktest, du verstandst das und sagtest, morgen früh würde es passieren, vor dem ersten Schultag würdest du vom Futtersilo aus aufsteigen, und du sahst so wunderbar freudig dabei aus, und ich wollte damals nicht wissen, was diese Worte bedeuteten, ich war zu begierig, als dass ich dir genau hätte zuhören können, ich war der kaputte Flansch an den Schienen, der den Zug letztendlich zum Entgleisen bringen würde, Schweiß rann mir über die Stirn und tropfte auf die Matratze, ich zog meine Jeans aus und legte sie ordentlich zusammen, streifte meine feuchten Boxershorts hinunter und zeigte dir mein geschwollenes Mördergeweih, ich war ein brunftiger Hirsch und konnte einzig und allein daran denken, wie ich in dir verschwinden würde, und ich trug dir auf, dich ebenfalls auszuziehen, trug dir auf, dir das Mördergeweih anzuschauen, und du hattest bereits ein Bild davon in dem Buch von Jules Mutter gesehen, aber dies war eindrucksvoller als ein Schwarzweißfoto, dies war anders als bei jenem Mal, als du den Kurs bestimmtest, während ich pinkelte und du das Steuer übernahmst, und du schlugst die Augen nieder und stammeltest, dass du dringend müsstest, und ich sah, dass du flunkertest, also sagte ich, dass du nicht flunkern dürftest, ich sagte, du könntest zum Frosch werden, wenn du nicht pinkeln würdest, und du erwidertest, das sei das Einzige, woran du denken könntest, obwohl es in letzter Zeit noch weiter gehe, du maltest dir jetzt aus, dass du Zack seist aus der Fernsehsendung *California High School*, eine Serie über eine Freundesgruppe an der Bayside High School, die alle möglichen Abenteuer erlebte, oder dass du einer der dear boys aus deiner Klasse seist und die Lehrerinnen und die Mütter von Jule und Elia dir beim Pinkeln halfen, dass sie dein engelsgleiches Jungsgeweih in der Hand hielten und dir beim Zielen halfen, dass du manchmal so tatest, als ob deine Blase so voll sei, dass sie dich gerade noch in letzter Sekunde retteten, dass dieses Gerettetwerden sich so schön anfühle, so schön, und du wüsstest nicht genau, was du da tatst, aber du riebst dich an deinem Kissen oder deinem Teddybär, während du daran dachtest, und wenn es vorbei war, musstest du wirklich dringend auf die Toilette, und das sei das tollste Pinkeln des ganzen Tages, wispertest du, und ich glühte nach diesem Bekenntnis, ich küsste die Innenseite deiner Beine, während ich langsam aufwärts glitt, flüsterte, du seist der hitzigste Frosch, den ich kennen würde, der wunderbarste dear boy, und ich schob meine Zunge in dich hinein und verlor hier alle Kontrolle, ich verlor sie, und du schmecktest so süß, so nach dir, und ich stemmte mich hoch, küsste dich und drang mit meinem Mördergeweih in dich ein, sagte, dass wir einander nicht näher kommen könnten als so, und du würdest das behalten, dass dies der einzige Weg war, jemandem nahezukommen, und ich war dieser brunftige Hirsch, ich spießte dich an mir auf und kann mich nicht mehr erinnern, wie du reagiertest, du warst meine Beute, und ich spielte mit dir, rammelte auf dich ein und merkte nicht, dass du mehr und mehr erschlafftest, dass du wieder so schlaff warst wie damals auf dem OP-Tisch, ich wusste nur noch, dass mein Schweiß dir auf den Hals tropfte, dass du eine Perlenkette aus Tropfen um den Hals trugst, dass ich nach einigen Minuten mein Geweih aus dir zog und dass sich in diesem Moment das Poster von Beatrix löste und neben uns herunterflatterte, dass ich nicht an die Königin denken wollte, nicht an sie, dass ich sagte, ich liebte dich und dann die Kiefer aufeinanderpresste und meinen Samen auf deinen Bauch spritzte, und du schautest erst ängstlich und dann verwundert darauf, es sollte eine neue Faszination für dich werden neben der Fähigkeit, im Stehen zu pinkeln, und ich hatte mich keuchend neben dir auf die Matratze fallen lassen, langsam war wieder Leben in dich gekommen, ich wartete darauf, dass du wieder was sagtest, aber da kam nichts, und ich dachte, deine Wangen seien nass von meinem Schweiß, nass von meinem Tau, doch später zweifelte ich daran, ich zweifelte, ob du vielleicht weintest, und als es zu lange still blieb, nahm ich meine Aktentasche, zog ein paar Eutertücher heraus und rieb dir den Bauch liebevoll sauber, danach nahm ich zwischen meinen Tierarzthandschuhen eine Flasche Cola heraus und eine Tüte Schlumpfkaugummis, ich trank gierig von dem Erfrischungsgetränk und wickelte den Kaugummi aus, zeigte dir das beiliegende Tattoo, und da kam wieder ein bisschen Licht in deine traurigen, abwesenden Augen, und ich drückte es fest auf deinen Oberarm, leckte so lange an dem Tattoo, bis es richtig feucht war, hielt es dort angedrückt und zog es danach ab, du warfst einen Blick auf das Bild auf deiner Haut und sagtest, das sei Beauty, der eitelste aller Schlümpfe, und du sagtest, dass du genau wie er oft in den Spiegel schautest, dass es dich manchmal euphorisch machte, was du sahst, häufiger jedoch trübsinnig, und du kautest heftig auf dem blauen Gummi herum, ich wollte dir alle möglichen Fragen zu dem stellen, was gerade passiert war, traute mich aber nicht, also erzählte ich dir eine Geschichte von Leda und dem Schwan, davon, wie Zeus himmelhochjauchzend verliebt in die hübsche Leda war und mit ihr schlafen wollte, doch sie wies ihn jedes Mal ab, schließlich war sie die Frau des Königs Tyndareos, Zeus konnte ihre Ablehnung nicht ertragen und verwandelte sich in einen Schwan, einen prächtigen Schwan, er überwältigte Leda durch seine Gestalt, und sie schlief mit ihm, dem verwandelten Zeus, unter dem Sternenhimmel, sie bekamen zwei Kinder, Pollux und Helena, die aus einem Ei geboren wurden, und du hörtest atemlos zu, fragtest, warum Leda Sex mit dem Schwan haben wollte, nicht aber mit dem höchsten Gott, und ich nahm deine Hand und küsste deine Fingerknöchel, erzählte, dass Schwäne ein mächtiges Geschlecht hätten, sie gehörten zu den wenigen Vogelarten, die einen Penis besaßen, nicht so groß wie der des Blauwals, aber bestimmt ein paar Zentimeter größer als der des Menschen, *dem* war Leda erlegen, zudem war der Schwan das Sinnbild der Verführung, der Begierde und der ewigen Treue, und du fragtest, wie lange es dauere, bis du wirklich ein Otter oder Der Frosch würdest, und du schautest hinunter in der Hoffnung, das dir da etwas wachse, ich sagte, das sei wie beim Schwan, er liege in dir verborgen und komme heraus, wenn du Liebe machtest, und du fragtest, wie das genau ginge, Liebe machen, und ich drang erneut in dich ein, diesmal noch heftiger, hungriger, ich war nicht länger der hohle Mann von T.S. Eliot, ich war der Schwan, ich war der Hirsch und ich füllte dich aus, ich war in dir, meiner kleinen leichtgewichtigen Kameradin, wir waren zusammen *The Lonely Cigarettes*, und ich weiß nicht mehr, ob ich noch einen Vers aus einem Gedicht von Rainer Maria Rilke zitierte, den ich mir zuvor herausgesucht hatte, um dich noch mehr zu berauschen, ob ich tatsächlich zu dir sagte: *Dann erst empfand er glücklich sein Gefieder und wurde wirklich Schwan in ihrem Schoß.* Und ich sah, dass du deinen Mund ein wenig öffnetest, du drücktest deine Zunge an deine Lippen, ich sah den blauen Schlumpfkaugummi zwischen deinen Backenzähnen und rammelte alles aus mir heraus, ich zog dich mit in die Tiefe meiner Ranzigkeit und sagte, so mache man Liebe, ach, wir machten Liebe, und ich wusste nicht, dass ich sie wegjagte, dass ich die letzten Restchen aus deinem Körper vertrieb, ach, wie erschreckte ich die Liebe.

35

Wie Zuckerwasser trank ich die dämmerlichte Beruhigung. Ich lechzte danach und trank gierig, nachdem ich mich wieder in der Folterkammer meiner nächtlichen Wahnvorstellungen befunden und mit der Schneekugel meine Mutter überfallen hatte, ich sah sie unter den weißen Flocken liegen, unter den Porzellansplittern, und tastete schaudernd neben mich, doch das Bett war kalt und leer, Camillia schlief seit dem Tagebuchfragment und dem Kuss mit dir immer häufiger unter einer dünnen gewebten Überdecke auf dem Sofa, neben dem kleinen Altar mit den Fotos von ihren Eltern, einem kleinen Holzkreuz und einem Porträt von Diana, von Lady Di, ich hatte nie so recht verstanden, warum die Prinzessin von Wales da auch stand, doch Camillia schien großen Wert darauf zu legen, und ich hatte mich erboten, auf dem Sofa zu schlafen, doch sie wollte weg aus dem Bett, in dem wir uns einst geliebt hatten, wo wir einst den Keim zu unseren Söhnen gelegt hatten, und jetzt lag ich hier allein in einem Meer von Bettzeug und versuchte, meine Atmung unter Kontrolle zu bringen, ich versuchte, an gestern zu denken, und wusste nicht, ob ich am Rand des Grauens stand oder an dem der Verklärung, dass wir, meine himmlische Auserkorene, eins geworden waren, doch das Lächeln und das Entzücken, die diese Erinnerung auslöste, wurden von meiner Mutter zunichtegemacht, ich sah sie wieder auf der Bettkante in meinem Zimmer sitzen, ich war vierzehn, und sie sagte, sie wisse ganz genau, was ich hier triebe, sie habe die Bilder von Kim Carnes unter meiner Matratze gesehen, ich sei ein sexbesessener Teenager, und sie schlüpfte neben mich ins Bett, und ich roch den Pfannkuchendunst, der sie umwallte, sie tastete meine Boxershorts ab oder befahl mir, mich selbst zu betasten, sagte, ich dürfe nur an sie denken, und ich suchte immer seltener Zuflucht bei Frauen wie Carnes, nur an jüngere Mädchen zu denken war sicher, Mädchen, die zwischen Kind- und Frausein irrlichterten, und ich lernte, nicht aus mir heraus zu fantasieren, sondern zum Zuschauer zu werden, als Zuschauer konnte ich unmöglich sündig und schweinisch sein, schließlich tat ich nichts, ich schaute nur zu, und so sah ich häufig vor mir, wie Klassenkameraden von mir miteinander vögelten, es versetzte mich in höchste Verzückung, aber nie bezog ich mich selbst ein, deshalb waren meine ersten Versuche mit Mädchen enttäuschend, ich verspürte zwar Erregung, doch dabei blieb es, ich trieb aus meinem eigenen Körper davon, sobald sie mich berührten, ich war ein Zirkusjunge mit Höhenangst und sehnte mich immer mehr nach Kindergestalten, nach der Unbesonnenheit ihrer Wünsche, nach der herrlichen Scheu, dem verlegenen gegenseitigen Betasten, ohne dass das sofort mit einer Erwartung einherging, ich war in meiner sexuellen Entwicklung, in meiner körperlichen Reife nicht weiter als sie, wurde aber allmählich älter, und die Mädchen blieben jung, sie blieben ewig zwischen dreizehn und sechzehn, und ich sammelte Bilder von der blonden Sängerin, hörte mir endlos The New Christy Minstrels an und später Carnes' erstes Album von 1971, das Album, das *Rest on Me* hieß, in der Hoffnung, dass das wirken würde, dass ich in die andere Richtung wüchse, doch wenn meine Mutter zu mir ins Bett kroch und sagte, wie sündig und schmutzig ich sei, während sie mich betastete, konnte ich nicht anders, als das Erwachsensein zu verabscheuen, ich konnte nicht anders, als wieder zu diesem Zuschauer zu werden, wenn ich spürte, wie ihr kalter Ehering mein Geweih entlangfuhr, und eines Tages warf ich die Fotos von Carnes auf den Komposthaufen zwischen Schweinemist und Mandarinenschalen, und als ich um die achtundzwanzig war, wurde mein Bedürfnis immer verzweifelter, ich suchte Parks und kleine Strände auf und beobachtete die Jugendlichen, die am Beginn ihrer Pubertät standen, am Beginn dieses funkelnden, ungestümen Tals, in dem sie ihren eigenen Körper entdeckten, ihre Bewegungen schwankten zwischen denen einer anmutigen jungen Frau und denen des verspielten Kindes, ich betrachtete sie, um mich danach zu Hause zu entladen, während ich mich wieder in den Zuschauer verwandelte, und es war in jener Zeit, als ich schon jahrelang nichts mehr mit einer Frau gemacht hatte, als ich aus dem Haus geflohen war, weg von den Schweinen, weit weg von meiner Mutter und ihren Wiedergutmachpfannkuchen, dass ich mich aus Ratlosigkeit und aus Angst vor meinen eigenen Gelüsten auf die Suche nach jemandem meines eigenen Alters machte, zur Heilung, zum Schutz, zur Tarnung meiner wahren Gefühle, und da fand ich Camillia, ich lernte sie kennen, als ich eine praktische Unterrichtsstunde über Wiederkäuer an der höheren Schule gab, an der sie als Lehrerin arbeitete, und obwohl sie noch anderweitig liiert war, klappte es sofort, es klappte in der Hinsicht, dass ich glaubte, mit ihr mein Leben teilen zu können, dass ich glaubte, sie könnte mich von meinem abscheulichen Verlangen nach kleinen Liebesgottheiten befreien, sie war meine Kim Carnes, und sie verließ ihren Partner, und wir bekamen zwei entzückende Kinder, ich war so erleichtert, dass es Söhne waren, doch meine Lüste verschwanden nicht, und in jedem Betrieb, in den ich kam, gab es ein paar junge Nymphchen, die kichernd hinter mir herrannten oder auf meinem Schoß sitzen wollten, und ich hängte dann den Supertypen raus, den tollen Tierarzt, und ich sah in den Jahren, in denen ich ihre Entwicklung verfolgte, wie ihr Interesse abnahm und sich auf Gleichaltrige verlagerte, und dann ließ ich sie traurig los, fühlte mich wieder wie dieser Zirkusjunge, der wegen seiner Höhenangst bei der Vorstellung nicht mitmacht, doch bei dir war es anders, mein Augenstern, dein Interesse flaute nicht ab, sondern nahm im Gegenteil zu, du warst so anders als alle anderen Mädchen, die mir am Herzen lagen, du warst so eigenartig und verirrt und gleichzeitig so liebenswert, was dich unwiderstehlich machte, du warst grenzenlos und scheu, und vielleicht warst du die Erste, bei der ich mich nicht als Zuschauer fühlte, sondern zum Teilnehmer wurde und an dich und mich dachte, ohne aus der Perspektive eines anderen auf uns zu schauen, und das verwirrte mich zu Beginn, ich war bestürzt, wenn ich dich auf der Weide zwischen den Blaarkoppen umherspringen sah und dich dort zwischen den Grashalmen begehren wollte, wenn ich im Vorderhaus Kaffee trank und du auf einmal, Hände und Füße gegen den Türrahmen gestemmt, aufwärts klettertest, um uns von dort oben minutenlang zu beäugen wie eine Krähe im Kirschbaum, und ich so heftig danach verlangte, du mögest herunterkommen und auf meinen Schoß schlüpfen, dass ich den Kaffee kalt werden ließ, du warst ein Stück Wild, und ich würde dich zähmen, bei dir kam der Vierzehnjährige hoch, der ich seinerzeit gewesen war, er arbeitete sich ungestüm zwischen meinen Knochen hervor und wollte gesehen werden, es fühlte sich an, als käme ich erneut in die Pubertät, gemeinsam mit dir wollte ich alles entdecken, ich wollte dich nicht beschädigen, mein schöner Putto, ich hatte einfach meine Begierden nicht mehr im Griff, sie reiften schon zu lange in mir heran, und als du in deine Teeniejahre kamst und dein Interesse nicht abnahm, begann ich dich immer mehr anzubeten, doch in der Folterkammer meines Albtraums warst du letzte Nacht nicht vorgekommen, ich hatte wieder den Viehbauern gesehen, er baumelte an dem Strick, und ich stand neben meiner Mutter, die unter den Schneeflocken lag, der Viehbauer röchelte und flüsterte, dass alle seine Kühe draufgingen, genau so, wie er es an jenem bewussten Tag getan hatte, als die Epidemie ausbrach und sein Betrieb geräumt werden musste, als die Schützen in ihren Stiefeln mit den weißen Schutzhüllen darum herum auf den Hof marschiert kamen, als ein Lakenvelder Rind nach dem anderen zu Boden ging, und ich wollte etwas sagen, etwas, was den Himmel heller machen würde, der dort so rabenschwarz geworden war, der so voller Entsetzen war, etwas, was ich an jenem Mittag in meine Lungen bekommen haben musste, weshalb der Viehbauer mir jetzt ständig im Traum erschien, und ich hoffte, es wäre ein Traum, hoffte, es wäre wie ein Rippstrom im Meer, in dem man sich mittreiben lassen muss, um aus ihm hinauszugeraten, denn je wilder man gegen ihn anschwimmt, umso geringer ist die Chance, lebend herauszukommen, also ließ ich mich auf den Grund fallen und sah mich dort stehen, den Sockel der Schneekugel in der Hand, Blut klebte daran, ich flüsterte, wie ich als kleiner Junge geflüstert hatte, wenn ich mit ihr sprach und sie nie Mutter oder Mama nennen durfte, ich nannte sie Mevrouw, und der Viehbauer sagte, dass die Mevrouw tot sei, dass ich sie umgebracht hätte, und ich schüttelte den Kopf, ich schüttelte den Kopf und sagte, dass ich das nicht getan haben konnte, dass ich die Mevrouw trotz ihrer Grausamkeiten liebte, aber ich sah auch, dass der Schnee sich rot gefärbt hatte, und der Viehbauer sagte, wenn man zu oft ein und dieselbe Fantasie hegt, kann sie durchaus mal Wirklichkeit werden, und das hatte ich mir unendlich oft vorgehalten, während ich später daran dachte, wie bemitleidenswert ich war, als kleiner Junge fand ich es manchmal herrlich, mich in Gedanken bemitleidenswert zu machen, aus mir eine Waise zu machen, und jetzt, da die Mevrouw tot war, war ich tatsächlich eine Waise, und im nächsten Moment während meiner nächtlichen Wahnvorstellung stand ich irgendwo auf einer Weide, deren Begrenzungswassergraben an The Village klebte, an den Äckern und den Gemüsegärten, und ich grub mit dem Spaten ein Loch, als wäre ich ein Totengräber, ich grub und grub, bis ich eine Stimme vernahm, die sagte, ich könne aufhören, es sei tief genug, ich kletterte aus dem Loch, und zusammen mit dem Viehbauern legte ich meine Mutter hinein, wir warfen die Erde auf ihren Körper, ich hörte, wie sie auf ihr schwarzes Kostüm plumpste, und als wir den Boden feststampften, sagte der Viehbauer, er habe etwas für mich, eine Überraschung, er machte mit seinen blau angelaufenen Händen ein paar Knöpfe an seinem Overall auf und holte aus der Innentasche ein Küken hervor, es war das Osterküken, ohne Zweifel, es hatte wieder seine normale

Größe, und der Viehbauer überreichte mir das flauschige kleine Tier, er sagte: *Wenn du aus einem Küken ein Huhn machen kannst, dann wird alles gut.* Und ich nahm das Tier entgegen, es fühlte sich warm an von der Innentasche des Viehbauern, ich drückte es fest an mich, und ich sah mich neben dem Grab im Gras liegen, das Küken auf meiner Brust, die Sonne schien mir aufs Gesicht, ich grinste, wie ich lange nicht gegrinst hatte, und als ich ruckartig wach wurde, schmerzte mein Körper weniger stark, ich wand mich nicht mehr schwitzend zwischen den Laken, auch wenn ich nach Luft schnappte, nach Beruhigung, weil das Bild von der Schneekugel sich mir aufdrängte, und trotzdem wollte ich am liebsten liegen bleiben und über das nachdenken, was ich gerade geträumt hatte, über die Botschaft des Viehbauern, doch ich wusste, dass du auf mich wartetest, und also zog ich meine Turnschuhe an und schlich aus dem Haus, und ich rannte, das Küken noch spürbar auf meiner Brust, durch die ausgestorbenen Straßen, und ich hatte keine Ahnung, dass du nicht unter der Überführung stehen würdest, dass ich dich nicht im Flachsfeld finden würde, ich hatte keine Ahnung, dass du vom Futtersilo aus aufgestiegen warst, dass die Muttern und Bolzen in deinem Flügelsystem nicht richtig eingestellt waren, dass du abgestürzt warst und zerbrochen.

36

Du hattest eine halbe Stunde reglos auf dem Rücken gelegen, auf dem kalten Hofpflaster. Dein Pa sollte dich finden und die Mistgabel aus den Händen fallen lassen, dich aufheben wie ein verletztes Kalb und dich in den Viehwagen legen, der hinter dem alten roten Massey Ferguson 250 angehängt war, um in einem Wahnsinnstempo zum Krankenhaus in der Stadt zu fahren, er sollte sämtliche Verkehrsregeln brechen, während er zu Gott murmelnd am Steuer seines Traktors saß, und du lagst dort im Stroh mit aufgerissenen Augen, aus denen das Blau verschwunden war, und konntest kein einziges Wort herausbringen, sie sollten dich untersuchen und eine leichte Schädelbasisfraktur, ein gebrochenes Schlüsselbein und ein paar geprellte Rippen feststellen, und später würdest du in Interviews erzählen, dass du nicht zuletzt deswegen *Kurt12* hattest machen können, genauso wie Roald Dahl nach seinem Flugzeugabsturz Bücher schreiben konnte, doch jetzt lagst du in Trümmern da, du lagst wie ein Otter auf dem OP-Tisch, und es sollte zwei Tage dauern, bis du wieder etwas sagen konntest, bis du wieder einen ersten Satz herausbringen konntest, du würdest sagen: *Die, die Flügel haben, lassen sich nicht zähmen.* Dann hattest du nach deinem Handy gefragt, natürlich, und du versprachst deinem Pa und deinem Bruder, das nie wieder zu tun, es sei eine einmalige Aktion gewesen, sagtest du, eine einmalige Aktion, so wie der Snackfabrikant Smiths 1995 Flippos in Chipstüten steckte und sofort damit aufhörte, als eine Belgierin an einem Flippo erstickte, und du sagtest, dass es manchmal ein Unglück für die Erkenntnis brauche, dass etwas gefährlich sein könne, dass du jetzt erkannt hättest, dass dein Flugversuch heller Wahnsinn war, obwohl ich wusste, dies war nicht dein letzter Versuch, doch dein Pa und dein Bruder waren beruhigt und überhaupt froh, dass du wieder sprechen konntest, auch wenn sie selbst wenig zu dir sagten, und du hattest ihnen stundenlang erzählt, dass der Entdecker des Flippo, Mijnheer Zandvliet, Multimillionär geworden war, seinen ganzen Reichtum jedoch verloren hatte, weil er lieber Murmeln mit kleinen Figürchen darin herstellen wollte und bei der Produktion alles Mögliche schiefging und sowieso kein Kind mehr an Murmeln, Schussern, Supernovas, Katzenaugen, Königsschlangen, Wirbelwinden, Tautropfen, Puddingflips, Hummeln und all den anderen Sorten interessiert war, dass Mijnheer Zandvliet sein Essen jetzt bei der Suppenküche abholte und nach wie vor von der idealen Murmel träumte, und das gefiel dir, dir gefiel, dass jemand nach einem solchen Schicksalsschlag weiterhin von dem großen Erfolg träumt, und dein Pa und dein Bruder würden nicken, und du würdest dich daran erinnern, wie du in der Grundschule zum ersten Mal einen dear boy auf einem gelben Zettel von einem Block von Koster Versicherungen und Immobilien gefragt hattest, ob er mit dir gehen wolle, und über diese drängende Frage hattest du mit Klebeband einen kleinen Stapel Flippos geklebt, als könntest du ihn damit bestechen, und genau so glaubtest du mit Menschen umgehen zu müssen, dass du ihnen etwas schenken müsstest, bevor sie mit dir befreundet sein oder mit dir gehen konnten, und ich hörte von meinem Sohn, was an jenem Morgen passiert war, die Nachricht von deinem Sturz verbreitete sich wie Jauchegeruch in The Village, allerdings wusste niemand, dass es ein Flugversuch war, sie dachten, du seist der Aussicht wegen auf den Futtersilo gestiegen, alle Bewohner hier liebten die Aussicht, also wunderte sich niemand, obgleich Gerüchte die Runde machten, dass du versucht hättest, Selbstmord zu begehen, dass du sprangst, weil du zum Verlorenen wolltest, weil der Tod eines Familienmitglieds immer etwas Gift in einem hinterlässt, und nach drei Tagen solltest du mir eine kurze Nachricht schicken, in der stand, dass sie das Flugzeug, den Vogel, funktionsunfähig gemacht hätten, dass am Motor gepfuscht worden sei, dass New York verschoben werden müsse, genauso wie deine Bemühungen, die Sache mit Camillia zu kitten, und ich sollte dich besuchen, als dein Pa und dein Bruder nach Haus fuhren, um saubere Anziehsachen für dich zu holen und um die Kühe zu melken, und ich sah dich da im weißen Krankenhausbett liegen wie einen zerbrochenen Engel, den Arm in einer Schlinge, auf die Jule und Elia kleine Herzen gemalt und HDL und WDNMV geschrieben hatten, was in der MSN-Sprache *hab dich lieb* und *will dich nie mehr verlieren* hieß und was ihr einander ständig schicktet, ohne wirklich zu spüren, was diese Worte bedeuteten, und du hattest ein Zimmer für dich mit Fernseher und Bad, ich zog hinter meinem Rücken einen Ballon hervor mit Bugs Bunny, der ein Herz in der Hand hielt mit den Worten: *Get Well Soon,* es sollte eine der Singles deiner Debütplatte werden, in der es ums Aufsteigen vom Futtersilo hinter dem Stall ging, vor allem aber um meinen Besuch an jenem Abend, und darin kamen Sätze vor, über die ich später oft nachdenken würde, die ich immer wieder zurückspulen würde, woraufhin ich mir wie ein Monster vorkam, ja, werte Magistrate, ich sollte mir wie ein Monster vorkommen, wenn ich dem Text lauschte: *I was brave enough to fly, but was reluctant to leave you. And Bugs Bunny said: get out of here as fast as you can, but my wings didn't work, they didn't work. I crashed, and if you crash, don't think that's the end, a crash is never the end, you only land with a smack when you no longer want to fly.* Ich hörte mir diese Zeilen wieder und wieder an, doch dort im Krankenhaus lächeltest du mich strahlend an, als ich den Ballon an deinem Bettgeländer anband, neben dem Tisch mit einem Teller püriertem Patientenessen, in dem ich zwischen dem Kartoffelbrei ein paar Möhren erkannte und von dem du anscheinend keinen Bissen gegessen hattest, und ohne etwas zu sagen, setzte ich mich auf den Stuhl neben dich, ich nahm den Löffel und schöpfte ihn voll und bewegte ihn wie ein Frachtschiff auf dich zu, du verzogst das Gesicht, aber als ich ihn dir vor die Lippen hielt, machtest du den Mund doch auf, und ich fuhr das Frachtschiff hinein, das wiederholte ich so lange, bis der Teller leer war, und ich sah, dass du es genosst, wie ein kleines Kind gefüttert zu werden, ich fand es wunderbar, wenn du verletzlich warst, wie damals als du Fieber hattest und ich dir aus dem Buch von Gerard Reve vorlas und du schlaff wie eine Flickenpuppe an mir lehntest, und auch jetzt bat ich dich, zur Seite zu rücken, nachdem ich die Vorhänge rings ums Bett zugezogen hatte, ich schlüpfte neben dich und fragte, ob die Schwestern einfach so reinkommen könnten, und du sagtest, dass sie erst um acht mit der zweiten Runde begannen, sodass du dir eine Wiederholung von *California High*

School anschauen konntest, du lebtest ganz in dieser Welt und warst vor allem von dem fünfzehnjährigen Zack Morris beeindruckt, der von Mark-Paul Gosselaar gespielt wurde, einem amerikanisch-niederländischen Schauspieler, und du seufztest, dass er so hübsch sei, so *handsome*, du sagtest, dass Jule und Elia eher von A. C. Slater, gespielt von Mario López, hin und weg waren, weil der ihrer Meinung nach viel kerniger war, muskulöser und männlicher, in ihren Augen war Zack noch ein kleiner Junge, genauso wie sie die Jungs eures Alters zu jung fanden, zu kindisch, sie standen eher auf erwachsenere Männer, weil sie sich selbst groß und reif genug vorkamen, weil sie sich unbesiegbar über den Schulhof und durch das Leben bewegten, doch du standst auf Zack, du fandst ihn so hübsch, dass du er werden wolltest, dass du er werden *konntest*, und du sagtest, dass er bestimmt auch ein prachtvolles Geweih hätte, weshalb ich vermutete, dass du von ihm träumtest, dass du lieber mit ihm zusammen sein wolltest, und ich wusste nicht genau, ob es an meiner Eifersucht lag oder an meiner Angst, dein Interesse könnte sich von mir auf die dear boys deines eigenen Alters verlagern, ob ich deshalb meine Hand auf deinen Bauch legte, ich spürte, wie du vor Schmerz wegen deiner geprellten Rippen zusammenzucktest, ignorierte diese Reaktion jedoch und glitt unter den Saum deines Krankenhaushemds, meinen Daumen hakte ich hinter den Bund deines Slips, um ihn ein Stück weit herunterzuziehen und mit meinen Fingern, an denen noch etwas Kartoffelbrei von dem Krankenhausfutter klebte, in dich einzudringen, und du stammeltest leise, dass das nicht ginge, und versuchtest, die Beine zusammenzudrücken, doch ich hörte nicht darauf und drückte sie grob auseinander, du warst zu zerbrechlich und zu verletzt, um dich zu wehren, ich sagte, dass Zack vielleicht hübsch sei, dass er dich aber nie so verstehen würde wie ich, er würde dich niemals so lieben wie ich, und erst als ich etwas Warmes und Klebriges über meine Hand laufen fühlte, ging mir auf, was los war, warum du die Beine zusammengedrückt hattest, ich hob das Oberlaken hoch und sah, dass du ganz blutig warst, dass du jetzt wirklich kaputt warst, und als ich dich anschaute, verbargst du dein Gesicht hinter deinem heilen Arm, und die Schultern zuckten, Tränen tropften auf deine Armschlinge, und ich sah zum ersten Mal, dass du dich schämtest, dass du dich zutiefst deiner selbst schämtest, für deinen Körper, für uns, für das, was wir taten, und ich sah auch da erst die Binde in deinem Slip, mein Gott, ich hatte keine Ahnung, wie du mit den Veränderungen des Mädchenseins rangst, dass du nicht verstandst, weshalb du blutetest, und es niemanden gab, den du fragen konntest, dass in der Schule dein Blut einmal durchgesickert war und die Piesacker jeden, der sich interessiert zeigte, fragten, ob sie den Blutmond sehen wollten, um dann auf deinen Schritt zu zeigen, und du hattest dir die Jacke um die Taille gebunden und dich dann blass bei der Direktorin krankgemeldet, zu Hause hattest du deine Jeans in die Wäsche getan, du sagtest gespielt fröhlich zu deinem Pa, dass eine Stunde ausgefallen sei, und verschwandst in dein Zimmer, wo du dann abwesend auf dem Bett lagst und jedes Mal, wenn du die Augen zumachtest, den Blutmond vor dir sahst, und ich wollte dir sagen, dass du dich nicht zu schämen bräuchtest, dass es nur rote Flüssigkeit sei, wenngleich ich nicht verstehen konnte, dass dies Schamblut war, dass es für viele Mädchen etwas anderes war als eine kleine

Wunde, es war ein Krieg, den man allein mit sich führte und bei dem nur man selbst verwundet wurde, jeden Monat von Neuem, ich verstand dich nicht und sagte, dass Roald Dahl bestimmt nicht geweint hatte, als er crashte, ach, ich war so plump, hochverehrte Magistrate, ich war so plump aus Angst, dich zu verlieren, dass du langsam aus meinen Armen davontriebst, und ich versuchte dir noch den Mund mit der Aussicht auf die Reise zum Phallusmuseum wässrig zu machen, dass es dort bestimmt auch einen Schwanenpimmel gebe, aber du weintest weiter, und was dann in mich fuhr, habe ich nie verstanden, vielleicht wollte ich, dass ich für dich faszinierend wurde, wenn auch auf kindliche und naive Weise, ich sagte, ich würde dir zeigen, was man sonst noch machen könne, außer im Stehen zu pinkeln, und du schluchztest immer noch, als ich mich über deinen kleinen Leib kniete, ohne deinen Bauch zu berühren, als ich den Reißverschluss an meinem Hosenstall öffnete, mein Mördergeweih herausholte und es wie den Löffel, wie das Frachtschiff, an deine Lippen drückte, bis du den Mund einfach aufmachen musstest, ich wischte dir die Tränen aus den Augen und flüsterte, dass es das sei, was du wolltest, ich flüsterte, wie du den Mund bewegen solltest, und sah, dass du darüber noch nichts in der *Hitkrant* gelesen hattest, wenngleich du später erzählen solltest, dass ein dear boy in Gruppe acht einmal im Flüsterton davon gesprochen hatte, und alle Mädchen hatten daraufhin *iiih* und *igittigitt* gerufen, und selbst die dear boys hielten es damals für eine eklige Vorstellung, und ich sah deine Verwirrung, ich sah den Ozean aus deinen Augen tropfen, und ich sagte, dass du es gut machtest, du machtest es fantastisch, meine himmlische Auserkorene, ich sollte die Worte von Roald Dahl benutzen, hopsassa und ersteklasseklasse, um dich zu beruhigen, ich sollte das Feuer aus meinen Lenden stoßen und das Krankenhaus schließlich verlassen, kurz bevor die Schwestern nach dem Rechten sehen und das Blutbad vorfinden würden, und du würdest sagen, dass du dich nicht wohlfühltest, dass du spucken müsstest, und alles Krankenhausfutter würde wieder herauskommen, du würdest den Otter und Den Frosch erbrechen, und ich fuhr in meinem Fiat weg, zu »Gypsy« von Fleetwood Mac, einer deiner Lieblingsbands, ich würde fest ins Lenkrad kneifen, würde dein tränenüberströmtes Gesicht die ganze Zeit vor mir sehen, und ich drehte durch vor Verzweiflung, dass ich dich danach endgültig verlieren würde, also schickte ich dir gegen elf eine SMS, dass es so nicht weitergehe, dass wir Abschied nehmen müssten, und ach, ich wusste, was ich damit anrichtete, denn du reagiertest sofort, du sagtest, es tue dir leid, wie du es gemacht hättest, du wollest mich nicht verlieren, und ich wusste, dass ich das Leid der Verlassenen benutzte, um dich bei mir zu halten, aber ich konnte nicht ohne deine Herrlichkeit leben, du warst mein Lieblingskalb, und ich teilte dir mit, dass ich dich liebte, dass ich dein Kurt sei, und ich las deine Antwort stets von Neuem, ich las sie und konnte nicht anders, als glückselig zu lächeln, du schicktest einen Satz aus dem Song »It's a Heartache« von Bonnie Tyler aus dem Jahr 1977: *Love him 'till your arms break.* Wenngleich diese Glückseligkeit nicht lange andauern sollte, denn als ich nach Hause kam und ins Wohnzimmer trat, saß Camillia zitternd auf dem roten Sofa, ich sah sofort, dass es wieder losging, es schien, als hielten die Möbel den Atem an, und sie saß da wie eine Kugelspinne im Netz, darauf wartend, dass ich, ihre Beute, mich in den klebrigen Galgenfäden verfing, sie hatte einen kleinen Papierstapel in der Hand, unsere MSN-Chats mit ihrer Unmasse an Smileys, mit all meinen monströsen Fragen und Antworten, mit all meinen erbärmlichen Versuchen, dich zu der Meinen zu machen, ich hatte versehentlich mein Mail-Programm vergessen zu schließen, wo ich alles von dir im Ordner Mein Augenstern aufbewahrte, und sie hatte ihn geöffnet, hatte Wort für Wort durchgesehen, alles gelesen, mehrere Male, sie hatte fast kotzen müssen, sie sah mich pfeilgerade an, als ich ins Zimmer trat, folgte mir mit mordlüsternen Blicken, als ich meinen Tierarztkittel auszog und über die Stuhllehne hängte, und ihr Fazit war kurz und bündig, sie bewegte sich nicht, als sie die Worte aussprach, furchterregend ruhig sagte sie: *Du hast mit diesem Kind gevögelt.*

37

Werte Magistrate, ich wusste sehr wohl, wenn Kühe gar keine Stierigkeit an den Tag legen oder aber zu viel, dann muss man auf Ernährung, Unterbringung, Anomalien der Eierstöcke und auf Infektionskrankheiten schauen. Und dass Unterbringung eine der Hauptursachen bei der Brunsterkennung ist, dass es häufig vorkommt, dass der Boden zu glatt ist, weshalb Kühe sich nicht zu springen trauen und Signale übersehen werden, und Mannomann, wie spiegelglatt war der Boden, auf dem du dich befandst, ich hatte dich, mein kleines Prachttier, im Krankenhaus gespritzt, ohne auf die Signale zu achten, ohne zu erkennen, dass du zwar springen wolltest, aber eher nicht bei mir, dass du zu Hause den falschen Boden hattest und alles sündig war und niemand mit dir über deine Springlust sprach, die du vor allem in deinem Zimmer oder außerhalb des Hauses zum Ausdruck brachtest, und ich sah nicht, dass du noch im Stadium der Trockensteher warst, die sich ein bisschen aneinander reiben, mehr aber auch nicht, nein, ich spritzte dich stierig, wie ich es bei den Rindern tat, wodurch sie einen beschleunigten Eisprung bekamen und schneller trächtig wurden, nicht, dass ich dich trächtig sehen wollte, meine Liebste, doch ich verwechselte deine naive Stierigkeit mit den Erwachsenenlüsten in mir selbst, und ich mied die Zeichen, damit ich bei dir eindringen konnte, damit ich dich mit meiner Liebe inseminieren konnte, und wirklich wahr, hochverehrte Magistrate, Sie müssen wissen, dass ich seit jenem Vorfall mein Leben zu bessern versuchte, dass ich meinen MSN-Account löschte und ein paar Tage lang nicht unter der Überführung erschien, ich hielt mich so viel wie möglich in Camillias Nähe auf, um sie zu überreden, mir eine letzte Chance zu geben, so widersprüchlich alles auch war, ich wollte meine Familie, meine Rettung und meinen Deckmantel nicht verlieren, und ich wusste, dass Camillia nie wieder eine Scheidung erleben wollte wie die ihrer Eltern, sie wollte das unseren Söhnen nicht antun, also zeigte ich mich von meiner besten Seite, bereitete ihr Haferflocken-mit-Himbeeren-Frühstück zu, spielte den perfekten Hausmann und Vater, ich ließ sie toben, wenn sie mich wütend anschrie, wie ich das bloß hatte tun können, wenn sie mich als Pädophilen bezeichnete oder als Kinderficker, als Flaumwühler, ja, sie nannte mich einen widerlichen Flaumwühler, und ich schälte dutzendweise Mandarinen für sie, während sie Fragen auf mich abfeuerte, deren Antwort sie eigentlich nicht wissen wollte oder ertragen konnte, sie fragte, wie wir es getrieben hatten, wie lange es gedauert hatte, ob ich in dir gekommen war, jede Bestätigung oder Erklärung meinerseits löste eine Schimpfkanonade aus, wobei ihr Mandarinenspritzer entfleuchten, und ich sagte nichts von der Matratze im Laderaum meines Arbeitsautos, erzählte, es sei auf der Rückbank passiert, und Camillia sollte es meinem ältesten Sohn erzählen, der inzwischen spitzhatte, dass zwischen uns etwas lief, und er sollte sich weigern, noch jemals auf der Rückbank zu sitzen, er sollte immer störrischer mir gegenüber werden, seit er wusste, was zwischen mir und seiner ersten Freundin passiert war, dass sein eigener Vater es mit einem Mädchen seines Alters getrieben hatte, und Camillia sollte wissen wollen, welche Art Unterwäsche du trugst, ich würde nichts von ihrem Slip sagen, den ich dir geschenkt hatte, ich würde nichts von den Mädchenschleifen auf der Vorderseite sagen, die mich so herrlich erbeben ließen, nein, ich ließ sie weinen, ließ zu, dass sie alles hinschmiss und eine Stunde später doch wieder mit einem Plan ankam, der uns aus dieser Scheiße retten sollte, ich ließ sie hoffnungsvoll Lösungen ersinnen, ließ sie einen Teebecher durchs Zimmer pfeffern und räumte die Scherben weg, ich näherte mich ihr wie einem Pferd, das gern tritt, und versuchte immer wieder, etwas näher an sie heranzukommen, doch jeder Versuch endete in Streit, und sie fragte mehrmals, ob ich ein Kinderficker sei, und ich log und sagte, es sei das erste Mal, dass ich ein Kind lieb hatte, obwohl das irgendwie auch stimmte, denn was ich für dich empfand, mein schöner Putto, hatte ich bislang noch nie bei einem anderen jungen Menschen erlebt, und ich dachte wirklich, zwischen uns sei es vorbei, ich dachte, es sei vorbei und ich könnte ohne dich weiterleben, ich wollte dir nicht länger Schaden zufügen, ich wünschte dir, dass du ein schöner Nachtschwalbenschwanz würdest, und ich würde diesen Prozess aus geziemender Entfernung verfolgen, würde nicht länger hinter dir herfahren, wenn du auf dem Kinderballadeweg vom Schwimmbad nach Hause radeltest, würde nicht mehr dein Publikum sein, wenn du mit Hide Exception in der Kneipe auftratst, und ich würde, wenn ich Jule und Elia beim Bäcker im Einkaufszentrum traf, wo sie jeden Freitag Puddingbrötchen kauften, nicht mehr auf die linke Tour herauszubekommen versuchen, ob du dich am Wochenende mit einem dear boy geküsst hattest; ich würde manchmal an dich denken, wenn ich im Bett lag oder unter der Dusche stand, würde deine Lippen wieder um mein Mördergeweih spüren, und das Verlangen nach dir würde manchmal so schmerzen, dass ich Camillia verletzen würde, weil ich mich grob von ihr wegdrehte, weil ich verschwieg, worüber ich grübelte oder wonach ich mich sehnte, und weil ich ihr nichts über meine Vergangenheit erzählte oder über meine Albträume. Ich würde bei jedem Song an dich denken, würde manche Sätze nur noch im Kopf unterstreichen, und dabei würde es bleiben, wirklich, ich dachte, dass es vorbei war, dass ich dich nicht noch mehr lädieren würde, doch da fuhr dein Pa plötzlich für eine Woche nach Frankreich, ins Charolais, um ein paar cremefarbene Fleischrinder zu kaufen, weil diese Rasse ihm gefiel und das schmackhafteste Fleisch lieferte, er fuhr los mit dem Toyota Avensis und dem Viehanhänger, und dein Bruder und du, ihr solltet zusammen zu Hause bleiben, um den Betrieb am Laufen zu halten, es sollte ein einziges Chaos werden, auf einmal fehlte jegliche Struktur, auf einmal war das Haus jeden Abend voll mit den langhaarigen Freunden deines Bruders, es wurde gesoffen, gekifft und gefickt, und du lagst in deinem Kinderlustgarten, angsterfüllt nach all den Horrorfilmen, die ihr euch tagsüber anschautet, weil du dich ja nach dem Sturz vom Futtersilo noch erholen musstest und nicht in die Schule konntest, du hörtest die Kühe brüllen, die zu spät gemolken wurden und mit bleischweren Eutern auf der Weide umherliefen, du hörtest deinen Bruder jeden Abend in ein anderes Mädchen stoßen, und während er sich mit Pizza Hawaii und Süßigkeiten vollstopfte, aßt du immer weniger und liefst immer mehr, sobald die ersten Freunde nach dem Melken laut johlend mit Bierkisten vor der Tür standen, zogst du dir deine Schuhe an und ranntest über den Polder, bis du wegen der Schmerzen an den geprellten Rippen und am gebrochenen Schlüsselbein aufhören musstest, bis es dunkel wurde und die Horrorszenen aus den Filmen in deinem Kopf aufwallten und du hinter jedem Gebüsch Patrick Bateman, gespielt von Christian Bale, aus dem Film *American Psycho* mit einer Kettensäge erwartetest, du dachtest an das vermisste Mädchen aus dem Benedenpeilsteeg, an den Kampf, der 1984 in jener Nacht in der Küche stattgefunden haben musste und bei dem Blutspritzer auf die Kokosmatte fielen, daran, wie Pastor Horreman gemeinsam mit dem Nachbarn von Nummer vierzehn und einem Psychotherapeuten aus der Gegend, der Kolumnen schrieb und sie häufig dem Mädchen widmete, das einer jungen Suzi Quatro ähnelte, behaupteten, der Täter oder die Täter wohnten in The Village, dass diese gewusst hätten, wo der Haustürschlüssel lag, und Suzi in jener Nacht überwältigten, wie daraufhin im gesamten Land mehrere Zeitungen über ihr Verschwinden berichteten und der Fall immer wieder aufgerührt wurde, sie schrieben über die geschlossene Gemeinschaft, in der niemand reden wollte, über die Fragenlisten, die ein paar Jahre später ausgeteilt wurden, und dass noch nicht einmal die Hälfte der dreitausendfünfhundert Einwohner bereit war, sie auszufüllen, man hörte alles Mögliche voneinander, doch in jener Nacht waren alle stocktaub gewesen, manche sollten ihre Haustür mit Riegeln sichern, aus Angst, der Täter würde erneut zuschlagen, und auch die Polizei sollte in einer Untersuchung vorsichtig äußern, das Risiko sei hoch, dass sich der Täter ganz in der Nähe befinde, so nah, dass man leicht geklaut werden konnte, ohne dass ein anderer es merkte, und in deinem Geburtsjahr sollte der Hausarzt, der für Leute, die mehr von jenem Sommertag wussten, als Vertrauensperson bestimmt worden war, beim Bergsteigen verunglücken, und Pastor Horreman sollte diese Aufgabe übernehmen, im Laufe der Jahre sollten immer mehr Finger auf den Psychotherapeuten zeigen, der zusammen mit dem Nachbarn eine Arbeitsgruppe gegründet hatte, um Suzi zu finden, sie sollten behaupten, sie wüssten, wer der Täter sei, und würden das in Kürze bekannt geben, sie fingen an, in Tegenland, auf Äckern und Mülldeponien zu graben, mehrere Hellseher sollten The Village besuchen, Dorfbewohner trauten sich nicht mehr, mit dem Hund hinauszugehen, und der Psychotherapeut sollte sagen, dass der Täter ihm einen Brief mit einem beigelegten Bußpsalm geschickt habe, einem Vers aus Psalm sechs: *Ich bin so müde vom Seufzen; ich schwemme mein Bett die ganze Nacht und netze mit meinen Tränen mein Lager.* Der Psychotherapeut sollte in seinen Kolumnen versprechen, so schnell wie möglich den Namen des Täters oder die Namen der Täter bekannt zu geben, bis er selbst in Verdacht geriet und sich zurückzog, und daran dachtest du und auch an den Vater von Suzi, der Hausmeister an der Grundschule war, in die du gegangen warst, und dass du an jedem Freitagnachmittag mit ihm zusammen den Zählerstand ablesen und den Lehrern und Lehrerinnen Kaffee bringen durftest und dich als etwas Besonderes empfandst, du dachtest daran, wie vernarrt du in ihn gewesen warst, in diesen lieben, zerbrechlichen Mann, der bei den Lehrerinnen immer grinsend einen zusätzlichen Zuckerwürfel in den Kaffee tat und augenzwinkernd sagte, das mache sie etwas weniger streng, und du ranntest, die Hand an die Rippen gepresst, über den Polder, als säße der Mörder dir auf den Fersen, zitternd vor Angst solltest du bei der Heimkehr unter die Dusche gehen, um dich danach tief im Bett zu verkriechen, während unter dir die Musik der Lieblingsband deines Bruders dröhnte, Audio Adrenaline, eine christliche Rockband aus den Vereinigten Staaten mit einem guten Beat, wenngleich du irgendwie dachtest, das Wummern würde Gott nur abschrecken, und du fühltest dich einsamer denn je, du dachtest, dein Pa würde nie mehr zurückkommen, dass er sich wie die Verlassene aus dem Staub gemacht habe, und du hörtest, wie unten der Hausrat in die Brüche ging, du rochst das Dope, und um dich zu beruhigen, verkrochst du dich in dein liebstes Kinderbuch, *Böse Hexe, liebe Hexe* von Hanna Kraan, du stelltest dir vor, dass du in dieser Geschichte lebtest, dass du in diesem Wald warst mit dem Hasen, dem Igel, der Amsel und der Eule, du last die Geschichten immer wieder von Neuem und langweiltest dich nie dabei, du konntest lesen, bis du dich in Sicherheit fühltest, bis du das Buch weglegtest und die Nachttischlampe ausknipstest, dann verlorst du dich in Gesprächen mit Freud und Hitler, und das war schlimmer geworden, seit dein Pa in Frankreich war, als übernähmen sie die Elternrolle, und sie saßen auf der Schreibtischkante und sprachen zu dir, sie gingen den Tag mit dir durch und wiesen dich auf die Schmerzpunkte hin, du besprachst mit ihnen deine Einsamkeit, deine Gelüste nach einem Jungsgeweih, und Freud sollte sich dem letztgenannten Fall mit bedenklicher Miene zuwenden, er würde dir vom Europäischen Maulwurf, dem Sumpfmeerschweinchen und der Tüpfelhyäne erzählen, bei denen die Weibchen einen Pseudopimmel haben, anscheinend hatten sie außen ein kleines Geweih, innen jedoch eine Gebärmutter und Eierstöcke, sie konnten niemanden damit befruchten, und hinter dem Pseudopimmel hatten sie eine Öffnung für die Befruchtung und für die Geburt, sie konnten zwar damit pinkeln und sich paaren, doch Freud würde erzählen, dass die Hyänenweibchen einen Pimmel vor allem dafür hatten, um zu dominieren, um als Erste fressen zu dürfen, die beste Nahrung zu haben und ihre Jungen füttern zu können, und das war gut für ihre Existenz, sonst würden sie rasch aussterben, und er sagte, bei dir könne es möglicherweise auch so sein, du wollest vor allem deswegen ein Geweih haben, um dich stark, markig und mächtig zu fühlen, um nicht auszusterben, du wuchst mit deinem Pa und deinem Bruder zusammen auf und wolltest nicht die Schwächste sein, weil du sahst, dass sie eine andere Beziehung zueinander hatten und du bei Gesprächen oft außen vor gehalten wurdest, denn es waren Männerthemen, und dein Pa rangelte nicht mehr mit dir herum, seit du Blut verloren hattest, als könntest du jeden Moment zerbrechen, er wusste nicht mehr, wie er mit dir umgehen sollte, dass ein Geweih zu haben dir die Vorstellung vermittelte, dazuzugehören, stark zu sein, und ja, die Faszination dafür war außer Kontrolle geraten, du konntest an nichts anderes mehr denken, wenn du einen Hengst auf der Weide sahst, dann hofftest du, sein Glied würde sich aus dem Schacht schieben und du könntest es dir ohne Scham ansehen, das hofftest du, und du träumtest immer öfter davon, dass die Lehrerinnen und die Mütter deiner Freundinnen dir halfen, im Stehen zu pinkeln, und du würdest Freuds Erklärung nicht hören wollen, wolltest unbedingt ein Geweih bekommen, auch wenn du dafür klauen oder deine Spardose zerschlagen müsstest, egal, und du würdest böse auf Freud werden, würdest rufen, er solle abhauen, aus dem Haus verschwinden, und du würdest immer häufiger Hitler in deinen Kopf lassen anstatt deine Freundinnen, du besprachst mit ihm den Krieg, der in dir wütete, du würdest ihn fragen, wie es sei, fast zu sterben, denn du hattest irgendwo gelesen, dass während des Ersten Weltkriegs Hitlers Schnurrbart, der damals voller und dicker war, ihn beinahe das Leben gekostet hatte, weil die Gasmaske, die er trug, dadurch nicht ganz abschloss, und er würde sagen, du wüsstest doch, wie sich das anfühle, er würde dich daran erinnern, wie du im Schwimmbad unter das Floß geraten warst, daran, wie du dich in einem Jutesack auf die Straße gelegt hattest, und du würdest langsam nicken, ja, du verstandst, wie sich das anfühlte, und du würdest ihn fragen, warum er ein Tierfreund war, Menschen aber verabscheute, warum er kein Fleisch aß, ob er seine Hündin Blondi vermisste, der er vor seinem Selbstmord eine tödliche Kapsel verabreicht hatte, damit sie den russischen Truppen nicht in die Hände fiel, und er würde sagen, dass Tiere einen nicht zurückwiesen, dass Schäferhunde loyal waren, dass er in seinem Leben so oft zurückgewiesen worden war, dass er es eines Tages von niemandem mehr ertrug, dass Blondi ihm das Herz gestohlen hatte, er hatte mehrere Schäferhunde in seinem Leben gehabt, aber keiner war wie sie, und du würdest ihm sagen, dass jemand, der Tiere liebte, doch etwas Menschliches haben müsse, und er würde ein trauriges Gesicht machen, jemand, der so hasserfüllt war, wollte nicht auf seine Menschlichkeit hingewiesen werden, das würde ihn verletzlich machen, und Verletzlichkeit war die schlimmste Atombombe, die es gab, die jagte von innen her alles in die Luft, und obwohl du noch so jung warst, verstandst du doch, wie das zusammenhing, und du würdest mit ihm in puncto Ruhmsucht wetteifern, würdest erzählen, dass du manchmal den Gang zwischen den Kirchenbänken entlanggingst und dir vorstelltest, dass alle dich ansahen und bewunderten, dass vor allem die Bauernknechte sich nach dir umdrehten, in solchen Momenten fühltest du dich mächtig und sangst aus voller Brust die Kirchenlieder mit, während du dir im Geiste ausmaltest, dass du mal eine weltberühmte Musikerin würdest, und Hitler würde schläfrig werden, er würde gähnen und sagen, es sei schon spät und du müsstest ins Bett, und beim Aufwachen würdest du einen verstohlenen Blick in deinen Slip werfen, ob dir schon ein kleines Geweih gewachsen war, um dann enttäuscht zur Decke hochzustarren und dir zu überlegen, was du an diesem Tag *nicht* essen würdest, du stelltest eine Liste zusammen und schriebst alles auf, was dir schmeckte, aber nicht gut für dich war, und es beruhigte dich, dass du das selbst bestimmen konntest, und du würdest mir danach eine Nachricht schicken, dass du jetzt nach Stavanger wolltest, ob ich dich abholen könne, und ich würde in meinem Fiat unter der Überführung warten, und dort sagte ich dir, dass das nicht ginge, dass wir nicht nach Stavanger fahren würden, und Tränen traten in deine schönen blaugrünen Augen, du riefst mit hoher Stimme, dass ich es versprochen hätte, wir würden zusammen die Verlassene besuchen und danach das Phallusmuseum in Island, du warst außer dir vor Wut, von all dem Kummer, der sich in deinem kleinen Körper angehäuft hatte und durch die Risse in deinen Knochen sickerte, und alle Gewissheit, dass ich ohne dich leben könne, verschwand, sie verschwand, werte Magistrate, sosehr ich auch versuchte, gegen meine eigenen Begierden anzuschwimmen, und ich öffnete die Autotür und lief um den Fiat herum und zog dich mit auf das abgeerntete Flachsfeld und ließ mich auf die Stoppeln fallen, ich zog dich auf den Schoß und erzählte dir, dass Flachs erst reif sei, wenn er ungefähr ein Meter zwanzig hoch gewachsen sei und wenn er nicht lagere, dass Lagern plattliegen bedeute, dass, wenn ich dich nach Stavanger mitnähme, du zu früh geerntet würdest, dass du erst noch wachsen müssest, und du fragtest, wie lang du denn werden müsstest, bevor wir führen, und ich suchte nach einer Antwort, mit der du dich zufriedengeben würdest, und sagte, wir könnten fahren, wenn du volljährig wärst, du schobst die Lippen aus Enttäuschung schmollend vor, denn vier Jahre, das klang wie eine Ewigkeit, und ich flüsterte, dass ich wahnsinnig gern mit dir lagern wolle, und drückte dich rücklings auf die Stoppeln, und ich roch das Dope in deinen Haaren, und du sagtest, dass du Freud vor die Tür gesetzt hättest, dass der nicht ganz richtig im Kopf sei mit seinen ganzen Theorien, und ich antwortete, das sei eine gute Idee, und küsste dich, und du fragtest, wie viele Kalorien ein Kuss habe, und ich sagte, dass es einen nur Kalorien koste, und du hattest deine kleine Zunge in meinen Mund geschoben, und du solltest ein wenig stöhnen, als ich auf dich kroch, wie du es die Mädchen im Zimmer deines Bruders hattest tun hören, und du dachtest, das gehöre dazu, und auf meine Ellbogen gestützt fragte ich, wie es bei euch auf dem Hof laufe, du wandtest den Blick ab und erzähltest, wie nett dein Bruder und du es hatten, wahnsinnig nett, dass du deinen Pa nicht wirklich vermisstest, dass du das Fliegen intensiver trainieren könntest, dass es den Kühen gut gehe, *ja,* sagtest du, *den Kühen geht es gut.*

38

Dein Bruder sollte nicht länger eine Katze imitieren. Auch wenn dir dieses Miauen tausendmal lieber war, das dich kurz erstarren ließ, woraufhin du deine Nachttischlampe anknipstest und dich böse über die Bettkante beugtest, wo du das grinsende Gesicht deines Bruders sahst, der dann lachend die Fäuste an deinen Lattenrost drücken würde, dieses Miauen also war dir lieber, als wenn er dich in Angst und Schrecken versetzte, indem er von Suzi anfing, dass jeder der Mörder sein könne, sogar der freundliche Mann, der The Shoe Pecker genannt wurde, weil er jeden Monat von Neuem von Haus zu Haus ging, um zu fragen, ob jemand Schuhe hätte, die repariert werden müssten, und sie später wieder funkelnagelneu zurückbrachte, ja, sogar The Shoe Pecker konnte es sein, und dein Bruder würde schelmisch sagen, es bestünde die Möglichkeit, dass Suzi eines Tages wie eine Kartoffel gerodet würde und an die Oberfläche kam, oder dass sie vielleicht irgendwo versteckt gehalten wurde wie beim Fall Dutroux, und er wusste, wie sehr dich diese Geschichten ängstigten, wusste, dass du dich nicht einmal mehr in den Keller trautest, um eine Dose Erbsen zu holen, und du nahmst dir vor, nie mehr etwas zu stehlen, jemand könnte es vermissen, und natürlich waren Flippos oder ein Vorlesebuch nicht das Gleiche wie ein Kind, doch du wusstest auch, dass Diebe häufig klein anfingen und immer größere Trophäen erbeuten wollten, und dein Bruder würde manchmal in seiner Grobheit und von Dope benebelt sagen, er würde dich umbringen, er würde dich kaltmachen, und du hofftest dann noch stärker, dass du wie die Tüpfelhyäne einen Pseudopimmel bekämst, damit du dich stärker fühlen konntest, damit du nicht aussterben würdest, und du blicktest auf das Zimtbrötchen auf deinem Teller, das du aus der Tiefkühltruhe geholt hattest, du verfolgtest den Auftauprozess und fragtest dich, ob du es essen solltest oder nicht, du warst wild auf Zimtbrötchen und fandst den Marktmann, der sie donnerstags nachmittags in The Village auf dem Platz verkaufte, sehr nett, er schenkte dir immer einen Riesen-Bokkenpoot, einen »Bocksfuß«, dazu, der mit extra viel Creme gefüllt und mit Erdmandelflocken bestreut war, den du aber immer häufiger aus deinem Schlafzimmerfenster in die Dachrinne rutschen ließt, du konntest sie nicht mehr essen und wolltest nicht, dass dein Pa das merkte oder dass du den Marktmann enttäuschen musstest, indem du sagtest, dass Bokkenpoten von Übel seien, dass du die in Schokolade getauchten Füße in deinem Magen herumtrippeln spürtest, dass du lieber einen leeren Mistgang hättest, genauso wie im Sommer alles leer war, wenn die Blaarkoppen hinausdurften, und die Dachrinne würde von all den Bokkenpoten verstopfen, das Regenwasser würde nicht mehr ablaufen können, dein Pa stellte einmal eine Leiter daran, weil er dachte, die Rinne wäre voll von Blättern und Ahornsamen, und da sollte er das Bäckersortiment finden, er sollte die bröseligen, angeschimmelten Gebäckstücke in einen Eimer werfen und sie danach auf den Komposthaufen kippen, er sollte ärgerlich zu dir sagen, dass es in Afrika Kinder deines Alters gebe, die verhungerten, und du würdest das Gebäck einfach aus dem Fenster schmeißen, von da an sollte er dich im Auge behalten und während der Kaffeepause warten, bis du dein Cremegebäck gegessen hattest, das du mit Tränen in den Augen und dicker Kehle in Mäusehäppchen hinunterwürgtest, und danach solltest du deine Laufschuhe anziehen und versuchen, nicht an all die Kinder in Afrika zu denken, die mit aufgetriebenen Bäuchen hungrig auf die Fliegen starrten, die ihre Gesichter umsummten, und einen Mord für die Bokkenpoten des Marktmanns begehen würden, aber das war erst später, jetzt war dein Pa noch in Frankreich, und als das Zimtbrötchen aufgetaut war, beschlosst du, es doch wieder in die Gefriertruhe zurückzulegen, zwischen das Fleisch von den Kühen, eine Viennetta-Eispackung und Rosinenbrötchen, und so wiederholtest du immer wieder den Prozess des Auftauens und Einfrierens, so laviertest du zwischen Essen und Nicht-Essen herum, und dein Bruder sollte durch die Drogen, die er mit seinen Freunden konsumierte, unberechenbar werden, im einen Moment war er irrsinnig froh und gutmütig, im nächsten wüst und unberechenbar, und an jenem Augusttag, dem fünften ohne die Aufsicht eures Pas, solltet ihr in die Zeitung kommen, nachdem dein Bruder mit ein paar Freunden Bullebak, dem Lieblingsstier eures Pas, zum Spaß eine XTC-Pille gegeben hatte, sie stopften sie in ein Würstchen im Blätterteig, und das Tier drehte total durch, es machte die verrücktesten Sprünge, mit Schaum vor dem Maul rannte es mit großer Kraft und Geschwindigkeit durch den Stall, und dein Bruder und seine Freunde lachten, sie schauten zu, Schweißtropfen vom Trainieren noch auf der Stirn, Handtücher um den Hals, und hatten nicht die leiseste Ahnung, dass der Stier sich einen Moment später umdrehen und mit wildem Blick auf sie losstürmen würde, dass einer der Freunde, Joris, der ein paar Häuser entfernt wohnte, zu spät wegspringen und auf die Hörner gespießt würde, er sollte totgedrückt werden zwischen dem massigen Stierkörper und der Stallwand, Bullebak sollte zusammenbrechen, den leblosen Joris neben sich, und es sollte totenstill werden im Stall, fast so still wie damals, als der Viehbestand während der Maul-und-Klauenseuchen-Krise gekeult worden war, und du standst wie erstarrt hinter dem Gatter und sahst, wie sich die Stille allmählich in Verzweiflung verwandelte, du sahst, wie alle Luft aus den starken, aufgepumpten Leibern verschwand, du sahst das Blut aus Joris schießen und solltest mich anrufen, du solltest leise sagen, dass der Tod wieder zu Besuch gekommen sei, würdest murmeln, dass Joris hin sei, so hin wie der Vogel aus dem Buch von Max Velthuijs, und ich würde es Camillia erzählen, die mir meine Ehrlichkeit hoch anrechnete, und sie sollte keinen Moment zögern, sondern sich die Autoschlüssel aus der Obstschale schnappen, wir sollten zusammen zum Bauernhof fahren, nachdem ich deinen Pa angerufen und ihm die schreckliche Nachricht übermittelt hatte und er mit erstickter Stimme sagte, als hätte er den Mund voller Trauermücken, dass er so schnell wie möglich nach Hause käme, dass es aber noch ein paar Tage dauern könne, bevor er zurück wäre, ob ich mich in der Zwischenzeit um dich und deinen Bruder kümmern könne, und unterwegs verloren Camillia und ich kein Wort über die Tatsache, dass wir zusammen zu diesem Kind fuhren, das sein Leben total auf den Kopf gestellt hatte, weshalb es schon seit Tagen kaum schlief und mehrere Migräneanfälle gehabt hatte, wir sollten auf den Hof fahren und ein grauenvolles Chaos vorfinden, dein Bruder sollte kein Wort mit mir sprechen, sondern nur mit Camillia, aber er sollte erleichtert sein, dass wir da waren, dass wir seine Freunde beruhigten, dass wir die Polizei anriefen und zu den Eltern von Joris gingen, dass ich mit ein paar Nachbarn Bullebak vorn an die Straße brachte und dass Camillia, als es Abend wurde, Pommes in der Imbissstube holte, weil wir ja irgendwas essen mussten, und sie zusammen mit dir das Haus aufräumte, sie sollte dich kaum ansehen und nur die allernötigsten Antworten geben, wir sollten draußen auf dem Rasenplatz schweigend die Pommes verdrücken, nachdem die Polizei den Hof verlassen hatte, wie damals nach dem Unglück mit dem Verlorenen, und ich versuchte dann und wann deinen Blick einzufangen, mein schöner Putto, ich wollte dir zeigen, dass ich für dich da war, ich wollte sehen, ob alles noch in Ordnung war zwischen uns, doch du schautest lustlos auf die frittierten Kartoffelstäbchen auf deinem Teller und solltest sage und schreibe drei davon essen, dein Bruder hingegen schob sich zwei Frikandellen Spezial und eine Bamischeibe rein, schließlich sollte ich das Wort ergreifen und sagen, dass es nicht eure Schuld sei, dass diese XTC-Pille euch einen bösen Streich gespielt habe, richtig böse, dass ihr aber nicht wissen konntet, dass es so aus dem Ruder laufen würde, dass ihr den Tod von Joris und Bullebak nicht auf eurem Gewissen hättet, und dein Bruder würde seinen Gartenstuhl wüst zurückstoßen und in Richtung Deich davonlaufen, wo er eine Zigarette rauchen, vielleicht auch heulen würde, er würde an den restlichen Tagen keine Parties mehr feiern, nicht mehr den Teil des alten Stalls betreten, in dem schon seit Jahren keine Kühe mehr standen und wo er auf die

Wand mit roter Graffitifarbe POWERBASE gesprayt und er und seine Freunde stundenlang trainiert hatten, er würde keine Mädchen mehr einladen, sondern sich ganz auf den Hof konzentrieren, Camillia und ich behielten euch an den folgenden Tagen im Auge, bis euer Pa zurückkam, und ich muss ehrlich gestehen, dass diese Situation mir bestens gefiel, ich war in deiner Nähe, Camillia schien für den Augenblick ihre schlimmste Wut, ihr Leid und ihre Ohnmacht vergessen zu haben und widmete sich ganz den beiden kaputten Vögelchen, auch wenn sie uns keinen Moment allein ließ, und ich dachte wirklich, dass das gut für euch war, dass ihr diese Unterstützung brauchtet, sah aber nicht, dass es dir immer schlechter ging, dass ich dich manchmal dünn wie einen Hauch über den Hof schweben sah und du laut mit nichts und niemandem sprachst, dass ihr euch abends, nachdem wir etwas zu essen gebracht hatten, die schaurigsten Filme anschautet, zum Beispiel *Im Todestal der Wölfe,* Teil II von 1984, in dem eine Gruppe Menschen aus den Vereinigten Staaten durch die Wüste von New Mexico zieht und ihr Bus zusammenbricht und sie nachts von den Bewohnern eines nahegelegenen Dorfes aufgestört werden, die infolge von Atomtests der amerikanischen Regierung mutiert sind, und du solltest zwischen deinen Fingern hindurch auf den Fernseher linsen, solltest keinen Mucks mehr wagen, doch sobald du den Blick abwandtest, sahst du Joris aufgespießt vor dir, sahst du Bullebak, mit dem dein Pa immer liebevoll gesprochen hatte, wenn er an ihm vorbeigegangen war, dem er beifällig die Flanke getätschelt hatte, wenn Bullebak eine Blaarkopkuh besprungen hatte, du sahst das Geschehen immer und immer wieder vor dir, deshalb schautest du dir den Film weiter an, die mutierten

Wüstenbewohner, und bekamst mehr und mehr Angst, und in jener Woche würdest du nicht unter der Überführung erscheinen, du würdest sagen, dass du wunde Füße hättest mit Blasen, groß wie die Osterinsel, das würde mich gereizt und misstrauisch machen, ich würde dir eine Nachricht schicken, dass das *bullshit* sei, ja, bullshit, mit mehreren Ausrufezeichen dahinter, *!!!,* und ich wusste, dass du es nicht ertrugst, wenn jemand böse auf dich war, dass dich das an die Ohnmacht und Erbitterung der Verlassenen erinnerte, die noch immer in Stavanger war oder in Bexleyheath bei Kate Bush, dass, als sie umgekippt war, auch in dir etwas donnernd herabgefallen war, dass, wenn sie eine kleine Wunde gehabt hatte, du den Schmerz gespürt hattest, du warst damals erst knapp drei Jahre alt, konntest dich aber noch mit Gewissheit daran erinnern, dass sie ein Kleid trug an dem Tag, an dem sie euch verließ, ein blaues Abendkleid, obwohl sie am Morgen ging, als ob sie den Abend mitnähme, der danach nie mehr der gleiche sein würde, der dunkler war und sich nahtlos um dich schloss wie das Schafskostüm beim Schulmusical, als Maria allergisch gegen dich war, so sollte es sich abends anfühlen, als ob du bei jedem eine Allergie auslöstest und nur von der Seitenlinie aus zuschauen durftest, wie die Dunkelheit die Bühne betrat und den Vorhang fallen ließ, und du fürchtetest das Dunkel, sogar wenn dein Pa den Bauscheinwerfer hinten auf dem Hof anließ und die Kopfweiden ein malerisches Bild abgaben, und ich sollte nach meiner Nachricht eine weitere schicken, dass es mir leidtue, dass wir uns bei Joris' Beerdigung sehen würden und ich danach eine Überraschung für dich hätte, etwas, was dich aufheitern würde, und Camillia kochte jeden Abend zwei Mahlzeiten zusätzlich und erklärte sich selbst manchmal für verrückt, dass sie das kleine Monster fütterte, sie balancierte zwischen Fürsorge und Wut und dachte vielleicht, dass die Liebe zwischen uns, meine himmlische Auserkorene, dass sie die rauskochen könne, und so fuhren wir jeden Abend mit einem Topf Spaghetti oder einer Auflaufform Lasagne auf der Rückbank zu eurem Hof, wo ich deinem Bruder bei den Kühen half und Camillia sich mit dir ans Aufräumen machte und dich nach deinen Hausaufgaben fragte, sie sah deinen Aufsatz über Roald Dahl durch, deine Texte für die Schulzeitung, und manchmal sollte sie dich ansehen und sich uns beide zusammen nackt auf der Rückbank vorstellen, dann wurde sie bösartig und nannte dich Hure, dreiste Göre, sie machte deinen Aufsatz runter, sagte, dass Roald Dahl sich in seinem Grab in Great Missenden umdrehen würde, wenn er das läse, dass er Kinder eigentlich nicht mochte, man brauche sich nur *Hexen hexen* oder *Das riesengroße Krokodil* anzusehen, die könnten kleine Menschen absolut nicht leiden, vor allem solche wie dich, redete sie dir ein, und sie ließ dich nicht glänzen, sondern demütigte dich, wie sie sich selbst gedemütigt fühlte, sie sollte ihre Worte nicht nur mit Rotstift an den Rand deines Aufsatzes kritzeln, sondern auch an den Rand deines Gewissens, und du strengtest dich noch mehr an, es wiedergutzumachen, auch wenn du nicht mal wusstest, dass das, was geschehen war, ernst war, weil du dachtest, alle in deiner Klasse hätten *es* bereits gemacht, und noch nicht wusstest, dass es mit dem einen normal und mit dem anderen strafbar und letztlich zerstörerisch war, dass dein Körper nichts war, was man so einfach mit jemandem teilt, du betrachtetest die Liebe als Herbarium, wie du eins in der ersten Klasse zusammenstellen musstest, und zwar möglichst vollständig, indem du möglichst viele Pflanzen sammeltest und in der Holzpresse trocknen ließt, so eine Blume warst du, du wolltest zwischen jemandes Händen verewigt werden und warst dafür zu allem bereit, und ich presste langsam alle Feuchtigkeit aus dir heraus, all deine *amorousness*, ich zog die Schrauben an und nahm dir alle Freiheit, und wir sollten an jenem Freitag, dem Tag bevor dein Pa aus Charolais zurückkam, zu viert zu Joris' Beerdigung in die reformierte Kirche am Deich gehen, wo Pastor Horreman den Gottesdienst abhielt und von dem tragischen Schicksal sprach, ich sollte neben dir auf der Kirchenbank sitzen und meine Hüfte an deiner brennen spüren, dein Bruder saß geknickt neben dir, und Camillia sollte ihre Hand auf seinem Rücken ruhen lassen, und du solltest hin und wieder einen Blick darauf werfen, fast neidisch, und hinterher tranken wir Kaffee und aßen ein Stück trockenen Kuchen in der Trauerhalle des Friedhofs, und ich sollte sehen, wie du verstohlen aus der Menge verschwandst, ich ging dir nach, während ich kurz zu Camillia schaute, die bei den untröstlichen Eltern von Joris stand und nicht auf mich achtete, ich schlüpfte hinaus und sah dich am Grab des Verlorenen stehen, sah, wie du aus deiner Jackentasche ein Stück Kuchen hervorholtest und es dir als Ganzes in den Mund stopftest und wie du da, ohne zu kauen, mit prallen Kuchenwangen stehen bliebst, du standst da, mein Augenstern, so lange, bis die Totengräber den Friedhof zuschließen wollten, bis sie dich mit den Worten nach Hause schwatzten, du könntest ein andermal wiederkommen, die Verstorbenen würden nicht weglaufen, und du solltest deine Wangen bei den Koniferen leeren, solltest mit dem Fuß ein bisschen Kies über die Kuchenbrocken scharren, solltest zu deinem Bruder sagen, dass der Tod an Zuckerkrankheit leide und Ärger mit Ausreißern habe, ihr solltet hintereinander in einem Trauerzug zum Hof De Hulst zurückgehen, zu den durstigen Kälbern, die mit den Köpfen an die Gitterstäbe der Igluställe schlugen, ich sah, wie du dich noch ein Mal umschautest, mein kleines Prachttier, ich wartete, bis ihr am Ende der Avondlaan wart, bis Camillia mich bei der Hand nahm und zu ihrem Auto mitzog, einem roten Renault Twingo, dessen Anblick dich noch Jahre später zusammenfahren ließ, wenn du einem solchen Modell begegnetest, ebenso wie einem schwarzen Fiat, und Camillia flüsterte streng, jetzt sei endgültig Schluss, wir müssten dieses Kind aus unserem Leben verbannen, und ich nickte, ich nickte, weil ich wusste, dass dies ein schönes Ende sein könnte, etwas, was man oft in Büchern und Filmen sah, eine letzte Szene auf dem Friedhof mit trübem Wetter und Regenschirmen, aber es war unmöglich, dich so gehen zu lassen, es dabei bewenden zu lassen, wir fuhren nach Hause in unserer Trauerkleidung, ich kratzte einen Kuchenkrümel von meinem schwarzen Revers und dachte nur: Wir gehen in die falsche Richtung, kehr um, bitte kehr um!

39

Ich spielte die Ruhe der Verzweiflung, den Frieden vor dem Sturm der Torheit so meisterhaft, ich war der umgängliche und wohlwollende Arzt, der jedes Tier in The Village ins Grab brachte oder davor bewahrte, ich kam angefahren mit einer Tasche voll Penicillinkuren, Antibiotika, Entzündungshemmern, Hufkratzern, und ich trug ständig ein Stethoskop um den Hals, das ich am liebsten an deine flache Brust gelegt hätte, um zu hören, bei welcher Handlung dein Herz einen Schlag aussetzte oder schneller zu pochen begann, und wohin ich auch kam, die Bauern empfingen mich herzlich, das war während der Maul-und-Klauenseuchen-Epidemie schon anders gewesen, doch die lag inzwischen lange zurück, wenngleich wir sie nie vergessen würden, wir sollten die Bilder niemals von unserer Netzhaut bekommen, und beim Kriegsmahnmal im Wilde Jagerspark, auf dessen Sockel eine weinende Frau saß und eine andere Frau mit den Händen vor dem Gesicht stand, unter ihnen die Worte AUF DASS WIR NICHT VERGESSEN, dort hattest du im letzten Mai die Ohrmarken der Kühe hingeschrieben, die gekeult worden waren, neben die in Stein gemeißelte Liste mit den Namen der im Zweiten Weltkrieg Getöteten aus The Village, von denen der Jüngste neun Jahre alt war, und du solltest bei der Totengedenkfeier, wenn sich die ganze Gemeinde im Wilde Jagerspark versammelte, nicht nur an die Kriegsopfer denken, sondern auch an das Vieh, am liebsten würdest du auch für sie einen Kranz niederlegen, doch das ging deinem Pa zu weit, und du sangst lauthals das Wilhelmus mit, das von der Blaskapelle angestimmt wurde, und lauschtest atemlos einem Mitglied des Gemeinderats, das das Gedicht »Widerstand« von Remco Campert vorlas, du kanntest ihn zwar nicht, diesen Herrn Campert, fandst das Gedicht aber prachtvoll und solltest danach alles von ihm lesen, und während der beiden Schweigeminuten hattest du Angst, du würdest Reizhusten bekommen, angespannt wartetest du darauf, dass die Trompeten erschallen würden, du konntest dir wenig unter Krieg vorstellen und zugleich alles, deine Fantasie war so grenzenlos groß, dass du dich jeden Moment im Schützengraben befinden konntest, du hattest die Filme *Schindlers Liste* und *Der Untergang* und *Das Leben ist schön* mehrmals gesehen und konntest daher die Angst nachempfinden, um tief in ihr zu verschwinden, so tief, dass du während dieser beiden Schweigeminuten glaubtest, die Deutschen und die Alliierten hinter den Häuserblocks zu sehen, und jemand sollte eines Tages die Liste mit den verstorbenen Kühen entfernen, weil ihr Leiden mit dem der Kriegsopfer nicht zu vergleichen sei, und ja, die Bauern, zu denen ich kam, blühten langsam wieder auf und freuten sich über mein Kommen, ihre Frauen stellten mir Kaffee oder ein Bier hin, und danach untersuchte ich die Tiere, ich wusste, wovon ich sprach, wenn ich auf der Weide einen Prolapser sah, ein Schaf mit einem Scheidenvorfall, dann wusste ich, wie ich zu handeln hatte, doch bei dem Prolapser, der mir am meisten am Herzen lag, scheiterte ich komplett, das war bei dir, meine himmlische Auserkorene, jeder sah dir schon äußerlich an, dass es dir nicht gut ging, man sah dich in deinem Nachthemd über die Polder rennen und immer stärker abmagern, einige sagten, sie könnten deine Knochen klappern hören, wenn du näher kamst, als würde man eine Futterschaufel voller Brocken schütteln, sagte ein anderer, sie spähten, die Hände über den Augen, in die Ferne, wo du zwischen Ackergipskraut und Knorpelmöhren umherflattertest, und sie schüttelten manchmal den Kopf und sagten, es sei vollkommener Wahnsinn, im Dämmerlicht durch die verlassene Landschaft zu rennen, dass du auf diese Weise dazu auffordertest, geklaut zu werden, und ich konnte ihnen nicht sagen, dass du niemals geklaut werden würdest, weil du bereits in meinem Besitz warst, weil ich dich niemals aus dem Auge lassen würde, und ich wusste, dass ich dabei versagte, meine wahnsinnige Liebe und meinen Hunger nach dir zu mäßigen, zwischen dem Monströsen und dem manchmal Väterlichen in mir zu unterscheiden, das Paradies und die Hölle in meinen Beweggründen zu erkennen, und wenn ich im Bett lag, schaute ich ständig auf deine Telefonnummer auf meinem Display, über der stand: *der Vogel.* Manchmal ließ ich es klingeln, um deine Voicemail zu hören, deine Stimme, und dann legte ich wieder auf und scrollte durch unseren Chatverlauf auf der Suche nach etwas, woran ich mich festhalten konnte, nach einem Zeichen, dass du das Gleiche für mich empfandst, obwohl ich wusste, dass Liebe für dich so etwas wie eine Süßigkeit war, etwas, wonach es dich heftig verlangen konnte und das du wieder vergaßt, sobald dein Magen gefüllt war, sobald dir von dieser ganzen Süße ein wenig übel wurde, und ich sah nicht, dass ich dich elend machte, dass du nicht länger an Süßigkeiten dachtest, dass du nur noch selten in den Laden an der Cinderellalaan gingst, um eine Tüte mit Karamellbonbons füllen zu lassen, mit Hexenlakritz, rosa Speckbällen und Fruchtherzen, dass du so dünn wurdest, dass du nicht mehr festgehalten werden konntest, es blieb zu viel Raum in meinen Armen, und ich würde später, viel später, während ich auf diesen Hochsommer und meine giftigen Taten zurückblickte und die Magistrate mir eine Gefängnisstrafe auferlegen sollten, die Sache groß in allen Zeitungen erscheinen sollte und in gelben Lettern auf Teletext, erst dann würde ich mir das Lied »Sweet Bully« auf deiner Platte *Kurt12* anhören, über den Tod von Joris und die Beerdigung danach, über Bullebak, der zwei Tage an der Straße gelegen hatte, bevor der Kadaverdienst kam, und wegen der Hitze angefangen hatte zu verwesen, dein Pa sollte seit seiner Rückkehr aus Frankreich kein Wort mehr zu euch sagen außer dem Notwendigsten wie beim Weiterreichen der Butterdose und des Apfelsirups, er sollte dich manchmal anschauen, wenn du auf der Spüle Möhren auf eine Waage legtest und ein Kilo pro Tag in dich hinein knabbertest, er sollte sehen, wie deine Haut und das Weiß in deinen Augen sich langsam orange färbten, er sollte dich manchmal am Handgelenk packen und es mit seinen Fingern umschließen, er sollte den Kopf schütteln und im Stall verschwinden, er sollte sich auf den Stuhl im Werkzeugschuppen setzen und den Kopf senken wie damals, als du erzähltest, dass du The Village verlassen würdest, dass du aufsteigen würdest und er erregt zwischen seinen Holz- und Schlossschrauben nach etwas suchen sollte, womit er dich verstärken könnte, und ich würde »Sweet Bully« lauschen, den traurigen Synthesizerklängen, dem Satz: *Bully and the boy were dead and all I could think was: don't eat the cake, don't eat the cake, because fear would rather live in a big house than in a cave.* Du warst mein kleines Leichtgewicht, meine kleine Kameradin, und wenn ich »Sweet Bully« spielte, tropfte es mir feucht aus den Augen, nicht nur wegen dir oder dem Tod von Bullebak und Joris, sondern auch wegen dem Viehbauern, der an einem Strick am Geländer hing und dem ich nicht hatte helfen können, er lag heute Nacht plötzlich bei mir im Bett, in Camillias Hälfte, die Hände auf der Brust gefaltet, er lag da und sagte, das sei eine wunderbare Matratze, gut gefedert, ein weiches Kissen, aber nicht zu weich, ja, ein wunderbares Bett, und er sah mich aus blutunterlaufenen Augen an, er hatte sich auf die Seite gedreht und sagte, ich sei nicht schuld an dem Unglück am Waterdragersweg, der Verlorene sei plötzlich auf die andere Straßenseite gewechselt, um einem Freund hinterherzuradeln, und hätte sich nicht umgeschaut, der Aufprall sei so hart gewesen, dass er bereits tot war, bevor er den Boden berührte, ich hätte aber nicht weiterfahren dürfen, es sei ein Angstreflex gewesen, nichts weiter, es sei eine lebensgefährliche Straße, das wisse jeder, man habe zwar den Rand mit Rasengittersteinen befestigt, doch die Polderidioten führen da wie die Irren drüber, und der Verlorene und seine Freunde hätten einfach nicht aufgepasst, und ich lag da und flennte, ich flennte und sagte, dass ich dich vielleicht deswegen so sehr liebte, weil du durch meine Schuld beschädigt seist, dass die Verlassene meinetwegen nach Stavanger gegangen sei, und der Viehbauer streckte seine blaue Hand aus und wischte mir die Tränen von der Wange, und ich sagte, es tue mir leid, es tue mir leid, dass ich ihn nicht hätte retten können, dass ich an jenem Tag, obwohl ich von Kollegen gehört hätte, aufgrund des Ausbruchs der

Maul- und Klauenseuche seien bereits mehrere Bauern aus dem Leben geschieden, dass ich hier weggeschaut hätte, dass ich zu beschäftigt gewesen sei mit meinen Erdnussbroten, dass ich so oft irgendwohin käme, um ein Tier einzuschläfern, dass ich nie gewusst hätte, wie man jemanden vom Tod fernhalten könne, ja, ich könnte manchen Besserung bringen, ich sähe ganz genau, was sie bräuchten, doch bei einem Bauern, nein, da hätte ich keine Abhilfe gewusst, und wenn ich »Sweet Bully« lauschte, sah ich, wie ich mich wieder Joris' und Bullebaks annahm, obwohl ich mich eigentlich um dich und deinen Bruder hätte kümmern müssen, es lief genau so, wie es bei dem Verlorenen gelaufen war: Die Toten stahlen die Show, sie bekamen endlosen Applaus, ja, Herrgottnochmal, wir klatschten uns die Hände wund.

40

Nach dem allwöchentlichen Konfirmandenunterricht am Donnerstagabend bei Pastor Horreman solltest du dein Drohköfferchen nehmen und zum ersten Mal Hof De Hulst verlassen. Du warst mit Jule und Dem Frosch durch einen heftigen Sommerguss zu dem Haus neben der reformierten Kirche geradelt, und Horremans Frau bestand darauf, dass ihr etwas von ihr anzogt, damit eure pitschnassen Hosen trocknen konnten, und so saßt ihr in viel zu weiten Hosen und Jule in einem zu großen Rock auf dem Sofa und lachtet euch kringlig, wie bescheuert ihr aussaht, ihr lachtet über das Wort Redlichkeit in dem Vers, den du aus den Sprüchen Salomos vorlesen musstest: *Hört her! Aufrichtig rede ich. Redlichkeit ist, was meine Lippen öffnet.* Dir liefen Tränen über die Wangen, und Pastor Horreman sollte dich auffordern, den Vers noch einmal zu lesen, so lange, bis du ihn nicht mehr prustend aussprachst, er erklärte euch, dass *Redlichkeit* für Gerechtigkeit und Rechtschaffenheit stehe und dass du das Wort jetzt besudelt hättest, es gelang dir erst beim fünften Mal, den Ernst in deiner Stimme wiederzufinden, und nach einem Eis beim Eismann, der seinen kleinen Bus an der Kirche geparkt hatte, fuhrst du nach Hause, wo dein Pa zum ersten Mal seit seiner Rückkehr aus dem Charolais wieder mit dir sprach, er ging an die Decke, und du ranntest aus dem Haus, stundenlang stand dein Pa am Deich und starrte in die Dunkelheit, wo du denn bliebst, er sollte das bis ein Uhr nachts tun, würde nicht einschlafen können und sich in seiner Besorgnis festwühlen, er hatte zu dir gesagt, es sei deine Schuld, dass auch dein Bruder kaum noch aß, dass er nur noch Gurkenscheiben mit Aromat zu sich nahm und wie eine Bohnenstange über den Hof lief, in tiefhängenden Jeans, diese Masche habe er sich von dir abgeschaut, und du seist schuld daran, weil du als Erste damit angefangen hättest, er blies dir den Marsch und sah nicht, wie ihr über den Verlust von Joris, von Bullebak, von dem Verlorenen und der Verlassenen trauertet, er sah nicht, dass das, was zwischen dir und mir war, dich mehr und mehr ringen ließ, dass ich wie ein Leberegel in deinen Organismus gekrochen war, er wusste nicht, dass es noch im Gange war, und traute sich nicht zu fragen, was genau sich zwischen uns abgespielt hatte, er erschrak zu Tode, als du ihm während einer Folge von *Die Chance deines Lebens*, beim Öffnen des Koffers Nummer zwanzig, beiläufig mitteiltest, du hättest es mit mir gemacht, *richtig* gemacht, du weißt schon, und diese Bemerkung war einen Cent wert, und Linda de Mol war außer sich vor Freude, wohingegen dein Pa seinen Genever auf einen Rutsch hinunterkippte, er sollte den staubigen Kuhfuß aus der Diele hervorholen, der hinter den vielen Schuhen verborgen und dazu bestimmt war, Wilderer zu verjagen, Diebe, Zeugen Jehovas oder Leute, die Mädchen klauen, und du solltest ihm Einhalt gebieten, solltest ihm seine genevergetönte Wut ausreden, ihr schautet weiter *Die Chance deines Lebens*, dein Pa würde seine Hand ein wenig lustlos in das Schälchen mit den Nüssen senken, er würde sie wegkauen, ohne sie zu schmecken, doch mit dem Öffnen des Geldkoffers war in deinem Kopf eine

Luke aufgegangen, du dachtest an die Reaktion von Jules Mutter, an die deines Pas und deines Bruders, an die von Camillia, alle reagierten schockiert auf dich und mich, und allmählich ging dir auf, dass es möglicherweise doch nicht so normal war, wie du die ganze Zeit gedacht hattest, dass du dich von deinen Klassenkameradinnen hattest aufreizen lassen, dass ich dich langsam dorthin getrieben hatte, dass diese ganzen Liebeslieder vielleicht doch nicht von uns handelten, sondern von jemand anderem, und dein Pa sollte dir hier, an diesem Abend, noch vor der *Die Chance deines Lebens*-Mitteilung, die Magerkeit deines Bruders vorwerfen, er sollte nicht wissen, dass Hitler mehr und mehr die Regie in deinem Kopf übernahm, dass es mit Freud noch einigermaßen im Gleichgewicht war, dass jetzt aber ein Kampf in dir wütete und dein Flug nach New York immer näher rückte, er sollte sagen, dass Gott deinen Körper erschaffen habe, dass dieser ein Tempel des Heiligen Geistes sei und dass in Psalm einhundertneununddreißig stehe: *Ich danke dir dafür, dass ich wunderbar gemacht bin; wunderbar sind deine Werke; das erkennt meine Seele. Es war dir mein Gebein nicht verborgen, als ich im Verborgenen gemacht wurde, als ich gebildet wurde unten in der Erde.* Er sollte sagen, dass du jeden Tag wie ein abhängiges Kind zu ihm kommen dürftest, aber du gingst immer mehr auf Distanz, er würde das gelbe Aromat-Döschen von Knorr verstecken und deinen Bruder zum Essen zwingen, weil er sonst keine Blaarkop mehr anfassen und auf dem Hof nicht mithelfen dürfe, Verzweiflung würde seine hohlen Wangen füllen, und dein Pa würde mit dem Zeigefinger auf dich deuten und sagen, du habest die Magerkeit ins Haus gebracht wie eine herrenlose Katze voller Flöhe, du würdest nach oben stürmen und nach deinem Drohkoffer greifen, würdest die Haustür laut hinter dir zuknallen und nicht wissen, dass dein Pa danach stundenlang am Deich stand, verrückt vor Sorge, er würde die Birne in der Diele für den Fall brennen lassen, dass du nach Hause kämst, denn er wusste, dass du Angst hattest, wenn der Bauernhof seinen Abendmantel bis zum Kinn zugeknöpft hatte, er würde ein paarmal aus dem Bett steigen und das Ohr an deine Zimmertür legen, um zu hören, ob du wieder da wärst, und du, du liefst über den Vondelingweg in Richtung Testamentstraat zur Zwemmerskade und wolltest, das Leben wäre so wie die Verkehrsprüfung in der Grundschule, wo an jedem Kreisel und jeder Straßenecke eine Mutter auf einem Anglerstuhl saß und dich anlächelte, wenn du den Arm vorschriftsmäßig ausstrecktest, und du deine ganze Nervosität und Angst verlorst, denn es war gut, wo auch immer du abbogst, sie saßen da, einen Sonnenhut auf dem Kopf und ein Lesebuch auf dem Schoß, sie würden dort sitzen bleiben, aufschauen, wenn du vorbeikamst, manchmal riefen sie, dass du einen schönen Bogen führst, ja, einen schönen Bogen, oder etwas über den kräftigen Wind, der immer von vorn kam, doch meist schwiegen sie und lächelten nur, und dann wusstest du, dass du gute Aussichten hattest zu bestehen, doch hier liefst du allein im Stockfinstern, und schon bald wurdest du von einem Jungen auf einem Mofa eingeholt, du solltest ihn Die Ratte nennen, weil er zwei große Schneidezähne mit einem kleinen Zwischenspalt hatte, eine prächtige Ratte, du solltest bei ihm hintendrauf springen und die Nacht bei ihm verbringen, du schliefst in fremden Armen ein, und nach dem Frühstück sollte Die Ratte dich nach Hause bringen, wo du unter den bohrenden Blicken deines Pa eine ganze Tüte Rosinenbrötchen aufessen solltest, er griff nicht ein, als er sah, wie du sie in dich hineinstopftest, wie du fast besessen mit deinen Zähnen Bissen abrisst, erst als Tränen, rosinengroß, aus deinen Augen tropften und du riefst, dass du sterben wollest, dass ein voller Magen das Schlimmste sei, was man spüren könne, sollte er dich packen und an seinen schmutzigen Overall drücken, er sollte dich so fest halten, dass du dachtest, alle deine Knochen würden brechen, aber das war dir egal, dann brachen sie halt, und er murmelte, du dürfest nicht sterben, *stirb nicht,* er hätte dir am liebsten einen Brottütenclip um den Hals gelegt, damit keine Bakterien an dich herankämen, keine falsche Luft mehr, und im Nachhinein betrachtet war dies die Generalprobe für den elften September 2005, du warst eine Nacht fortgeblieben, und jetzt wusstest du, dass du für immer von hier wegfliegen könntest, du stelltest deinen Drohkoffer wieder hinter die Tür und gingst ins Zimmer deines Bruders, du sagtest ihm, dass er scheußlich mager sei, dass Mädchen nicht auf magere Jungs stünden, und er zuckte mit den Achseln und schaute mit leerem Blick auf seinen Gaming-Monitor, du betrachtetest es als Wettstreit, dass er magerer wurde als du selbst, dir war danach, ihn zu verletzen, niemand durfte dich besiegen, auch nicht beim Verhungern, ihr saßt wie Raubvögel vor euren Tellern, belauertet euch gegenseitig und registriertet, was der andere aß oder nicht aß, du ranntest schneller als sonst über die Polder und an der Überführung vorbei, wo ich in einer Aufwallung von Begierde mit einer Dose weißer Graffitifarbe, die ich meinem Ältesten geklaut hatte, I LOVE YOU auf den Asphalt gesprüht hatte, es sollte da noch wochenlang stehen, bevor der Regen es wegspülte, du solltest es jedes Mal sehen, wenn du mit Jule und Elia in die Stadt fuhrst, um euer Taschengeld für Klamotten und *Hitzone 32* auszugeben, du solltest über die Worte fahren und stur nach vorn schauen, würdest ohne Punkt und Komma von Der Ratte erzählen und alles romantisieren, du würdest ihnen sagen, dass Die Ratte diese Worte auf die Straße gesprayt hätte, und sie würden seufzen, dass das echte Romantik sei, und du würdest Die Ratte mit seinen glänzenden, lackschwarzen Haaren einen Tag nach eurer ersten Begegnung in dem Ruderboot, das auf dem Maalstroom lag und erst mit einem Eimer leergeschöpft werden musste, bevor du damit rudern konntest, fragen, ob er mit dir gehen wolle, ihr fuhrt zur Mitte des Maalstrooms zwischen den Seerosen bei Koningjanszand, und dort würdest du ihn fragen, ob er mit dir gehen wolle, er würde *ja* sagen, und du würdest innerlich jubeln, als hättest du gerade das seltenste Exemplar aus dem Phallusmuseum entdeckt, du hofftest, das würde dir deinen Wunsch nach einem Geweih austreiben, aber noch mehr hofftest du, es würde den Schwan wegjagen, dass ich dich loslassen würde, ach, meine himmlische Auserkorene, verstandst du denn nicht, dass wir zueinander gehörten, dass er nur ein zufälliger Passant war, mit dem du mich zu vertreiben versuchtest? Du fandst es wunderbar, dass Die Ratte nach deiner Hand griff, wenn die Bauernknechte auf den Hof kamen, du fandst es herrlich, mit ihm auf der Wiese zu liegen und zu denken, dass dein Körper tatsächlich ein Pflug sei, dass du ein Pflug seist und dass du Die Ratte erntetest, dass er dich erfüllte bis in alle Ewigkeit, du würdest mir mitteilen, dass du einen festen Freund hättest, dass es ernst sei und dass du dich nicht mehr mit mir verabreden könntest, und ich spürte hinter diesen Worten den Abgrund der Verlassenheit, ich konnte dich in ihn hineinfallen lassen oder von ihm fernhalten, also sagte ich, dass ich dich noch ein letztes Mal sehen wolle, echt wahr, ein letztes Mal, du zweifeltest, und ich drängte weiter, erzählte dir, dass Schwäne manchmal sterben, wenn ihr Gefährte plötzlich aus dem Blickfeld verschwinde, dass du mich so nicht zurücklassen könnest, du warst einverstanden, natürlich warst du einverstanden, und du schicktest ein Zitat aus *Es* von Stephen King: *Maybe, in the end it's the voice that tells the stories more than the stories themselves that matters.*

41

Du sahst unter der Überführung wie ein Totenkopfäffchen aus. So ein liebes, sanftes Tier, unter dessen dünnem Fell man den Schädel sehen konnte, dein Nachthemd hing formlos um deinen Körper, aber du warst noch immer atemberaubend schön, mein lieber Putto, ja, du warst prächtig, und ich fragte, wie du es fandst, wieder in die Schule zu gehen, wie es deinem Schlüsselbein ging, warum du nach Magerkeit strebtest, wenn du doch gesehen werden wolltest, wenn du von Ruhm träumtest, und ich erzählte dir die Geschichte aus dem Ersten Buch Mose über die sieben fetten und die sieben mageren Kühe, dass die Menschen diese Metapher auch heute noch verwendeten und erleichtert und froh dreinschauten, wenn sie sagten, jetzt seien die fetten Jahre angebrochen, dass niemand die mageren Kühe mit etwas Gutem verglich, sie wollten sie am liebsten so schnell wie möglich vergessen, und im Ersten Buch Mose stand auch, dass die mageren Kühe die fetten Kühe fraßen, ja, sie fraßen sie mit Haut und Haar, ohne die geringste Reue zu zeigen, doch sie blieben mager und hässlich, ich fragte dich, ob du so scheußlich werden wollest, und du zucktest mit den Achseln, flattertest ein wenig lustlos mit den Flügeln und erzähltest, dass dein Pa, dein Bruder und du jeden Sommer, wenn ihr in Zeeland wart, in einem Restaurant in Grijpskerke essen gingt und wie ihr dann den ganzen Tag nichts aßt, um den Hunger für diesen

Abend aufzusparen, so spartest du jetzt auch deinen Appetit für den richtigen Moment, auch wenn ihr in diesem Sommer nicht nach Zeeland gefahren wart und deshalb auch nicht essen gegangen wart, du spartest ihn auf, wie Elia in der Grundschule ihre ganzen Süßigkeiten aufsparte und in einer Dose bewahrte, und dann an einem nebligen Abend, wie es ihn manchmal in der Grundschulzeit gab, als deine Sorgen noch wie Stielwarzen angetippt werden konnten, wohingegen sie in der höheren Schule nur unter der Haut wuchsen, an einem solchen nebligen Abend stopfte Elia ihre gesamten Süßigkeiten auf einen Rutsch in sich hinein, sie war die Erste von euch dreien, die auf die Idee kam, man könnte sterben wollen, während du das damals noch für eine absurde Idee hieltst, wie konnte man sich nach dem Schlimmsten des Schlimmen sehnen, du dachtest damals, sie wolle es, weil sie es nicht kenne, sie sehnte sich auch nach einem Furby, so einer Plüsch-Eule, die sprechen konnte, nur weil sie nie eine bekommen würde, und ich fragte dich wieder, warum du dich aushungertest, und du wusstest es nicht, und ich sah nicht, dass du dich selbst gescoutet hattest, dass du an dir ein Talent entdeckt hattest, nämlich Kontrolle darüber zu haben, was in deinem Körper landete und was nicht, ich sah auch nicht, dass das mit meinem Krankenhausbesuch zusammenhing, als ich dich inseminierte und du dich nicht wehren konntest, ich wusste von Camillia, dass du immer häufiger deine Hausaufgaben nicht machtest, während du sonst immer so fleißig warst, dass du in der einen Woche noch Tierärztin werden wolltest, dann wieder Archäologin oder lieber noch Paläontologin, jemand, der Fossilien ausgrub wie zum Beispiel Dinosaurier, denn du fandst es wunderbar, Dinge auszugraben, so grubst du ganz schön viel in deinem kleinen Kopf und holtest die schönsten Schätze ans Tageslicht und manchmal auch die traurigsten, doch alles war in ihm verborgen, und Camillia dachte, du machtest deine Hausaufgaben nicht mehr in der Hoffnung, du würdest von ihr Nachhilfe bekommen, damit ihr euch wieder aussöhntet, und dass sie nicht im Traum daran dächte, und sie erzählte, du hättest eine eigenartige Geschichte über das Sezieren eines Otters für die Schulzeitung geschrieben, die sie abgelehnt habe, und dass sie dir geraten habe, etwas anderes zu schreiben, etwas Fröhlicheres, und dass du daraufhin gesagt hattest, dies *sei* fröhlich, sie sollte sagen, dass sie es nicht drucken wolle, weil es zu blutig wurde, woraufhin du aus dem Klassenraum stürmtest in Richtung Mensa, wo du zusammen mit einer Freundin in der Pause Kroketten frittiertest und am Ende der Woche fünf Euro bekamst und ein Gratiskrokettenbrötchen, sie habe Angst gehabt, dass du überall herumposaunen würdest, was zwischen uns geschehen sei, dass du zusammen mit einer Senftüte auch unser Geheimnis überreichtest, aber ich wusste, du würdest schweigen, ich wusste, dass es inwendig eiterte, dass es eiterte und dass du schweigen würdest, Camillia sagte wieder, dass mit dir etwas nicht stimme, ganz und gar nicht stimme, und ich redete ihr ihre Zweifel aus und sagte, du seist einfach in einem schwierigen Alter, vierzehnjährige Mädchen seien weder Fisch noch Fleisch, und unter der Überführung sagtest du, dass deine Flügel wieder in Ordnung seien, sie seien stärker denn je, es würde nicht mehr lange dauern, bis du nach New York fliegen würdest, du seist jetzt bereit, und ich zog dich an meine Brust, an mein geschwollenes Mördergeweih, das gegen meine Sporthose drückte, und du sagtest: *Kurt, manchmal weiß ich nicht, ob ich noch lebe. Vielleicht bin ich gestorben, als ich vom Futtersilo flog, und befinde mich jetzt im Himmel.* Und du erzähltest, dass es im Krankenhaus zwei Stockwerke gegeben habe, eines für die noch Lebenden und eines für die, die bald sterben würden, sie durften sich auf gar keinen Fall begegnen, sonst würden die Erdlinge sich zu Tode erschrecken, du warst daher auch niemandem auf dem Flur begegnet, wenn du dich langweiltest und umherstreuntest und den Wagen mit den Süßigkeiten für die krebskranken Kinder sahst, du hattest geschwankt, ob du etwas stibitzen solltest, einen Blaubeermuffin, einen Twix-Riegel, Marshmallows oder einen Schokokuss, aber du konntest es nicht übers Herz bringen, die Schlauchkinder, wie du sie nanntest, weil sie oft ein Plastikröhrchen in der Nase hatten, zu enttäuschen, weil alles Süße, worauf sie sich den ganzen Tag freuten, verschwunden war, und so streuntest du weiter, und du erzähltest, dass du nie einem Erdling begegnet seist, dass der Flur zum Spielzimmer, wo ein Computer stand und wo du *The Sims* spielen konntest, das Himmelstor darstellen würde, da gab es Sitzsäcke, in denen man ganz verschwinden konnte, und einen Massagesessel, der zu vibrieren und zu summen begann, sobald man Platz genommen hatte, es gab auch Spiele wie Schiffe versenken, und du ließt eine ganze Menge Schiffe von Schlauchkindern in die Luft fliegen, nein, du warst dir sicher, dass du in den Himmel gekommen warst, dann aber begonnen hattest, auf der Erde herumzugeistern, weil du deine Taten noch sühnen musstest, und du erzähltest, dass du irgendwo gelesen hattest, dass, wenn in den Pyrenäen ein Imker starb, es normal war, dass jemand anders dann alle seine Bienen mit schwarzer Tinte bekleckste, jede Biene wurde einzeln herausgenommen und betupft, und du fandst das ekelerregend schön, du wolltest auch bekleckst werden, du wolltest, dass die Leute sahen, dass du trauertest, nicht nur um Joris und um Bullebak, sondern vor allem um den Verlorenen und die Verlassene und manchmal auch um dich selbst, weil du dich ständig häutetest und jeden Tag eine andere Version in einer anderen Welt warst, und ich sagte, dass ich dich gern beklecksen würde, meine Liebste, dass du nicht im Himmel seist, dass du dir eine Schädelbasisfraktur zugezogen hättest und daher jetzt manchmal durcheinander seist, und du schütteltest den Kopf, sagtest, Erdenbewohner würden einen Himmelsbewohner nicht so leicht erkennen, diese würden einfach in Zivil herumlaufen, bis sie ihre Sünden eingesehen hätten, bis sie Buße getan hätten und keine Schuldner mehr seien, dass Gott wie die Frau von Pierre Bonnard an Angst vor Ansteckung leide und der Mensch nur sauber und geheilt in Sein Königreich treten dürfe, dass du deinen Körper jeden Abend mit grüner Seife schrubbtest, dich aber trotzdem schmutzig fühltest, dass die Reste von 9/11 und Camillias Kummer an dir kleben blieben, dass du eine Schützin seist und das Schießpulver an deinen Händen sichtbar bleibe, und du hofftest, dass Gott, sobald du frei von Sünden seist, so lieb wäre, ein kleines Geweih zu erschaffen, das sei alles, worum du Ihn bitten würdest, ein kleines Geweih, es wäre auch besser für Seine Gemütsverfassung, denn Kinder mit Geweihen würden weniger schnell gestohlen, die seien häufiger Verkehrsopfer wegen ihrer Waghalsigkeit, du aber würdest die Gefahren der Straße kennen, du seist der Otter in Gefangenschaft, und als Himmelsbewohner könntest du zwar plattgefahren werden, doch danach stündest du wieder auf, weil Gott die Funktion GAME OVER ausgeschaltet habe, das tat Er bei jedem, der zu Ihm kam, du hattest unzählige Leben, und wenn du reinen Tisch mit deinen Gläubigern gemacht hattest, würdest du dem Verlorenen begegnen, er würde beim Spielzeugladen an der Zwemmerskade auf dich warten, und ihr würdet gemeinsam zum Bäcker- und Konditorladen spazieren, über dessen Tür ein Schild mit den Worten hing: *Durch Gottes Macht und des Menschen Fleiß wird wieder Korn zu Brot bereit'.* Dort würdet ihr zwei Amerikaner, bestreut mit Puderzucker, kaufen, und die würdet ihr vor der Bäckerei essen, während du freudig bemerken würdest, dass der Verlorene noch genauso aussah wie auf den Fotos in eurem Wohnzimmer, dass das das Schöne an den Himmelsbewohnern war, sie blieben immer erkennbar und wurden nicht älter, du würdest hin und wieder etwas Puderzucker in die Luftröhre bekommen und einen Hustenanfall kriegen, ihr würdet darüber kichern müssen, du würdest ihm alles erzählen, was in der Zwischenzeit passiert war, während ihr durch die Straßen von The Village spaziertet und manchmal irgendwo stehen bliebt, weil eine Erinnerung hochkam, wie bei dem einzigen kleinen Wohnblock in The Village, der bei der Jugend auch als Sexblock bekannt war, warum, wusstest du nicht genau, jedenfalls dachtest du, es habe etwas damit zu tun, dass das Gebäude drei Stockwerke hatte und die Schlafzimmer sich übereinander befanden, und du dachtest, dass die Bewohner vielleicht alle im selben Moment aufeinanderlagen, so wie die Hühner jeden Abend gemeinsam zum selben Zeitpunkt auf ihre Stange gingen, und dass dann eigentlich sechs Paare aufeinanderlagen und das mal vier, und dass es deswegen Sexblock hieß, und in einem der kleinen Gärten vor dem Gebäude hattest du einmal mit Jule eine Schachtel Katzenlakritz gefunden, sie war noch randvoll, ihr hattet sie mit nach Hause genommen und sie stolz Jules Vater gezeigt, als hättet ihr einen Schatz entdeckt, doch Jules Vater hatte sie in sein Büro mitgenommen und gesagt, da wäre möglicherweise was drin, was Drogenmäßiges, und du warst dir sicher, dass er alle Lakritz schließlich selbst gegessen hatte, und erst viel später sollte gegenüber dem Sexblock ein Heim für geistig Behinderte gebaut werden, die du auch Maulwürfe nanntest, weil viele von ihnen schlecht sahen, die Maulwürfe sollten sonntags in der Kirche sitzen, sabbernd und hin und her rutschend, du solltest Angst vor ihnen haben, und gerade deshalb solltest du sie anziehen, so wie Katzen oft bei Leuten auf den Schoß springen, die das nicht mögen, genauso schmiegte sich eines Tages ein Maulwurf an dich und umklammerte dich mit seinen Armen, du hörtest die Leute auf der Bank vor und hinter dir lachen, doch du saßt wie versteinert da, wenngleich du danach weniger Angst vor ihnen hattest, die Maulwürfe waren schwer in Ordnung, und du würdest mit dem Verlorenen an der Grundschule vorbeigehen, wo du die beste Zeit deines Lebens verbracht hattest, woran du noch oft mit Heimweh zurückdachtest, an die braun gefliesten Schulkorridore, die nach Cif rochen, an die Lehrerin von Gruppe drei, die großartige Geschichten von Wouter dem Kabouter erzählte, die du nicht stehlen konntest, weil sich die Geschichten in ihrem Kopf befanden und du unmöglich eine Lehrerin in deiner Jackentasche mitnehmen konntest, du würdest dem Verlorenen von allen deinen Abenteuern berichten, allen deinen Geheimnissen mit den dear boys, die du lieb gehabt hattest und die du sammeltest, als wären es seltene Pokémonkarten, ihr würdet euch auf den Pingpongtisch legen und zum Himmel hochstarren, du würdest ihn fragen, was ihn dazu getrieben hatte, urplötzlich eine so gefährliche Kreuzung zu überqueren, er würde fragen, was mit seinem Fahrrad sei, und du würdest sagen, dass es noch völlig heil ausgesehen habe, dass euer Pa es dann aber jemandem in The Village geschenkt habe, dass er aber immerhin seine Kinderschuhe versilbert habe und diese jetzt auf dem Kaminsims stünden, und du würdest erzählen, dass die Kirche drei Arten von Glocken habe, von denen jeweils eine geläutet werde, wenn jemand gestorben sei, eine Glocke für Männer, eine für Frauen und eine für Kinder, Letztere sei an dem hellen Ton zu erkennen, und während des Leichenzugs für den Verlorenen habe die kleine Totenglocke ununterbrochen geläutet, und du habest noch jahrelang in manchen Momenten plötzlich diese Kinderglocke im Geiste läuten hören, und ihr würdet dort liegen, bis die Schulglocke ertönte, und würdet abmachen, euch öfter zu treffen, ja, das solltet ihr wirklich tun, und du würdest ihn umarmen und feststellen, dass er nicht mal muffig roch, nein, er roch nach Axe und ein bisschen nach Noppenfolie, wodurch du wusstest, dass Gott ihm nicht noch einmal etwas zustoßen lassen würde, ich stand unter der Überführung und lauschte deinem Bericht und sagte wieder, dass du keine Himmelsbewohnerin seist, doch es schien, als wolltest du es nicht hören, als wärst du wirklich lieber tot, also nahm ich dich an der Hand und führte dich zu dem Zaun bei der Überführung, hinter dem das Flachsfeld lag, und ich befahl dir, dich auf die Steine zu legen, ich zerrte dir die Unterhose herunter bis über die

Knöchel, und du murmeltest, du seist jetzt mit Der Ratte zusammen, und ich sagte, dass Die Ratte dich nicht liebe, nicht so wie ich, ich drückte deine Beine auseinander und drang in dich ein, und während ich das Feuer aus meinen Lenden stieß, sagte ich, *so* fühle es sich an, wenn man wirklich lebe, es war so dunkel, dass ich dein Gesicht nicht sehen konnte, dass ich nicht sehen konnte, wie verzerrt vor Schmerz es war, dass du deinen Rücken an den Steinen scheuertest und ich dich aufschürfte, ohne Ankündigung holte ich eine neue Version von dir ans Tageslicht, und du würdest später an jenem Abend vor dem Spiegel die Schürfwunden auf deinem Rücken betrachten, du würdest dein Nachthemd auf den Komposthaufen werfen, du würdest mir am nächsten Tag eine Nachricht ohne Smileys schicken, würdest schreiben, dass es nicht länger gehe, dass du ein Zimtbrötchen seist ohne Zimt, dass du in Die Ratte verliebt seist, auch wenn die Schmetterlinge, die Schuppenflügeligen, still in deiner Brust lägen, du hättest eine dringende Aufgabe und könntest keine Ablenkung gebrauchen, du würdest schreiben, dass der Vogel niemandem mehr wehtun wolle, seit der Geschichte von Leda und dem Schwan wüsstest du verdammt gut, dass ich hier der wahre Vogel sei, und du hofftest, ich würde es verstehen, Küsschen und Lebewohl von deinem Augenstern.

42

Ich hatte nicht viel Zeit, Trübsal wegen deiner Nachricht zu blasen. Dich völlig aufgelöst anzurufen und zu sagen, es sei Bullshit, was du da geschrieben hättest, dich denken zu lassen, dass du ohne mich nicht leben könntest, dass du dann ein Kalb mit einer Retraktion der Beugesehnen wärst, wodurch es kaum auf den Vorderbeinen stehen könne, ich hatte keine Zeit dafür, denn dieser Morgen des elften September, der erst ohne jeden Makel zu verlaufen schien und an dem mein Jüngster mir die Tanzmoves des populären Jumpingtracks von DJ Norman vs. Darkraver beibrachte, wandelte sich von gemütlich in grimmig, denn Camillia sollte in einem Anfall guter Laune, nachdem sie ihr eigenes Auto gesäubert hatte, den Fiat staubsaugen wollen, sie sollte beim Laderaum beginnen und dort die widerwärtige Entdeckung machen, sie würde die Doppelmatratze sehen, die mit Entendaunen gefüllten Kissen, sie sollte sich an der Tür festhalten müssen und ungläubig auf das drei mal drei Meter große Liebesschloss starren, auf die Poster von Beatrix und Kurt Cobain an der Wand, auf die Teelichter rings um die Matratze und ihren Schlafsack obendrauf, mit geöffnetem Reißverschluss, sie sollte erstarrt stehen bleiben und sich das, den Staubsaugerschlauch in der Hand und das dröhnende Biest neben sich, anschauen, sollte jedes mörderische Detail in sich aufnehmen, bis ein wütender Drache in ihr erwachte und sie mit dem Fuß das fauchende

Biest neben sich austrat, ich saß in meinem Büro und verfolgte die merkwürdigen Springbewegungen meines Jüngsten und hörte an den Schritten auf der Treppe, dass irgendwas nicht in Ordnung war, fieberhaft überlegte ich, ob uns jemand vor ein paar Tagen an der Überführung gesehen hatte oder ob du wieder Kontakt zu Camillia gesucht und alles erzählt hattest, weil dein kleiner Körper zu dünn geworden war, um solche großen Geheimnisse noch zu bergen, und keine halbe Stunde später war ich auf dem Weg zur Müllkippe, eine feuerspeiende Camillia neben mir, sie wollte mit eigenen Augen sehen, dass ich die Matratze wegschmiss, und sie nannte mich wieder einen widerlichen Flaumwühler, einen Kinderverführer, ich sagte, ich liebte dich, aber es sei vorbei, sagte, ich hätte die Matratze schon früher entsorgen wollen, und sie fragte, wie oft wir es da getrieben hätten, ob ich wüsste, wie hoch die Strafe sei, wenn ans Licht käme, dass du vierzehn seist, o mein Gott, vierzehn Jahre! Sie schlug wütend mit der Hand auf das Armaturenbrett und schrie, dass sie mich verachte, und als wir schon fast an der Deponie waren, musste ich an den Anschlag auf die Twin Towers denken, vor exakt vier Jahren, an diesem Tag startete 1946 auch die Operation Black Tulip, bei der alle in den Niederlanden wohnenden Deutschen ausgewiesen wurden, und du würdest, im Gras liegend, dein Bedauern den Vereinigten Staaten gegenüber in die Luft murmeln und Hitler aus deinem Kopf verschwinden lassen, du würdest ihn über die Grenze schicken, weil du ihn jetzt nicht mehr brauchtest, später würdest du in dem Stück »The Fall and the Black Tulip« auf deiner Platte *Kurt12* singen: *I'm sorry, I'm sorry, the buildings, the planes, the people, even if everything was easy to fix, noth-*

ing would stop the evil, and now that you're out of my mind, I promise to get better in everything I do, I'm sorry, I'm sorry, the buildings, the planes, the people. Und du lagst da, so stellte ich mir vor, während »Spirit in the Sky« über dem flachen Land erklang, 1969 gesungen von dem amerikanischen Sänger Norman Greenbaum, das schon seit Jahren in den Top 2000 stand, und ich wusste, die Gefahr war gebannt, außer für Camillia und mich, ich sah das Schwert, das über unseren Köpfen hing, ich schleppte die Matratze, auf der ich dich gebrochen hatte, auf der ich dich grob durchbohrt hatte, aus dem Laderaum und schleppte sie zu der Kippe, Camillia sah schluchzend vom Auto aus zu, wie einer der Wächter die Matratze befühlte, ob sie trocken sei, sodass sie sie recyceln könnten, und als er nickte, wurde sie von einem Frontlader hochgehoben wie eine Kuh, wie eines dieser cremefarbenen Charolais-Rinder deines Pa, und zu den anderen Matratzen geworfen, die da traurig herumlagen, manche gebogen, wodurch sie wie ein kummervoller Mund aussahen, es gab altbraune, orangefarbene mit Riffeln, Matratzen mit großen Flecken von weiß der Himmel was, und ich versuchte, nicht an die Maul-und-Klauenseuchen-Epidemie zu denken, dachte daran, dass auf diesen Matratzen Menschen gestorben waren, dass jemand eine ganze Nacht lang darauf geweint hatte, Paare hatten sich darauf geliebt, ein gutes Gespräch war darauf geführt worden, Menschen hatten darauf geträumt, einige waren ängstlich aus dem Schlaf aufgeschreckt, es wurde darauf gebetet, die Zukunft geschmiedet oder lediglich ein paar vage, wilde Pläne, und jetzt warteten sie hier darauf, erneuert zu werden, und es machte mich traurig, dass ich unsere letzte Verbindung wegbrachte, dass ich die Matratze so zurücklassen musste, mein kleines Prachttier, auch den Schlafsack wollte Camillia nicht wiederhaben, wollte nichts, worin, worauf oder worunter du nackt gelegen hattest, und als ich in den Fiat stieg und aus dem Fenster auf alle Matratzen schaute, unter ihnen meine, kerzengerade wie ein Strich, wie Camillias Mund, da wusste ich nicht, was ich sagen sollte, noch nie war es so still zwischen ihr und mir gewesen, es war so still, dass man das Glückspüppchen am Rückspiegel um seine Achse kreisen hörte, als wüsste es nicht, wem von uns es beistehen solle, und auf einmal begann ich, zusammenhanglos über meine Mutter zu sprechen, meine Albträume, den Viehbauern, erhängt am Geländer, und dass ich deswegen keine Erdnussbutter mehr mochte, ich redete und brach alles aus mir heraus, schnappte nach Luft, aber hörte nicht auf, und ich heulte und sagte, ich wolle sie nicht verlieren, ich liebte dieses Kind, ja, ganz sicher, ich sei verliebt in dich, ja, ganz sicher, aber ich begriffe jetzt, dass das nicht möglich sei, ich begriffe es wirklich, und ich streckte die Hand nach ihrem Knie aus, doch sie zog das Knie weg, und so landete meine Hand auf dem Schalthebel, sie landete dort wie eine fette Schmeißfliege, die nirgendwo mehr willkommen ist, aber sie ließ mich reden, sie ließ mich heulen, und als ich fertig war, sah ich erst, wie viel älter sie in den letzten paar Wochen geworden war, wie traurig ihre Augen waren, sie waren von Fältchen umgeben, die ich bisher noch nie gesehen hatte, als hätte sie jemand in der Zwischenzeit eingraviert, ich dachte plötzlich an den Spruch aus Jesaja, den ich an unserem Hochzeitstag zu ihr gesprochen hatte: *Auch bis in euer Alter bin ich derselbe, und ich will euch tragen, bis ihr grau werdet. Ich habe es getan; ich will heben und tragen und erretten.* Und jetzt behandelte ich sie wie eine Matratze, ich hätte sie recyceln und gegen dich eintauschen wollen, aber ich erkannte nicht, dass ich bei dir niemals wirklich gut würde liegen können, dass es zu viele Kuhlen darin gab, dass uns Menschen, die unsere Liebe nicht verstehen konnten, wütende Magistrate, dein Pa und dein Bruder immer auf den Fersen wären, dass ich das Unschuldige in dir und deine Naivität ausgenutzt hatte, um mich geliebt zu fühlen, dass ich unsere Beziehung als ausgewogen betrachtete und nicht glauben konnte, dass ich dir nur wehtat, dass ich meine Autorität missbrauchte, meine Weltkenntnis, meine Scheinsicherheit, meine Arme, die dich zu fest umschlungen hatten, ich betrachtete dich als gefügiges Tier, als Kalb, dem ich etwas beibringen oder das ich heilen konnte, und die ganze Zeit über dachte ich, ich hätte nichts aufzugeben, nichts zu verlieren, doch der Verlust saß neben mir, der Verlust lag noch schnarchend in seinem Hochbett, der Verlust machte Tanzmoves durch mein Arbeitszimmer, ich hatte nicht erkannt, was sie für mich bedeuteten, ich sah nur dich, mein schöner Putto, und obwohl ich Camillia versprach, dass ich mich ändern würde, dass das nie wieder geschehen würde, dass ich sie liebte und dass das, was ich für dich empfand, das Gefühl eines Unbesonnenen war, dass ich erleichtert war, dass die Matratze recycelt würde, blieb mein Fleisch trotzdem schwach, und ich konnte es nicht lassen, dich später doch kurz anzurufen, um mit weinerlicher Quietschstimme auf deine Voicemail zu sprechen und zu sagen, ich wolle noch *einen* Abschied, ein letztes Mal, wirklich wahr, wir würden gemeinsam pinkeln gehen, weil dir das so gut gefalle, und weiter nichts, wir würden pinkeln und einander Lebewohl sagen, das sei alles, und als ich kurz darauf vom Vogel zurückgerufen wurde, ging ich nichtsahnend dran und hatte plötzlich deinen Pa am Apparat, von dem Moment an ging alles sehr schnell, denn nach dem Anruf sollte die Polizei vor der Tür stehen und mich dazu vernehmen, was zwischen dir und mir stattgefunden hatte, ich sollte den Gelassenen spielen, sollte meine Fürsorge für dich zum Ausdruck bringen, sollte sagen, dass es dir schon eine ganze Weile nicht gut gehe, dass Camillia und ich uns deiner angenommen hätten und dass dein Pa sich zu wenig um dich gekümmert habe, es sollte bei einer Verwarnung bleiben, weil du keine Anzeige erstatten wolltest, erst später sollte ein Brief von den Magistraten auf der Matte liegen, mit der Aufforderung, vor dem Richter zu erscheinen, das war ein Jahr, nachdem *Kurt12* herausgekommen war, sie würden die Platte und dein Tagebuch als wichtigste Beweisstücke einsetzen, ich würde sagen, dass ich mich an nichts mehr erinnern könne, was natürlich nicht stimmte, meine Liebste, aber ich konnte nicht anders, als mich und meine Familie zu schützen, ich würde meinen Job verlieren, ich würde für mindestens zwei Jahre ins Gefängnis gehen, an den Ort, an dem ich dies alles schreiben würde, ich wollte es nicht, aber ich musste es tun, für mich, für Camillia, für die Magistrate und vielleicht auch für dich, damit du lesen könntest, dass ich dich wirklich liebte, dass mein Gefühl für dich nicht wie ein Sommersong war, der für kurze Zeit auf der Hitliste glänzt und danach wieder in den Hintergrund verschwindet, nein, es war echt und wahr, und die Zeitungen sollten voll sein von Behauptungen über uns, die Schlagzeilen waren nicht von schlechten Eltern, meist handelten sie von mir, dem Tierarzt, der eine Romanze mit einer Vierzehnjährigen anfing, davon, wie du mich in deinem Tagebuch weiter mit *Mijnheer Kurt* und mit *Sie* ansprachst, von den Kinobesuchen, von der Serie *Es* von Stephen King, mit der ich dein kindliches Gehirn angeblich beschädigt hatte, von dem ersten Kuss beim Picknick und wie ich unter der Sahne dich kostete, dich, dich, dich, alles sollte angeführt werden, und ich blieb bei meiner Aussage, dass ich mich an nichts erinnern könne, mein Anwalt sollte das Tagebuch anfechten und sagen, dass es nichts weiter als das Lustbuch eines verliebten Teenagers sei, und die Magistrate sollten das Bettengeschäft aufsuchen und genau sehen, wann ich die Matratze gekauft hatte, von der du schriebst, wie weich sie war und wie traurig du es fandst, dass die Kissen mit Entendaunen gefüllt waren, du solltest beim Prozess nicht anwesend sein, weil du nicht mehr in The Village wohntest und die Aufforderung, der Verhandlung beizuwohnen, in das falsche Studentenheim in der Stadt geschickt worden war, es sollte niemanden außer den Magistraten geben, die dich verteidigten, die wildesten Geschichten sollten über den Otter und den verschrumpelten Penisknochen kursieren, über den Pflaumenkern, ich sollte im Knast manchmal die Songs von deiner Platte im Radio hören, es würde mich zum Lächeln bringen, auch wenn ich zwischen diesen vier Wänden saß, und vielleicht war ich irgendwie sogar erleichtert, dass ich saß, weil das der einzige Weg war, von dir loszukommen, dich aufsteigen zu lassen, und es war eine höllische Arbeit, durch diesen Hochsommer zu blättern, werte Magistrate, es war so höllisch, dass es mich hin und wieder in den Wahnsinn trieb, dass ich kaum noch aß und schlief und der Gefängnisarzt mir eine ordentliche Dosis Aripiprazol verschrieb, weil ich tagelang geschrien zu haben schien, wo meine Liebste sei, dass ich manchmal dachte, ich hätte dich ermordet, wirklich wahr, das dachte ich, dann sah ich mich zum Totengräber werden und in Tegenland in der lockeren Erde eine Grube ausheben, in die ich dich legte, und der Arzt sollte mir abraten, dies alles von uns wieder aufzurühren, aber ich machte weiter, und jetzt habt ihr, was ihr Magistrate wolltet: Beweise. Den Beweis meiner Schwäche, Beweis meiner gierigen Klauen, um dich, den herrlichen jungen Menschen, bei mir zu halten, Beweis meiner Unfähigkeit, aber ich würde es nicht noch einmal machen wollen, ich würde nichts weglassen wollen, dies ist es, was ich schreiben musste, dies ist die Geschichte des Tierarztes und seiner himmlischen Auserkorenen, dies ist für dich, für später, wenn du zurückschaust und dich fragst, ob ich dich liebte, denn ich liebte dich, bis ins Unsägliche, ich hatte dich niemals zerbrechen wollen, sondern im Gegenteil beisammenhalten, ich wollte dich nicht wie das Boerenbont-Service meiner Mutter zerschellen lassen, doch ich war so ungeschickt, so leichtsinnig! Ich will nicht um Vergebung bitten, das habe ich nie getan, nein, sondern dir hiermit zeigen, dass dich tatsächlich jemand wirklich lieben kann, auch wenn meine Liebe wie ein Kartoffelroder war, während du dich noch in der Blüte befandst, ich hätte erkennen müssen, dass es zu viel und zu groß für so einen kleinen Körper war, dass ich dir beim Fliegen nur helfen konnte, indem ich dich ermunterte und dich nicht berührte, genauso wie man Schmetterlinge nicht betasten darf, weil sie sonst Schaden nehmen, und ich beschädigte dich mehr und mehr, und es geschah, wovor du all die Jahre Angst hattest, wie Suzi wurdest du geklaut, nur merktest du es nicht, die ganze Zeit über merktest du nicht, dass du geklaut wurdest, und ich zählte dich zu meinem Besitz, das war natürlich nicht mit der verschwundenen Suzi zu vergleichen, doch manchmal konntest du so große Angst davor haben, dass etwas von deinem Hab und Gut mitgenommen würde, dass du dich selbst nicht mehr schütztest, und alle Dorfbewohner sahen einander mit schiefen Blicken an, seit Pastor Horreman den Täter aufgefordert hatte, sich zu offenbaren, er hatte gesagt, dass jeder, der mehr wisse und nicht spräche, mit dem ewigen Heil spiele, dass jeder beim Jüngsten Gericht von Gott zur Rechenschaft gezogen würde und Er sich seiner nicht gnädig erbarmen werde, und wegen all der schiefen Blicke sahen sie nicht mehr, was sonst noch weggenommen wurde, und obwohl dir Klauen bestens vertraut war, erkanntest du es nicht, wenn jemand dich schnappte, und ich hatte dich in jenem Sommer gestohlen, ach, es machte mich traurig, dass sich meine Absichten so schwer erklären ließen, dass sie so viel Abscheu bei anderen erregten, und dieser Abscheu war gerechtfertigt, man darf ein Gewächs nie vor der Erntezeit aus dem Boden ziehen, und genau das tat ich, ich riss es aus der Erde mitsamt der Wurzel, schlug die Zähne ins Rohe, und ich sah auch von Anfang an, wie du zwischen Kind und Frau irrlichtertest, zwischen Mädchen und dear boy, ich hatte deine kindliche Lust auf ein Geweih für immer beschmutzt, ich wollte dir einfach zeigen, was ich alles wusste, und erkannte nicht, dass du das selbst entdecken musstest, ich war so geblendet von deiner Pracht, von dem Engelhaften, dass ich über die Tatsache hinwegsah, dass du ein junger Mensch warst, dass du zwei Jahre jünger warst als mein Erstgeborener, dass ich nicht mehr dieser Junge von damals war, der nie älter als vierzehn geworden war, den es nach der flirrenden Teenagerliebe verlangte, die ihm nie zuteilgeworden war, der in diesem Alter jeden Abend mit Furcht ins Bett stieg, weil ich nie wusste, wohin die Mutterhand diesmal führen würde, und in dir erblickte ich die Besserung, die Heilung, ich wollte alles nachholen, was ich damals verpasst hatte, ich konnte Frauen nie lieben, weil ich nie ein Mann geworden war, ich fühlte mich noch wie ein Kind, und bei dir war ich das auch, du ließt mich denken, dass alles möglich sei, dass ich mich erneuern könne, dass diese Erneuerung der Zellen alle sieben Jahre auch für mich gelte, ich erneuerte mich durch dich, meine himmlische Auserkorene, und sah nicht, dass ich dich zerstörte, oder ich *wollte* es nicht sehen, ich war wie ein Hengst auf der Weide mit Scheuklappen, nicht gegen den Verkehr oder gegen Fliegen, sondern gegen die Wahrheit, und ich sollte dir dies schreiben, während meine Mutter in ihrem schwarzen Trauerkostüm auf der Kante meines Knastbettes saß, sie saß auf der Kante, und um nicht in ihre Torheit mitgesogen zu werden, rief ich aus voller Brust: *Kssst, scher dich fort!* Seitdem ist sie nicht mehr da gewesen, wenngleich dabei bestimmt auch die Tatsache half, dass das Gefängnis schwer bewacht war, sie verschwand, und ich fühlte mich geheilt nach all den Jahren, und auch das Küken und der Viehbauer waren verschwunden, sie befanden sich zwar noch irgendwo in meinem Kopf, zwischen den Drähten meiner Motorik, kamen aber nicht länger, um herumzuspuken, und die Magistrate werden sagen, dass dies der Weg zum Wachstum ist, zur Besserung, dass ich den Jungen nicht aus mir zu entfernen brauche, ich brauche ihn nur zu verstehen, nur zu verstehen, mein schöner Putto! Und deshalb möchte ich, dass du mich verstehst, damit du dich später selbst verstehen kannst, damit du dir nie etwas übel nehmen wirst, niemals, never, du littst an Kälbergrippe, und ich schaute weg, und ja, es ist kalt am Ende dieser Zeile, fröstelwürdig kalt, doch das ist das einzige *The End*, das du und ich wohl teilen werden, mein Augenstern, denn die magere Kuh fraß die fette Kuh, und so musste es gehen, doch das würde erst später kommen, davor waren wir auf der Deponie gewesen, dort hatten wir die Matratze, unser kleines Liebesparadies, wie den letzten Dreck zurückgelassen, und wir kamen todmüde nach Hause, Camillia legte sich auf das Sofa, nachdem sie mir das Gedicht »Lied« von Judith Herzberg gegeben hatte und ich die Zeilen rasch überflog, denn je langsamer gelesen, umso vernichtender die Worte, sie legte sich aufs Sofa mit einem Geschirrtuch über dem Gesicht, um einen aufziehenden Migräneanfall zu mildern, ich sah, wie die Todesliebhaber aus geringer Entfernung auf uns schauten, und ging in mein Arbeitszimmer, wo ich dich anrief, ich wusste noch nicht, wen ich später an die Strippe bekommen würde, ich setzte meine Kopfhörer auf und hörte das Stück »Romeo and Juliet« aus dem Album *Making Movies* der britischen Rockband Dire Straits von 1980, immer wieder lauschte ich den Worten aus der achten Strophe: *And all I do is miss you and the way we used to be, all I do is keep the beat, the bad company, all I do is kiss you through the bars of a rhyme, Juliet, I'd do the stars with you any time.* Um danach deinem neuen Lieblingssong zu lauschen, »Talk to Me« von Stevie Nicks, der Sängerin von Fleetwood Mac, und als ich den letzten Satz hörte, sah ich, wie mein Handy aufleuchtete und darauf die Worte *Der Vogel,* aber nicht du, sondern dein Pa war dran, und zwei

Stunden später klingelte es an der Tür, ich hörte schwere Männerstimmen unten, ich hörte, dass sie sich die Füße an der Türmatte abtraten, setzte die Kopfhörer wieder auf und kniff die Augen zu, ja, ich kniff die Augen fest zu, und es wurde schwarz, als stünde ich Auge in Auge mit dem Abendgrau, mit einem gerade geborenen Kalb, es war vorbei, der Sommer wurde von den Totengräbern ehrerbietig zu dem Loch in der Erde gebracht, und Stevie Nicks sang immer leiser, *Talk to me,* aber sag bitte nie zu viel, und nach dem Telefongespräch und dem Besuch der Polizisten sollte ich dir in jenem verbohrten Hochsommer noch zweimal begegnen, bevor ich zu den Magistraten gebracht wurde, einmal beim C1000 zwischen den Regalen mit Cornflakes und Gläsern mit sonnengetrockneten Tomaten und dann bei der Jahresversammlung des Kleintiervereins im Turnsaal neben der Grundschule, wo du zusammen mit Der Ratte und deinem Pa an den Käfigreihen entlangschlendertest, vorbei an den herausgeputzten Mandarinenten, Waldtauben, Meerschweinchen, Ringelgänsen und so weiter, und mein Herz sollte für einen Moment wieder höher schlagen, ich sollte in dem Geruch nach Magnesium, Mist und Seife dich riechen, ja, ich sollte deine Süße riechen, meine Himmelsbewohnerin, und ich versteckte mich unter dem Gemeindevolk und sah zu, wie du dich an der Preisfrage am Ende des Nachmittags beteiligtest, die Frage lautete, aus welchem Teil der Bibel der Satz stamme *Es ist aber nichts verborgen, was nicht offenbar werde, noch heimlich, was man nicht wissen werde,* und ich hörte deine hohe, funkelnde Stimme über das Krähen der gelb-weiß gesäumten Paduaner hinweg, von denen eines deinem Bruder gehörte, Hoentje, sein Lieblingshuhn, das an dem Tag Champion wurde und viel Lob erhielt für sein prächtiges Federkleid, die kräftigen Beine und die Haube, die kerzengerade auf seinem Kopf stand, und etwas später in derselben Woche sollte Hoentje unter ein Gitter geraten und zerquetscht werden, und da riefst du unsere Aktennummer, unseren Sommer, du riefst die Nummer deiner Langspielplatte, meine feurige Flüchtige, mein kleines Prachttier, du antwortetest auf die Frage: *zwölf, Lukas zwölf, Vers zwei.* Und du gingst zum Podium, das man aus Bierkisten und ein paar Paletten gebaut hatte, du sprangst hinauf, und anstatt den Preis entgegenzunehmen, legtest du dich auf den Rücken, wie die Geflügelte aus dem Max-Velthuijs-Buch *»Was ist das?«, fragt der Frosch*, und du warst wundervoll, und tot, ja, du spieltest dich mausetot.

Mit innigem Dank an Jelte, Sander,
Tilly, Thomas, Helga und Frans.

Nachweise

Die deutsche Version des Mottos folgt der niederländischen Übersetzung des Psalms 139 von Anton Korteweg. Die Verweise auf *Sturmhöhe* von Emily Brontë auf S. 117 sind der Übersetzung von Ingrid Rein entnommen, erschienen 1986 bei Reclam in Stuttgart. Das Zitat auf S. 232 stammt aus *Unterwegs zu Swann* von Marcel Proust, in der Übersetzung von Eva Rechel-Mertens, revidiert von Luzius Keller, Suhrkamp Verlag, Frankfurt am Main 1974.